第二屆辭章章法學學術研討會論文集

章法論叢

【第二輯】

辭章章法學會籌備會　主編

序

陳滿銘

辭章章法學之研究，在臺灣已努力了近四十年。一方面由個人默默之耕耘，以建立基礎，並透過博碩士學位論文之指導，以拓展疆域；一方面又不斷參加修辭學或辭章學學術研討會，經由和兩岸學術界之交流，以獲得廣泛之助力，而且更服務於語文教學，以期檢驗理論與應用之互動功能，從而提升研究與服務之品質。就在這一基礎下，特於去（**2006**）年成立「辭章章法學籌備會」，並經於去年 **5** 月 **7** 日舉行「第一屆辭章章法學術研討會」，且於同年 9 月出版《章法論叢》（第一輯），希望藉此推動研究與服務，爲整個辭章學研究之科學化，盡一份力量。

而第二屆辭章章法學術研討會，則於今（**2007**）年 **5** 月 **5** 日舉辦。會中除由個人以〈章法學研究團隊之成立〉爲題發表專題演講外，共有十二篇論文發表，依序是：西北民族大學語言文學研究所所長王希杰、成功大學副教授仇小屏、國立臺北大學助理教授陳佳君等的〈章法學對話〉、廣東肇慶學院中文系教授孟建安的〈章法學體系建構的系統性原則〉、臺灣師大國研所博士黃淑貞（任教國中）的〈章法在國中國文教學之運用——以蘇軾〈記承天寺夜遊〉為例〉、臺灣師大國研所博士生李靜雯（任教國中）的〈論文學中的因果互動邏輯——以詩詞曲中用「莫」、「休」所形成的結構作考察〉、嘉義大學教學碩士生（任教高中）林美娜的〈論章法的讀寫教學——從王禹偁〈黃岡竹樓記〉切入〉、世新大學兼任助理教授顏智英的〈論章法「移位結構」的美學特色〉、成功大學教學碩士生（任教高中）張馨云的〈《人子》的圓形美學〉、成功大學副教授仇小屏的〈論「時間三相」所形成之邏輯結構——以新詩為考察對象〉、臺灣師大教學碩士朱瑞芬（任教高職）的〈論「詞彙」、「意象」、「風格」之關係——以東坡詞「落花飛絮」為討論對象〉、成功大學教學碩士生（任教國小）的蘇睿琪〈解構七等生〈我愛黑眼珠〉之篇章意象〉、屏東教育大學碩士生鄭中信的〈吳應天與陳滿銘章法分析比較——以方苞〈左忠毅公軼事〉為例〉、臺北商業技術學院兼任助理教授蒲基維的〈論章法的「類修辭」現象——以古典詩詞為考察對象〉。如與第一屆稍作比較，則顯然有些不同，首先是發表論文之大陸學者：在第一屆僅有一位，第二屆則有兩位；其次是發表之論文數：第一屆有九篇，第二屆則增加至十二篇。又其次是參與面：第一屆主要限於北部，第二屆則擴大到東南部，就連臺東大學人文學院院長林文寶教授和屏東教育大學蔡榮昌教授帶就著其研究生一起來共襄盛舉，使研討會增加了不少光彩。然後是研究對象：第一屆大都以古典詩詞為主，第二屆則除此而外，尚擴充至新詩、小說；就是國語文教學，也由第一屆之小學提升至第二屆之中學階段。最後是研究範圍：第一屆以章法學爲主，第二屆則擴大到整個辭章學。凡此都可看出努力的一些成效。

爲進一步擴大影響力，在積極籌備下，預定今（**2007**）年年底正式成立「中華民國辭章章法學會」（正向內政部申請中）。對此，臺灣師大國文系蔡宗陽教授認爲明（**2008**）年應擴大舉辦學術研討會，名爲「第一屆國際暨第三屆全國辭章章法學術研討會」，並且建議說：「主辦單位係國立臺灣師範大學國文系、文學院、中華民國辭章章法學會，協辦單位係張敬國學研究基金會、國文天地雜誌社，贊助經費可以極力向各界申請，論文發表者可擴展到國外學者，如韓國、日本、美國等不同國家的專家參與盛會，共襄盛舉。」（〈陳滿銘教授是辭章章法學的思想家、理論家、實踐家〉，《國文天地》**23** 卷 **5** 期，**2007** 年 **10** 月，頁 **77-87**）而大陸全國文學語言研究會名譽會長、前福建師大文學院鄭頤壽教授也因而鼓勵說：「縱觀陳教授對辭章章法學——篇章辭章學的研究，道路坎坷，十分艱辛，但終於迎來了玫瑰花開的日子。他從一篇一篇地發表論文，到一本本地推出專著；從個人研究，到帶領諸多研究生一起攻關；從分散的、隨意結合的研究，到成立『辭章章法學會』有計劃地攻堅；從臺灣一個地位，到聯合大陸志同道合的專家，一起建立漢語辭章學和辭章章法學。……在不長的時間裡，篇章辭章學這門新學科已經建立起來了。它大大弘揚了中華文化的優良傳統，也獲得兩岸廣大愛真理者對中華文化的認同，爲語文教學實踐和理論研究，爲加強兩岸文化交流盡了一份的力量。」（〈陳滿銘創建篇章辭章學〉，《國文天地》23 卷 6 期，2007 年 11 月，頁 90-94）

一路走來，像鄭頤壽與蔡宗陽兩位教授一樣，持續幫忙、鼓勵或直接參與的學者專家、教育工作者或社會熱心人士，如西北民族大學王希杰、復旦大學宗廷虎、上海外國語大學王德春、廣東暨南大學黎運漢、廣東肇慶學院孟建安、南京師範大學曹辛華、南京曉庄學院鐘玖英、安徽阜陽師範學院胡習之、貴州畢節學院李廷揚、大連外國語學院王曉娜等教授，臺灣師範大學大王開府、邱燮友、賴明德、陳麗桂、顏瑞芳、賴貴三等教授，國立東華大學劉漢初、臺北教學大學張春榮、花蓮教育大學許學仁等教授，實踐大學陳正一、元培大學傅武光與朱榮智等教授，還有萬卷樓圖書有限公司總經理梁錦興、福建人民廣播電台主任編輯鄭韶風等先生，及其他大中小學的教師……，不知凡幾。由於有了他們無私的愛護與付出，才有今天的成果。因此特在結集本屆研討會論文、出版《章法論叢》（第二輯）前夕，誠摯地向他們致上最高的敬意與謝忱！

陳滿銘　序於臺灣師大國文系 835 研究室

2007 年 11 月 24 日

第二屆辭章章法學學術研討會

議　　程

會議時間：民國 96 年 5 月 5 日（星期六）

會議地點：臺北市和平東路一段 129 號　國立臺灣師範大學教育大樓 2 樓國際會議廳

主辦單位：辭章章法學學會籌備會

協辦單位：國立臺灣師範大學國文學系

國文天地雜誌社

歡迎各界蒞臨指導！！

時間	地點	五月五日（星期六）			
08:20-08:40	師大教育大樓 2 樓	報　　到			
場次	地點	主持人	主講人	論文題目	特約討論
08:40-09:50	國際會議廳	王開府 臺灣師大國文系主任	陳滿銘	開幕式 專題演講：章法學研究團隊之成立	
09:50-10:10	國際會議廳 2 樓	茶　　敘			

10:10 -11:50 第一場	國際會議廳	林文寶 臺東大學 人文學院院長	王希杰等	章法學對話（對談人：王希杰：仇小屏、陳佳君）	陳滿銘
			孟建安	章法學體系建構的系統性原則	陳滿銘
			黃淑貞	章法在國中國文教學之運用——以蘇軾〈記承天寺夜遊〉爲例	陳佳君
			李靜雯	論文學中的因果互動邏輯——以詩詞曲中用「莫」、「休」所形成的結構作考察	謝奇懿
11:50 -13:00	國際會議廳2樓	午　餐			
13:00 -14:40 第二場	國際會議廳	蔡榮昌 屏東教育大學 中國語文系教授	林美娜	論章法的讀寫教學——從王禹偁〈黃岡竹樓記〉切入	林淑雲
			顏智英	論章法「移位結構」的美學特色	仇小屏
			張馨云	《人子》的圓形美學	蒲基維
			仇小屏	論「時間三相」所形成之邏輯結構——以新詩爲考察對象	陳滿銘
14:40 -15:00	國際會議廳2樓	茶　敘			
15:00 -16:40 第三場	國際會議廳		朱瑞芬	論「詞彙」、「意象」、「風格」之關係——以東坡詞「落花飛絮」爲討論對象	顏智英

		張春榮 國立臺北教育大學語文與創作系教授	蘇睿琪	解構七等生〈我愛黑眼珠〉之篇章意象	張春榮
			鄭中信	吳應天與陳滿銘章法分析比較——以方苞〈左忠毅公軼事〉爲例	黃淑貞
			蒲基維	論章法的「類修辭」現象——以古典詩詞爲考察對象	蔡宗陽
16:40-17:10	國際會議廳	蔡宗陽、陳滿銘 臺灣師大國文系教授	閉幕式		

※ 主持人 3 分鐘，主講人宣讀論文 15 分鐘，特約討論人 7 分鐘，其餘時間爲綜合討論。

章法論叢（第二輯）

目 次

序……………………………………………………陳滿銘………(1)
第二屆辭章章法學學術研討會議程…………………………(5)

章法學研究團隊之成立…………………………陳滿銘………1
章法學對話………………王希杰、仇小屏、陳佳君………36
章法學體系建構的系統性原則………………孟建安………88
章法融入國語文教學
——以〈記承天寺夜遊〉為例…………黃淑貞………100
論文學中的因果互動邏輯——以詩詞曲中用
「莫」、「休」所形成的結構作考察……李靜雯……130
論章法的讀寫教學
——從王禹偁〈黃岡竹樓記〉切入……林美娜……166
論章法「移位結構」的美學特色
——以古典詩詞為例……………………顏智英……206
《人子》的圓形美學……………………………張馨云……242

論「時間三相」所形成之邏輯結構
——以新詩為考察對象……………………仇小屏……266
論「詞彙」、「意象」、「風格」之關係
——以東坡詞「落花飛絮」為討論對象……朱瑞芬……299
解構七等生〈我愛黑眼珠〉之篇章意象………蘇睿琪……338
吳應天與陳滿銘章法分析比較
——以方苞〈左忠毅公逸事〉為例……鄭中信……360
論章法的「類修辭」現象
——以古典詩詞為考察對象……………蒲基維……383

章法學研究的五個廣度
——側記第二屆章法學學術研討會……仇小屏……419
編後語……………………………………………蒲基維……427

章法學研究團隊之成立

陳滿銘
臺灣師大國文系兼任教授

摘 要

科學化章法學之研究，在臺灣已努力了近四十年。一方面由個人默默之耕耘，以建立礎石，並透過博、碩士學位論文之指導，以拓展疆域；一方面又以團隊方式參加修辭學或辭章學學術研討會，經由和兩岸學術界之交流，以獲得鍛鍊之機會與廣泛之助力，而且更服務於語文教學，以期檢驗理論與應用之互動功能，從而提升研究與服務之品質。這樣一路走來，自然就形成了逐漸茁壯的章法學研究與服務之團隊。而這種研究與服務將持續下去，為整個辭章學研究之科學化與服務之專業化，盡一份力量。

關鍵詞

章法學、研究團隊、博碩士論文、學術研討、兩岸交流、語文教學。

一、前言

辭章章法是以「邏輯思維」爲主、「形象思維」[1]爲輔的，因此簡單地說，它所探討的主要是內容的深層邏輯，也就是篇章的「條理」，而此「條理」乃源自於人之心理，從內在應接萬事萬物，所呈顯的共通理則[2]。而這共通的理則，落到章法之上，便成爲「秩序」、「變化」、「聯貫」、「統一」等四大原則。其中「秩序」、「變化」與「聯貫」三者，主要著重於個別材料（景與事）之布置，以疏理各種章法結構，重在分析思維；而「統一」則主要著眼於情、理或統合材料，凝成主旨或綱領，以貫穿全篇[3]，重在綜合思維。從根源上說，這四大原則（條理），乃經由人心之邏輯思考而得以呈顯，可說貫通了人我、物我，是完全合於天理人情的，所以經由團隊，用群體之力量來作章法學之研究，以一面深化理論，一面擴大應用，最可收到巨大效果，而呈現章法學研究之最大價值。以下就分幾個層面加以論述，以見章法學研究團隊

---

[1] 邏輯思維與形象思維爲人類最基本的兩種思維方式。參見吳應天《文章結構學》（北京：中國人民大學出版社，**1989** 年 **8** 月一版三刷），頁 **345**。。

[2] 此即「人同此心，心同此理」之「理」，參見拙作〈談辭章章法的主要內容〉、〈談篇章結構〉，均收入拙著《章法學新裁》（臺北：萬卷樓圖書公司，**2001** 年 **1** 月初版），頁 **319-360**、**364-419**。

[3] 見拙作〈論辭章章法的四大律〉（臺北：《國文天地》，**17** 卷 **4** 期，**2001** 年 **9** 月），頁 **101-107**。又參見仇小屏《文章章法論》（臺北：萬卷樓圖書公司，**1998** 年 **11** 月初版），頁 **1-510**；又參見仇小屏《篇章結構類型論》上、下（臺北：萬卷樓圖書公司，**2000** 年 **2** 月初版），頁 **1-620**。

成長之過程。

二、團隊之形成

章法學是辭章學中重要之一環，在我國研究辭章學，最早而成果豐碩的是劉勰的《文心雕龍》。這種研究一直延續，促進了後來評點學之蓬勃發展，而有許多如《古文關鍵》、《文章軌範》、《文章一貫》、《文章指南》、《古文析義》……等系列之個人論著問世。而到了對日抗戰勝利之後，則由個人之研究，逐漸形成團隊之模式，使辭章學之研究邁入新的里程碑，大陸是如此，臺灣也是如此。關於這一點，大陸辭章學家鄭韶風提出了她的看法。她認爲：

大陸四十年前，著名語言學家呂叔湘和張志公先生，都極力呼籲要建立漢語辭章學這門富有民族特點的新學科。四十年來，我國學者不斷醞釀蓄積，形成了三支頗具實力的研究隊伍。他們得到朱德熙、王了一、周祖謨、胡榕樹、倪寶元、宗廷虎、濮侃等著名專家、學者的大力支持，相繼推出了有一定影響的漢語辭章學論著，初步建立了漢語辭章學這門新的學科。

一支隊伍，活動中心在北京，而影響遍及全國。它由呂叔湘、張志公先生帶領，骨幹有王本華等北京師院中文系的研究生。呂先生在〈漢語言工作者的當前任務〉中，談了建立漢語辭章學的問題，他很有信心地說：「我們能夠逐步建立起來自己的漢語辭章學。」張先生從 1961 年以來相繼發表了

〈辭章學？修辭學？風格學？〉（1961）、〈談「辭章之學」〉（1962）、〈建立和漢語語法相對待的學科——漢語辭章學〉（1980）、〈漢語辭章學與漢語語法〉（1983）等論文，並在這基礎上，寫成《漢語辭章學引論》，1990 年作爲北京師範學院（即今首都師範大學）中文系研究生的講義。後經王本華女士編，於 1996 年推出了《漢語辭章學論集》（以下簡稱《論集》），收入了上述論文和講義。此書的出版，影響很大，得到了學術界的充分肯定。顧振彪先生從語文教學、語文教材編寫角度指出：「目前，語文教材中的語文知識，大部分是從西方引進的。比如語法、語彙、修辭等等，無不如此。它們同我們的漢語文有很大距離，甚至格格不入。正因爲如此，這些知識教起來和學起來都相當吃力，而且對提高聽說讀寫能力幫助不大。比如語法知識，講語素、詞、短語、句子、句群等等，這些知識對培養聽說讀寫能力有什麼用處呢？一般認爲，會改病句。可惜這點用處同學習它的時候所費的力氣相比，是太不相稱了。有鑑於此，對語文教材中語文知識的取捨和編排，一些專家和有識之士作了不少試驗。但結果都不太理想，或失之過繁，難教難學；或失之過簡，索然無味。於是，時不時有人提出，不要語法。最近有些學者說得比較委婉，要『淡化語法』，其實與不要語法只是五十步與百步之差。」「然而，語文知識必須改革，這是毫無疑問的。現在的語文知識不能切實指導運用，怎麼辦？正在大家爲這個難題所困惑，一籌莫展之時，張志公先生站在語文教學現代化科學化的制高點上，首倡辭章學這門橋梁性學科。」「辭章學這門新興學科」、「已經具有可操作性，對我們語文教材編寫者、對廣大語文教學工作者，大有可用之處。久久困惑大家的知識與運用問題，終於從這裡開始解決了。」它為「語文教學改革開闢了新路」，「以促使語文教學改革的騰飛」(《論集》序)。王本華女士也說：漢語辭章學「最符合漢語的特點、最有利於語文教學的改革」。她指出：「語法教學」，「從教師說有兩大苦惱：一是語法體系分歧，莫衷一是；一是學生學了語法之後，運用語言的能力看不出顯著的提高，至少，提高的程度和他們學習語法所付出的勞動很不相稱。從學生說，語法學習很難，而在實際學習和工作中用處不大」。因此，志公先生「注意語法研究的實用性」，又如「語音知識、文字知識、語彙知識、修辭知識，以至邏輯知識等。像這樣一些知識，同語法知識一樣，和實際運用都聯繫不起來，甚至可以說是學而無法致用」。而「漢語辭章學是一門應用學科」，「『橋梁性』的學科，是語言學的基礎知識、基礎理論同語言運用之間的過渡性、橋梁性學科。前者包括語音學、語彙學、語法學、修辭學等基礎知識、基礎理論，後者主要指語文教學，也就是培養提高聽說讀寫的實際運用語言的能力的學科。這樣一門學科，不僅考慮到漢語自身的特點，能夠對語言的各個方面進行綜合的考察，而且注意到了長期以來語言理論研究與聽說讀寫的實際運用之間的脫節問題，應該說在語文教學中有相當大的實用意義」(王本華〈張志公先生與漢語辭章學〉，《論集》，頁 4)。顧、王兩位先生概述了志公先生辭章學的研究成果和實用的品格，這對於我們研究漢語辭章學和語文教學也是很有啓發的。

一支隊伍活動中心在福州，由福建省修辭學會、全國文學語言研究中心志同道合的學者組成，會長鄭頤壽先生。主要骨幹有張慧貞、祝敏青、林大礎、李蘇鳴、李鶚鳴、鄭娟榕等。這個中心由鄭先生籌畫、主持，於八十年代後期在福建師大成立了辭章學研究室，九十年代初成立了辭章學研究所，還招收了第一屆漢語辭章學研究生。四十年來，鄭先生致力於漢語辭章的研究。他研究辭章學始於「語言的綜合運用」和語文教學。七十年代後期，他在給大學生講授「文選與寫作」課時，就用辭章學理論進行分析。八十年代初，寫成《辭章學概論》講義，**1984** 年給福建省級機關業餘大學的學生講課，**1985** 年，抽出其中的第六章〈語格〉，在中國華東修辭學會於廬山舉辦的研討班上作了講演。他把書稿送福建教育出版社，經散文家任鳳生編審審處，於 **1986** 年出版。書一出，北京、上海、廣州、武漢、福州、香港、澳門、菲律賓、前蘇聯等國內外報刊發表了十多篇評論文章，從學科建設、語言運用等方面，對它作了評價。接著，鄭先生還在國內組織了十七個寫作組：一組撰寫《辭章藝術示範》，**1990** 年由上海教育出版社出版，翌年再版；一組由閩、晉、陝三十位專家組成，編撰《辭章學辭典》，由鄭先生與林大礎先生任正副主編，書稿於 **1991** 年送三秦出版社，在社冬眠八載，**2000** 年正式出版。另十三組由閩、浙、魯、漢、京、滬等省市九十九位專家組成，編撰「漢語辭章藝術大辭典」，增訂時改稱《中國文學語言藝術大辭典》，**1993** 年由重慶出版社出版。此外，還有兩個寫作組，由閩浙專家組成，以辭章理論為指導，撰寫與《辭章藝術示範》體例完全一致的《言語藝術示範》，由鄭頤壽、祝敏青任正副主編，**1992** 年安徽教育出版社出版，《語文名篇修改藝術》(二冊)，由鄭頤壽、潘曉東聯合主編，**1997** 年江西教育出版社出版。在這同時，鄭先生還發表了系列辭章學論文，根據辭章學理論寫成的：〈論言語規律〉(**1987**)、〈再論言語規律〉(**1991**)，〈論「比」與比喻〉(**1981**)、〈先秦四元六維論〉(**1999**)、〈從改筆中學習〉(**1984**)、〈語格概論〉(**1990**)、〈史傳辭章概論〉(**1987**)、〈論修辭學與辭章學〉(**1990**)、〈論辭章學〉(**1994**)，〈科學的態度，巨大的啓發〉(**1998**)，〈建構全方位多功能的言語智能體系〉(**1993**) 等，並為《散文藝術表現新探》、《小說辭章學》等專著寫序，宣傳辭章學理論)。**1998**、**2000** 年這支隊伍先後在武夷山、福州市舉辦了兩次全國性的辭章學學術研討會，鄭先生還呼籲編寫辭章學系列叢書，發表自己的構思。**2000** 年，祝敏青的《小說辭章學》由海峽文藝出版社推出，一枝獨秀，開啓了文體專門辭章學的先河。這支隊伍的成果，引人注目。

一支隊伍，活動中心在臺北，由陳滿銘教授及其研究生仇小屏、夏薇薇、陳佳君、黃淑貞等為主幹，推出了漢語辭章章法學的論著；開了「章法」論的專門辭章學先河。此類論著，從其研究的深度與廣度、科學性與實用性來講，雖非「絕後」，實屬「空前」。「章法」是辭章學的重要內容。呂叔湘、張志公在談到辭章學時，都強調「章法」，張志公的

《論集》設一章「章法」，鄭先生的《辭章學概論》設二章「章法」，《中國文學語言藝術大辭典》（頁 638-734）《段落篇章結構》部分用了近百頁的篇幅來闡析，《辭章學辭典》設〈謀篇〉部分，用了約三百二十條辭條來論述。陳滿銘教授抓住「章法」作深入的開掘，除了寫論文之外（從《新裁》可知，陳滿銘教授有關辭章學的論文近五十篇；有從主旨與形式的基本關係談，如〈談安排辭章主旨的基本形式〉；有從材料與手段的關係談，如〈談運用辭章材料的幾種基本手段〉，有從辭章的藝術談，如〈談辭章的兩種基本作法歸納與演繹〉、〈辭章的兩種作法、泛寫與具寫〉；有從表達方式談，如〈插敘法在辭章裡的運用〉……等等），還寫幾部專著來論析辭章章法論，這就是：《國文教學論叢》（1991）、《文章結構分析》（1999）、《詞林散步 － 唐宋詞結構分析》（2000）、《章法學新裁》（2001）等百萬字的專著，其高足仇小屏博士是研究漢語辭章學的後起之秀，她的研究生畢業論文就是《中國辭章章法析論》。在這基礎上，她相繼推出《文章章法論》（1998），《篇章結構類型論》（上下冊，1990）、《深入課文的一把鑰匙 － 章法教學》兩書（2001）等五本專著，總字數一百多萬字。她的二十多萬字的博士論文《古典詩歌時空設計之研究》（成稿於 2000 年，修改於 2001 年），也是論析辭章章法的力作。《新裁》和《研究》更重視從理論的高度進行闡釋，在弘揚漢語辭章章法學方面，做出了突出的貢獻。它們的特點是：一、「從各個角度切入」，融化文章學、文藝學、心理學、美學直至繪畫、音樂的基礎知識、基礎理論，以富有民族特點的詩詞、散文名篇爲例，闡析章法的範圍、原則與內涵，具有多科性、綜合性、邊緣性。二、把章法結構立體化，用極其簡練的文字、表解的形式，分析詩文結構的層次，內在關係。三、把表達與接受、創作與欣賞聯繫起來，既設「創作篇」代作家立言，也設「欣賞篇」，爲品評立論，把章法的基礎知識、基礎理論與培養聽說讀寫的能力聯繫起來，具有理論性和實用性[4]。

這種說法，鄭頤壽教授特予附和，並總括起來說：「〈漢語辭章學四十年述評〉評述了漢語辭章學的三支勁旅：北京，以張志公爲核心、以王本華等爲骨幹的研究隊伍；福建，以福建師範大學辭章學研究所爲中心，團結「全國文學語言研究會」中志同道合的學者組成研究隊伍；臺灣，以臺灣師範大學陳滿銘教授爲核心、仇小屏博士爲骨幹的研究隊伍。這三支隊伍根據各自的科研優勢開展研究，推出了系列的科研成果，漢語辭章學這門新學科可以說是慘澹經營，『由樹而林』、『由磚瓦而樓房』，逐步地建立起來了。」[5]

這樣看來，爲臺灣的章法學研究冠上了「團隊」之名，該是不至於令人大驚小怪的。

---

[4] 見鄭韶風〈漢語辭章學四十年述評〉(臺北:《國文天地》17 卷 2 期，2001 年 7 月)，頁 93-97。

[5] 見鄭頤壽〈臺灣辭章學研究述評〉，原發表於「首屆海峽兩岸閩南文化學術研討會」(2002)，後擴充爲〈臺灣辭章學研究述評及其與大陸的異同比較〉，發表於《福建省社會主義學院學報》(福州：2002 年第 2 期〔總 43 期〕，2002 年 4 月)，頁 29-32。

三、團隊之基礎

在近四十年前，個人爲了講授「國文教材教法」這門課程之需要，不得不接觸「章法」；而由於「章法」所研討的乃「篇章內容的邏輯結構」，因此對後來「多」、「二」、「一 0」螺旋結構之發現，就有直接之關係。開始時，先以捕捉到的有限「章法」，切入各類文章，作一檢視；再就所發現的「章（篇）法」現象，加以分析、統整，以求得其通則。這樣一路走來，才逐漸地集樹而成林，深入了「章法」的領域，確認了「章法」是「客觀存在」，而「與文（含章法）能力」是來自「先天」的事實，而成爲一個新學科。數一數近四十年來所發表的有關「章法」的文章，共有一百多篇。其中最早涉及「章法類型」的是〈常見於稼軒詞裡的幾種詞章作法〉（原題〈稼軒詞作法舉隅〉[6]）一文，發表於 1974 年 6 月，所涉及的章（篇）法有「今昔」、「遠近」、「大小」、「虛實」（情、景）、對照（「正反」）、演繹（「先凡後目」）、歸納（「先目後凡」）等，結合縱、橫向作說明，這可算是「清醒、自覺」的初步嘗試。

就在這樣尋找「章法類型」的同時，也沒有忽略「章法規律」。而最早以「章法規律」來梳理的是〈章法教學〉[7]一文，發表於 1983 年 12 月。它首度以「秩序」、「聯貫」、「統

---

6 見拙作〈稼軒詞作法舉隅〉（臺北：臺灣師大國文系《文風》25 期，1974 年 6 月），頁 11-15。

7 見拙作〈章法教學〉（臺北：臺灣師大《中等教育》33 卷 5、6 期，1983 年 12 月），頁 5-15。

一」等三大規律來規範「章法類型」，而所涉及的章（篇）法，除「遠近」、「大小」、「今昔」、「本末」、「輕重」、「虛實」、「凡目」外，還兼及詞句、節段的聯貫與主旨的安置（篇首、篇腹、篇末、篇外）等，結合教學進行探討。這對章法學之研究而言，雖可算是向前推動了一大步，但將「變化律」併入「秩序律」裡，是仍有缺憾的。

這種缺憾，一直到 **1994** 年，由臺灣師大國文研究所第一個以「章法」爲研究主題的碩士班導生仇小屏加入研究行列，才作了彌補。她在指導下以「中國辭章章法析論」爲題，第一次用「秩序」、「變化」、「聯貫」、「統一」四大律來統合二十幾種章法，並從古今詩文評點論著中去爬羅剔抉，尋出它們的理論依據與批評實例，首度呈現了「章法」的大致範圍與內容。這篇論文完成於 **1996** 年，長達六、七十萬字，而於 **1998** 年精簡過半，改名《文章章法論》[8]，由萬卷樓圖書公司出版；獲得廣泛好評。她得此鼓勵，又於博一升博二那年（**1999**）的暑假，撰寫《篇章結構類型論》[9]，在「進一層的指導與催促下，將原有章法的內容加以充實，由二十幾種增至三十五種，並針對它所形成的結構類型，一一舉實例，附以結構分析表，作相當完整的論述；此外，也顧到各種章法間的分界，並涉及其心理基礎與美感效果，予以扼要的說明。這對文章篇章結構的研究與分析而言，無疑地提供

[8] 見仇小屏《文章章法論》，同注 **3**。
[9] 見仇小屏《篇章結構類型論》上下，同注 **3**。

了一把精緻實用的鑰匙。」[10] 這些成果，對一個研究生而言，是十分難能可貴的，南京大學王希杰教授就讚譽說：「如果說，陳教授提出了四大規律，那麼應當說，仇博士（生）把這四大規律具體化，以四大規律爲基礎建立了一個章法學的體系。這一著作的出現，可以說是中國章法學科學化的一個標誌。」[11] 這種肯定對章法學的研究是有相當大之推動力的。

單獨摸索了多年後，多了夥伴一起研究，速度當然就加快了一些。在此融貫文學、哲學與美學爲一的過程中，關於二元「移位」與「轉位」、「調和」與「對比」理論之提出，對「多」、「二」、「一（0）」螺旋結構的確認[12]，是佔有相當重要地位的。而這個問題也在指導下，由仇小屏博士處理，先於「第四屆中國修辭學國際學術研討會」發表了〈論章法的對比與調和之美〉（2002）[13]，後於「閩臺文學辭章學研討會」發表了〈論章法的移位、轉位及其美感〉（2002）[14]等兩篇論文；而且又在其博士論文《古典詩詞時空設計之研究》（2001），後改名《古典詩詞時空設計美學》，由文津出版社

---

[10] 見拙文《篇章結構類型論．序》，同注 3，頁 1-2。

[11] 見王希杰〈讀仇小屏博士的《文章章法論》〉（上海：《修辭學習》2001 年第 1 期〔總 103 期〕，2001 年 2 月），頁 39。

[12] 見拙作〈論「多」、「二」、「一（0）」的螺旋結構 — 以《周易》與《老子》爲考察重心〉（臺北：《師大學報．人文與社會類》48 卷 1 期，2003 年 7 月），頁 1-20。

[13] 見仇小屏〈論章法的對比與調和之美〉，收於《修辭論叢》第 4 輯（臺北：洪葉文化事業有限公司，2002 年 5 月初版），頁 533-578。

[14] 見仇小屏〈論章法的移位、轉位及其美感〉，收於《辭章學論文集》上冊（福州：海潮攝影藝術出版社，2002 年 12 月初版），頁 78-97。

出版（2002）[15]與升等為副教授之論著《篇章意象論》（2005）[16]中作了相當深化與拓展之論述。這對於由「二」徹下以統合「多」、徹上以歸根於「一（0）」，從而掌握「章法結構」中陰陽的流動與力度的變化，甚而試圖破天荒地作辭章剛柔成分之量化[17]，無疑地提供了相當有力的切入點。

有了這種推動力，攻堅的努力自然就更為加緊，以週邊論著而言，先後出版《國文教學論叢》（1991）、《文章的體裁》（1993）、《作文教學指導》（1994）、《國文教學論叢續編》（1998）、《文章結構分析》（1999）、《詞林散步 － 唐宋詞結構分析》（2000）等，而以核心專著之出版而言，於 2001 年出版《章法學新裁》[18]、於 2002 年出版《章法學論粹》[19]，又於 2003 年以「陰陽二元對待」為基礎，貫通「章法哲學」、「章法結構」、「章法美學」、「比較章法」等內容，先出版《章法學綜論》[20]，再於 2005 年出版《篇章結構學》[21]、2006 年

---

[15] 見仇小屏《古典詩詞時空設計美學》（臺北：文津出版社，2002 年 11 月一版一刷），頁 1-360。

[16] 見仇小屏《篇章意象論》（臺北：萬卷樓圖書公司，2006 年月初版），頁 1-488。

[17] 見拙作〈論東坡清俊詞中剛柔成分之量化〉（貴州畢節：《畢節師範高等專科學校學報》22 卷 1 期〔總 78 期〕，2004 年 9 月），頁 11-18。

[18] 見拙著《章法學新裁》，同注 2，頁 1-566。

[19] 見拙著《章法學論粹》（臺北：萬卷樓圖書公司，2002 年 7 月初版），頁 1-488。

[20] 見拙著《章法學綜論》（臺北：萬卷樓圖書公司，2003 年 6 月初版），頁 1-506。

[21] 見拙著《篇章結構學》（臺北：萬卷樓圖書公司，2005 年 5 月初版），頁 1-428。

出版《辭章學十論》[22]與《意象學廣論》[23]，然後於 2007 年繼續推出《多二一 0 螺旋結構論》[24]與《章法結構原理與教學》[25]，從多角度與層面嚴密地地爲辭章章法學與意象學建構了一個完整的體系。不但以「多」、「二」、「一（0）」的螺旋結構將哲學、文學（章法、意象）與美學「一以貫之」，也運用此結構，理清了辭章與章法、內容與章法、章法與主旨、意象、韻律（節奏）和風格之間的關係，以證明章法及意象規律、結構與自然規律的一體性。

有這些基礎來進行推廣，久而久之，終於促使了章法學研究團隊之成長與茁壯。

四、團隊之成長

於努力打基礎之同時，自 1984 年以來，除了指導純以詩、詞、散文或修辭爲範圍，指導林承坯、金鮮、李清筠等完成博士論文、指導權寧蘭、林承坯、郭美美、陳清茂、張美娥、曾秀華、郭靜慧、謝奇峰、蒲基維、楊麗玲、段致平、賴玫怡、蔣聞靜、趙瑋婷等完成碩士論文之外，又於近十年，

---

[22] 見拙著《辭章學十論》（臺北：里仁書局，2006 年 10 月初版），頁 1-465。

[23] 見拙著《意象學廣論》（臺北：萬卷樓圖書公司，2006 年 11 月初版），頁 1-332。

[24] 見拙著《多二一（0）螺旋結構論》（臺北：文津出版社，2007 年 1 月初版），頁 1-298。

[25] 見拙著《章法結構原理與教學》（臺北：萬卷樓圖書公司，2007 年 4 月初版），頁 1-389。

特別以「章法」、「意象」或「多」、「二」、「一（0）」的螺旋結構為主要切入角度，指導一系列博、碩士論文，先後指導完成博士論文的有：仇小屏《古典詩詞時空設計之研究》（2001）、陳佳君《辭章意象形成論》（2004）、蒲基維《章法風格析論》（2004）、謝奇懿《先秦兩漢天人意識與詩經學之研究》（2004）、顏智英《辭章章法變化律研究 － 以古典詩詞為考察對象》（2006）、黃淑貞《辭章章法統一律研究》（2006）。而指導完成碩士論文的，則先後有仇小屏《中國辭章章法析論》（1997）、謝奇懿《五代詞中山的意象研究》（1997）、陳佳君《虛實章法析論》（2001）、黃淑貞《辭章主旨（綱領）安置於篇腹的結構類型析論》（2002）、顏瓊雯《六一詞篇章結構探析》（2003）、許婷《晏幾道離別詞研究》（含篇章結構、2003）、江姿慧《晏殊珠玉詞研究》（含篇章結構、2003）、張雯華《東坡詞色彩意象析論》（2003）、涂碧霞《凡目章法析論》（2003）、蘇秀玉《唐宋古文篇章結構析論 － 以《古文觀止》惟研究範圍》（2004）、黃琛雅《東坡詞月意象探析》（2004）、高敏馨《平側章法析論》（2004）、邱瓊薇《東坡黃州詞篇章結構析》（2004）、李靜雯《點染章法析論》（2005）、周珍儀《韓愈贈序類散文篇章結構研究》（2005）、廖惠美《杜甫五律登臨詩篇章結構探析》（2005）、蘇芳民《李商隱憶妓情詞意象研究》（2005）、侯鳳如《珠玉詞花鳥意象研究》（2006）、程汶宣《李清照詞篇章意象析論》（2006）、楊雅貴《蘇軾「記」體文辭章意象研究》（2006）、李昊青《稼軒詞秋意象探析》（2006）、余椒雪《納蘭性德邊塞詞篇章結構研究》(2006)、鄧絜謦《六一詞花鳥意象研究》(2007)、朱瑞芬《東坡詞樂器意象研究》(2007)、毛玉玫《稼軒離別詞篇章結構探析》(2007) 等。此外，以國語文教學（含篇章結構）爲研究範圍的，計有江錦玨《古典詩詞義旨探究》(2001)、劉寶珠《作文運材教學設計之研究》(2002)、陳怡芬《唐宋古文篇章結構教學析論 — 以高中國文一綱多本國文課文爲研究範圍》(2003)、劉文君《詩歌義旨教學之研究 — 以國中國文教材爲例》(2003)、邱玉霞:《國中國文讀寫互動教學之研究 — 以因果、正反、凡目三種章法切入》(2005)、陳月貴《孔子的「因材施教」與多元智能的對應研究》(2006)、魏碧芳《高中寫作教學之理論與實作》(2006)、吳冠儀《孔子教育思想與九年一貫十大基本能力之研究》(2006) 等。

除了出版以上專著與指導學位論文之外，個人在近幾年(2001-2006)也加緊寫了不少有關辭章章法學與意象學方面之論文，單以發表於兩岸學報或研討會者而言，重要的就有五十多篇，其中發表於臺灣師大《師大學報》的有三篇、臺灣師大《中國學術年刊》的有五篇、臺灣師大《國文學報》的有七篇、成功大學《宋代文學研究叢刊》的有一篇、《成大中文學報》的有一篇、中山大學《文與哲》的有一篇、《中國修辭學國際學術研討會論文集》的有六篇、金華《浙江師範大學學報》的有三篇、無錫《江南大學學報》的有兩篇、錦州《渤海大學學報》的有一篇、浙江《溫州師範學院學報》的有一篇、安徽《阜陽師範學院學報》的有一篇、河南《平頂山師範專科學校學報》與《平頂山學院學報》的有四篇、江蘇《南通紡織職業技術學院學報》的有一篇、貴州《畢節師範高等專科學校學報》與《畢節學院學報》的有六篇、安徽《亳州師範高等專科學校學報》的有一篇、河北《唐山學院學報》的有一篇、上海《修辭學習》的有一篇、福州《閩江學院學報》的有一篇、武夷山《南平師範高等專科學校學報》的有一篇、廣東《肇慶學院學報》的有一篇、銀川《西北第二民族學院學報》的有一篇、寧波《浙江工商職業技術學院學報》的有一篇、福建《泉州師範學院學報》的有一篇。

而團隊中的一些成員，除出版有相關專著二、三十種，並發表有專書（含大陸）論文十幾篇外，單在大學或學院的學報論文方面也有相當亮麗之表現，如仇小屏博士發表於中山大學《文與哲》與《畢節師範高等專科學校學報》的有兩篇，發表於臺灣師大《中國學術年刊》、成功大學《成大中文學報》、《國立臺北師範學院學報》、《花蓮師院學報》、《阜陽師範學院學報》、《澳門語言學刊》、《南通紡織職業技術學院學報》的各一篇；陳佳君博士發表於新加坡《南大語言文化學報》的有一篇；黃淑貞博士發表於臺灣師大《中國學術年刊》的有兩篇，發表於臺灣師大《師大學報》、輔仁大學《先秦兩漢學術學報》的各一篇；顏智英博士發表於臺灣師大《師大學報》、《中國學術年刊》的各兩篇，發表於中興大學《人文學報》的有一篇；蒲基維發表於臺灣師大《中國學術年刊》的有一篇。至於發表於學術研討會如「中國修辭學國際學術研討會」（1－7屆）、「閩臺文學辭章學研討會」、「魏晉南北朝文學與思想學術研討會」、「創意開發學術研討會」……，或其他刊物如《國文天地》、《中國語文》、《人文及社會學科教學通訊》……的，則不計其數，有一兩百篇之多。

這種持續努力的一些成果，使得章法學的團隊開始獲得了普遍之迴響與莫大之助力。

五、團隊之助力

如此在持續努力下，終於陸續獲得難得的鼓勵與肯定，首先是大陸學者鄭韶風〈漢語辭章學四十年述評〉（2001）一文中指出這種「研究的深度與廣度、科學性與實用性來講，雖非『絕後』，實屬『空前』」[26]，其次是福建師大鄭頤壽教授先後在福州、蘇州所舉辦之海峽兩岸文化學術研討會上，特以臺灣辭章章法學之研究為主題，發表論文廣予宣揚，大力地替臺灣辭章章法學之研究打氣，認為臺灣辭章章（篇）法學之研究成果，是「豐碩的」、「空前」的。他在2001年11月於廈門舉行的「海峽兩岸閩南文化學術研討會」上發表〈臺灣辭章學研究述評〉一文，以重點方式加以評述，認為臺灣之章（篇）法學研究具有「哲學思辨」、「多科融合」、「（讀寫）雙向兼顧」、「體系完整」、「重點突出」、「行知相成」等六大特點[27]，並且又在2002年5月於蘇州「海峽兩岸

[26] 見鄭韶風〈漢語辭章學四十年述評〉，同注4。
[27] 見鄭頤壽〈臺灣辭章學研究述評及其與大陸的異同比較〉，同注5。

中華傳統文化與現代化研討會」上，發表〈中華文化沃土，辭章學圃奇葩 — 讀陳滿銘的《章法學新裁》及其相關著作〉一文，以爲「辭章章法的辯證法，是一種居高臨下的哲學思辨。陳教授爲中心的辭章學隊伍的作品，這一特點十分突出。」[28]接著是南京大學王希杰教授在〈章法學門外閑談〉（2002）一文也指出：「章法學作爲一門學問，不是有關部門章法的個別的知識，而是章法知識的總和，是一種概念的系統。章法學是一門實用性很強的學問，也有極高的學術價值。它同文章學、修辭學、語用學、文藝學、美學、邏輯學等都具有密切關係。章法學已經初步形成了一門科學。陳滿銘教授初步建立了科學的章法學體系。」[29]再來是林大礎、鄭娟榕兩位學者在〈當代漢語辭章學的三個時期與主要標誌〉（2004）一文中指出：「陳滿銘教授及其弟子所創立的辭章章法學，是目前的當代漢語辭章學所有分支學科中，最系統、最全面、最完整、規模最大、成就最突出的一個專門學科。它是當代漢語辭章學分支學科的建立與發展的極爲重要的標誌。」[30]然後是廣東暨南大學黎運漢教授在〈陳滿銘對辭章章法學的貢獻〉（2005）一文中以爲「陳滿銘教授的辭

---

[28] 見鄭頤壽〈中華文化沃土，辭章學圃奇葩 — 讀陳滿銘的《章法學新裁》及其相關著作〉（蘇州：《海峽兩岸中華傳統文化與現代化研討會文集》，2002 年 5 月），頁 131-139。

[29] 見王希杰〈章法學門外閑談〉（臺北：《國文天地》18 卷 5 期，2002 年 10 月），頁 92-101。

[30] 見林大礎、鄭娟榕〈當代漢語辭章學的三個時期與主要標誌〉，收入《大學辭章學》（福州：福建人民出版社，2004 年一版一刷），頁 395。

章章法學論著，展現了創新的章法觀，建立了比較系統、合理的理論體系，揭示了章法現象本體的基本規律，運用了比較科學的研究方法，使漢語章法學基本具備了成爲一門新學科的資格。」[31]諸如此類之鼓勵與肯定，從四方八面傳來，是十分令人感動的。

如此之鼓勵與肯定，大都圍繞在辭章章法之理論研究上，而辭章學家鄭頤壽教授則特別注意到了它的應用面，即國語文教學之上，他在其〈臺灣辭章學研究述評及其與大陸的異同比較〉（**2002**）中說：「文章具有雙向性，一方是寫作者，一方是閱讀者，談章法不得不顧及這兩方。臺灣的辭章章法學研究兩方都兼顧了。先講寫作一方。陳教授說：『所謂章法，是指文章構成的形態而言，也就是將句子組合成節段，由節段組合成整篇的一種方式。任何一個作家，不論是古、今或中、外，於寫作文章時，一定要把各個句子與節段作合適的配置，才能夠使作品產生巨大的感染力量。』（《新裁》，頁 **21**）這談的是『作家』的寫作。陳教授還從廣大的學生『作文』考慮。在〈如何進行作文教學〉一文中，談到『嚴守命題原則』；『活用命題的方式』，讓學生『擴充』、『濃縮』、『仿寫』、『改寫』。『審題』，要『明辨題目的意義』、『把握題目的重心』、『認識題目的範圍』、『決定寫作的體裁』、『確定寫作的主場』。『立意』，要考慮：『主旨（綱領）安置於篇首』，或『安置於篇腹』、『篇末』，甚至『安置於篇外』。『佈

[31] 見黎運漢〈陳滿銘對辭章章法學的貢獻〉（臺北：《陳滿銘教授七秩榮退誌慶論文集》，**2005** 年 **7** 月），頁 **450**。

局』，『得看到作者的意度心管來盡其巧妙』，要依據『秩序原則』、『聯貫原則』、『統一原則』。這些，都是就寫作一方來談『章法』(《國文教學論叢續編》，以下簡稱《續編》，頁 **401-425**)。再談閱讀一方。掌握『章法』理論，有助於全面、深入地理解文章的含義和藝術。這就要把渾然一體的文章，作多方的『分析』，才能由全部到局部，再由局部到全部，掌握文章所蘊含的各種信息。陳教授十分強調：『要分析一篇文章，可以多方面著手，其中最關緊要的，就是「章法」。所謂「章法」，是綴句成節、段，聯節、段成篇的一種組織方式。這種方式很多，比較常見的，除綱領的軌數外，有遠近、大小、本末、淺深、貴賤、親疏、賓主、正反、虛實、凡目、因果、平側（平提側注）、抑揚、擒縱、問答、立破等。用這種方式切入一篇文章，來掌握它的形式結構，從而將它的內容結構也疏理清楚，那麼這篇文章在內容與形式上的特色就自然凸顯出來了』。(《文章結構分析》，自序頁 **1**）科學的辭章學以及辭章學之諸多分支學科，都要講究『有效、高效地表達、承載並藉以適切、深入地理解話語信息』為其前提。『表達』，就說、寫而言；『理解』，就聽、讀而言；『承載』，就話語文本而言。臺灣的辭章章法論，能同時注意到表達與接受兩方，是難能可貴的。」[32]

而語文教育家張慧貞先生在其〈兩岸辭章學研究和語文教學隅談〉（**2004**）中也說：「陳教授的《國文教學論叢》

[32] 見鄭頤壽〈臺灣辭章學研究述評及其與大陸的異同比較〉，同注 **5**。

及其《續編》，以書面『話語』－『文篇』爲例，兼顧讀、寫雙向互動。全書都把閱讀、欣賞與寫作能力的培養結合起來，以全面提高學生的語文水平。書中設了〈談詩詞教學與欣賞〉（見《論叢》63-70 頁）、〈如何進行鑑賞教學〉、〈談文章作法賞析〉、〈談近體詩的欣賞〉、〈談中國古典詩歌之美〉（《續編》303-400 頁）等長篇，專論閱讀、鑒識。作者談鑒職緊緊抓住『表達←→承載←→理解』雙向互動，指出『鑑賞是使讀者與作者產生共鳴的一種活動』（《續編》303 頁）鑑賞者要有『眼力』，具備能『搜尋的敏感』，『主要是作者究竟搜尋什麼情意來抒發』，理解其『立意之美』；搜尋其『得來材料』，解讀其『取材之美』。而這些，又具體地落實在『控制的力量』上，這就是『看作者究竟選用什麼語句來表達，而又運用什麼章法來經營，以有效地控制所尋得的材料，成功地組成一篇文章』，語句的表達，又落實在『修辭之美』上，進而，綜合起來，作『風格的鑑賞』。風格的鑑賞抓四組八體：簡約與繁豐，剛健與柔婉，平淡與絢爛，嚴謹與疏放。在鑑賞活動中，教師起橋樑和嚮導作用，首先自己要『能好好地把握它們』，還要能指引學生細加辨認，潛心欣賞，則浸淫日久，必可提升學生的思辨力與鑑賞力，而收到教學之最佳效果。作者用這一思想爲指導，擴展到指導『範文教學和課外讀寫』，指導『演講、辯論、吟唱』活動，這就由書面之讀寫，擴展到口頭之聽說上（《續編》401 頁）。……平心想想，哪位語文教師，哪篇課文教學可以拋掉篇章辭章學？篇章辭章學大有用途，是語文教學機器中的大齒輪，帶動著教學的開展、運作。王希杰教授高度評價章法學，說：『像陳教授這樣一來以四大規律來建立章法學理論大廈，這還是第一次。如果說唐鉞、王易、陳望道等人轉變了中國修辭學，建立了科學的中國現代修辭學，我們也可以說，陳滿銘及其弟子轉變了中國章法學，建立了科學的章法學，把漢語章法學的研究轉向科學的道路。』這對語文教師學習，運用辭章章法學應該也有啓發吧！」[33]這樣特別強調章法理論在國語文教學上之應用價値，令人得到更大的肯定與鼓勵。

至於南京大學王希杰則牢籠哲學與辭章學（含國文教學），在〈陳滿銘教授和章法學〉（**2005** 年）一文中加以肯定說：「臺灣師範大學國文系陳滿銘教授是四書學家、詩詞學家、章法學家和語文教育家。但是他首先是章法學家。四書學是他的爲人、治學的基礎。詩詞學研究是他的章法學的材料來源，也是章法學規則的核對綜合運用。語文教學是他的章法研究的出發點，他的章法學理論服務於語文教學。」[34]他指明臺灣的「章法學理論服務於語文教學」，是一點也沒錯的。

這些肯定與鼓勵，終於得到了一些實質之迴響。就在 **2001** 年 **9** 月，起先在臺北臺灣師大國研所開始開「章法學研討」的課，一年四學分，讓博、碩士生選修，這可算是兩岸在研究所開「章法學」課程之第一次嘗試；接著又在臺南成

---

[33] 見張慧貞〈兩岸辭章學研究和語文教學隅談〉，收入《大學辭章學》，同注 **30**，頁 **370-371**。

[34] 見王希杰〈陳滿銘教授和章法學〉，《陳滿銘教授七秩榮退誌慶論文集》，同注 **31**，頁 **28**。

功大學中文系，於 **2002** 年 **2** 月開始開「章法學」的課，一學期三學分，由仇小屏博士擔任，讓大學部與進修部的學生選修，這又算是兩岸在大學部開「章法學」課程之首次，值得珍惜。繼而又於 **2005** 年 **9** 月，在臺北臺灣師大國文系開「章法學」的課，半年二學分，讓大學部學生選修；在臺南成功大學開「章法學研究」的課，讓中文系教學碩士班學生選修。然後於 **2006** 年，特在屏東教育大學語教系碩士班開「章法學研究」的課，由蔡榮昌博士講授。由此可見「章法學」已漸受重視之一斑。

與此同時，這種成就也受到了學術團體與出版界廣泛之注目與高度之評價，個人先以〈章法「多、二、一（**0**）」結構的節奏與韻律〉一文，被評定「在科技發展理論探索方面取得傑出成就與卓越貢獻」，編入《中國科技發展精典文庫》第二輯（**2003**、頁 **367-368**），並獲頒「優秀論文證書」。次以〈論辭章章法的「多、二、一（**0**）」結構〉一文，榮獲「國際優秀論文獎」，編入《當代中國科教文集》（**2004**、頁 **357-360**）；業績入編《世界優秀專家人才名典》（**2003**、頁 **71**）、《中國專家人名辭典》（**2003**、頁 **96**）、《中國當代創新人才》（**2004**、頁 **374**）。然後以〈論意象與辭章「多」、「二」、「一（**0**）」螺旋結構〉，編入《中華名人文論大全》（**2004**、頁 **935-936**）、《中國改革發展理論文集》（**2004**、頁 **632-634**），獲「優秀徵文壹等獎」，業績入編《中華名人大典・當代卷》（**2004**、頁 **50**）、《中國改革擷英》（**2004**、頁 **62-63**）及英文版《世界專業人才名典》（美國 **ABI**：**2006**）、《二十一世紀

2000 世界傑出知識份子》（英國 IBC：2007、頁 197）等珍藏典籍。

得到如此之迴響與助力，堅定了章法學研究團隊的信心，繼續勇往直前，作好研究與服務。

六、團隊之服務

研究就是爲了將其成果能用於服務，服務就是爲了能檢驗研究之成果，兩者可說是互動的。有鑒於此，在擔任一般評審、學位論文口試委員、學術研討會主持人或特約討論人，盡力服務之同時，特於 2005 年成立「辭章章法學會籌備會」，作爲團隊研究、服務之據點。除了統籌成員到各大、中、小學作專題演講外，於 2006 年 5 月 7 日由臺灣師大國文系與國文天地雜誌社之協辦下，在臺灣師大教育大樓國際會議廳舉行「第一屆辭章章法學學術研討會」，向學術界與教育界，尤其是中小學教師推廣章法，以擴大影響力。會中發表論文的，依序爲李靜雯、黃淑貞、陳玉琴、馮蔚寧（大陸學者）、謝奇峰、仇小屏、林淑雲、劉妙錦、顏智英與朱瑞芬等十人，而由個人以「論章法結構與真、善、美 – 以『多』、『二』、『一（0）』螺旋結構切入作考察」爲題作專題演講。當日與會者相當踴躍，除博碩士、博碩士研究生、大學生與社會人士外，受邀擔任主持人與特約或共同討論的專家學者，有臺灣師大國文系王開府主任、邱燮友教授、賴明德教授、蔡宗陽教授、傅武光教授、戴維揚教授、張春榮教授、亓婷婷教授、陳正一教授等。有了這些人士之熱心參與與鼓勵，使此次研討會增光不少。而這些論文，原想採「學報」之形制刊出，最後卻接納蔡宗陽與戴維揚兩位教授之建議，循修辭學模式，以「章法論叢」（第一輯）[35]爲名出版。而爲了充實本書內容，臨時又增加未及發表的蒲基維、陳佳君與謝奇懿三位博士之論文，更凸顯了章法之多樣面貌。概括起來說，這十幾篇論文共同之特色爲：「理論與應用並重」；尤其值得一提的是，劉妙錦與陳玉琴兩位是小學老師，依序爲陳佳君與仇小屏兩位博士在教學碩士班之學生，她們的論文，均從章法切入，研討小學階段的閱讀或寫作教學，都呈現了令人「驚艷」之效果。如此在檢討中求進步，發揮團隊更大的力量，結合研究與服務來推廣章法，一步一步地謹慎踏出，相信對章法研究與教學應用，以逐步提升其品質而言，是會有巨大助益的。

爲了持續擴大研究與服務之效果，又於去年（2006）初，爲適應未來國、高中升學競爭之新潮流，結合團隊的力量，與「國文天地雜誌社」合作，開辦了「新（限制）式作文師資進修班」。歸本於語文教育專業，鎖定各層語文能力（一般、特殊、綜合），研討中、小學新（限制）式作文教學之理論與實際，俾使教師於進修後能應用於教學，引導學生熟悉各種新（限制）式作文之類型及其作法，以提升其作文能力與競爭力。前後共開辦了三期，提供中、小學教師進修，

[35] 見《章法論叢》〈第一輯〉（臺北：萬卷樓圖書公司，2006 年 9 月初版），頁 1-449。

受到令人鼓舞之回應。

又爲了擴大效果，在今年（**2007**），以同樣陣容，特與「臺灣師範大學進修推廣部」合辦「新（限制）式作文師資養成班」，並且已在**3**月**18**日開班，每逢週日上下午上課，連上六週、**36** 節課，修畢及格發給「結業證明書」。其課程與師資爲：一、寫作原理：陳滿銘（臺灣師大兼任教授），二、新式寫作之理論與應用：仇小屏（成功大學副教授），三、遣辭造句（一）詞彙：李靜雯（臺灣師大博士生），四、遣辭造句（二）修辭：張春榮（國立臺北教育大學教授），五、結構組織（一）語句結構：楊如雪（臺灣師大副教授），六、結構組織（二）篇章結構：黃淑貞（臺灣師大博士），七、立意取材（一）主題（意象）：陳佳君（國立臺北教育大學助理教授），八、立意取材（二）文體：顏智英（世新大學兼任助理教授），九、立意取材（三）風格：蒲基維（臺灣師大兼任助理教授），十、批改評分（基測）：謝奇懿（文藻外語學院助理教授），十一、綜合練習（一般）：仇小屏（成功大學副教授），十二、綜合練習（基測-**2/3**）：簡蕙宜（高中教師）、綜合研討（**1/3**）：陳滿銘（臺灣師大兼任教授）。在此特別要感謝的是，張春榮教授、楊如雪副教授答應支援，才得以使陣容趨於堅強。

以上課程之主體部分，主要以「立意取材」（含風格、文體、主題）、「結構組織」（含文法：語句結構、章法：篇章結構）與「遣詞造句」（含詞彙、修辭）歸本於各種語文之特殊能力加以呈現[36]，一方面分項對應了國民中學學生基本學力測驗推動工作委員會所編製之「國民中學學生寫作測驗評分規準」，一方面也整體對應了大學考試中心高級中等學校學生寫作測驗試行已久之評分原則或標準。所以能如此，那是由於它們正是構成一篇辭章必要內涵的緣故。而就辭章之內涵而言，它是結合「形象思維」與「邏輯思維」與「綜合思維」所形成的。而這三種思維，各有所主。就形象思維而言，如果是將一篇辭章所要表達之「情」或「理」，也就是「意」，主要訴諸各種偏於主觀的聯想、想像，和所選取之「景（物）」或「事」，也就是「象」，連結在一起，或者是專就個別之「情」、「理」、「景」（物）、「事」等材料本身設計其表現技巧的，皆屬「形象思維」；這涉及了「取材」與「措詞」等問題，而主要以此爲探討對象的，就是意象學（狹義）、詞彙學與修辭學等。就邏輯思維而言，如果整個就「景（物）」或「事」（象）等各種材料，對應於自然規律，結合「情」與「理」（意），主要訴諸偏於客觀的聯想、想像，按秩序、變化、聯貫與統一之原則，前後加以安排、佈置，以成條理的，皆屬「邏輯思維」；這涉及了、「佈局」（含「運材」）與「構詞」等問題，而主要以此爲研究對象的，就字句言，即文（語）法學；就篇章言，就是章法學。就綜合思維而言，是合形象思維與邏輯思維而爲一的，就一

[36] 見拙作〈論語文能力與辭章研究 — 以「多」、「二」、「一（0）」螺旋結構作考察〉（臺北：臺灣師大《國文學報》36 期，2004 年 12 月），頁 67-102。

篇辭章而言，用以統合「形象思維」（偏於主觀）與「邏輯思維」（偏於客觀）而爲一的，乃是主旨與風格（韻律）等，這就涉及了主題學與風格學等。而以此整體或個別爲對象加以研究的，則統稱爲辭章學或文章學[37]。因此這種課程之設計，乃奠基於辭章學學術之最新研究成果，是最講求專業的。

還有，爲了實際市場之需要，並且作爲後續開班或大專相關課程之基礎教材，特就開課程所用過的講稿，在理論與實作並重之要求下加以整理、補充，並作宏觀面之調控，以作爲各章節之主要內容，出版了《新式寫作教學導論》（2007）[38]，以擴大影響力。

此外，以團隊之力量，又先於 2004 年，由陳滿銘、仇小屏、陳佳君、蒲基維、謝奇懿、黃淑貞，與大陸學者馬曉紅、匡小榮、孫建友、張慧貞、鄭韶風、鄭頤壽、林大礎、趙林、侯友蘭、高勝林、潘曉東等共同執筆，在主編鄭頤壽、名譽主編陳滿銘之籌劃下，編成《大學辭章學》[39]。再於去年（2006），另爲高立圖書公司編成《大學國文選》，參與者，除上見《新式寫作教學導論》之陳滿銘（主編）、仇小屏、陳佳君、蒲基維、謝奇懿、顏智英（以上爲編輯）外，增加了林淑雲（臺灣師大講師）、謝奇峰（長庚大學兼任講師）兩位編輯。此書從文學主題中選擇「愛情」、「親情」、「友情」、「家國」、「人生」、「社會」、「鄉土」、「女性」、「兒童」、「奇幻」、「哲思」、「旅遊」、

37 見拙著《章法學綜論．自序》，同注 20，頁 1。
38 見《新式寫作教學導論》（臺北：萬卷樓圖書公司，2007 年 2 月初版），頁 1-442。
39 見《大學辭章學》，同注 30，頁 1-406。

「飲食」、「網路」等十四種，而每種又選擇古今名家詞歌或散文二至三篇，共三十餘篇，以適應不同科系需求。如此由不同主題切入，呈現多樣而充實之內容，形成本書特色之一。 而有鑒於「語文能力」含「一般」（觀察、記憶、聯想、想像等）、「特殊」（意象、詞彙、修辭、文法、章法、主題（主旨或綱領）、文體、風格等）與「綜合」（創造）等三層，而三層之間，又經由形象、邏輯與統合等三種思維之相互作用，融貫成爲一完整體系。因此本書課文後之「賞析」、「問題與討論」與「讀寫訓練」等，即暗中呼應這種「語文能力」加以設計。如此歸本於「語文能力」，卻儘量略去專門術語或框框，以提高使用者的接受度，形成本書特色之二。 還有，一篇課文最難掌握的是篇章結構，而由於篇章結構，主要乃立基於講求「本末」、「終始」或「因果」先後邏輯關聯的「章法」之上，因此要做文章脈絡凸顯出來，溝通作者與讀者，則非借助於此不可。本書之所以先嘗試選擇淺易之「章法」切入課文，畫成「結構分析表」，再進一步擴大之賞析，原因即在此。如此凸出「篇章結構」，作爲全面賞析課文之基礎，使讀與寫產生互動，形成本書特色之三。 有此三大特色，再配合其他方想所作的努力與改進，相信能讓使用者不但由「知之」而「好之」，且又「樂之」，以提升教學效果[40]。

還有，必須附帶一提的是，從 2005 年開始，就爲文揚資訊股份有限公司組成「基測引導寫作彙編團隊」，企劃並

[40] 參見《大學國文選》（臺北：高立圖書公司，2006 年 9 月初版），頁 1-493。

編輯一系列的《寫作測驗必讀文選》(含《語文能力培養》兩冊、《民間文學選粹》四冊、《名家散文集》四冊)[41]、《作文教學題庫》(已出版《文采飛揚 － 新型基測作文教學題庫》三冊，由蒲基維主編，涂玉萍、林聆慈、顏智英助編[42])與「國民中學學生寫作模擬測驗」(含〈教師閱卷參考指引〉，由謝奇懿負責，李靜雯、魏碧芳、簡蕙宜協助)，甚至設立「寫作測驗網站」(由謝奇懿負責)，以擴大服務面。

諸如此類以研究爲基礎之服務，將繼續推動下去，以期發揮最大的影響力。

七、結語

在「章法學」或「章法學研討」開始列爲大學國(中)文系大學部與研究所選修課程，甚且將「篇章結構」列爲升學或就業考試主要內容之今天，回顧一下，從哲學、文學、美學與語文教學各角度來確認「多」、「二」、「一(0)」螺旋結構的過程，是漫長而辛苦的，而所獲得的肯定與鼓勵，則是令人永遠銘感於心的。希望這種肯定與鼓勵能更爲普遍，使所逐漸形成之團隊能更趨茁壯，無論在研究與服務上都結出更豐碩的果實。

---

[41] 見《寫作測驗必讀文選》一套十冊(臺北：文揚資訊股份有限公司，2006 年 11 月初版)，頁 1-1410。

[42] 見《文采飛揚 － 新型基測作文教學題庫》〔七年級、八年級、九年級適用〕三冊(臺北：文揚資訊股份有限公司，2006 年 11 月初版)，頁 1-211、1-210、1-182。

引用文獻

王希杰〈讀仇小屏博士的《文章章法論》〉，上海：《修辭學習》2001年第1期（總103期），2001年2月，頁39。

王希杰〈章法學門外閑談〉，臺北：《國文天地》18卷5期，2002年10月，頁92-101。

王希杰〈陳滿銘教授和章法學〉，臺北：《陳滿銘教授七秩榮退誌慶論文集》，2005年7月，頁28-40。

仇小屏《文章章法論》，臺北：萬卷樓圖書公司，1998年11月初版。

仇小屏《篇章結構類型論》上、下，臺北：萬卷樓圖書公司，2000年2月初版。

仇小屏〈論章法的對比與調和之美〉，收於《修辭論叢》第4輯，臺北：洪葉文化事業有限公司，2002年5月初版，頁533-578。

仇小屏〈論章法的移位、轉位及其美感〉，收於《辭章學論文集》上冊，福州：海潮攝影藝術出版社，2002年12月初版，頁78-97。

仇小屏《古典詩詞時空設計美學》，臺北：文津出版社，2002年11月一版一刷。

仇小屏《篇章意象論》，臺北：萬卷樓圖書公司，2006年月初版。

吳應天《文章結構學》，北京：中國人民大學出版社，1989

年 8 月一版三刷。
林大礎、鄭娟榕〈當代漢語辭章學的三個時期與主要標誌〉，收入《大學辭章學》，福州：福建人民出版社，2004 年一版一刷，頁 377-398。
陳滿銘〈稼軒詞作法舉隅〉，臺北：臺灣師大國文系《文風》25 期，1974 年 6 月，頁 11-15。
陳滿銘〈章法教學〉，臺北：臺灣師大《中等教育》33 卷 5、6 期，1983 年 12 月，頁 5-15。
陳滿銘《章法學新裁》，臺北：萬卷樓圖書公司，2001 年 1 月初版。
陳滿銘〈論辭章章法的四大律〉，臺北：《國文天地》，17 卷 4 期，2001 年 9 月，頁 101-107。
陳滿銘《章法學論粹》，臺北：萬卷樓圖書公司，2002 年 7 月初版。
陳滿銘《章法學綜論》，臺北：萬卷樓圖書公司，2003 年 6 月初版。
陳滿銘〈論「多」、「二」、「一（0）」的螺旋結構 — 以《周易》與《老子》爲考察重心〉，臺北：《師大學報·人文與社會類》48 卷 1 期，2003 年 7 月，頁 1-20。
陳滿銘〈論東坡清俊詞中剛柔成分之量化〉，貴州畢節：《畢節師範高等專科學校學報》22 卷 1 期（總 78 期），2004 年 9 月，頁 11-18。
陳滿銘名譽主編、鄭頤壽主編《大學辭章學》，福州：福建人民出版社，2004 年 12 月一版一刷。

陳滿銘《篇章結構學》，臺北：萬卷樓圖書公司，2005 年 5 月初版。

陳滿銘主編，仇小屏、陳佳君、蒲基維、謝奇懿、顏智英、林淑雲、謝奇峰等編輯《大學國文選》，臺北：高立圖書公司，2006 年 9 月初版。

陳滿銘《辭章學十論》，臺北：里仁書局，2006 年 10 月初版。

陳滿銘《意象學廣論》，臺北：萬卷樓圖書公司，2006 年 11 月初版。

陳滿銘策劃、主編《寫作測驗必讀文選》，臺北：文揚資訊股份有限公司，2006 年 11 月初版。

陳滿銘《多二一（0）螺旋結構論》，臺北：文津出版社，2007 年 1 月一版一刷。

陳滿銘主編，張春榮、楊如雪、仇小屏、陳佳君、蒲基維、謝奇懿、黃淑貞、顏智英、李靜雯、簡蕙宜等編輯《新式寫作教學導論》，臺北：萬卷樓圖書公司，2007 年 3 月初版。

陳滿銘《章法結構原理與教學》，臺北：萬卷樓圖書公司，2007 年 4 月初版。

蒲基維、涂玉萍、林聆慈、顏智英等編《文采飛揚 － 新型基測作文教學題庫》〔七年級、八年級、九年及適用〕三冊，臺北：文揚資訊股份有限公司，2006 年 11 月初版。

黎運漢〈陳滿銘對辭章章法學的貢獻〉，臺北：《陳滿銘教授七秩榮退誌慶論文集》，2005 年 7 月，頁 436-450。

鄭韶風〈漢語辭章學四十年述評〉，臺北：《國文天地》17 卷 2 期，2001 年 7 月，頁 93-97。

鄭頤壽〈臺灣辭章學研究述評及其與大陸的異同比較〉，福州：《福建省社會主義學院學報》2002 年第 2 期（總 43 期），2002 年 4 月，頁 29-32。

鄭頤壽〈中華文化沃土，辭章學圃奇葩 — 讀陳滿銘的《章法學新裁》及其相關著作〉，蘇州：《海峽兩岸中華傳統文化與現代化研討會文集》，2002 年 5 月，頁 131-139。

張慧貞〈兩岸辭章學研究和語文教學隅談〉，收入《大學辭章學》，福州：福建人民出版社，2004 年一版一刷，頁 364-376。

辭章章法學會籌備會主編《章法論叢》〈第一輯〉，臺北：萬卷樓圖書公司，2006 年 9 月初版。

章法學對話

王希杰
南京大學中文系教授
仇小屏
國立成功大學中文系副教授
陳佳君
國立臺北教育大學語文與創作系助理教授

一、引言

仇小屏：王先生，我想就章法和章法學同您進行對話，可以嗎？

王希杰：當然可以。不過，你是章法學名家陳滿銘教授的大弟子，你在章法學研究方面已經取得了許多成果；我可是章法學的門外漢。

仇小屏：您可不是章法學的門外漢，起碼我從沒有這樣看過。其實從我第一次聽您的講話，就不認爲您是章法學的門外漢。

王希杰：那謝謝你了。

仇小屏：您相信我，這不是恭維的話語。您也許不知道，那時候，我們的章法學研究得不到理解，反而遭遇了許多非議。我做學術報告之後，您的非常暫短的即興評論，給了我巨大鼓舞，那時候我就想您對章法學是行家，否則說不出這樣的話語來的。這絕不是恭維話。後來，我知道您的成名之作叫做《列舉和分承》（《中國語文》**1960** 年第一期），那就是章法學研究呀！先秦許多文章就是運用列舉分承方式構造起來的。我甚至想，你十九歲時候就注意到章法問題了。

王希杰：那是不自覺的。我可從沒有想過研究章法學。我的注意章法學的確是同你和陳滿銘教授交往之後的事情，閱讀了你們的著作才開始考慮章法和章法學問題。在章法學方面我是滿銘教授和小屏博士的學生。

仇小屏：先生您千萬不要這樣說。其實您的代表作《漢語修辭學》（北京出版社，**1983** 年）也是章法學著作。

王希杰：我沒有聽到有人如此說過。

仇小屏：《漢語修辭學》中的「結構」章講的是章法問題，您提出了兩種基本章法類型，縱式章法和橫式章法。您在「均衡」、「變化」、「側重」和「聯繫」章中，您講修辭格和修辭方式的時候，總是同時把這些方式當作篇章結構的手法來考察的。

在《漢語修辭學》中，您已經提出了修辭格和修辭方式同章法規則之間的關係問題了。

王希杰：聽到小屏博士的這些話，我很高興！高興的不是我也可以擠進章法學家的行列，而是小屏博士的思路開闊。我相信，你能夠這樣思考問題，你在學術上具有包容心態，在章法學研究方面你一定必將更上一層樓。

仇小屏：王老師，拜讀你的「答問和對話」，覺得這樣的形式相當靈活，且富於生命力。您提到相信「直感」，我也覺得有趣，因爲「清醒、自覺」，所以直覺就會敏銳吧。

王希杰：研究學問光靠直覺不行，需要哲學和邏輯。

二、陳氏章法學

王希杰：「章法」有廣義和狹義兩種理解。狹義的僅僅指文章，廣義的指人言行，例如：「他做事從不講章法」。成語「雜亂無章」的「章」是廣義的當然是先有章法，後有章法學。到一定的時候，還可以有「章法學學」—— 以章法學爲其研究的對象。

仇小屏：我們是以章法現象爲自己的研究對象的，我們建立的是章法學。我跟先生討論章法學研究，可以算是「章法學學」嗎？

王希杰：行！當然是。問題是，我不研究章法學，怎麼談「章法學學」呢？「章法學學」還是你的陳老師帶領你們章法學團隊去研究。我在這裏只是隨意而談，依然是章法學門外。

仇小屏：這樣也好，你就沒有顧慮了，就可以放開來談了。

王希杰：隨便說自己的想法。

仇小屏：就我個人而言，我倒是更喜歡先生放開來談，不必就具體規律規則來加以評論。

王希杰：我們丟開廣義的章法，只談狹義章法。中國是文章大國，章法早已經存在，對章法現象的研究也早就開始了。你注意了嗎，「章句小儒」這個詞，就以「章」代替儒生的。但是，章法學是陳先生創建的。在我心裏，時常，悄悄稱呼陳教授爲：「陳章法」，你可別偷偷告訴他。

仇小屏：王教授放心，我保證不告訴陳老師。王先生明確表態，一再肯定陳老師的章法學，我們弟子是很高興的。

王希杰：我現在的看法是，陳教授開創了一個學派——陳氏章法學派。

仇小屏：學派？

王希杰：是呀，學派。學派的開創者——陳滿銘教授。他的生平與論著，你們很清楚，不用我多說。你們很容易就開出陳教授的著作目錄的。

仇小屏：陳老師的個人論著，已出版者主要的有：《中庸思想研究》（1980）、《稼軒詞研究》（1980）、

《蘇辛詞比較研究》(1980)、《學庸籯談》(1982)、《國文教學論叢》(1991)、《文章的體裁》(1993)、《詩詞新論》(1994)、《作文教學指導》(1994)、《國文教學論叢續編》(1998)、《文章結構分析—— 以中學國文課文為例》(1999)、《詞林散步——唐宋詞結構分析》(2000)、《章法學新裁》(2001)、《學庸義理別裁》(2002)、《章法學論粹》(2002)、《章法學綜論》(2003)、《蘇辛詞論稿》(2003)、《論孟義理別裁》(2003)、《篇章辭章學》上下編（2005)、《篇章結構學》(2005)、《辭章學十論》(2006)、《意象學廣論》(2006)、《多二一（0）螺旋結構論》(2007)、《章法結構原理與教學》(2007）等。這些著作都與章法直接或間接有關。

王希杰：了不起！真正的著作等身！我收到陳教授的新著《多二（0）螺旋結構論——以哲學文學美學為研究範圍》(文津出版社，2007 年)，自序 3——5 頁，所列的近年來的 30 多篇文章，就很令人驚歎不已了。

學派必須有學術領袖，他需要有自己的獨創的學術觀點，這些觀點應當有學術論著來體現。

仇小屏：這個，是沒有問題的。

王希杰：一個人，不叫「派」，是孤家寡人，如果是獨裁者，則是獨夫民賊！

學派指的是一群學者。陳老師是成功的教育家，他培養了一個個章法學團隊。這個團隊有學術水準，生氣勃勃。

小屏博士不費吹灰之力，就可以開列一份團隊成員名單，團隊成功目錄。

仇小屏：那當然，現成的。

王希杰：先說你自己吧！

陳佳君：我們師姐仇小屏博士的論著，是很多的。已出版者主要有《文章章法論》（1998）、《篇章結構類型論》（2000）、《下在我眼眸裡的雪——新詩教學》（2001）《深入課文的一把鑰匙——章法教學》（2001）、《章法新視野》（2001）、《放歌星輝下——中學生新詩閱讀指引》（2002）、《詩從何處來——新詩習作教學指引》（2002）、《古典詩詞時空設計美學》（2002）、《世紀新詩選讀》（2003）、《小學「限制式寫作」之設計與實作》（2003）、《國中國文章法教學》（2004）、《限制式寫作之理論與應用》（2004）、《篇章意象論》（2005）等。

王希杰：仇博士高壽？今年七十八，還是八十七？

陳佳君：王老師什麼意思？

王希杰：七十、八十的人，才著作等身的。

陳佳君：我們師姐還小呢。七十、八十，早著呢。

王希杰：章法團隊的成員，還有陳佳君博士，——

仇小屏：佳君師妹的論著，已出版者主要有《實虛章法析論》（2002）、《國中國文義旨教學》（2004）、

《辭章意象形成論》（2005）等。

王希杰：你們內部相互尊重，這很重要。同門之內，窩裏鬥，不好。我們中國人，特愛好窩裏鬥！很可悲的。

陳佳君：章法團隊的成員，有幾十人，他們的論著（學位論文）也很多，博士部分有：林承坯《辛稼軒詠物詞研究》（1993）、金鮮《清末民初宋詞學析論》（1997）、李清筠《時空情境中的自我影像——以阮籍、陸機、陶淵明詩爲例》（1999）、蒲基維《章法風格析論》（2004）、謝奇懿《先秦兩漢天人意識與詩經學之研究》（2004）、顏智英《辭章章法變化律研究——以古典詩詞爲考察物件》（2006）、黃淑貞《辭章章法統一律研究》（2006）等。

仇小屏：碩士部份主要有：謝奇懿《五代詞中山的意象研究》（1997）、賴玫怡《修辭心理與美感之探析——以誇飾、譬喻爲例》（2000）、黃淑貞《辭章主旨（綱領）安置於篇腹的結構類型析論》（2002）、顏瓊雯《六一詞篇章結構探析》（2003）、許婷《晏幾道離別詞研究》（含篇章結構、2003）、江姿慧《晏殊珠玉詞研究》（含篇章結構、2003）、張雯華《東坡詞色彩意象析論》（2003）、塗碧霞《凡目章法析論》（2003）、陳怡芬《唐宋古文篇章結構教學析論——以高中國文一綱多本國文課文爲研究範圍》（2003）、劉文君《詩歌義旨教學之研究——以國中國文教材爲例》（2003）、蘇秀玉《唐宋古文篇章結構析論——以《古文觀止》爲研究範圍》（2004）、黃琛雅《東坡詞月意象探析》（2004）、高敏馨《平側章法析論》（2004）、邱瓊薇《東坡黃州詞篇章結構析》（2004）、李靜雯《點染章法析論》（2005）、周珍儀《韓愈贈序類散文篇章結構研究》（2005）、廖惠美《杜甫五律登臨詩篇章結構探析》（2005）、蘇芳民《李商隱憶妓情詞意象研究》（2005）、邱玉霞：《國中國文讀寫互動教學之研究——以因果、正反、凡目三種章法切入》（2005）、陳月貴《孔子的「因材施教」與多元智慧的對應研究》（2006）、魏碧芳《高中寫作教學之理論與實作》（2006）、吳冠儀《孔子教育思想與九年一貫十大基本能力之研究》（2006）、侯鳳如《珠玉詞花鳥意象研究》（2006）、程汶宣《李清照詞篇章意象析論》（2006）、楊雅貴《蘇軾「記」體文辭章意象研究》（2006）、李昊青《稼軒詞秋意象探析》（2006）、餘椒雪《納蘭性德邊塞詞篇章結構研究》（2006）、鄧絜馨《六一詞花鳥意象研究》（2007）、朱瑞芬《東坡詞樂器意象研究》（2007）、毛玉玫《稼軒離別詞篇章結構探析》（2007）等。這些學位論文也都與章法直接或間接有關。

王希杰：這就是一個學派了。

觸發我如此思考的是，陳教授近年來的論著，越來越深入，把章法學提升到哲學層面上了。純粹技術性描寫，是不能叫做學派。我最近認爲你們是一個學派，主要是對陳教授的學術研究新階段的一個認識。可以說，陳教授的章法哲學研究最終誕生了陳氏章法學派。這是我寫《陳滿銘教授與他的章法學》之後的想法。

仇小屏：如果王教授能夠把這個看法在臺灣章法學大會上講出來，該多好呀！不過王老師以前說陳老師開創了一個「學門」，現在又說是「學派」，兩者之間有何不同呢？

王希杰：「學門」，是我們的傳統說法，指的是弟子的群體（結合體）。「學派」是現代用語，是西方說法。兩者是交叉的，學派更廣泛，往往不限於及門弟子。說學門，可能只限於臺灣，說學派則不局限於臺灣，甚至也不限於中國。

對了，你們的章法學會議就是學派性的。

仇小杰：我們身在廬山中，沒有感受到廬山真面貌。王先生提出之後，我們應當認真思考這個問題。

陳佳君：先生你說說如何從學派角度上看待陳老師的學術研究呢？

王希杰：陳教授的新著《多二（0）螺旋結構論——以哲學文學美學爲研究範圍》的自序很重要。陳教授原先學的是理工，是哲學，他由哲學而進入章法學，由理工而人文。我看這篇自序是把握陳氏章法學的關鍵。

作爲一個學派，需要考慮：

學派如何繼續發展？

學派如何走出臺灣地方？面向全球華文世界？

甚至，促進其他語言的章法學？

我提出過，普通章法學問題，那麼就是：如何來建立普通章法學？

學派的學術觀點，如何普及？

三、《漢語修辭學》的章法結構

仇小屏：我想與先生進行章法學的對話。原因之一是，我覺得王先生的論著是很講究章法的。例如《漢語修辭學》一共十二章，每章九節，先生顯然是精心設計的。

王希杰：我的寫作，很隨便。想到那裏，寫到那裏。但是我寫《漢語修辭學》與《修辭學通論》的時候，的卻想做到均衡與對稱。西方人是葉爾姆斯列夫構建了一座象牙塔，我曾經想構建一座象牙塔，但是，我思路總是在寫作過程中不斷變化，無法做到這一點。

《修辭學通論》沒能做到，我就放棄這一努力。《漢語修辭學》相對好一點。

仇小屏：王先生，你的《漢語修辭學》修訂本：

第三章　語言變體和同義手段

第四章　意義

在我看來，從邏輯角度上看，似乎應當是：

第三章　意義

第四章　語言變體和同義手段

顯然應當是先有意義，然後出現同義手段問題。有多少種意義，就有多少種同義手段。

王希杰：你問得很有道理。我也是這樣想的。我對一些研究者說，我關心的首先是語義問題。我同結構主義者的區別就在於：他們偏重形式；而我，從一開始起，就非常重視意義。我之所以，一旦偶然涉足修辭學，就能夠在四十多年時間裏，對修辭學都保持很高的興趣，就是因爲歸根到底，修辭學的中心問題是意義。邏輯地說，我們先確定意義類型，然後再研究同義手段，這樣做最合理。但是，《漢語修辭學》修訂本如此處理，我是有考慮的。

《漢語修辭學》修訂本的十二章，不是平行的、並列的，實際上是：

一　總論：

第一章　修辭活動和修辭學

第二章　交際的矛盾和修辭學

第三章　語言的變體和同義手段

結語：修辭學和辯證法

二　本體論

第四章到第十二章

本體論由兩個部分組成：

一　核心理論

（1）結構理論

（2）修辭格

二　邊緣理論

第十一章　語體風格

第十二章　表現風格

結構理論有三章：

意義

聲音

結構

《漢語修辭學》版本的次序是：

聲音

意義

結構

之所以把聲音和意義換個次序，爲的是同第三章「語言變體和同義手段」銜接（頂針）。

我本想，修辭格部分也是三章，邊緣理論也是三章。這樣很均衡，很美。我本想，每章內節數相等，每節字數大體相等。後來放棄了這個想法，隨其自然，隨意些。均衡中有變化。

仇小屏：同義手段問題，你講了幾十年，講了那許多，我們幾乎是沒有什麼好講的了。

王希杰：不對。我們對同義手段的研究，只是在辭彙層面上成果多一些。對語法層面，注意得就很不夠了。我們沒有能把語法學家關於語法意義的研究成果轉化爲修辭學。對語音的同義手段的研究也很不夠。北方民族大學的聶焱教授正在研究語音的同義手段。

仇小屏：王老師，你現在說的是具體運用到各個部分去，我說的是同義手段的理論。

王希杰：同義手段的理論也需要更上一層樓。你看，美國哲學家蒯因的《詞語和對象》（中國人民大學出版社，2005年）。哲學家也在討論同義問題，例如：

第二章：

11　場合句的主體內的同義性

12　詞的同義性

14　同義句和分析句

修辭學家可以、也應當同哲學家對話。在哲學家的啓發下，把修辭學中的同義手段研究推向新階段。

四、顯性和潛性

仇小屏：你提出把顯性和潛性理論運用到章法學研究中。我很想進一步把握你的顯性和潛性的理論。你在《漢語修辭學》修訂本第三章中增加了：

第九節　顯性同義手段和潛性同義手段

但是，你並沒有專門介紹顯性和潛性的概念。這是爲什麼？

王希杰：我把《漢語修辭學》定位爲實用修辭學，因此我就不願意過多地闡釋理論概念。點到即止，也不要求讀書去鑽這些概念。

仇小屏：我生活在臺灣的學術空間裏，對你的顯性和潛性，雖然很感興趣，但是不是很熟悉的。我希望你能夠多說說。佛洛德學說是你的顯性和潛性理論的來源嗎？

王希杰：也許是吧。我當初是那麼糊裏糊塗地說了、寫了這些話語。最近翻閱方光燾老師的論文集，發現，他早使用這一對概念了。例如：

> 語言：潛在的，藏在每個社會成員的腦子裏。沒有潛在的，便不可能有顯現的。言談：顯現的。沒有顯現的預訂，潛在的便無作用可言。[1]

---

[1] 方光燾《方光燾語言學論文集》539頁，商務印書館 1997 年。

> 作為傳達手段的語言並不著重在表現，它是潛在的；而言語活動則是有意識的表現。[2]
> 在心理上，詞有潛在的意義，這種潛在的意義是與其他許多意義相聯繫而存在於意識之中的。顯現意義是與文脈配合之後才有的一定的、特殊價值的意義。如「先生」潛在於人們的記憶之中，是沒有什麼特殊意義的，而是同很多意義相關的。[3]

這是方先生 **1954** 年的《語言學引論》中的論述。但是學生的我，是《方光燾語言學論文集》**1997** 年出版之後才看到的。也許，方先生的這個想法在平常言談中也影響過我們吧？胡裕樹教授多次對我說：我們老師不搞修辭學，你搞的這套是你自己的。我現在認爲，我的顯性和潛性理論同方先生也還有關係的。當然決不是簡單的雷同。

仇小屏：方光燾教授有許多弟子，例如，胡裕樹、徐思益、趙誠等，他們怎麼不繼續與發展方教授的顯性和潛性的說法的呢？

王希杰：這個，我沒想過。

我年輕時候，整整一年，從早到晚，唯讀一本書：丹麥的葉爾姆斯列夫的《語言理論導引》，只有幾萬

---

[2] 方光燾《方光燾語言學論文集》**537** 頁，商務印書館 **1997** 年。
[3] 方光燾《方光燾語言學論文集》**576** 頁，商務印書館 **1997** 年。

字的一本小書。最近中文譯本出來了，我翻翻，感慨萬分。我發現，葉爾姆斯列夫在他的著作中，一再說到「顯性、顯性化」，葉說到預測、操作定義。如此，我的一些術語，葉爾姆斯列夫著作中早已經有了。

仇小屏：許多人努力回避自己的學說的來源，強調全是自己的創新，你確經常強調你的理論是從前許多人都說過的。你爲什麼要這樣做？

王希杰：如果我的想法，在我之前許多人也有過，這就可以證明我不是怪物，我是很正常的。這不損害我什麼，反而可以增加我的理論的生命力，有利於我的理論爲更多的人所接受。這有什麼不好的？我提出自己的看法之後，形成自己的觀點之後，我就到古今中外論著中尋找相同的相似的言論，找到之後我就非常高興。這是我的一種研究方法。從一個方面看，這是我缺乏自信心的表現，從另外一個方面來說，又是我很自信的表現，不害怕被前人打倒或者吞沒。

仇小屏：顯性和潛性，不是，不僅僅是一個修辭學術語，我理解的對不？

王希杰：對。**1989**年秋天，我在浙江的一個學術會議上報告了顯性和潛性，晚飯桌上，有年輕人問道：

> 「我是中學校長，這一周，學校沒出事情，但是潛藏著出事情的可能性，就是說，潛性

事故。我的任務就是防止潛性事故的顯性化。」

「那個小夥子，還沒老婆，但是他又許多潛老婆，一旦條件成分了，他的某個潛老婆就顯化了，他就有了一個顯老婆了。」

他們問道我，他們對顯和潛的理解是否正確。我回答說，很正確。

仇小屏：你的意思是顯性和潛性理論可以運用到日出生活中去？

王希杰：是的。後來，我發現外國大學者也是如此看的。趙毅衡《符號學文學文集》中說，巴特爾舉例說明組合和聚合又都可以是顯性的：

就一般來說，橫聚合是顯示的，縱聚合是隱含的，但是在很多情況下，兩者都可以顯示出來。巴爾特舉過一個例子：飯店的功能表，有湯、菜、酒、飯後甜點等項，每項中點一項就成了我想點的晚餐。功能表提供了橫組合的可能，又提供了縱組合的可能，兩種都是顯示的。當我把功能表擱開，晚飯上桌時，才有橫組合顯示段顯示在眼前，縱組合退到「記憶聯想」中去。[4]

[4] 趙毅衡《符號學文學文集》前言，百花文藝出版社年。

這就是我所說的顯性和潛性(隱性)的相對性和普遍性。

我們到餐館去，功能表是聚合關係，呈現在我們的眼前，當然是顯性的。我們看不到飯菜，它們是潛性的。點菜的過程，就是運用語言的過程，就是用詞造句組織篇章結構文章的過程。點菜的結果，是一個話語，是組合關係的產物。飯菜上桌之後，飯菜是顯性，功能表是潛性，小姐或服務生拿走了功能表，我們看不見，也不需要看了。或者說，菜單潛化了。

可見組合的顯性和聚合的潛性也不是固定的。

仇小屏：我是說，顯性和潛性，也是章法學術語，對不？

王希杰：對。我就是這個意思。章法，我可以區分出顯性的和潛性的。形式上的章法是顯性，因爲具有形式標誌，看得見，摸得著，容易把握。內容的章法，則是潛性的。對偶、頂真、遞進、反復、排比、列舉分承等是顯性的。例如張祜的〈何滿子〉：

> 故國三千里，深宮二十年。
> 一聲〈何滿子〉，雙淚落君前。

前兩句是並列關係，顯性的。第三句與第四句的章法中間是因果關係。第一句是空間，第二句是時間，這是你們重視的時空結構。在我看來，並列關係是顯性，時空結構是潛性的。章法學歸根到底，是關係之學，研究物件的關係。這其實是一種關係模式，中國人言說的章法結構。說是結構，是模式，原因是它是能產生的。再如：

> 三十功名塵與土，八千里路雲和月。（岳飛〈滿江紅〉）

再深入一層，時空關係也是一種表達手段，它所表達的內容是潛性的，不能直接觀察得到的。甚至是根本無法言說的。歌曲〈何滿子〉與第一句、第二句的關係則是潛性的。歌曲〈何滿子〉是窺視這種潛性內容的切入點，激發器。結果就是雙淚橫流。然而，那個潛性的內容，依然沒有直接出現。

值得注意的是，顯性章法與潛性章法肯是矛盾的。資訊結構是潛性的，是順時空的，但是顯性章法可以是反時空的，逆時空的。章法學研究也需要注意潛性章法與顯性章法的關係。換一個角度，也可以說，寫作者心裹的章法是潛性的，文章中所體現出來的是顯性章法。

說話人不能告訴聽話人，我將如何如何說話。寫作者也絕不在文章中說，我將如何如何寫。對麼？

仇小屏：寫作者往往是盡力掩蓋自己的寫作方式。給讀者出其不意之感。

王希杰：這就決定了文章的章法是潛性的。正因爲章法結構是潛性的，才需要章法學家來研究呀！章法學家的研究才有價值呀。如果，寫作者在文章中一一交代了他的章法，還需要章法學家麼？

仇小屏：先生的意思是說，章法原本就是潛性的。我們章法學研究者的目的就在於深入文章的潛性結構，把它顯性化，給人們閱讀和寫作的方便。

王希杰：對。連貫與銜接是章法學的研究對象吧？

仇小屏：是的，章法學要研究連貫與銜接。

王希杰：連貫與銜接是話語語言學的研究物件。我這樣說，是希望章法學打開眼界，與臨近學科交流與結合。話語語言學也注意到了顯性與潛性。例如張德祿、劉汝山的《語篇連貫與銜接理論的發展及運用》的第七章的 **7—1—1**：

顯性紐帶和隱性紐帶

作者提出兩個概念：

顯性銜接紐帶（explicit cohesive）
隱性銜接紐帶（implicit cohesive ties）[5]

他們區分了顯性和潛性，你們章法學家可以參考的。

陳佳君：讀王先生的論著，我得到的結論是：已經出現的東西是有限的，沒有出現的是無限的，對不？

仇小屏：先生引用精神分析大師的冰山的比喻。冰山下的，看不到部分更大。

---

[5] 張德祿、劉汝山的《語篇連貫與銜接理論的發展及運用》**150** 頁，上海外語教育出版社 **2003** 年。

王希杰：對章法，也是如此。已經出現的章發總是有限的。可能出現的章法是無限的。隨意，章法是發展著的，演變著的。

值得注意的是，顯性與潛性已經爲其他學科所接受，例如：

一、「潛體系」狀態下範疇鈎連的凸現

可以大體確認，正如中國古代文學理論批評體系是一種「潛體系」，古代文學理論範疇體系，也同樣表現出「潛體系」特徵。

所謂「潛體系」，顯然是相對於「顯體系」而言的。（汪湧豪《中國古代文學理論體系範疇論》630頁，復旦大學出版社1999年）

因此，我想，你們的章法學研究，似乎也可以有：顯章法和潛章法，顯章法體系和潛章法體系的吧。

仇小屏：先生提出預測，我們的章法研究中也可以預測嗎？

王希杰：當然可以。天氣可以預報，章法規則當然也可以預測的。

陳佳君：先生說具體些，好麼？

王希杰：兩位元博士大概常常上網路的，是吧？你們經常同手機短信打交道的，對吧？我估計，網路和手機短信中，並將出現「反章法」！故意地不講章法！對我們以往文章中的章法的偏離。你們章法學家，不必過分責罵，等等看。也許，它們還會成爲章法常規呢。

仇小屏：如果我來寫一篇〈手機短信的章法偏離〉，怎麼樣？

王希杰：我看與《尚書的章法研究》一樣有價値的。

五、對稱與並列結構（平行結構）

仇小屏：王先生在《漢語修辭學》中把結構分爲橫式與縱式。王先生從十九歲開始就很注意橫式結構了。

王希杰：橫式結構是常見的，普通的。例如胡適的「三從四德」詩：

太太出門要跟從，
太太的話要聽從，
太太的錯誤要盲從。
太太化妝要等「得」，
太太花錢要舍「得」，
太太的生日要記「得」，
太太打罵要忍「得」。

我發現你們的貴族意識很強烈，你們的章法論著中是不會出現這樣的例子的。如果是我，就來發現它的章法，一來胡適是大名人；二來，臺灣比大陸更推崇胡適。

仇小屏：我們沒想到過分析這樣的例子。先生的隨筆中這樣的例子很多。

王希杰：我是鄉下農民。北京有人在文章中說，我是農民，中國農民給了我許多好的品格。鄉下人，就不應當擺架子。隨和一些好。

朱維之主編《西伯來文化》中，有一個小標題：

希伯來詩歌的平行體

作者說：

希伯來詩歌和現代詩歌的基本區別在於：它不注重自身的音響韻律，而講究詩行之間的對稱、和諧及局部詩句文意的相對完整，從而形成一種輕音韻、重邏輯的獨特的「平行體」。希伯來詩歌不押韻，這明顯區別於其他詩歌；而一般詩歌不拘泥於局部詩句的工巧於完整，又有別於希伯來詩歌。就希伯來詩歌注重詩行內容的對稱和表意的相對完整而言，它於中國古代的駢體頗為類似，如：「智慧勝過精金，知識強如純銀」（《箴言》）的表現手法與「物華天寶，人杰地靈」、「落霞與孤鶩齊飛，秋水共長天一色」（王勃〈滕王閣序〉）很接近；但未達到駢文的嚴密程度，它的平行體還比較自由，表現形態也有若干不同的情況。[6]

駢體文可以說是橫式結構的典型代表。

仇小屏：橫式結構相對簡單些，縱式結構比較複雜。

王希杰：我的看法，表面簡單的，其實並不簡單。橫式結構，從顯性角度看，非常簡單。但是從潛性角度看，也很複雜的。同樣是並列結構，但是內容結構卻是大不相同的。

仇小屏：啊想起來了，先生從十九歲開始就很意橫式樣結構。

王希杰：我重視橫式結構也是因爲它表面上非常簡單，其實很複雜。橫式結構也有顯性與潛性的區別。日本女學者中野美代子在《西遊記西天取經故事的構成——對稱的原理》一文中附了一張表格（見附錄）：

「西天取經」故事的對稱性原理[7]

表現的是取經故事的對稱性結構。這張表格是潛性的，絕大多數讀者都沒有想到過的。

仇小屏：先生提醒我們，應當不斷更新思路，開闊視野。

王希杰：軟骨並列只章法的第一個層次，那裏，

---

[6] 朱維之主編《希伯來文化》156 頁，上海社會科學院出版社 2004 年。

[7] 中野美代子《西遊記的秘密（外兩種）》，中華書局 2002 年。

並列的背後還由章法結構的。例如，對聯是中國文化中最小的、最常見的、最簡短的文章。對偶（對照）是章法的對聯第一層次，但是章法學研究還不能滿足這一點。例如雲南黑龍潭對聯：

萬樹梅花一潭水　——空間

四時煙雨半山雲　——時間

我的意思是說，章法是多層次的。同一個文本，可以有多種章法。

我還認爲，同一個文本，從不同的章法角度出發，可以走出不同的章法的。

雲南大觀樓的長聯（《漢語修辭學》修訂本256——257頁），被公認爲最長的對聯，現在好像發現了更長的。但是，的確是最長而又最精彩的。小屏博士可以去分析分析。

仇小屏：學妹陳佳君已經進行了這方面的分析。

王希杰：大和小是章法要素。於是：

大——大　並列

小——小　並列

大——小　對照

從大到小　從個別到一般　隨筆小品

從小到大　從一般到個別　學術論文

大——小並列，章法錯誤。

仇小屏：王先生的層次觀念很強。

王希杰：層次觀念在章法學研究中是很重要的。例如：

（1）江蘇、北京、山東、上海、福建……
（2）南京、上海、廣州、濟南、臺北……
（3）南京、北京、上海、廣東、新疆、拉薩……

（1）省市（直轄市）等。（2）城市。（3）省與省轄市混淆，並列不當。不合章法。如果這是論著的小標題的話，那麼就是不合章法。

六、章法學的研究範圍

仇小屏：上個世紀八十年代初，王先生就提出口號是向深度和廣度進軍。先生也曾希望臺灣章法學研究向高度和深度進軍，希望你說得具體些。

王希杰：我有一個想法，曾想在適當時候，對陳滿銘教授說說，僅供參考的。現在就隨意說說吧。

我以爲，臺灣章法學，陳教授及其弟子們的研究，深度是很了不起的了。尤其是近幾年裏，滿銘教授的論著，從哲學的高度上來認識章法現象，恐怕是相當時間內，很難有人能夠超越的。我實話實說了，但是只在高度方面注意還不夠。雖然有些年輕學者注意到運用到中小學語文教學中去。我感到，章法學研究在臺灣的處境不是非常之佳的，——

仇小屏：先生是從我們的論文著作中得到的印象吧？

王希杰：是的。我們大陸的修辭學，從八十年代開始，在許多場合，都大爲不滿，忿忿不平，抱怨修辭學不被重視，受到了冷落。我往往說：不准發牢騷！如果人家不重視我們，那就是我們的工作沒做好。我們絕不乞求人家來可憐我們。我們要做到，他們不得不重視我們！四分之一世紀了，我一貫如此，很堅持這個立場。

回到臺灣章法學研究上，人家不重視我們，冷淡我們。不去計較人家。做好我們自己的事情。滿銘教授從哲學上來闡述，就是這個事兒。

恕我直言，臺灣章法學研究在一定程度上忽視了廣度。那麼我希望加強向廣度進軍。

仇小屏：如何一個廣度法？

王希杰：陳教授同時中國古典詩詞的研究者，長期講授古典詩詞。你們的章法學重要是建立在古典詩詞的基礎上的。也主要運用於古典詩詞的教學，其次是中小學語文教學的實踐。仇小屏把章法學同修辭學結合起來研究，這也很好。

但是，還不夠！

口語有章法嗎？

對話有章法麼？

仇小屏：口語有章法。對話有章法。

王希杰：兩個人談心，之所以能夠順利進行，就是因爲雙方都遵守一定的章法。如果有一方不遵守章法，談話就會出現短路現象。例如：

甲：啊，賈博士，你看見陳教授麼？

乙：我昨天買了一件迷你裙。看見你大姐帶問個好。你喜歡月亮嗎？

甲：明天是中秋節。我看到過日全食。你妹妹上高中了吧？

乙：做人，不能說謊。藍色最可愛。

怎樣的談話還能能夠繼續下去嗎？不能！其原因是交際雙方都沒章法，都不遵守章法。再如：

甲：你吃了阿我的巧克力？

乙：小狗吃的。

甲：你說謊。

乙：小狗才說謊呢！

是有章法的。再如：

甲：你是文學博士？

乙：是，我的導師是陳滿銘教授。他人可好哩！

甲：啊，你是陳老師的學生，我也是。我從前聽過陳教授的課。陳老師給我一個優秀呢！我好開心呀。

乙：那，你是我們師姐了。我請師姐吃飯。

甲：應該我請你小師妹吃飯。告訴你，陳老師還請我吃過飯呢。

這樣的談話是越談越開心，話幾乎說不完。

仇博士，你看研究日常對話的章法，有必要麼？

仇小屏：有必要。可以幫助人們更好地進行日常會話。

王希杰：其實，日常生活中，並不是每個人都會跟人家談話的。我們都有這樣的經驗，跟某人談話很開心，時間不知不覺就過去了。而跟某人一談就崩了，不歡而散。其中重要原因之一，就是這個人談話沒有章法。所以我說，研究日常會話的章法，可以幫助一些人生活得更快活。

仇小屏：我來試試看。

王希杰：從日常會話中，你可以發現唐詩宋詞中沒有的章法規則，可以總結出新的章法規則。

廣告有章法？需要研究！經濟時代。臺灣的廣告業很發達的。

相聲就是對話。相聲有章法麼？研究它！

電影，電視劇，電視連續劇，有章法麼？有！研究它！臺灣的影視業很發達的。

應用文有章法麼？有！研究它！社會很需要的！

上個世紀八十年代初，我提出，修辭學走出修辭格的狹窄的牢籠！從名人名作名句中走出來。我甚至說，修辭學的對象是：一切人的一切言語活動！

如果臺灣的章法學家，走出古典詩詞的狹窄的牢籠——請你們不要生氣，我一向說話直爽，不兜彎子——，到一切的言語作品中，去研究各種類型的話語的章法結構，那麼，就是人家需要你，他們求你！他們歡迎你，給你鼓掌，送你鮮花!

仇小屏：先生你說的好浪漫呀！

王希杰：隨便說說，不要那麼當真。

遊戲筆墨，有章法否？如果有，可以分析，應當研究！如何分析？立法院可以打架，摔女士高跟鞋子，爲什麼遊戲筆墨不好研究呢？

我在二十多年前，就多次說，中國是語言文字遊戲的大國。語言文字遊戲很值得研究。中小學語文教學應當充分利用語言文字遊戲。例如，清朝又一個叫做文映江的人寫了一首詩，題目叫做〈詠針〉：

百煉千錘一根針，一顛一倒布中行。
眼睛生在屁股上，只認衣裳不認人。

仇小屏：我覺得王先生的建議很寶貴，開拓廣度很重要，其實陳老師的弟子有許多已經將章法運用在新詩、現代散文、童話、童詩甚至極短篇的鑑賞，以及語文教學之上。更廣泛地運用章法去分析更多種語料，得出不同的效果，是我們弟子需要努力的。

七、修辭格

仇小屏：王先生，提出修辭格與章法的關係，指出許多修辭格就是章法手段。從章法研究成果中，可以總結出新的修辭格。我是很贊成的。不過委實感覺到，對修辭格，你很矛盾。一方面，**1978**年，你發表了〈修辭的定義及其他〉，呼籲打破辭格中心論，衝破辭格的牢籠；一方面，你十分重視辭格，你認爲辭格是修辭的核心，是思維的模式，是人類行動的模式。

王希杰：這兩個方面並不矛盾。辭格是人見人愛。人創造了辭格，人生活在辭格的海洋中。當然很重要。但是，長期以來，我們的修辭學論著中的修辭格，的確如某些專家學學者所說，只是婦女胸前的別針，那就不值得那麼重視了。

仇小屏：你強調辭格的方法和方法論價值。你說：

> 第一、辭格是一種表達方法；
>
> 第二、辭格是一種思維手段、認知方式；
>
> 第三、辭格是一種研究方法，具有方法論的意義。

當然就非常重要了。

王希杰：這三個方面，需要大家認真深入地研究。

仇小屏：你說：

第一、修辭格……是修辭學的核心部分；
第二、修辭格是修辭學中最有趣味的部分；
第三、修辭格也是修辭現象中研究得最多的部分、形式化模式化程度最高的部分，比較容易把握。[8]

王希杰：修辭格是修辭學中最形式化的部分，所以也最有價值。形式化程度高，才具有方法論的意義。

仇小屏:你的《漢語修辭學》，從美學的角度把辭格分爲四類，當時沒有引起注意，現在卻逐步成爲關注的重點。

王希杰：學者說是從美學角度區分的。說老實話，那時，我並沒有閱讀過多少美學論著。我是語言專門化畢業的。美學在方光燾老師的純語言學角度上，是索緒爾的非語言，我們年輕時候，不關心，不重視的。

仇小屏：有論文說，你是接受了譚永祥的修辭美學的觀點。

王希杰：這就太荒唐了。那時候，譚永祥的修辭美學還沒有影子呢！

仇小屏：「修辭格」這個術語，最早見之於唐鉞的《修辭格》。又叫「辭格」、「語格」、「詞藻」、「藻飾」、「語式」、「轉義」、「辭樣」。

[8] 王希杰《漢語修辭論》303頁，當代世界出版社 2006年。

人們把「辭格」稱爲「修辭技巧」、「修辭方式」、「修辭方法」和「表現手段」，混同起來。

王希杰：我看還是區分開來的好。

仇小屏：所以你說：

> 不能把「修辭格」同「修辭方式」、「修辭方法」和「表現手段」混為一談，應當作嚴格區分。在我們看來，「修辭方式」、「修辭方法」和「表現手段」的範圍都比「修辭格」要大得多，修辭格只是其中的一個部分。[9]

王希杰：我年輕的時，同高名凱教授論爭，在〈略論語言和言語及其相互關係〉[10]一文中，我批評高先生的「言語」一詞的多義性、模糊性。那時候，我就強調，科學術語應當是單義的。

仇小屏：你反對「修辭」兼指修辭學，爲的也是術語的單一性。你區別「修辭格」同「修辭方式」，避免了術語使用的混亂現象，促進修辭學研究的精密化。這也是你思維的嚴密的反映，是你的科學精神的體現。

仇小屏：你修辭格的定義：

[9] 王希杰〈二十世紀漢語修辭格研究〉，見陳芝芥、鄭榮馨主編《修辭學新視野》第 76 頁，中國文聯出版社，2005 年。

[10] 《南京大學學報》1964 年第一期。

> 修辭格是一種語言中為了提高表達效果而有意識地偏離語言和語用常規並逐漸形成的固定格式，特定模式。[11]

在臺灣，你的朋友沈謙教授基本上是接受的。他的修辭格定義同你的定義是大同小異的。

在《修辭學通論》中，你提出了最廣義的兩個定義：

> 修辭格是一種語言中為了提高表達效果有意識地偏離語言的和語用的常規的固定格式、特定模式。包括已經逐漸形成了的、和現在還沒有出現的、但是可能會出現的在內。[12]

王希杰：這個定義，是許多人難以接受的。實際運用就更難的。我主張，對同一對象，例如修辭格，可以有多個定義。不要拘泥。

八、對聯章法

仇小屏：我們已經開始擴大章法學的範圍了。先生提到對聯，我的師妹陳佳君已經作了研究。她已經分析的是昆明大觀樓的長聯。

王希杰：我是 1983 年夏天遊大觀樓的，陪王力

[11] 王希杰〈什麼是修辭格〉見王希杰主編《語言學百題（修訂本）》上海教育出版社 1992 年

[12] 王希杰《修辭學通論》40 頁，南京大學出版社 1996 年。

夫妻、王先生的長子秦苡夫妻的。

仇小屏：長聯原文如下：

> 五百里滇池，奔來眼底，披襟岸幘，喜茫茫空闊無邊。看：東驤神駿，西翥靈儀，北走蜿蜒，南翔縞素。高人韻士，何妨選勝登臨。趁蟹嶼螺洲，梳裹就風鬟霧鬢，更蘋天葦地，點綴些翠羽丹霞。莫孤負，四圍香稻，萬頃晴沙，九夏芙蓉，三春陽柳。數千年往事，注到心頭，把酒淩虛，歎滾滾英雄誰在？想：漢習樓船，唐標鐵柱，宋揮玉斧，元跨革囊。偉烈豐功，費盡移山心力。盡珠簾畫棟，卷不及暮雨朝雲，便斷碣殘碑，都付與蒼煙落照。只贏得，幾杵疏鐘，半江漁火，兩行秋雁，一枕清霜。

真是千古絕唱。

陳佳君：這個長聯的章法結構分析表，可表示爲：

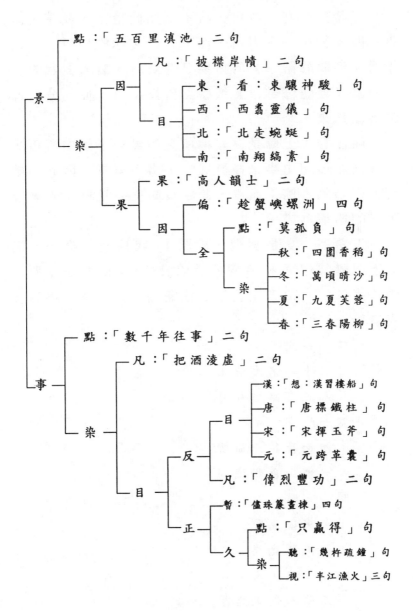

- 景
  - 點：「五百里滇池」二句
  - 染
    - 因
      - 凡：「披襟岸幘」二句
      - 目
        - 東：「看：東驤神駿」句
        - 西：「西翥靈儀」句
        - 北：「北走蜿蜒」句
        - 南：「南翔縞素」句
    - 果
      - 果：「高人韻士」二句
      - 因
        - 偏：「趁蟹嶼螺洲」四句
        - 全
          - 點：「莫孤負」句
          - 染
            - 秋：「四圍香稻」句
            - 冬：「萬頃晴沙」句
            - 夏：「九夏芙蓉」句
            - 春：「三春陽柳」句
- 事
  - 點：「數千年往事」二句
  - 染
    - 凡：「把酒淩虛」二句
    - 目
      - 反
        - 目
          - 漢：「想：漢習樓船」句
          - 唐：「唐標鐵柱」句
          - 宋：「宋揮玉斧」句
          - 元：「元跨革囊」句
        - 凡：「偉烈豐功」二句
      - 正
        - 暫：「儘珠簾畫棟」四句
        - 久
          - 點：「只贏得」句
          - 染
            - 聽：「幾杵疏鐘」句
            - 視：「半江漁火」三句

王希杰：好，我可分析不到如此精密。我在《漢語修辭學》中是只引用，而不分析。你的分析，可以作爲《漢語修辭學》的重要參考資料。有人對我說，想編寫《漢語修辭學》教學與自修手冊，你的分析就應當編進來。

陳佳君：上聯是寫登樓所見的風光，景中有事，下聯則藉懷想史事來抒發感慨，事中有景，因此，結合上下聯就「篇」而言，此副長聯主要是以「先景後事」的結構寫成。

王希杰：對於對偶（對聯），我只是，第一，把上下兩聯當作 **A** 和 **B** 兩個構成成分，**A** 和 **B** 是並列結構；第二，**A** 和 **B** 主要是三種關係：正、反、串對。或者：

時——空

三十功名塵與土

八五裏路雲和月

空——空

四面荷花三面柳

一城山色辦城湖

時——時

春暖觀魚躍

秋高聽鹿鳴

物——我（人）

三間西倒東歪屋

一個南腔北調人

更深的關係，我想過一些，卻沒去做。

陳佳君：就上聯來說，作者先在首二句，以廣闊的滇池景致奔入眼底，來引起下文，由第三句開始，則爲寫景的主體，形成「先點後染」結構。在「染」的部分，前半之喜賞美景，與後半之再三招徠，又形成因果關係；首先，寫「因」的節段，是先敍述自己敞開衣襟，整高帽子，盡情享受眼前景的動作，並總括出內心喜於欣賞的茫茫景象，然後再結合美麗的傳說故事，以「看」字分目領出昆明的金馬山、碧雞山、蛇山、鶴山等四方名山；其次，就 「果」的部分來看，作者是因著上半所鋪陳的滇池風貌，而對文人志士發出「何妨選勝登臨」的由衷建言，接著再藉由「偏」（局部），用一個「趁」字，描繪出眼前所見的湖光山色與蘋葦羽霞，並以「莫孤負」，就「全」（整體）進一步點出大觀樓秋、冬（昆明素稱「夏不酷暑，冬不嚴寒」的「春城」，「萬頃晴沙」指冬陽撒落的景象）、夏、春的四時之景，大大加強了登攬勝景的驅動力，一股欣喜與珍惜之情，也透過極具層次的景物散發出來，因此可以說第四句當中的「喜」字，起著貫穿上聯的作用。

王希杰：不分析，就是混沌一團。科學就是分析。分析就是學問。

陳佳君：相對於上聯而言，下聯的情緒則是轉「喜」爲「歎」。開頭先以「數千年往事，注道心頭」爲引子，由上聯的寫景過渡到敍事，「把酒淩虛」以下爲「染」，一方面交代歷朝與雲南相關的史實，一方面也抒發出內心的無限感慨。其中，作者先透過問句，總括出「英雄誰在」的主題，但歎問滾滾英雄有誰尚在，實際上即言「不在」，故底下敍述豐功偉績的一段，爲「反」，而慨歎一切化爲烏有者，則爲「正」。「反」的部分是先分寫漢鑿昆明池練水軍、唐平定南詔、宋欲征滇的計畫、以及元收服雲南等事蹟以見一斑，然後用「偉烈豐功」二句統合上文，強調了千古英雄費盡心力而得的偉大事功，但後半筆鋒一轉，藉暮雨朝雲喻改朝換代之速，所有輝煌的功勳，亦僅剩蒼煙落日中的斷碣殘碑，末尾以「只贏得」一句，將時空由「暫」而「久」的拉長，透過聽覺的「疏鐘」，與視覺的「漁火」、「秋雁」、「清霜」等景物，更進一層的渲染了悲涼蒼茫的意境。

王希杰：佳君博士的分析很成功，是對聯分析的範例。可見，陳氏章法學是成功的，科學的，有用的，可以廣泛運用的。

大家都讚美這一長聯，只會說好，卻說不出好在哪里。你的分析應當放在大觀樓展覽，出售。

仇小屏：有人買麼？

王希杰：會有的，但是，最好是在大觀樓的下面。

我已經退休，可以做佳君博士的經紀人，代理人，坐在大觀樓下。

陳佳君：王先生肯做我的經紀人，當然很榮幸。

仇小屏：佳君學妹還有更精彩的分析呢。

陳佳君：這副長聯在章法上的特色，可以歸納出它是以「先景後事」的結構成篇，若分就上、下聯觀之，則可發現它們同樣以「先點後染」形成「篇」的結構，而在「章」的部分，則各有變化，這是由於長聯雖然運用了相同的句法，但所表達的內容若不同，其組織的邏輯關係也會不同，連帶的就會影響到呈現出來的結構，不過，因爲對聯需講究字數、詞性、語法等對應，故在變化中也會有相似之處，如上下聯皆出現凡目、點染等章法。

王希杰：只有陳氏弟子才能做出這樣的分析來的。

陳佳君：孫髯翁靈活的運用了點染、因果、凡目、偏全、久暫、正反等邏輯思維來謀篇佈局，使長聯各部分的內容，有了適宜的安排和緊密的關係，並且從眼前所見的風光，擴大到歷史演變的規律，不但深化了長聯的內涵，也加強了它的感染力。無怪乎此一百八十字長聯問世，即轟動一時「聞者莫不興起，冀一登臨爲快」（夏旬畇〈遊大觀樓記〉）。

王希杰：佳君博士的分析很有價值。我們知道，對偶是漢語和漢文化的特徵。只有漢語才能產生出如此精妙地對偶（對聯）來。如果請林語堂大師翻譯成英語，結果如何？哭笑不得！對聯和雙關和回文是不能翻譯的。例如：

做女人美好

做女人挺好

其實，作爲廣告辭的佳例，這兩個廣告就可以分析，雖然它們只有五個漢字，也有它自己的章法，只有把握了它的章法，才能夠體會到它的奧妙。它們同樣也是不能翻譯成西方語言的。

從佳君博士的對聯分析來看，陳滿銘教授是很成功的，成功地組建陳氏章法學團隊。陳氏章法學理論可以運用到許多方面去。

王希杰：我有一個建議，俗話說「一樣話，百樣說。」章法學理論體系、分析模式是相同的，但是運用於不同的物件，服務於不同的物件，我們完全可以使用不同的說法。這一點，章法學團隊的成員是可以師法觀音的，她老人家，以多種多樣的面孔出現于世人之前:面對女人，他以女人的模樣；對男人，他化作男人……三十六種觀音啦！

我希望於你們的是自己的表達，不要千篇一律，要不拘一格，百花齊放，豐富多彩，千姿百態。

仇小屏：謝謝您這樣高瞻遠矚的期許。

九、章法單位

王希杰：學術研究需要相互借鑒。例如，章法學研究可以借鑒語法的成果與方法。

陳佳君：王先生有什麼好主意。

王希杰：隨便說說。

通常說語法是用詞造句的學問。語法學家喜歡用成分和結構體的術語。對語法學研究而言，最小的成分是詞，因爲它是能夠獨立運用的，詞以下的東西是可以不管它。最大的結構體是句子，語法學可以不管大於句子的東西。

陳佳君：章法的最大單位是完整的篇章。

王希杰：章法學最大的結構體是篇章。大的篇章，如長篇小說，電視連續劇。最小的篇章，就是中國文化中的對聯。例如：

海天一色
風月無邊

民間文學中的三句半，也就是一個篇章。

陳佳君：手機短信就是一個篇章。

王希杰：語音學中，音位是成分，音節是結構體。

現在的問題是，章法學研究的最小、最基本的單位（成分）是什麼？

章法學的研究物件就是章法的最小單位（成分）是如何結構成最大的結構體？換一句話說，也就是：把章法的最小單位（成分）結構成爲最大的結構體的模式。

陳佳君：這個問題值得我們思考。

王希杰：中國古代學者重視的是，從字到句，從句到章。

陳佳君：劉勰在《文心雕龍》中就說過這個問題。

王希杰：從字（詞）到句，是語法學。從句到章，是章法學。語法學，不考慮句子以上的。章法學，不考慮句子以下的。這樣說來，章法的最小單位是句子。一個句子，沒有章法可言。兩個以上的句子，就有、才有章法問題。例如：

上有天堂，下有蘇杭。

上有老，下有小。

天上龍肉，地上驢肉。

你走你的陽關道，我走我的獨木橋。

大路朝天，各走一邊。

換一句話說，章法學不研究獨立的，單獨的句子。這正如，語法學不研究單獨的，孤立的詞。方光燾教授非常強調這一點。

陳佳君：王先生說的對，兩個一起的單位，才有章法。

王希杰：因爲對聯有上下兩聯，因此可以做章法分析。對話因爲是一問一答，所以可以做章法分析。

科學就是分析。分析有兩種：

從大到小；

從小到大。

從大到小的，是聽話人的分析，閱讀者的分析。把句子分析到字（詞）。把篇章分析到句子。從結構體到成分。

從小到大，是說話人的分析，寫作者的分析。把字（詞）組合成爲句子。把句子組合成爲篇章。

陳佳君：兩種角度都是需要的。對吧。

王希杰：兩種角度是相互補充的。

章法研究中需要主意層次。正如語法研究中，詞不是直接組合爲句子的，其中還有短語，在句子裏，組成句子的那些詞，不全是平等的，並列的。在篇章中，句子同篇章之間，還有過渡單位。

陳佳君：段落。

王希杰：不是句子直接構成《紅樓夢》。

一首詞，首先分上下兩片。對聯首先分上下兩聯，每聯之內，還可以再進行分析的。

陳佳君：您提出「從字（詞）到句，是語法學。從句到章，是章法學。語法學不考慮句子以上的。章法學，不考慮句子以下的。」使我想到「複句」與「句群」也講究關係，都會談到它們的結構分類，比如並列複句／句群、連貫複句／句群、總分複句／句群、因果複句／句群等。

其中，複句裏那兩個或兩個以上的分句，必須組合成一個整體來理解，因此屬於語法學的研究範疇。但是相形之下，「大於句子的語言片段」——句群，它的身分就似乎很尷尬了。那麼，我們應該如何看待「句群」的研究呢？

不知道我的理解是否恰當？請老師指導了！謝謝您！

王希杰：句子，按理說，包括單句和複句。複句就是句子，章法學既然只管句子中間的組合規則，就可以不理睬複句內部的關係。把複句當作一個基本的意義單位。

不過，我講授現代漢語的時候，也強調過語法學的研究物件，到單句就可以了。複句，我因爲其實是一個邏輯問題。是語法的運用問題——關聯詞語與複句的關係。不過，我不很堅持這個觀點，比較隨和。不反對語法學家研究複句。沒有什麼壞處的。

在我看來，語法學研究句子以下的——「句而下學」；章法學研究句子以上的——「句而上學」。章法學家就是「句上學家」，簡稱「句上家」

陳佳君：也可以叫做「句間學」的。

王希杰：對！「句群」既然是兩個以上的句子的組合，那麼句群學同章法學的研究物件就重合。兩者的區別&聯繫是應當研究的。關鍵是兩者的角度、目的、研究方法不一樣。

十、零度與偏離

仇小屏：我在前面說：「仇小屏：寫作者往往是盡力掩蓋自己的寫作方式。給讀者出其不意之感。」可是我從觀察中，以及自己的寫作經驗中，所得出的感受是：寫作者有表達得更生動的需要，因此會自然而然地發展出各種表達的方式，這些方式歸納起來，就是各種修辭格、構句方式、構篇方式……等，這在某個程度上可說是先天的，創作者往往在不知不覺中就運用了某種能力來進行創作，但是卻並未自覺到自己運用了何種能力。就以修辭中的譬喻能力來說，極小的小孩就可以靈活地運用譬喻（例如：「他的臉圓得像皮球」、「阿姨漂亮得像新娘子」……等等），但是小孩本身並未學習過譬喻格，當然也不會認識到自己已經運用了譬喻格，章法以及其他能力也是如此；而研究者則是就語言現象中探求其中之理，不只「知其然」，還要「知其所以然」。

因此我想把那段話調整成：「寫作者往正偏離努力，往往是自覺的；但是採用何種藝術表現手法，卻往往是不自覺的。王老師的零點與偏離理論，正好可以用來說明這種現象。」

老師，不知道您同意嗎？

王希杰：當然同意。

說到零度與偏離，我想談談學術風氣問題。

你可能已經注意到了，許多人提到我的零度偏離理論的時候，總是說：我成功遞引進、改造了比利時列日學派的理論。這幾乎成了公認的說法。

仇小屏：李名方、鐘玖英主編的《王希杰和三一語言學》（中國文聯出版社 2006 年）中，有日本學者加藤阿幸教授的論文〈中國當代修辭學的「零度、偏離」和列日學派理論比較〉，我佩服加藤教授的嚴謹。讀了她的論文，我對王老師的零度偏離理論，也有了進一步的理解。

陳佳君：日本學者加藤阿幸教授在〈中國當代修辭學的「零度、偏離」和列日學派的修辭學理論比較〉（李名方、鐘玖英主編《王希杰和三一語言學》，中國文聯出版社 2006 年）中，作出了客觀地詳細地比較，加藤教授說：

> 概括列日學派的「zero level」一詞，我們得出下麵的結論：列日學派只對「zero level」加以描寫而已。（並非給它加上任何科學上的定義）[13]

我不明白，中國學者爲什麼要貶低中國人的創新呢？爲什麼出來澄清的，竟然是日本學者來呢！

王希杰：加藤教授是臺灣人。在日本早稻田大學讀書。入日本籍的。

[13] 趙毅衡《符號學文學文集》前言，百花文藝出版社年。

對比加藤阿幸教授的理論，我深深地感覺到，我們的學者，有時候，說話是很不負責。這種不負責的言論太多了。學者必須站立在事實的基礎上。做學問最重要的是：實事求是。用事實說話。我多次說，臺灣學者比大陸學者要嚴謹些。

臺灣杜正勝反對使用成語的言論中，自己就運用了成語。他反對我們運用成語，他自己的這段話語裏就用了成語。「只許州官放火，不許百姓點燈。」他不是學者，不在我們的討論範圍之內。

仇小屏：章法的零度和偏離是一個值得我們思考的問題。

王希杰：如果說，物理世界的時間和空間是零度的，那麼各種文化世界的時間和空間都是對物理的時間和空間的某種偏離。

如果把平常人的時間和空間觀念當作零度，那麼文章中的時間和空間都是某種偏離——例如倒敍、插敍等。

如果科技學術語體、公文事務語體的時間和空間是零度，那麼文學作品中的時間和空間就是偏離。

如果散文中的時間和空間是零度，那麼詩詞中的時間和空間就是某種偏離。

意識流、黑色幽默作品中的時間和空間，就是典型的偏離。

如果一般人是零度，醉酒者。神經病人，就是偏離。

陳加君：就是說老師的零度與偏離，是相對的。

王希杰：是這個意思。

仇小屏：你的零度與偏離是層次性的，等級性，對嗎？

王希杰：非常正確。有一本書，叫做《怪誕藝術美學》，作者劉法民。人民出版社 **2005** 年。如果藝術是對自然的偏離，那麼怪誕藝術則是對常規藝術的偏離。這本書中討論的是已經出現了的偏離藝術，用我們的術語說，是顯性偏離藝術。

仇小屏：先生的意思是，潛性偏離是無限的，怪誕藝術還多著呢。關鍵是藝術家去把它顯性化。

十一、面對現實

王希杰：我在臺灣時，在飯桌上，有位年輕的女學者問我：「在臺灣，我可以批評我們總統，你們在大陸敢麼？」我沒有回答，因為我的確從來就沒有批評過我們的領導人，如果我說，我們大陸也可以的，就中計了，請先生回到大陸去攻擊共產黨領袖！順便說一句，前幾年，在一篇文章中挖苦諷刺了全國人大副委員長許嘉璐先生。

仇小屏：學術是比較敢想敢說的。

王希杰：我現在的意思是，臺灣既然如此民主自由，臺灣的章法學研究者，可以分析研究政治家的言論的章法的吧？陳水扁、連戰、馬英九、杜正勝、陳唐山等。美國是臺灣的老大哥，政治家看美國佬的眼色。我說美國學術有值得中國人學習的地方。拿修辭學來說，外面局限在名家名作名言上，很有貴族氣派。美國學者很重視社會生活中的各種修辭學現象，他們研究伊拉克總統薩達姆的演說，研究美國總統性醜聞期間的相關人物的言談……。

我在臺灣的時候，在馬路上得到了宋楚瑜的競選傳單，我帶回大陸，在課堂上分析其修辭技巧。連戰、宋楚瑜登「陸」期間，我在課堂上要求學術注意、分析他們的言談的修辭問題。例如，連戰離開臺灣，在機場上同陳水扁通電話，稱呼是「先生」；他把北京大學叫做「母校」。宋楚瑜在南京說南京話，在湖南說湖南話，到上海說上海話……。

我多次分析陳水扁、陳唐山、杜正勝等人的言論的修辭與章法，很有意思的。例如陳唐山罵新加坡爲鼻涕的那短話，杜正勝反對運用成語的那短話，都是修辭學和章法學的絕好的例子。這些好例子是我們自己挖苦空心思也造不出來的。

我反對爲例子而例子。但是，我很重視例子。一個好例子往往讓我興奮不已。

我的學術常常被我的例子吸引了。他們驚訝我發現例子的本事。

一個好教師應當有好的例子。尤其是語言學、章法學這樣相對枯燥的課程來說。我相信，語法學、章法學課程都相對枯燥，是不能跟影視課、民間文學課等比較的。

上世紀八十年代，我外出開會、講學，在一些朋友家，常常很不客氣地說：你的書架上只有幾本現代漢語教材，你不讀小說，不看電影，不聽相聲，不注意日常生活中人們的言談，從書本到書本，例子全是人家的教材上的，學生怎麼會有興趣呢？你自己一次又一次在課堂上重複人家的例子，不厭煩麼？要講好現代漢語，例子也要翻新，自己到生活中去發現。

王希杰：我希望臺灣章法學家在例子上也要翻新。唐詩宋詞固然好，但是局限此，就不是非常好的。

附錄：「西天取經」故事的對稱性原理

“西天取经“故事的对称性原理

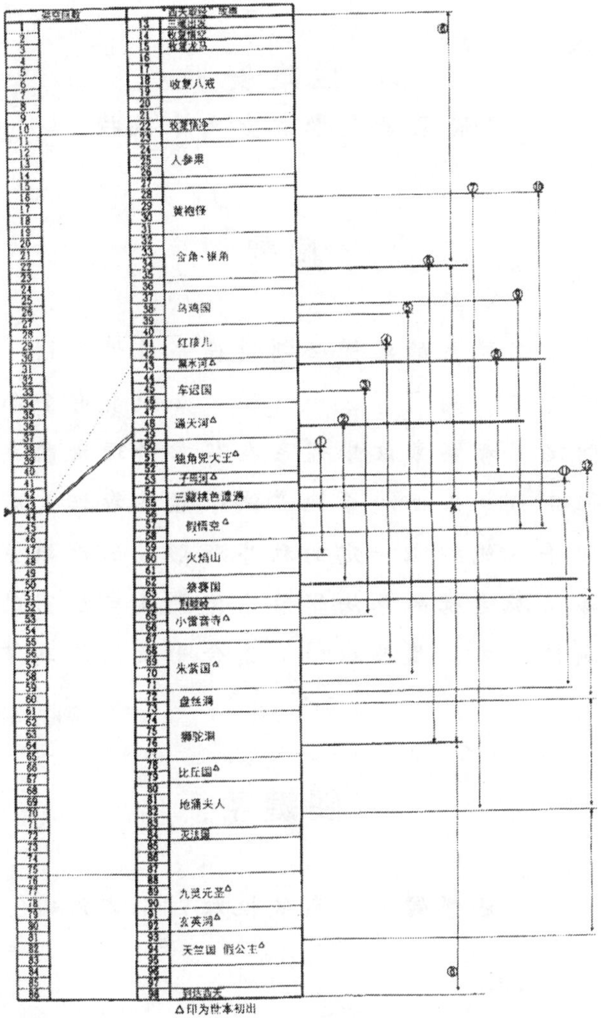

△印为世本初出

章法學體系建構的系統性原則

孟建安
廣東肇慶學院中文系教授

摘要

章法學體系的建構必須遵循系統性原則，這實際上是一種方法論選擇。一方面，必須要有全局觀念和整體意識，考察章法學體系在辭章學理論體系內的結構分佈；另一方面，要把章法學體系看作是一個由眾多不同子系統按照一定的秩序所形成的層級系統。只有這樣，所建構的章法學體系才更具有嚴密的邏輯性和系統性，才更趨於科學、更合乎漢語辭章章法的實際。

關鍵字

章法學體系；系統性原則；方法論

「章法」就是文章之法。王希杰認爲「章法」有兩種：一種是客觀存在的章法，它是與文章同時出現的，有文章就有章法，不同的文章有不同的章法；一種是研究者的認識和主張，是關於辭章章法的知識和理論，是在文章出現之後才產生的。[1]筆者所謂的章法學體系應該是王希傑所說的後一種章法，那就是帶有研究者主觀認識的章法。正因爲是含有研究者的觀點，因此帶有更多的主觀性；也正因爲具有更多的主觀性，所以章法學體系可以是多種多樣的，不同的研究者因其所持有的章法觀的不同，便會構建不同于他人的章法學體系。但不管是何種章法學體系，都必須遵循一定的建構原則。筆者參照章法學研究的實際，不揣淺陋，就章法學體系建構應該遵循的系統性原則作較爲深入的探索，以就教於方家。

關於系統性原則，從宏觀層面上看筆者以爲可以從兩個方面加以認識：一是要看章法學體系在辭章學理論體系內所處的位置；一是要看章法學體系自身的系統性。

一

章法學體系屬於辭章學的範疇，是辭章學理論體

1 王希杰〈章法學門外閒談〉（《國文天地》，2002（15）：92-101）。

系的重要內涵，是辭章學的下位概念；辭章學是章法學的屬，是章法學的上位概念。匣清這一點是認知和建構章法學體系的最基本前提。考察章法學體系在辭章學體系中的結構分佈，就是要看章法學體系在辭章學範疇內究竟處在何種地位，與周邊學科或相關章法學要素之間又是什麼樣的關係，這是建構章法學體系必須要考慮的最基本問題之一。這實際上是要求章法學體系的建構者必須要有全局觀念和整體意識，在一個大概念、大背景下，站在一個較高的平臺上俯視辭章學的每一個角落，統觀辭章學的所有經與緯，把握辭章學的全部內容，從而提出自己的章法理論主張，創擬自己獨具特色的章法學體系。也就是說，要把章法學體系置於一個更大的更高層次的系統中去考察，探索它與社會、周圍外部因素、相關學科等的聯繫，以便將內部因素和外部因素結合起來，全面而深入地總結章法規律和章法學理論。所以，要考察章法學體系在辭章學理論體系中的結構分佈，必須觀察縱橫兩個向度並作出事實上的求證。

其一，從縱的向度看，那就是要看章法體系在整個辭章學層級系統中處在哪個層次，它的最直接的上位歸屬是什麼，間接的上位歸屬又是什麼，它們是依賴於什麼條件層層套疊形成一個嚴密的體系的。這些方方面面的問題，不同的研究者可能有不同的處理結果，但思路應該是一樣的。就目前最具代表性的研究成果來看，都是把辭章學作爲章法學體系的最高屬範疇。

其二，從橫的向度看，就必然要涉及與之處在相同層級的眾多相關的辭章學要素，諸如修辭學、文（語）法學、詞彙學、主題學等。著重對它們之間的相互依存與相互對立的辯證關係進行專門性的梳理和闡釋，以便找出它們之間存在著的某種同一性與示差性關係，從而爲所建構的章法學體系尋求最具解釋力和說服力的外在條件。

其三，從章法學研究事實來看，學界研究者從不同的角度都推演出了章法學體系在辭章學體系中的結構分佈狀況，但都不外乎是從縱和橫著兩個向度加以認識和探索的。這一點更證實了堅持系統性原則的必要性與可行性。比如，鄭頤壽等給章法學體系的建構提供了一種較爲科學的可供參照的辭章學理論框架。他認爲，辭章學這個家族及其內親外戚實際上是一個由內外框架系統構成的譜系。所謂的內框架系統，包括聲律、字法、詞法、句法、章法、篇法、辭式、辭格、表達方式、藝術方法、辭體、辭風等支系；所謂的外框架系統，包括辭章效果和辭章功能兩個支系。[2]陳滿銘則通過幾十年的辛勤耕耘對章法學體系在辭章學理論體系中的分佈進行了邏輯運演，得出了如

[2] 鄭頤壽《大學辭章學》（福州：福建人民出版社，2004），頁 43。

下系統圖[3]：

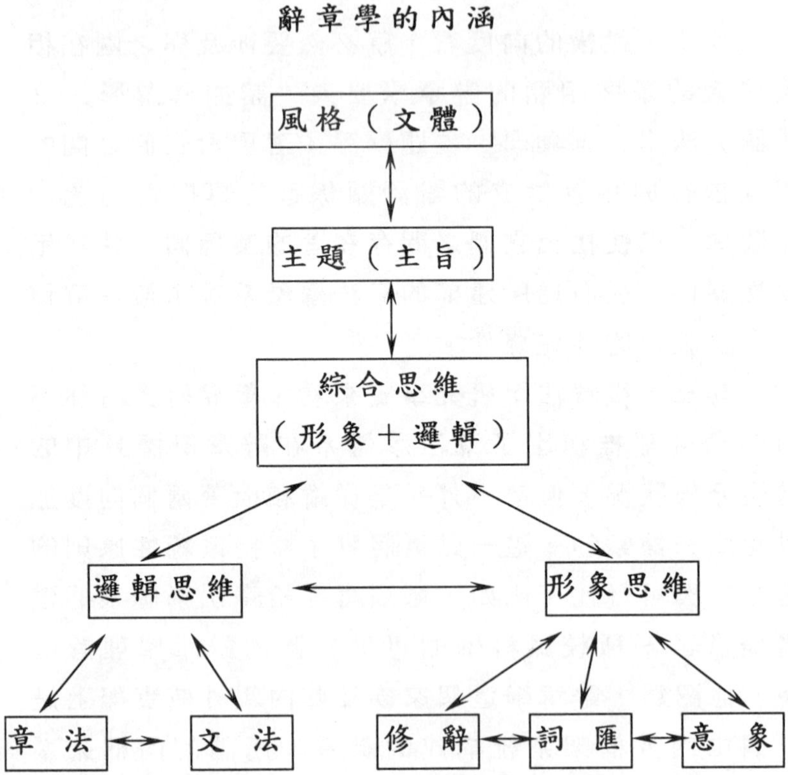

就陳滿銘所建構的辭章學系統來看，章法與文法、修辭、辭彙、意象都處在辭章學大系統的第五層，只不過章法與文法屬於邏輯思維子系統，而修辭、辭匯和意象則屬於形象思維子系統。據此推知，章法與

[3] 陳滿銘〈論篇章辭章學〉（《師大國文學報》,2004（35））頁 35-68。

文法的關係更密切，而與修辭、辭彙和意象的關係較疏遠，但它們都在第三層（即綜合思維）統一於一，聚焦于綜合思維，並繼續提煉而歸於主題（主旨），最後而達於風格（文體），共同來支撐陳先生所建構的辭章學理論大廈。

由上可知，雖然章法學體系在兩位具有代表性的學者所給出的辭章系統中存在著差異，但有一點是共同的，那就是他們都是把章法學體系放在辭章學理論體系這個多層級的大系統中加以論證和檢視的，這就是一種開闊的視野，這就是一種系統論意識。從中我們可以看到章法學體系作爲辭章學大系統的一個子系統所處的層級，以及與其他外圍子系統之間存在著的千絲萬縷的聯繫。這是建構章法學體系的必要條件，也是要做的最基礎性工作。所以，堅持系統性原則實際上就是建構章法學體系的方法論選擇，而且是最優化選擇。

二

在辭章學層級系統內建構章法學體系無疑是確當的，但僅僅是滯留于章法學體系的週邊又是遠遠不夠的，還應該深入到章法學體系的機理再作綜合性思考。當說到體系的時候，自然要考慮體系的構成要素以及各要素之間的互爲觀照性。那就是要把章法學體系這一研究物件視作一個有機的整體，視作辭章學的一個子系統。參照宗廷虎就漢語修辭學史研究所提出並論述的系統論研究方法，[4]-[5] 章法學體系的建構必須考慮以下幾個方面的問題：第一，章法學體系是一個由簡單到複雜，由要素少到要素多的動態系統；第二，章法學體系是一個有機的整體，各個層級上的組成要素之間相互制約相互關聯；第三，對各要素的研究立足於整體，而不是孤立地只著眼於要素本身；第四，注意發掘前人研究辭章和章法時樸素的辭章章法思想；第五，章法學體系的功能效應。正是基於這樣的考慮，堅持系統性原則就要求研究者既要向外看，也要向內看。

其一，所謂向外看，那就是要關注章法學體系的整體價值或者說功效系統。也就是說，要在價值（功能）向度從整體上來看章法學體系具有何種價值和功效。這種價值和功能效應從價值（效果）實現的程度與狀況來看，主要表現爲潛在價值（效果）、自在價值（效果）、他在價值（效果）和實在價值（效果）[6]；從價值（功效）實現的途徑來看，主要表現爲理論價值（功效）、審美價值（功效）和實用價值（功效）。

---

[4] 宗廷虎〈修辭學史研究中的系統論方法〉（《宗廷虎修辭論集》，長春：吉林教育出版社，2003），頁 323-332。
[5] 宗廷虎〈再論修辭學史研究中的系統論方法〉（《宗廷虎修辭論集》，長春：吉林教育出版社，2003），頁 333-343。
[6] 同註 2，頁 27。

價值（功效）系統決定了章法學體系的科學性、學術性、理論性、實用性，決定了章法學體系的生命力。所以，向外看的目的主要就是看所建構的章法學體系是否具有理論意義、審美作用和實用價值。如果所建構的章法學體系缺少價值（功效）系統，或者說價值（功效）系統不健全，那麼這樣的章法學體系也就失去了應有的作用，也就沒有存在的必要。

其二，所謂向內看，那就是要強化章法學體系自身的構成系統。這也要在每個層級上作縱向和橫向的綜合檢視。

首先，從綜合角度看，要確定章法學體系都有哪些章法要素及其由它們分別形成的章法子系統，並探討每一種章法要素和章法子系統又有可能包括的數量不等的更小的章法要素或章法子系統，以及自身的豐富內涵。按照已有的研究成果[7]，諸如章法規律、章法結構、章法類型、章法法則、章法美感、章法功能、章法效果等是最基本的章法要素或章法子系統。僅章法規律下又涵蓋了秩序律、變化律、連貫率、統一律等更小的章法要素或章法子系統；章法類型下又有圖底法、問答法、因果法、內外法等約 **40** 種[8]更小的章法構成要素。在章法學體系中，章法原理系統主要討

[7] 陳滿銘《章法學綜論》（臺北：萬卷樓圖書股份有限公司，**2003**）。

[8] 仇小屏《篇章結構類型論》（上）（臺北：萬卷樓圖書公司，**2000**）。

論章法學的學科屬性、內涵、研究物件、研究內容和研究範圍；章法類型系統中主要總結章法的基本類型；章法規律系統主要歸納章法的基本規律；章法結構系統主要梳理並探索章法結構的內容結構成分和內容結構類型、章法結構的外在形態；章法方法論系統主要是引入相關的方法論原則與研究方法；章法理論價值系統主要論述章法思想的學術意義、理論意義和學科意義；章法審美系統主要闡釋章法的美感過程與審美效應；章法實用系統主要是討論章法理論在章法分析和章法教學中的積極影響。

其次，從橫向角度看，章法學體系內部每一個層級上都分別由哪些子系統構成，上述章法學要素都分別處在章法學層級系統的哪些個層次。根據陳滿銘的研究結果，筆者認爲：在第二層級上章法學體系涵蓋了章法理論子系統和章法價值（功效）子系統；在第三層級上，章法理論子系統又涵蓋了章法原理子系統、章法類型子系統、章法規律子系統、章法結構子系統、章法方法論子系統等；依次還可以推出第四層級、第五層級，甚至是更多層級上所存在的子系統。所以，從橫向角度看章法學體系突出的是不同層級存在哪些章法學要素及其所構成的子系統，探究的是在章法學體系內部的每個層級上這些個章法學要素及其構成的子系統之間存在著的橫向關聯性。

再次，從縱向角度看，章法學體系是一個多元素的多層級的有秩序的複雜而又嚴密的邏輯運演系統。所以，從橫向角度看章法學體系凸現的是按照一定的規則可以推演出多少個層級，以及不同的層級之間存在著的關聯性。也就是要運演出章法學體系的內部結構層次，這個體系可能有兩個層級，也可能有三個、四個甚至是更多個層級。按照上文的梳理與排查，它應該包括兩個二級子系統，即章法理論系統和章法價值（功效）系統；章法理論系統又由五個三級子系統組成，即章法原理系統、章法類型系統、章法規律系統、章法結構系統、章法方法論系統等；章法價值（功效）系統又由三個三級子系統組成，即章法理論價值系統、章法審美價值系統、章法實用價值系統。每個三級子系統還有可能又是一個由多個四級子系統組成的上位系統，依此可以推導運演出更多個層級的更小的子系統。

爲了簡潔和明晰起見，現根據陳滿銘及其弟子的研究成果對章法學體系作四個層級的圖例說明：

章法學體系

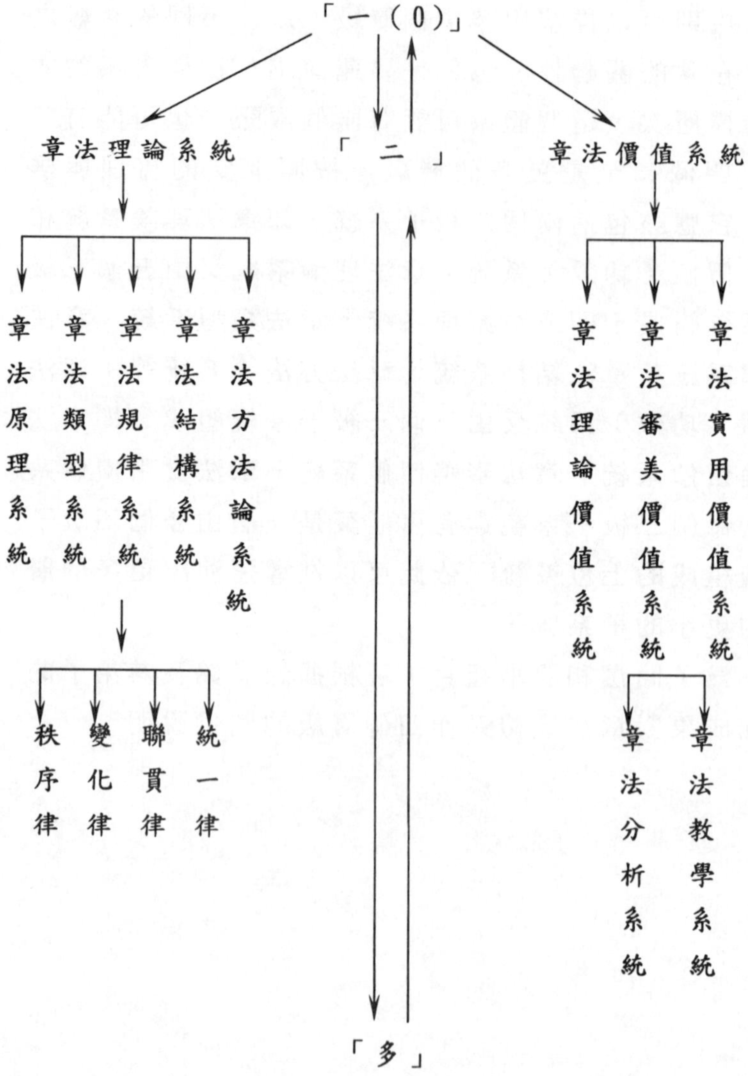
「一（0）」
章法理論系統
「二」
章法價值系統
章法原理系統
章法類型系統
章法規律系統
章法結構系統
章法方法論系統
章法理論價值系統
章法審美價值系統
章法實用價值系統
秩序律
變化律
聯貫律
統一律
章法分析系統
章法教學系統
「多」

這個章法學體系當然是舉例性的，但同樣能夠告訴我們，章法學體系是一個邏輯嚴密的多層級的理論體系。每一層都有不同的構成要素，而且這些構成要素之間又相互聯繫相互制約，最終統一於一級層次，即章法學體系。而按照陳滿銘的辭章章法理論，正合了「多、二、一（0）」和「一（0）、二、多」的螺旋邏輯結構。三、四層及其之後的每個層級上的要素都爲「多」，第二層級上的要素爲「二」，最後統一於第一層級，即達到「一（0）」。

綜上所述，科學的體系應該是一個相互聯繫相互作用的概念的集合，應該是一個具有邏輯運演和層次結構的知識系統。所以，在建構章法學體系的過程中就應該堅持系統性原則，要有縱橫交錯的全局意識，使章法學體系具有嚴密的邏輯性和系統性，這樣建立起來的章法學體系才是更趨於科學、更合乎漢語辭章章法實際的理論體系。

章法融入國語文教學

——以〈記承天夜遊〉為例

黃淑貞
台灣師大國文研究所博士

提要

「章法」，源自於人類共通的理則。它可經由作者主觀的設計與調整，達成精確而生動的原則，增強文章的感染力。教師進行範文教學時，若能掌握這個人心之「理」來閱讀一篇文章，就能使文學作品經由辭章分析而條理化，精確地掌握中心主旨，更能藉此增強學生的寫作能力。本文即以蘇軾〈記承天夜遊〉為例，試從章法的角度切入，結合「讀」與「寫」，並在傳統的基礎上多元化、創新化，設計更豐富的寫作題型，以具體說明「章法」融入國語文教學之運用。

關鍵字

章法、教學、寫作、創新

一、前言

章法所探討的主要是內容的深層邏輯，[1]講求篇章之「條理」或「結構」。[2]教師在進行範文教學時，若能掌握這個人心之「理」，令文學作品經由辭章分析更具條理性，自能引導學生深入文章底蘊，欣賞作者之創造力。另一方面，學生在由「象」而「意」，作逆向「鑑賞」的同時，自然也會如作者一般，一再地由「意」而「象」，作順向之揣摩，構思新形象，尋找不同的表達方式；故陳師滿銘〈語文能力與辭章研究──以「多」、「二」、「一（0）」的螺旋結構作考察〉一文總結：辭章研究（逆向、讀）與掌握書面語言能力的「寫作」（順向、寫），兩者實是一體之兩面，可順逆互動、循環而提升，形成螺旋結構，最後止於至善，合爲一軌。[3]

依據《國民中小學九年一貫課程綱要》的基本理念揭示，本國語文教學旨在培養學生具備良好的聽、說、讀、寫、作等基本能力，以表「情」達「意」。其中，書面語言能力的「讀」、「寫」、「作」，大都是在學校作最有計劃的培養；[4]因

[1] 參見王希杰：〈章法學門外閑談〉（臺北：《國文天地》18 卷 5 期，2002 年 10 月），頁 93。

[2] 此即「人同此心，心同此理」之「理」，參見陳師滿銘：〈談辭章章法的主要內容〉、〈談篇章結構〉，收錄於《章法學新裁》（臺北：萬卷樓圖書公司，2001 年 1 月初版），頁 319-419。

[3] 參見陳師滿銘：〈語文能力與辭章研究－以「多」、「二」、「一（0）」的螺旋結構作考察〉（臺灣師範大學：《國文學報》第三十六期，2004 年 12 月），頁 80－91；陳師滿銘：〈談思維力與語文螺旋結構的關係〉（臺北：《國文天地》21 卷 3 期，2005 年 8 月），頁 79-86。

[4] 參見仇小屏：〈新式寫作教學總論〉，收錄於陳師滿銘主編：《新式寫作

此，如何有效地提升學生的「閱讀」與「寫作」能力，自有其重要性和迫切性。《國民中小學九年一貫課程綱要》也強調，本國語文教學重在培養學生「欣賞」、「表現」與「創新」等能力。若就「創新」而言，它主要是指教師具備新穎的教學理念，運用知識，激發個人潛能，思考能提高學生學習動機的教學方法，並採用適當之教具或教學媒體，懂得因時、因地、因人而調整或轉化教學策略，以達成教學目標和提升教學效能的一種教學行爲。[5]

創意，若連結不到更大或更深的觀點，終究留給讀者短暫而缺乏深度的印象。[6]緣於此，本文試以「章法」[7]理論爲基礎，以國中國文課文蘇軾〈記承天夜遊〉做爲延伸、拓展的定點，設計相關的教學活動與寫作題型，增強學生的讀寫

教學導論》（臺北：萬卷樓圖書公司，2007年3月初版），頁27。

[5] 由於目前相關文獻並不多見，無論是「創新教學」、「教學創新」、「創意教學」、「教學創新行爲」等，只要目的是在引起學生的學習動機、提升教學效能，均可納入。「創新能力」是知識經濟體系中極重要的部分，教師的「創新教學能力」包含：（一）具備前瞻思維的能力、（二）擁有知識創新的能力、（三）運用資訊科技的能力、（四）靈活變換教學方法的能力、（五）善用多元評量的能力等，讓學生之學習成效和潛能真正展現出來。參見吳雪華：《臺北縣市國民小學教師創新教學能力與教學效能關係之研究》（臺北：臺北市立教育大學國民教育研究所，2006年），頁22-50。

[6] 參見賴聲川：《賴聲川的創意學》（臺北：天下雜誌股份有限公司，2006年7月第1版第2次印行），頁164。

[7] 古代評論家對它的注意也相當早，如劉勰《文心雕龍・章句》、呂東萊《古文關鍵》、歸有光《文章指南》、劉熙載《藝概》等，也多所論及。只是集樹而成林，確定它的範圍、內容及原則，形成體系，而成爲一個學門，是晚近之事。參見鄭頤壽：〈中華文化沃土，辭章學圃奇葩－讀陳滿銘《章法學新裁》及其相關著作〉（蘇州：《海峽兩岸中華傳統文化與現代化研討會文集》，2002年5月），頁131-139。

能力；並試圖「連結」國語文和藝術與人文這兩個本不相同的領域，令其因爲彼此的激盪而產生突破性的創新，啓發學生創意思考，促進有效的教與學。

二、〈記承天夜遊〉教學設計

（一）設計理念

「創新」（Innovation）這個概念，最早是由美國經濟學家熊彼得在 1912 年於《經濟發展理論》提出。他認爲所謂的「創新」，就是把各種已發明的生產要素，發展爲社會可以接受並具商業價值的「新組合」（new combination）。[8]

所以，「重組」才是創造性思維的本質。賴聲川《賴聲川的創意學》以爲：「詩人的心、藝術家的心、創意的心，能看到事物之間的深層關係、連結、可能性，又能重新組合這些可能性，讓新的關係從新的可能性中生成。」[9]因此，所謂的「多元創新」，並不是要取代原來的傳統形式，而是在傳統的基礎上多元化，在原來的脈絡裡加深加廣，創造出更豐富多彩的教學內容。[10]只要教師在教學過程中，能夠構想、設計多元活潑的教學方式和多樣豐富的教學內容；並善用教

---

[8] 可參見熊彼得（Joseph A. Schumpeter）著、汪洪法譯：《經濟發展理論》（The Theory of Economic Development）（臺北：三民出版社，1959 年）。

[9] 參見賴聲川：《賴聲川的創意學》，頁 166。

[10] 參見溫世仁等：《孔子說》（臺北：明日工作室，2003 年 5 月初版 1 刷），序文的部分。

學方法、教具或視訊媒體，激發學生內在的學習動機，產生有意義的學習，更有效地達成教學或教育目標，全都屬於「創新教學」可以展現的空間。[11]

本文的教學活動設計，就是在這一個理念的觸發之下成形。〈記承天夜遊〉是東坡貶謫黃州的第四年所寫，林語堂讚許它「已然成了散文名作」[12]。此時的東坡，已從政治迫害中逐漸敞開襟懷，因而發現了生活中無處不在的美感。

如果不是對生命本身懷持著深厚的信仰與修養，蘇東坡的人道精神，又怎能在歷經如此重大的人生苦難之後，「更加醇美，卻沒有變酸」[13]？所以，我們希望透過藝術與人文和國語文領域的全新組合，藉由書法、繪畫、攝影等不同視角的切入，引導、激發學生的學習動機；並善用多媒體資源，帶給學生一種嶄新的視野，從不同的向度走入東坡的心靈世界。

本教案共分爲兩大單元。第一單元「赤壁遊」，主要是從國語文領域出發，先從章法的角度解析〈記承天夜遊〉。其次，結合故宮數位典藏「東坡在黃州」[14]、「書畫菁華」[15]以及「時空之旅──蘇軾」[16]等資源進行教學，介紹東坡在黃州

---

[11] 參見劉慧梅：《數位學習融入創新教學之設計與應用--以 Hyperbook 系統與國小數學領域爲例》（臺北：國立台北師範學院教育傳播與科技研究所，2004 年），頁 13-14。

[12] 見林語堂著、張振玉譯：《蘇東坡傳》（臺北：大漢出版社，1983 年 3 月再版），頁 243。

[13] 見林語堂：《蘇東坡傳》，頁 6。

[14] 參見 http://www.npm.gov.tw/dm2001/B/subject_single_play_03.htm

[15] 參見 http://www.npm.gov.tw/dm2001/B/exhibition/calligraphy/b08222_adv.htm

[16] 參見 http://cls.admin.yzu.edu.tw/su_shih/su_song/share/chi.htm

的生活及其詩文創作。其中，最受古今文人一致讚賞的「寒食帖」、前後〈赤壁賦〉，更是介紹的重點。在現代科技的幫襯下，歷代的「赤壁賦」名畫不僅有了聲音、影像，還一一動了起來，帶給觀賞者一種身歷其境的感受，大大增強學生的興趣和學習效果。最後，再以「我所認識的蘇東坡」爲主題，令學生練習寫作。

第二單元「美的饗宴」，主要是從視覺藝術的角度出發。人類美感的共通性，可大分爲單純、調和、對稱、均衡、漸層、反覆、對比、比例、節奏、統一等原理。在教學引導上，先複習七年級時所學過的「美的原理」，從舊經驗引發新動機，帶領學生認識各種攝影構圖原理，逐步進入攝影的天地；再利用假日到戶外實地拍攝，令課堂上所學的知識，得到具體實踐的機會，徹底落實「學中做」、「做中學」的教育理念。回到教室來時，請學生挑選一張或數張自己所拍攝的最滿意的照片，依據學習單的引導，化爲寫作的素材，成爲一篇結構完整、又具有美感體驗的文章。

（二）教學設計

1、第一單元「赤壁遊」

〈記承天夜遊〉紀錄的是東坡不避苦難、禁得起挫折之後，所展現的超曠自在的閑情。原文爲：

> 元豐六年十月十二日，夜，解衣欲睡；月色入戶，欣然起行。念無與樂者，遂至承天寺，尋張懷民。懷民

亦未寢，相與步於中庭。庭下如積水空明，水中藻荇交橫，蓋竹柏影也。何夜無月？何處無竹柏？但少閑人如吾兩人耳！

元豐二年，東坡因爲「烏臺詩案」被捕下獄；十二月，貶爲黃州團練副使，並於元豐三年二月抵達黃州。初始，寓居於定惠院，不久之後才遷到了臨皋亭。元豐五年，在大雪之夜與家人築雪堂於東坡這個地方，於是自號爲東坡居士。到了元豐六年（**1083**），東坡在黃州的生活慢慢趨於穩定，悲鬱的襟懷也從剛開始的「憂讒畏譏，別具苦衷」，漸轉爲「光芒內斂」，再超脫爲「回首向來蕭瑟處，歸去，也無風雨也無晴」的灑脫自然。

全文形成「先實後虛」結構，分從記事、寫景這兩方面，具體點明夜遊的時間、地點、緣由與同樂者，並運用特寫鏡頭和譬喻手法，生動描摹庭中月色與竹柏疏影。最後，緣景而抒情，道出美景隨處皆可見，唯「閑人得之」的旨意。[17]其結構表爲：

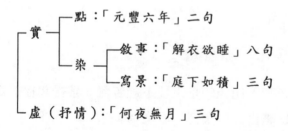

- 實
  - 點：「元豐六年」二句
  - 染
    - 敘事：「解衣欲睡」八句
    - 寫景：「庭下如積」三句
- 虛（抒情）：「何夜無月」三句

---

[17] 參見仇小屏、黃淑貞：《國中國文章法教學》（臺北：萬卷樓圖書公司，**2004** 年 **10** 月初版），頁 **151-152**。

成於元豐五年（1082）的〈寒食詩〉，詩文之中猶帶有強烈的悲憤之情，展現了和〈記承天夜遊〉截然不同的生命風情。原詩爲：

> 自我來黃州，已過三寒食。年年欲惜春，春去不容惜。今年又苦雨，兩月 秋蕭瑟。臥聞海棠花，泥汙燕支雪。闇中偷負去，夜半真有力。何殊病少年，病起鬚已白。
>
> 春江欲入戶，雨勢來不已。小屋如漁舟，濛濛水雲裏。空庖煮寒菜，破竈燒濕葦。那知是寒食，但見烏銜紙。君門深九重，墳墓在萬里。也擬哭塗窮，死灰吹不起。

開篇二句，是全詩的引子，明點東坡謫居黃州已歷經了「三寒食」的時光。「欲惜春」，卻又「不容惜」，夢想與實際在一正一反之間流轉，道出了宦海浮沉、春光易逝的深沉悲感。接連兩月的苦雨，又爲全詩抹上一層荒涼蕭瑟的底色，海棠花飄送過來的香氣和夜半穿堂銜泥的飛燕，分從嗅覺與視覺一一烙印在臥病於床的詩人心底。詩末，接連兩個「病」字，既彰顯了東坡物質生活的貧瘠與精神生活的艱難，使得「鬚已白」的主人翁形象益發鮮明，又與上句的「雪」字遙相呼應，透顯出寒食節特有的冷寂氛圍。其結構表爲：

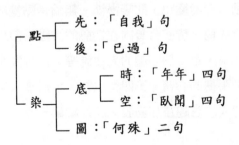

- 點
  - 先：「自我」句
  - 後：「已過」句
- 染
  - 底
    - 時：「年年」四句
    - 空：「臥聞」四句
  - 圖：「何殊」二句

第二首，詩人的視線落在「雨勢來不已」的屋外，凸出籠罩在濛濛水雲裡的「小屋」，予人風雨飄搖之感。「空庖」與「破竈」，「寒菜」與「濕葦」，再次說明了物質生活的困窘與詩人心中所承受的悲苦。繼而以「烏銜紙」這一個動作帶出寒食節，緊扣詩題，也不禁想起了千里之外的京城與家鄉。「孟嘗高潔，空懷報國之情」（王勃〈滕王閣序〉）；「此生遭聖代」（杜甫〈大歷三年春白帝城放船出瞿塘峽久居夔府將適江陵漂泊有詩凡四十韻〉），卻又仕途困蹇、不得歸隱，面對這種無路可走的悲苦困境，詩人雖也想學起「時率意獨駕，不由徑路，車跡所窮，輒慟哭而反」（《晉書・卷四十九・阮籍傳》）的阮籍「哭途窮」，無奈「死灰吹不起」，徒留一屋子的悲涼兀立在春雨不已的天地裡。其結構表爲：

- 因
  - 實
    - 外：「春江」四句
    - 內：「空庖」四句
  - 虛：「君門」二句
- 果：「也擬」二句

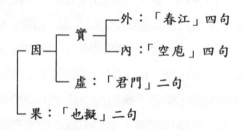

東坡運筆驅動著這種無法言宣的悲憤之情，使得字裡行間的點畫也因而隨之起伏波動，節奏變化，酣暢淋漓。無論是點畫成字，字連成行，或是綴行成篇，皆配合著內在情感的波動，體現了流麗舒展之姿。首行起筆，每一個字體的大小均等，字行間距也頗有秩序，透顯了尙稱平穩的心緒。第四行以後，字形漸次轉大。到了第二段首行，詩人的意趣益加勃發，於是縱筆一放，字體轉大，結構、形體也因而或欹或側，變化多姿。如「不已」、「水雲」等字，雖稍顯收斂，「濛濛」二字，也迫促地困於紙尾；但到了「破竈」等字，又形成了大奔放，至「塗窮」等字以後，才又再次凝斂，收束全詩。其中，「年」、「中」、「葦」、「紙」等字的最後一筆，直貫而下，形成一長豎，使得全篇的布白、行氣以及章法，在嚴整之中又流綻出一種疏宕的奇氣。難怪黃庭堅爲之讚歎：「東坡此詩似李太白，猶恐太白有未到處。此書兼顏魯公、楊少師、李西台筆意，試使東坡復爲之，未必及此。」兼具了沉雄、巔逸與豐潤等特質，腴而不肥，肌豐而神氣清。董其昌也題跋贊它：「餘生平見東坡先生真跡不下三十餘卷，必以此爲甲觀」(《黃州寒食詩跋》)。[18]底下即爲臺北故宮博物院所藏的東坡〈寒食詩〉兩首真蹟：

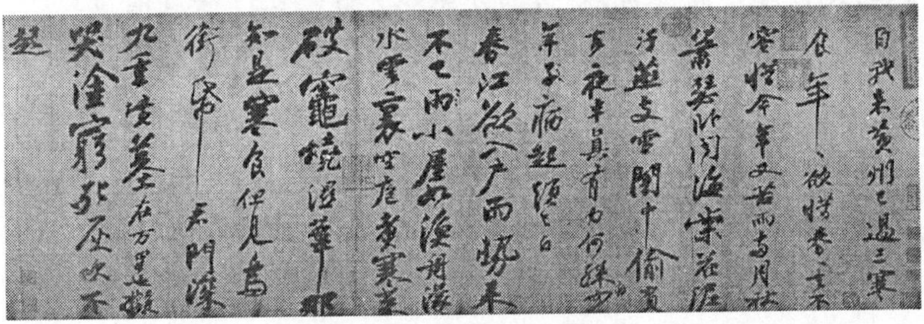

到了元豐五年（1082）秋，四十七歲的東坡和客人泛舟於湖北黃岡城外的赤壁之下，見「江上之清風」，與「山間之明月」，心中有感，於是寫下了〈前赤壁賦〉。全文先點泛

[18] 以上有關〈寒食詩〉二首書法之美的賞析，乃是參酌王耀庭之見解。參見 http://www.npm.gov.tw/dm2001/B/exhibition/calligraphy/b08222_adv.htm

舟的地點，繼而描寫無邊的風月，再借「吹洞簫者發出一段悲感，然後痛陳其胸前一片空闊」，說明「天地盈虛消長之理，本無終窮；況眼前境界，自有風月可樂，何事悲感」[19]的道理，展現了東坡漸趨超然自在的襟懷。其結構表爲：

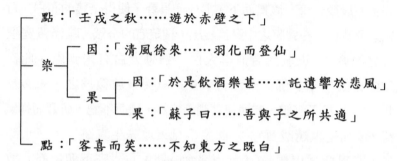

- 點：「壬戌之秋……遊於赤壁之下」
- 染
  - 因：「清風徐來……羽化而登仙」
  - 果
    - 因：「於是飲酒樂甚……託遺響於悲風」
    - 果：「蘇子曰……吾與子之所共適」
- 點：「客喜而笑……不知東方之既白」

同年十月，東坡泛舟復遊寫下了〈後赤壁賦，全文依情節的先後順序鋪陳而成。〈前赤壁賦〉著重在抒寫實情實景，從「樂」字領出「歌」來；〈後赤壁賦〉則是抒寫幻境幻想，從「樂」字領出「歎」來。「一路奇情逸致，相逼而出。與前賦同一機軸，而無一筆相似」，難怪前人深深發出「讀此兩篇，勝讀南華一部」[20]的讚賞，並成爲畫家筆下創作的主題，常出現在歷代的繪畫之中。其結構表爲：

[19] 見吳楚材選注、王文濡評校：《古文觀止》（臺北：華正書局，1998 年 8 月版），頁 508-509。

[20] 見吳楚材選注、王文濡評校：《古文觀止》，頁 511。

- 先
  - 因
    - 先（有魚）：「是歲十月之望……顧安所得酒乎」
    - 後（有酒）：「歸而謀諸婦……待子不時之須」
  - 果（復遊赤壁）：「於是攜酒與魚，復遊於赤壁之下」
- 中
  - 先（舟遊）：「江流有聲……江山不可復識矣」
  - 中（登巖）：「予乃攝衣而上……凜乎其不可留也」
  - 後（鶴來）：「反而登舟……掠予舟而西也」
- 後
  - 先（夢道士）：「須臾客去……道士顧笑」
  - 後（驚醒）：「予亦驚悟……不見其處」

〈赤壁賦〉圖畫的表現方式，可大分爲兩種，一種是「主題突出性式」，畫家選取詩文中的某幾句詩文來作爲鋪陳的主題，吸引讀者的目光，引發聯想。例如圖一這幅宋、無款「赤壁圖」就屬此類。它以一葉扁舟爲主景，舟中戴高冠者爲東坡，畫家以他回身仰望的姿態來暗示高聳的赤壁正位於畫面之外，並將石壁安置在右上角，僅畫出赤壁的山腳與山石的部分，將赤壁整個濃縮化、概念化。

宋、無款「赤壁圖」

金、武元直「赤壁圖」

又如金、武元直，也是選擇賦中「蘇子與客泛舟遊於赤壁之下」、「縱一葦之所如，凌萬頃之茫然」、「江流有聲，斷岸千尺」等詩句的意象，作

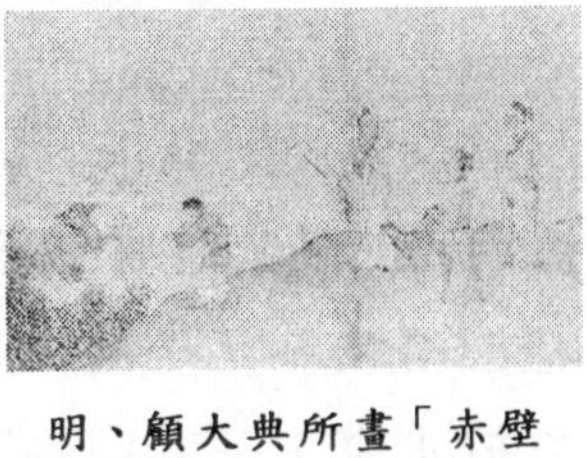

明、顧大典所畫「赤壁

爲畫題。畫面中，連嶂如屏的主山，高聳於讀者的眼前，形成「巨碑式」的北宋山水風格。筆意勁健，好似以利斧斫出的山壁，凹凸鮮明，清晰又俐落。一葉扁舟，泛遊於赤壁之下，通體以小點連綴成形。點之跳動猶如音符，松林也因風而成響，令全幅充滿了音樂性，帶給讀者「飄飄乎如遺世獨立，羽化而登仙」的美好感受。

明、文徵明「後赤壁圖」，上為「舉網得魚」，下為「二客從予過黃泥之阪」。

明、顧大典所畫的是〈後赤壁賦〉「二客從予過黃泥之阪」、「舉網得魚」的情景。全幅以清雅的綠色爲主調，間以紅葉表示秋景，筆調細緻，呈現一派幽靜恬然之景色。明、文嘉的「赤壁圖并書賦」，繪的是〈前赤壁賦〉。前景畫出斜坡，雙松枝幹交錯立於水岸，一葉扁舟遊於

明、文徵明「後赤壁圖」，上為「我有斗酒，藏之久矣」，下為「孤鶴橫江東來」。

樹梢之間，船夫正撐載東坡及二客駛向赤壁。波平而浪靜，一輪明月映照在水中天，只有赤壁下略見水紋，與「清風徐來，水波不興」等語意相契合。色彩清秀溫和，花青與石綠，交相呼應，一股沉靜的韻味，自然流洩而出。

另一種是「故事性發展式」，依〈後赤壁賦〉的內容鋪陳。明、文徵明就是依賦的敘述，分圖爲八段，第一景畫「今者薄暮，舉網得魚，巨口細鱗」的情景。東坡自雪堂歸來，恰逢二位客人過黃泥之阪。此時，月白風清，「人影在地，仰見明月，顧而樂之」，於是相邀還家，復遊赤壁。這是第二景。「有客無酒，有酒無肴」，實是一大憾事，於是東坡回到臨皋與妻子相謀，妻子說：「我有斗酒，藏之久矣，以待子不時之須。」第三段畫的就是這一個場景。

第四景是「予乃攝衣而上」，東坡捨舟上岸；第五景則是「劃然長嘯，草木震動，山鳴谷應，風起水湧，予亦悄然而悲，肅然而恐，凜乎其不可留也」。第六景是「適有孤鶴，橫江東來」，戛然長鳴，然後向西而去。第七景夜歸臨皋就睡，「夢一道士」，笑問「赤壁之遊，樂乎？」第八景是「開戶視之，不見其處」。全幅色調的鋪陳，濃而不膩，是趙孟頫以後文人青綠的畫法。[21]

除此之外，其它尚有「剔紅赤壁圖插屏」、「掐絲琺瑯赤壁扁壺」、「雞血石赤壁圖」、「雕竹赤壁圖筆筒」等作品，藝

---

[21] 以上有關歷代赤壁圖畫的賞析，皆參見國立故宮編輯委員會編輯：《文學名著與美術特展》（臺北：國立故宮博物院，2001 年 4 月初版 1 刷），頁 133-138，王耀庭的說法。

術家採用不同的形式、不同的材料來表現〈赤壁賦〉這同一個主題。由此可見，世人多愛東坡雖歷經險阻而猶不改其曠達的人生風範，進而表現於其藝術創作之中。

經由以上「章法」、「網路資源」、「圖文」等活動的引導，學生對於東坡其人有了概略性的了解，再據此寫作一篇。如謝汶均〈活錯時代的蘇東坡〉，不僅題目訂得好，立意也清新可取：

> 蘇東坡才華洋溢，是位豪放不羈的文人，也是歷史上不可多得的人才。他生性豪邁自由，從不在意別人的閒言閒語；因此，後世十分讚頌他的雄健灑脫。
>
> 但，蘇東坡大剌剌的個性，卻也是他致命的弱點，想說什麼就說什麼，想做什麼就做什麼，從不在意後果會如何。而奸臣們也常拿他的每一句話、每一首詩來大做文章，令皇帝對他又愛又恨，既愛惜他的才華，又可惜他的豪放不拘。「何夜無月？何處無竹柏？但少閑人如吾兩人耳！」崇尚自由的蘇東坡，就算被貶到黃州當處處受人監視的團練副使，仍然有心情在月夜與好友張懷民一同在承天寺的庭院中散步。由此可見，蘇東坡灑脫的襟懷！
>
> 蘇東坡不適合當官，因為他太愛自由了。我想，他不僅不適合當古時候的大臣，也不適合當現今的政客；因為今日有更多的媒體埋伏在暗處，準備隨時抓政治人物的小辮子。古時候的文人只靠寫作是不能過活

> 的，一定要當官才能填飽自己和家人的肚子；但許多文人又常因太過於直爽而與朝廷不合，於是像蘇東坡這樣的文人就常落到這種最悲慘的下場———一再的被貶官。不過今日文壇上有名的大作家比比皆是，如果蘇東坡活在今日，相信以他這種自由的個性、豪放的風格，一定能像《哈利波特》的作者 J.K.羅林一樣，光是靠寫作就可以成為人人稱羡的大富豪，而不需要活得如此困苦。可憐的一代文豪蘇東坡，你不僅活錯了時代，還虛度了錯誤的一生——以你的才華，你的人生不該只是如此！

此文形成「先凡後目」結構，先總提東坡「才華洋溢」、「豪放不羈」的生命特質，底下再以「抑」、「揚」互現的筆法，條分縷析作者對東坡一生事蹟的看法，既愛其灑脫的襟懷，又嘆東坡其實「不適合當官」；最後以「活錯了時代」，不能「像《哈利波特》的作者 J.K.羅林一樣，光是靠寫作就可以成爲人人稱羨的大富豪」，以致於「虛度了錯誤的一生」，深寄惋惜之情於字裡行間。

其次，如華介甫〈不屈不撓的蘇東坡〉：

> 為官正直敢言、才華洋溢的東坡，因論政與朝臣不合，被貶到了黃州、惠州，甚至是儋州等地。
>
> 〈記承天夜遊〉便是他被貶為黃州團練副使時所寫的一篇日記，其內容是描寫某晚在承天寺與友人張懷民一同欣賞月色的情形。犀利的文筆生動的描寫出月色

的優美與詩人的心境，並感嘆世人為追求名利而無暇欣賞自然美景的種種。原本平凡無奇的一篇小日記，在東坡的精心雕琢下，竟可流傳千年，這證明了這篇是千古佳文，百思不膩而千唸不朽。

如此聰穎的東坡，所寫出來的好文章當然不只這一篇，令後世所讚揚的好文章還有〈前赤壁賦〉、〈後赤壁賦〉等。如其中的「縱一葦之所如，凌萬頃之茫然。浩浩乎如馮虛風而不知其所止，飄飄乎如遺世獨立，羽化而登仙」，是多麼棒的詩句，多麼的令人回味啊！讓人想要再看一遍，再感受一遍這些文字所帶來的內涵與意境。

只可惜啊！東坡就是太敢言論，如此的才華只能在那偏遠的黃州發揮，但他沒有怨恨，還能夠在困窘的環境中找到生活的樂趣，將自己的才學發揮的淋漓盡致，讓自己的文學成就不遜色於歐陽脩、王安石等人。或許，東坡真正讓人欽佩的不只是文學上的成就，而是在官臣們的屢屢打壓下，仍然能夠堅守自己的原則，堅守不屈不撓的廣闊心胸吧！

全文形成「先點後染」結構，首段是開啓下文的引子與橋樑，二、三段承接上文，闡述〈記承天夜遊〉一文的內容與特色，以及閱讀前後〈赤壁賦〉的心得與體會；最後，以東坡能在「困窘的環境中找到生活的樂趣」，「堅守不屈不撓的廣闊心胸」作結，表達了對東坡的欽佩之情。

2、第二單元「美的饗宴」

在自然界以及人工建築之間，常可發現美的蹤影。人類美感的共通性，可大分爲美的十大原理。反覆，是將相同（相似）的形或色彩作規律性的重複排列，以產生鮮明、純一、清新的感覺。[22]漸層，指的是遵循一定的秩序與規律，作漸次變化的反覆形式；舉凡色彩、形狀、大小、方向等都可以呈現出由明而暗或由強而弱的漸變效果。[23]調和，是兩種構成要素相近、能產生共同秩序，使彼此之間達到和諧的狀態；如相似的色彩、造型，因彼此差異性小，較容易產生調和的感覺。對比，是將兩種性質相反的要素，如造形、色彩、質感、方向或面積等並列在一起，產生極大的差異，以彰顯出強烈反襯的視覺效果。對稱，是以一條假定的直線爲中心，排列在此中心線左右或上下的形象完全相同之形式；如人體及傳統建築中的宮殿、寺廟及宅第。[24]均衡，指的是有軸心之物，因左右或上下的形、色力量平均，而造成視覺上的平衡。[25]節奏，又稱律動，是畫面上之物，因規則或不規則的反覆出現，它能產生如音樂般具有漸變性、週期性的節

---

[22] 參見楊辛、甘霖：《美學原理》（臺北：曉園出版社，1991 年 5 月第 1 版第 1 刷），頁 168；呂清夫：《造形原理》（臺北：雄獅圖書股份有限公司，1989 年 9 月 7 版），頁 170。

[23] 參見林書堯：《基本造型學》（臺北：三民書局，1983 年 8 月修訂初版），頁 367。

[24] 參見宗白華：《宗白華全集１》（合肥：安徽教育出版社，1996 年 9 月 1 版 2 刷），頁 506。

[25] 見豐子愷：《豐子愷論藝術》（臺北：丹青圖書公司，1989 年再版），頁 54。

奏律動感。比例，指的是一個畫面中，物的部分與部分、或部分與全體之間，其大小、長度或面積上有著一定數值比的關係，它常被運用於建築、工藝、繪畫等。單純，是把複雜形式精簡，以強調簡潔、大方、明快 的特質；它是現代藝術中常被強調的重點，也廣泛地運用在生活中的各種藝術設計上。統一，是把相同或類似的形態、色彩、肌理等各種要素，作秩序性或統一性的組織、整理，使之有條不紊，呈現出整體的和諧感。[26]

仔細觀察，我們也可以發現自然界或人工建築物之間，到處充滿了各種美的造型。三角形取景構圖，具有穩穩支撐在底部的兩個角，所以易予人安定之感。當人的眼球左右移動時，可以帶出最遼闊的空間感，故「水平」取景，予人寬廣之感。「垂直」取景時，眼球上下移動，可以產生動感；若由下向上仰望，又可予人崇高之感。人生來就喜歡「對稱」，眼睛中的肌肉因平衡而形成的舒適與經濟，容易使人心生鎮定沉靜、莊嚴穩重之感。「Ｓ」形構圖，除了造型本身就容易予人柔順之感，當視線隨之流轉時，又可帶來的律動感。人類追求美的最高境界，就是「和諧」，就是「善」；因此，「圓」的造型可帶給人團聚圓滿之感。

「透視」，可以帶出空間的層次感。視線由近而遠的拉動，自然而然營造出深遠的感覺。「放射狀」有隨時向四面八方拓展而出的動勢，容易予人奔放、無限延展之感。人的

[26] 參見楊辛、甘霖：《美學原理》，頁 173-177。

視線隨著「X形」的線條流動，然後在中心點產生聚焦作用，易形成一種趣味中心。「對角線」易將畫面分割成分量相同的兩等分，帶給人一種明快的動感。「黃金視點」在畫面上形成等比例的切割，視覺順著這個比例而行，也會形成律動感。「V形」由底部向上開拓出去，由窄而寬的視覺效果，容易予人一種向上提升的飛翔之感。

細細審度，可以發現攝影構圖法，與「空間類」章法中的「遠近法」、「內外法」、「左右法」、「高低法」、「大小法」、「視角變換法」等[27]，其原理實是相通。學生依據課堂所學，進行作品拍攝，然後依據引導（也可自由發揮），一一記下美的感受：

標　　題	
拍攝地點	
構圖類型	
美在那裡	

人們要通過思維認識客觀世界運動、發展、變化的規律，就不能離開對「意象」的感知。「意象」是一切「思維」的基本單元，「思維」也始終以「意象」爲內容，故「意象」可以通貫「思維」的各個層面。[28]因此，透過「標題」、「拍

[27] 可參見陳滿銘《章法學論粹》、《章法學新裁》、《文章結構分析》，仇小屏《篇章結構類型論》等書（以上均由臺北：萬卷樓圖書公司出版）。

[28] 參見陳師滿銘：〈淺論意象系統〉（臺北：《國文天地》21卷5期，2005年10月），頁30-36。

攝地點」、「構圖類型」、「美在那裡」的提示，可以有效地幫助抽象思維尚未十分成熟的國中生將觀察所得的「意象」以文字紀錄下來。如華介甫的作品：

（1）馬路的盡頭

標　　題	馬路的盡頭
構圖類型	透視的取景構圖，有深遠的感覺。
美在哪裡	馬路、路燈、汽車，一直延伸到遠方轉角，給人一種能夠透視遠方的感覺。

（2）漫長的河堤

標　　題	漫長的河堤
構圖類型	透視的取景構圖，有深遠的感覺。
美在哪裡	背景是一片樹林，河堤連接到盡頭，中間一座橋的橋下又流出一彎小溪，使人的壓力自然地得到放鬆。

（3）振興醫院

標　　題	振興醫院
構圖類型	對稱取景構圖，有端莊穩重的感覺。
美在哪裡	雙十字加上兩側對稱的設計，建築物前又是一片綠色草皮，使得整體看起來很美。

（4）水平大使館

標題	水平大使館
構圖類型	水平的取景構圖，左右兩側顯得十分寬廣。
美在哪裡	樓層的間隔井然有序，寬廣的高樓好像和藍天連起來一樣，非常美麗。

只要善加引導與運用，以上這些觀察，皆可以化爲寫作的素材。例如華介甫的〈攝影之美〉：

> 我的攝影作業可沒那麼簡單，為了抓住美景，為了攝取貨真價實的優美景色，我可是千「米」迢迢的跑到

了大使館、振興醫院等地。

在路途中，河堤的透視美成了我取景的材料之一，它的背景為樹林，漫長的河堤連到了盡頭，橋下彎出了一條小溪，欣賞它的同時便拍下了它。我繼續向前行！又尋到了透視取景的好材料，這是一條筆直的馬路，右排的汽車與左排路燈皆整齊的排列至遠方的車道才轉彎，予人透視遠方的感覺。但，這還不是最精彩的部分。

二十個國家的國旗一字排開，由下而上數來整整有十三層樓高的粉紅色建築物，那就是大使館。我之所以選擇拍攝它的原因，是因為它的建築風格有獨特的水平美，使人感覺左右更為寬廣。它的樓高幾乎連至天際，背景的藍天白雲與粉紅又形成了明顯對比。誰說欣賞藝術作品一定要到美術館去，這不是在告訴我們，藝術就在你我身旁。

最精彩的，是大家所熟悉的振興醫院，雖然大家都知道它的存在，但要是說起它的美在何處，可就沒有人知道了吧！它的前方，是一整片綠色的大草地，由下至上，由左而右，不難發現它的建築是左右對稱的雙十設計；更因醫院周圍布滿綠色植物，可讓出來散散步的病人吸收到新鮮空氣，凸顯出醫院是「大地救護站」的功能，這不又是一件成功的藝術品了嗎？

經過了這充實的攝影作業之後，讓我真正學會的，是「生活處處都是美」，只看你我有沒有用心去體會。

謝汶均所展現的，是女生獨特的細膩思維：

（1）水簾洞

標　　題	水簾洞
構圖類型	水平、對比美、漸層美
美在哪裡	夜晚的燈光打在瀑布上，撲朔而迷離，令人眼睛一亮；加上漸層的水花，讓人因它的美而感動。它美到予人一種不真實的感覺，所以我把它稱為「水簾洞」，彷彿只是隔了一層薄薄的水花，水花後面就是美猴王與牠的臣民的仙境了。

（2）一盞明燈

標　　題	一盞明燈
構圖類型	圓形、對比美、對稱美、漸層美、調和美
美在哪裡	這盞明亮的燈是黑夜中的一點光亮，與背後的漆黑剛好形成強烈的對比；柔和的燈光打在牆的角落，燈影形成一種對稱美，而

	光的餘暉漸次灑在黑暗的牆壁上，更是絕佳的漸層美。這盞明亮的燈是失落中的一點希望，為迷途的人兒指引正確的方向。它，就是我家的「導航燈」。

（3）田園交響曲 1、2

標　　題	田園交響曲 1
構圖類型	放射狀、反覆美
美在哪裡	這片芋葉的葉脈從中心點蔓延到葉子的邊緣，呈現放射狀，而它下方的葉子，不論色彩、形狀都與它相似，形成了一種反覆的美感。
標　　題	田園交響曲 2
構圖類型	圓形、反覆美、漸層美、節奏美
美在哪裡	這株包心菜，以中心的圓，一層一層的向外擴大，反覆呈現了漸層的節奏感。它們每一吋的葉脈都是跳動的五線譜，露珠與蟲兒在它們的身上譜出了一個又一個美麗的音符。你聽！它們正在演奏一首來自大自然的「田園交響曲」呢！

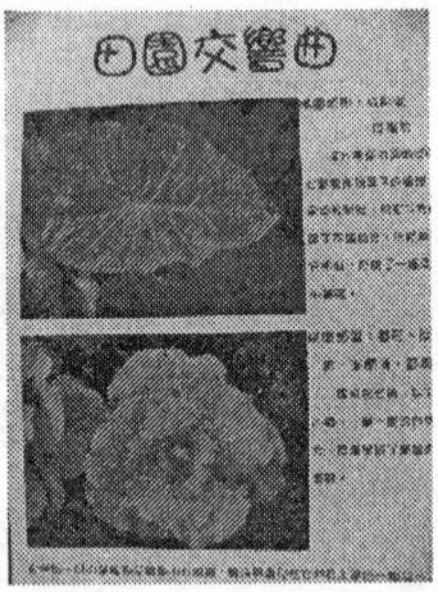

謝汶均挑選了其中兩張攝影作品，以〈田園交響曲〉作爲抒寫的主題：

> 這兩張綠意盎然的相片是在我家菜園子拍的，那塊充滿我童年回憶的綠地，可以堪稱大台北地區中蘊含最多美好回憶，孕育最多「蟲蟲生態」的世外桃源。
>
> 照片中重疊的綠意，是大自然鬼斧神工的傑作，構成了層層推進的反覆美及縈繞著自然韻律的節奏美。它們的每一吋葉脈，都是跳躍的五線譜；露珠與蟲兒，在它們身上跳出了一個又一個美麗的音符。身旁的雜草，則是畫龍點睛的配樂，身後的泥土，更是自然莊嚴的大舞臺！我彷彿在聆聽一場大自然演奏的「田園交響曲」。聽！點點雜草，奏出了令人為之振奮的前奏；接著，主角登場，輕快的旋律在葉脈上舞著，跳著，舞動了我原本慵懶的四肢，也跳出了充滿純真與童趣的過往。
>
> 綠色，是希望的代表色。初發嫩芽的小樹，以青翠的綠色披上身，期望明年能像爸爸一樣，長得又高又壯。春天的草地，以濃鬱的綠色覆蓋著，期待明年還可以重現今日的盎然生機。而綠色的葉子，更使人有種「生命在我，希望在手」的感受！

三、結語

「章法」所探求的既是「情意」（內容）的深層結構[29]，其條理必也深蘊於文章情意（內容）之內。「詞以鍊章法爲隱，煉字句爲秀。秀而不隱是猶百琲明珠而無一線穿也。」[30]因此，一篇文章若只鍊「表現於外」的「字句」，而不鍊「蘊藏於內」的「章法」以貫穿情意，使前後串成條理（秩序、變化、聯貫、統一），它必如「百琲明珠而無一線穿」，雜亂無章。沒有方法，任何理論都是空談；缺乏理論，任何實踐方法也將缺乏方向。[31] 本教學即是以「章法」理論爲核心思維，採取各種教學方法、策略，使得教學更具有創意與變化，以吸引學生的專注力，啓發其想像力和學習動機，架構「赤壁遊」、「美的饗宴」等活動單元，有效引導學生動用觀察、想像等「一般能力」，訓練國語文的「特殊能力」，進而增強整體的「綜合能力」，展現創造力。[32]

重要參考文獻（依作者姓氏筆劃排序）

（一）專著

仇小屏、黃淑貞：《國中國文章法教學》，臺北：萬卷樓圖書公司，2004 年 10 月初版。

---

[29] 參見陳師滿銘：〈論章法與情意的關係〉（臺北：《國文天地》17 卷 6 期，2001 年 11 月），頁 104。

[30] 見劉熙載：《藝概》（臺北：金楓出版社，1998 年 7 月革新 1 版），頁 156。

[31] 參見賴聲川：《賴聲川的創意學》，頁 42。

[32] 參見陳師滿銘：〈語文能力與辭章研究──以「多」、「二」、「一（0）」的螺旋結構作考察〉，頁 67-102。

吳楚材選注、王文濡評校：《古文觀止》，臺北：華正書局，1998 年 8 月版。

呂清夫：《造形原理》，臺北：雄獅圖書股份有限公司，1989 年 9 月 7 版。

宗白華：《宗白華全集１》，合肥：安徽教育出版社，1996 年 9 月 1 版 2 刷。

林書堯：《基本造型學》，臺北：三民書局，1983 年 8 月修訂初版。

林語堂著、張振玉譯：《蘇東坡傳》，臺北：大漢出版社，1983 年 3 月再版。

國立故宮編輯委員會編輯：《文學名著與美術特展》，臺北：國立故宮博物院，2001 年 4 月初版 1 刷。

陳滿銘：《章法學新裁》，臺北：萬卷樓圖書公司，2001 年 1 月初版。

陳滿銘主編：《新式寫作教學導論》，臺北：萬卷樓圖書公司，2007 年 3 月初版。

黃淑貞：《篇章對比與調和結構論》，臺北：萬卷樓圖書公司，2005 年 6 月初版。

黃淑貞：《辭章章法四大律研究》，臺北：文津出版社，2007 年 1 月初版。

楊辛、甘霖：《美學原理》，臺北：曉園出版社，1991 年 5 月第 1 版第 1 刷。

溫世仁等：《孔子說》，臺北：明日工作室，2003 年 5 月初版 1 刷。

熊彼得 Schumpeter 著、汪洪法譯：《經濟發展理論》，臺北：三民出版社，1959 年。

劉熙載：《藝概》，臺北：金楓出版社，1998 年 7 月革新 1 版。

賴聲川：《賴聲川的創意學》，臺北：天下雜誌股份有限公司，2006 年 7 月第 1 版第 2 次印行。

豐子愷：《豐子愷論藝術》，臺北：丹青圖書公司，1989 年再版。

（二）學位論文

吳雪華：《臺北縣市國民小學教師創新教學能力與教學效能關係之研究》，臺北：臺北市立教育大學國民教育研究所，2006 年。

劉慧梅：《數位學習融入創新教學之設計與應用--以 Hyperbook 系統與國小數學領域爲例》，臺北：國立台北師範學院教育傳播與科技研究所，2004 年。

（三）期刊論文

王希杰：〈章法學門外閑談〉，臺北：《國文天地》18 卷 5 期，2002 年 10 月。

陳滿銘：〈淺論意象系統〉，臺北：《國文天地》21 卷 5 期，2005 年 10 月。

陳滿銘：〈語文能力與辭章研究－以「多」、「二」、「一（0）」的螺旋結構作考察〉，臺灣師範大學：《國文學報》第三十六期，2004 年 12 月。

陳滿銘：〈談思維力與語文螺旋結構的關係〉，臺北：《國文天地》21卷3期，2005年8月。

陳滿銘：〈論章法與情意的關係〉，臺北：《國文天地》17卷6期，2001年11月。

鄭頤壽：〈中華文化沃土，辭章學圃奇葩－讀陳滿銘《章法學新裁》及其相關著作〉，蘇州：《海峽兩岸中華傳統文化與現代化研討會文集》，2002年5月。

（四）網址

http://www.npm.gov.tw/dm2001/B/subject_single_play_03.htm

http://www.npm.gov.tw/dm2001/B/exhibition/calligraphy/b08222_adv.htm

http://cls.admin.yzu.edu.tw/su_shih/su_song/share/chi.htm

http://www.npm.gov.tw/dm2001/B/exhibition/calligraphy/b08222_adv.htm

論文學中的因果互動邏輯

——以詩詞曲中用「莫」、「休」所形成的結構作考察

李靜雯
臺灣師範大學國文研究所博士生

提要

詩詞曲中以否定副詞「莫」、「休」形成的結構，構成了一個互動的因果螺旋空間。否定詞的勸戒、警示有收斂、約束的作用，而情感的奔迸勃發卻不可扼止，於是衝開了否定詞的束縛，產生奔放無窮的主觀情感表達力，這還關係到因果邏輯(章法)。因果邏輯對於解釋或預見事實有重要意義，而因果章法是由一因一果所組合而成的一種章法，新舊因果之間，有如相對待的兩端，會形成螺旋，彼此互動、循環、提升。因果互動是先由「美感情緒的波動」伸向第一層，再由「美感情緒的騰飛反映」產生化實為虛的自由美，達到無窮的審美想像空間，形成綿綿不盡的藝術魅力。

關鍵字

莫、休、因果、邏輯、文學、美感

一、前言

成功的文章來源於成功的構思，文章的構思是文章寫作最重要的程序。劉勰《文心雕龍‧神思》就把文章構思看成「馭文之首術，謀篇之大端」。成功的構思，能把文章的邏輯框架和整個面貌基本預構出來，這當然離不開邏輯。也就是說任何文章的構思，都必須圍繞特定的邏輯主線，如果善於抓住邏輯主線，構思就有了清晰的思路。[1]詩詞曲中以否定副詞「莫」、「休」成語成句的句式，可以說構成了一個互動的因果螺旋空間。此間的因果關係相互循環，於是延展出綿綿不盡的想像空間，而作者的情感就在這裏不斷騰飛、波動、迴旋。否定詞的勸戒、警示有收斂、約束的作用，而情感的奔迸勃發卻不可扼止，於是衝開了否定詞的束縛，產生奔放無窮的主觀情感表達力。這一類的文學作品讀來別有滋味，因此本文就以詩歌中用「莫」、「休」成語成句的結構，考察其因果邏輯關係，並兼論其美感效果。

二、因果互動理論

文章涉及思維、思考，而邏輯是研究思維結構及其規律的學科，因此文章與邏輯有著與生俱來的不解之緣，邏輯還

[1] 參見黃順基、蘇越、黃展驥主編：《邏輯與知識創新》(北京：中國人民大學出版社，2002 年)，頁 82。

制約著文章的結構(即文章的骨架)。[2]文章的骨架就是章法，故本節從「邏輯」與「章法」兩個層面來看「因果」法的相關理論。

（一）因果邏輯

邏輯是研究思維形式、方法或規律的學問。「因果」在哲學上，雖只看成是範疇之一，卻與「諸範疇」息息相關。[3]張立文在《中國哲學邏輯結構論》中說：

> 就彼此相聯繫的範疇而言，中國佛教哲學中的「因」這個範疇，它自身包含著兩個事物或現象的聯繫，這種特定的聯繫，各以對方的存在為自己存在的前提或條件。其內在衝突的伸展，使「因」作為一方與「果」作為另一方構成相對相關的聯繫。範疇這種衝突性格，使自身或與諸範疇都處於相互聯繫、相互轉化之中，並在這種普遍的有機聯繫中，再現客觀世界的衝突及其發展的全進程。（頁 11）

既然「因果」這一範疇能產生「普遍的有機聯繫」，其重要性就可想而知。從另一角度看，「因果律」涉及的是假設性之「演繹」與科學性之「歸納」，所形成的是「先因後果」

[2] 同前註，頁 75-76。

[3] 參見張立文：《中國哲學邏輯結構論》，修訂本(北京：中國社會科學出版社，2002 年)，頁 6、11。

的邏輯關係。[4]張立文的這段話，還指出因果具有「衝突性格」，能夠從對立的一面「相互轉化」，「再現客觀世界的衝突及其發展」。可見因果關係是會互動的，並能推演事物的發展規律。

一直以來，邏輯學者對「因果律」都非常重視。陳波在其《邏輯學是什麼》一書中說：

> 因果聯繫是世界萬物之間普遍聯繫的一個方面，也許是其中最重要的方面。一個(或一些)現象的產生會引起或影響到另一個(或一些)現象的產生。前者是後者的原因，後者就是前者的結果。科學的一個重要任務就是要把握事物之間的因果聯繫，以便掌握事物發生、發展的規律。(頁 167)

任曉明、桂起權介紹美國當代哲學家、計算機理論家勃克斯提出的「因果陳述邏輯」時也說：「因果陳述邏輯對於解釋或預見事實有重要意義。就如同假說演繹法所起的作用一樣，因果陳述邏輯可以從理論命題推演出事實命題，或是解釋已知的事實，或是預見未知的事實。」[5]可見「因果邏輯」在推導「事實」的過程中的重要性，而這種「因果邏輯」，就像陳波所說的，它是「世界萬物之間普遍聯繫的一個方面，也許是其中最重要的方面」。[6]在互動聯繫當中，或者「解

---

4 見陳師滿銘：《辭章學十論》(台北：里仁書局，2006 年)，頁 88。
5 見黃順基、蘇越、黃展驥主編：《邏輯與知識創新》，頁 328-329。
6 見陳師滿銘：《辭章學十論》，頁 90。

釋已知的事實」、或者「預見未知的事實」，將眼前實物(事)推向虛化的設想或未來，情感無窮上升，流洩更加自由奔放。

就假設性來說，因果律涉及的是演繹法。只要演繹的出發點是真實的，所得結論也必然是真的，演繹法的結論具有確定性。[7]而演繹推理的大前提是由歸納推理提供的，歸納推理的個別性知識是通過觀察、實驗等方法獲得的。[8]也就是說演繹與歸納具有密不可分的關聯性。人類 80%～90%的信息是通過眼睛的觀察而獲得的[9]，因果邏輯關係中，也往往是立足於眼前所感知的，再伸向過去已知的事實，或未來未知的事實。並且對立的兩端之間，又往往互動。

否定副詞「莫」、「休」所構成的句子，往往具有因果邏輯關係。一般在陳述句中只有肯定結構的動詞，在表虛擬的疑問、假設、條件等句子中往往採用否定結構。表面看來，現實句和虛擬句中是對立的，有時是試圖構成更大的反轉力量，但是它們本質上是相通的，虛擬句的深層語義仍然是肯定的。[10]追究其根源，否定意涵下往往是對過去經驗、已知事實，或假想未來的一種肯定，表面看是勸阻、警示，其實是主觀情感已經不可扼抑，最後會拋開一切顧忌，衝破否定的限制，情感奔迸勃發。這其間，當然有深層的因果力量在

[7] 參見石毓智：《肯定和否定的對稱與不對稱》(台北：台灣學生書局，1992 年)，頁 23。
[8] 參見杜雄柏主編、王向清、杜音副主編：《邏輯學教程》(長沙：湖南大學出版社，2005 年)，頁 180。
[9] 參考黃順基、蘇越、黃展驥主編：《邏輯與知識創新》，頁 36-37。
[10] 參考石毓智：《肯定和否定的對稱與不對稱》，頁 105-106。

推動。並且由於觀察的時間先後不同，或虛實立場的差異，因果關係還會互動、循環，進而深化、提昇詩詞中的情感。這種因果倒置的現象，楊士毅稱為「因果謬誤」或「假因的謬誤」。[11]

因果邏輯之互動，從人的思維主體對客體世界對象本質和規律的體認、掌握而言，體認的對象是作為肯定的東西而出現的。兩者衝突又融合，形成如下的順序：

象性 ----------> 實性----------->虛性

肯定(正項)----> 否定(反項)--> 肯定否定(正項反項的衝突融合)

從關於事物的現象體認到豐富多樣的本質，這是體認的上升運動。這種思維抽象不是對感性具體的重覆，而是對感性具體的否定和我展，是體認的飛躍。[12]就如老子哲學中「道」之動，以「反」為原則，周而復始，自化不息。發展到極端、窮途，必會發生轉化，這轉化在現象上好像是走向反面，實質上是向更高的境界前進，呈現出否定之否定的螺旋式上升的進程。[13]事物都有對待的「兩端」，對待兩端又交合、融合、「二而一」，因而方以智把「交」概括為：「交也者，合二而一也。」[14]他從事物的「相反相因」出發，論述了對待矛盾

11 參見楊士毅：《邏輯與人生——語言與謬誤》(台北：書林出版有限公司，1998 年)，頁 291-297。
12 參考張立文：《中國哲學邏輯結構論》，頁 61-62。
13 參見陳望衡：《中國古典美學史》(長沙：湖南教育出版社，1998 年)，頁 190。
14 見明・方以智著，龐樸注釋：《東西均注釋》(北京：中華書局，2001 年)，頁 24。

的兩種態度。王夫之論述「一分爲二」與「合二而一」關係時也提到：「合二而一」是「一分爲二」所固有，兩者是相互聯繫的過程，並且是「合」——「分」——「合」式的螺旋式的上升運動。也就是說舊和合體由於內部的對待，促使對待的互相轉化，舊和合體被破壞或分裂，然後又組成新的和合體。因而，它是一個前進的運動。[15]

以上正足以說明新舊因果之間，有如相對待的兩端，會形成螺旋，彼此互動、循環、提升。將因果邏輯關係運用到辭章來說，將造成新舊情感和合進化的、飛躍的、一層深似一層的美感。

（二）因果章法

邏輯因果，如果放到文章來說，就是文章的內在邏輯聯繫。[16]就文章組織層面而言，正是因果章法。章法是文章的結構，結構作爲事物(物)存在的基本形式，與時空不可分離。也就是說：「由因及果」或「由果及因」往往是以眼前時空爲起腳點出發的。

前人在評點文章時，對因果法也有所論述，如唐彪《讀書作文譜》在講「文章諸法」時，提出一條法則：「推原」，他說：

> 推原者，或從後面而推原其來歷，或因行事而推原其

---

[15] 參見張立文：《中國哲學邏輯結構論》，頁 236-240。
[16] 參考黃順基、蘇越、黃展驥主編：《邏輯與知識創新》，頁 77。

> 用心，或因疑似而推原其所以然，三者皆理有所不容已也，故文中往往用之，且有通篇用此法者。(頁 86-87)

他將「由果推因」的「因」分成三大類，的確是實際創作中常碰到的情形。[17]

曹冕《修辭學》在討論「論辨文」時，講到「歸納推理」，提到其中有一種「因果推理」：

> 因果推理乃歸納推理之一種。宇宙所有現象或事實，並非偶然而生，必有其所以然之理；理一則現象事實亦一，原因同則結果亦同，論理學家謂之因果律。吾人據因果律，以求事物所以然之理，其推論自健全可靠。但所謂因果之關係，必應為常然又必然者，合於萬有齊一之律，方能生出斷定。(頁 255)

這段話說明因果律的形成，並指出「因果推理乃歸納推理之一種」。[18]

陳師滿銘也說：「章法所探討的，是篇章結構的邏輯關係。而邏輯關係中最基本、最普遍的，就是因果。在約四十種的章法之中，有一些是關涉到因果的，它們都可以用因果來代替，可見因果章法具有母性。」[19]試看杜甫〈曲江〉詩：

---

[17] 參見仇小屏：《文章章法論》(台北：萬卷樓圖書有限公司，1998 年)，頁 384。

[18] 同前註，頁 386。

[19] 參見陳師滿銘：〈論因果章法的母性〉，《國文天地》2002 年 12 月 18 卷 7 期，頁 94。

一片花飛減卻春，風飄萬點正愁人。
且看欲盡花經眼，莫厭傷多酒入唇。
江上小堂巢翡翠，苑邊高塚臥麒麟。
細推物理須行樂，何用浮榮絆此身？

依此篇章條理，可將其結構表呈現如下：

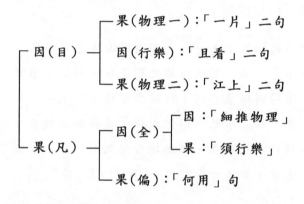

- 因（目）
  - 果（物理一）：「一片」二句
  - 因（行樂）：「且看」二句
  - 果（物理二）：「江上」二句
- 果（凡）
  - 因（全）
    - 因：「細推物理」
    - 果：「須行樂」
  - 果（偏）：「何用」句

這是歌詠及時行樂的作品。此詩的主旨「細推物理(因)須行樂(果)」安置在篇末，採「先因後果」與「果因果」的結構，以以雙軌貫穿全詩，其邏輯思維，十分清晰，並且「凡目」、「偏全」等章法，也都可用「因果」章法代替，呈現出因果與其他章法的聯繫。[20]精確地說，因果章法是由一因一果所

[20] 「作者先在首、頷兩聯，藉飛花減春、翡翠巢堂、麒麟臥塚的殘敗景象，暗寓萬物好景無常的盛衰道理，爲第一軌。而在頸聯表出其珍惜光陰、及時行樂的思想，爲第二軌；這是『因』的部份，而這個『因』的部份，又以『因果因』之條理加以安排。然後以『細推物理須行樂』一句，將上六句的意思作個總括，這是『果』的部份，又由此引出『何用浮榮絆此身』一句，發出感慨收束。」見陳滿銘：〈論因果章法的母性〉，頁 95-96。

組合而成的一種章法。「因爲……所以……」是它常用的構句方式；相反地，由「所以」至「因爲」的情形也有；甚至「因爲」與「所以」多次交互出現的情況也屢見不鮮。這種思維方式，應用範圍擴大到篇章時，那就形成因果法了。[21]因果章法很能涵蓋事物的發展規律，而在詩歌中，以「莫」、「休」成語成句的句式，多半具有因果邏輯關係。因與果之間又往往互動、循環提升，對辭章作品而言，其造成的美感是層層飛躍又低迴不盡的。因果章法對推深文境，實有莫大的助益。

三、因果互動邏輯在唐詩上的表現

唐詩中有許多用「莫」成語成句而構成因果互動邏輯關係的例子，用「休」構句的例子較少，在喻守貞《唐詩三百首》中僅韓愈〈八月十五夜贈張功曹〉一首。或者唐代否定副詞多用「莫」，而「休」在書面語體中尚未普及的緣故。首先以杜甫〈登樓〉詩來看：

> 花近高樓傷客心，萬方多難此登臨。錦江春色來天地，玉壘浮雲變古今。北極朝廷終不改，西山寇盜莫相侵！可憐後主還祠廟，日暮聊為梁父吟。

就章法結構來看，這是一首傷時念亂的作品，作者一開篇便把一因一果的兩句話倒轉過來，敘出主旨；再依次以

[21] 見陳師滿銘：《篇章結構學》(台北：萬卷樓圖書股份有限公司，2005年)，頁121。

三、四兩句寫「登臨」所見，五、六兩句寫「萬方多難」。尾聯承「傷客心」寫「登臨」所感，發出當國無人的慨歎，蘊義可說是極其深婉的。其結構分析表如下：[22]

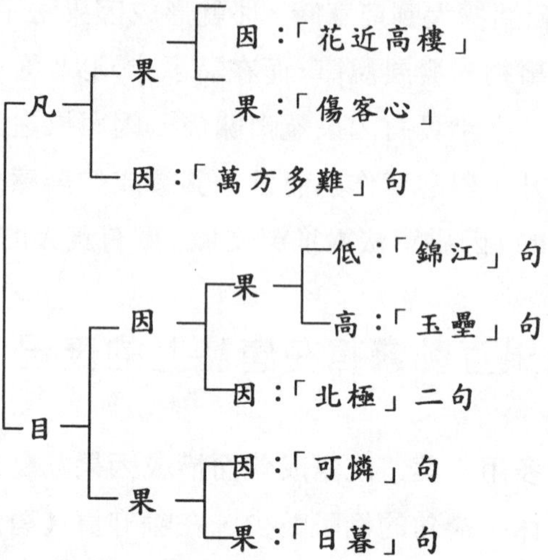

我們若將用「莫」成語成句的句子摘出，其間因果互動關係，可藉下圖表示：

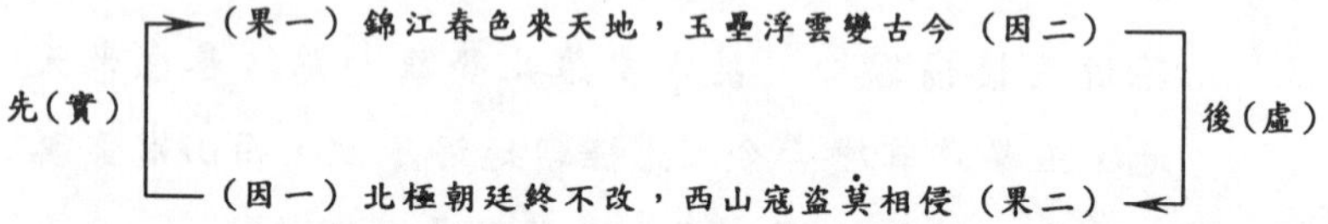

「果一」的部分，由前句的「登臨」領起，「由低到高」仰觀俯察，語壯境闊。而「玉壘」山爲蜀中通往吐蕃的要道，因此山的風雲變幻就興起下文，飽含憂國憂民的無限心事。

---

[22] 同前註，頁 246、350。

「因一」的部分，承上的「萬方多難」(以吐蕃入侵最烈)，而以「北極」喻唐王朝，「西山寇盜」指吐蕃。「因果」倒裝的方式，寫出登樓所想。針對吐蕃的覬覦寄語相告：莫再徒勞無益地前來侵擾！詞嚴義正，浩氣凜然，於如焚的焦慮之中透著堅定的信念，這種信念是藉著否定詞「莫」來表出的。然而吐蕃的入侵、宦官專權、藩鎮割據仍無休止，故詩人的情感不由自主地衝開了否定詞的限制與自然景物融合一體，每每登樓就見「錦江」、「玉壘」而「傷客心」，結果又寄慨遙深，主觀情感奔迸勃發不可扼抑，這是第二層的因果互動，是「虛」寫、是想望。詩人藉著因果互動的循環，即景抒懷，讓自然景象與國家災難、個人情思互相滲透，體現沉鬱頓挫的藝術風格。[23]

又如李商隱〈無題一首〉：

> **颯颯東風細雨來，芙蓉塘外有輕雷。金蟾嚙鎖燒香入，玉虎牽絲汲井迴。賈氏窺簾韓掾少，宓妃留而魏王才。春心莫共花爭發，一寸相思一寸灰！**

本詩題目雖為「無題」，其實是一篇「刻意傷春」之作，寫一位深鎖幽閨的女子追求愛情而失望的痛苦。用的是「先具後泛」的結構，「具寫」的部分，從眼前實景說起，頷聯以用物為譬。虛寫部分以譬喻方式呈現：金蟾雖堅，香燒猶可齧入；井雖深，絲索亦可汲引。而我何以無隙可乘，終成

[23] 參考辛農重編：《唐詩三百首》(中) (台北：(上中下)地球出版社，1999 年)，頁 577-579。

遺恨？頸聯則以故事作喻，當初賈氏窺簾，幸而緣合，而今宓妃留枕，終屬夢想。其間遇合離散，令人相思。本文主旨句(春心莫共花爭發，一寸相思一寸灰)落在「泛寫」的部分，用「先果後因」的結構，故作慰藉之語，莫再相思，而尤覺相思之苦。[24]其結構分析表如下：

- 具
  - 景
    - 實：「颯颯」二句
    - 虛：「金蟾」二句
  - 事：「賈氏」二句
- 泛
  - 果：「春心」句
  - 因：「一寸」句

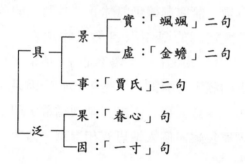

如果將因果互動關係放大來看，又可以藉下圖表示：

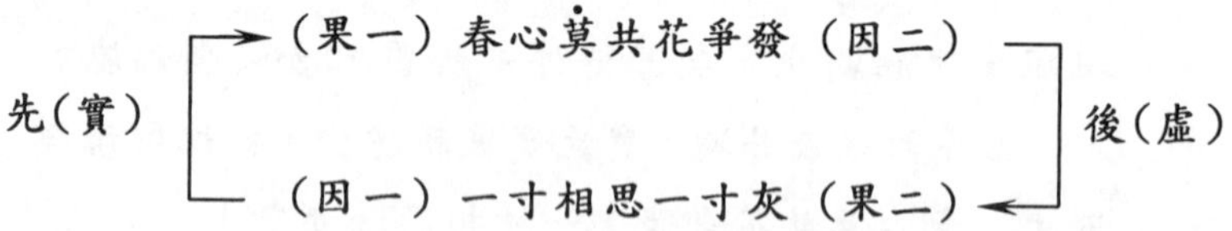

詩人一開始先寫嚮往美好愛情的心願(春心)，切莫和春花爭榮競發，用否定詞「莫」提出勸戒、警示，因爲寸寸相思都化成了灰燼。這是第一層「先果後因」的結構，寫出女主人公相思無望的痛苦呼喊。結果還是因爲「具寫」裏的春景，及賈氏與宓妃之事，一定會衝破否定詞的枷鎖，啓動春心的

[24] 參見喻守貞：《唐詩三百首詳析》(台南：大行出版社，1993 年)，頁 298。

自然機制與花共發。在第二層「先因後果」的互動裏，結果還是不斷重蹈幻滅後的悲哀，突破「莫」的制限後，呈顯的是強烈的激憤與不平。透過這種「先實後虛」的因果互動，層層表露：春心，永遠無法抑止，也不會泯滅！就更能反映出有形的無形的封建束縛對青年男女美好愛情的禁錮與摧殘，主角的痛苦呼喊也就更具典型性，格外具有震撼人心的藝術力量。[25]

四、因果互動邏輯在宋詞上的表現

到了宋詞裡，使用「休」成語成句的例子，漸漸多了起來，差不多可以和使用「莫」的情況分庭抗禮。故底下就分成「莫」、「休」兩種情況，一視同仁地探討。

(一)莫

首先來看韋莊的〈菩薩蠻〉：

> 人人盡說江南好，遊人只合江南老。春水碧於天，畫船聽雨眠。　　壚邊人似月，皓腕凝霜雪。未老莫還鄉，還鄉須斷腸。

這是一首抒寫別恨的作品起二句爲「凡」的部分，寫的是人人所共認的一個事實，那就是：江南由於它有美好的景

[25] 參考辛農重編：《唐詩三百首》(下)，頁 1169-1171。

色、人物，所以是遊人度過晚年的樂土。就這樣，直截了當的拈出「江南好」、「江南老」兩個有著因果關係的句子，以分別領出下面「目」的部分來。「春水碧於天」四句，爲「目一」的部分，緊承「凡」部分的「江南好」，就作者一己之經歷，各以兩句，依次寫江南景色之麗與人物之美，以敘明「江南」果然爲「好」，使「江南好」得以具象化，以增強它的感染力量。末兩句爲「目二」的部分，寫的是有家歸不得、必須終老江南的悲哀，以回應「凡」部分的「只合江南老」作收。唐圭璋說：「『只合』二字，無限悽愴！」(《唐宋詞簡釋》)，而譚獻也說作者「強顏作愉快語，怕腸斷，腸亦斷矣。」(《譚評詞辨》)兩人對此詞的體味，是相當深刻的。[26]其結構分析表如下：

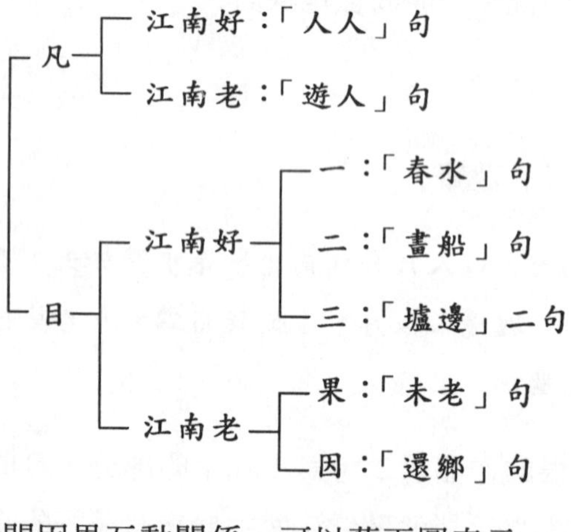

其間因果互動關係，可以藉下圖表示：

[26] 結構表及說明參見陳師滿銘：《詞林散步》(台北：萬卷樓圖書股份有限公司，2002 年)，頁 36-37。

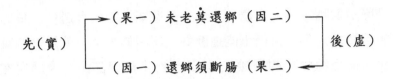

先（實）→（果一）未老莫還鄉（因二）→ 後（虛）

（因一）還鄉須斷腸（果二）

在「因一」當中，由於舊日的痛苦經驗，告訴自己「還鄉須斷揚」，所以用否定副詞「莫」字諄諄告誡自己「未老莫還鄉」，形成「果一」。這是第一層(先)，它又出自作者的自我叮嚀，「實」寫作者當下的第一個念頭。第二層裡，是作者表面未說出的「虛」的層面，這種強烈的還鄉願望其實是無法斷念，無窮無盡、與日俱增的盼望最後衝破了否定詞「莫」的限制，還是不由自主地想還鄉，結「果」(果二)，果然因心繫故里無法託身江南，此時「江南好」與「江南老」就變成一種悲涼的幻境。我們可以想像，作者下一次還是會先提醒自己「莫還鄉」，而後還是身不由己地墮入懷鄉哀感的因果循環當中。這裡的否定詞「莫」，很好地延展了主題「別恨」之悠悠，將之拉向無窮的過去與未來。而這種效果，主要是藉由因果互動關係呈現的。

其次看李煜的〈浪淘沙〉：

> 簾外雨潺潺，春意闌珊。羅衾不耐五更寒。夢裏不知身是客，一晌貪歡。獨自莫憑闌，無限江山。別時容易見時難。流水落花春去也，天上人間。

其結構分析表如下：(見次頁)

本詞下片用的是「由遠而近」的順敘手法，開頭三句，寫的是憑闌遠眺之事。這位主人翁想要憑闌，卻因有過多舊日的痛苦經驗，告訴自己不能這麼做，所謂的「莫」就是這個意思。而這種痛苦的經驗就是憑闌後，「無限江山」會展現在眼前，面對著它會強烈地感到「別時容易」(過去)而「見時難」(現在、未來)；所以他只有遲疑再三了。然而，作者最後還是不由自已地憑闌而遠眺，看著無限江山而嗟悼不已。

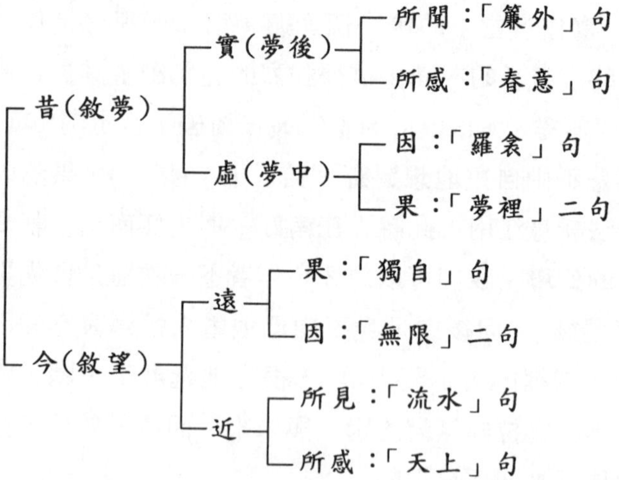

其間因果互動關係，可以藉下圖表示：

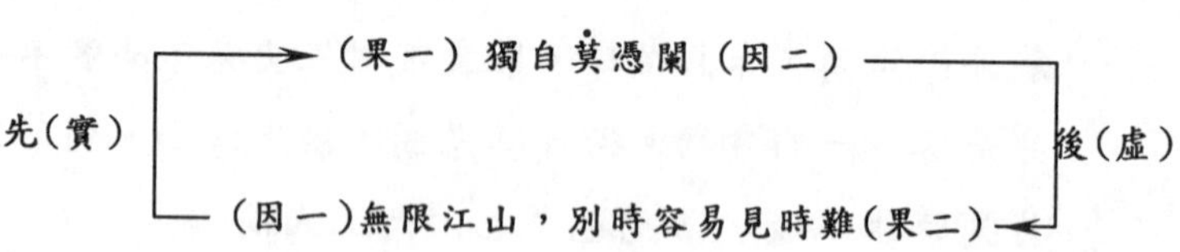

唐圭璋云：「『獨自莫憑闌』者，蓋因憑闌見無限江山，又引起無限傷心也。此與『心事莫將和淚說，鳳笙休向淚時吹』，

同為悲憤已極之語。辛稼軒之『休去倚危闌，斜陽正在煙柳斷腸處』，亦襲此意。」(《唐宋詞簡釋》)可說深知作意。既然這位主人翁最後還是憑闌了，很自然地便遠由「無限江山」拉近到「流水落花」上，確定了「春去」的殘酷事實，這裏更包括了過去的美好生活、所有夢裡「貪歡」的事和一切希望。[27]

(二)休

例如范仲淹〈蘇幕遮〉：

> 碧雲天，黃葉地，秋色連波，波上寒煙翠。山映斜陽天接水，芳草無情，更在斜陽外。　　黯鄉魂，追旅思，夜夜除非，好夢留人睡。明月樓高休獨倚，酒入愁腸，化作相思淚。

這是一首秋日懷鄉的作品。這篇作品，上片用以寫景，下片用以抒情。上片作者採用了頂真的手法，一環套一環地將倚樓所見的秋日寂寥景色，由近及遠的一一寫下來，予人以纏綿的強烈感受。下片則析分兩節來寫：頭一節為開端四句，寫的乃淹留在外，時刻思鄉的情懷；就在這節裡，作者直接用「黯」字、「追」字帶出「鄉魂」、「旅思」，將一篇的主旨「鄉思」(即鄉愁)明白的點了出來。第二節即結尾三句，這三句雖不脫抒情的範圍，但情中卻帶景，鉤動了自己倚樓醉

[27] 結構表及說明參見陳師滿銘：《詞林散步》，頁 84-85。

酒、對月相思的樣子，使得抽象的「鄉思」得以具象化，而與上片所寫的景融成一體，達於情景交鍊的境界。[28]其結構分析表如下：

- 景
  - 近：「碧雲天」二句
  - 中：「秋色」二句
  - 遠：「山映」三句
- 情
  - 因：「黯鄉魂」四句
  - 果：「明月」句
  - 因：「酒入」二句

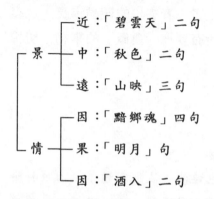

其間因果互動關係見於下闋，起首二句透露所懷之物，且暗嵌一「追」字，將家園故國之思與羈旅生涯密切黏附。收尾直道「愁腸」，直說「相思淚」，乃承上段「景語」鋪排出的一片胸襟。[29]可以藉下圖表示：

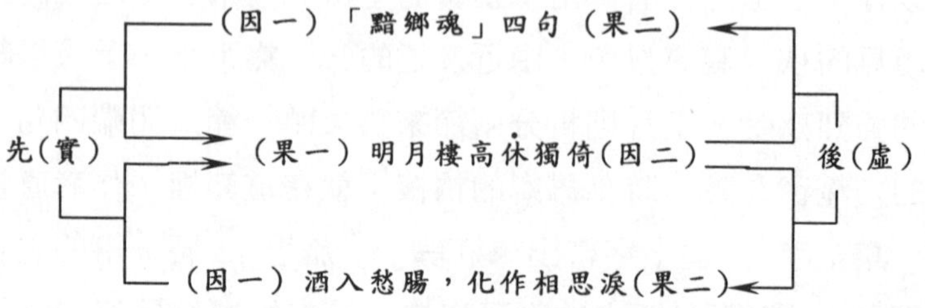

這裏「先」寫自己思鄉情懷黯然淒愴，與羈旅的愁緒重疊相

[28] 同前註，頁 92-94。
[29] 參見汪中註譯：《宋詞三百首》(台北：三民書局，2004 年)，頁 5-6。

續，互文對舉，以見羈泊異鄉時間之久與鄉思離情之深。以此作「因」，逗出下句的「果」：「明月樓高休獨倚」。月明正可倚樓凝想，但獨倚之下愁懷更甚，故而發出「休獨倚」的感嘆，這種感嘆是藉由否定詞「休」呈現的。「酒入愁腸，化作相思淚。」是因爲夜不能寐，故借酒澆愁，但酒一入愁腸，卻都化作了相思之淚，欲遣相思反而更增相思之苦。由「斜陽」到「明月」，我們可以得知在漫長的時光推移中，主人依然處在那座高樓，他奔迸的情感突破了否定詞「休」的限制，無視內心勸阻、禁止的聲音，還是忍不住在月明時獨倚高樓。這個事實後來變成「因二」，由獨倚高樓動作，又生出「果二」，即發出無限「鄉魂」、「旅思」，乃至又藉酒澆愁，反而「化作相思淚」。詩人先是勸自己「休」獨倚，而後又不由自主地還是「獨倚」。寫到這裏，鬱積的鄉思旅愁在外物觸發下發展到最高潮，詞作也在這難以爲懷的情緒中黯然收束。[30]一旦運用了因果互動的邏輯關係，這旅思果真「追」到了獨深獨黯之處。

其次是李煜的〈玉樓春〉：

> 晚妝初了明肌雪，春殿嬪娥魚貫列。鳳簫吹斷水雲間，重按霓裳歌遍徹。臨風誰更飄香屑，醉拍闌干情味切。歸時休放燭花紅，待踏馬蹄清夜月。

本闋詞寫的是宴遊之樂。作者首先在上片，藉著春日宮

[30] 參考唐圭璋等：《唐宋詞鑑賞集成》(台北：五南圖書出版有限公司，1991 年)，頁 361。

中歌舞的盛況，寫出聽覺和視覺上的享受；然後在下片，藉著風裏「飄香」的助興、「醉拍闌干」的狂態，與踏月而歸的雅趣，寫出嗅覺、味覺和心靈上的享受，使得全詞雖未著一「樂」字，卻無處不洋溢著「樂」的氣息。[31]其結構分析表如下：

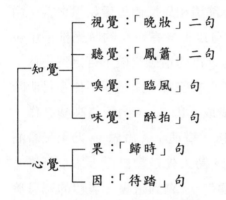

- 知覺
  - 視覺：「晚妝」二句
  - 聽覺：「鳳簫」二句
  - 嗅覺：「臨風」句
  - 味覺：「醉拍」句
- 心覺
  - 果：「歸時」句
  - 因：「待踏」句

末兩句之間的因果互動，可以說是耐人尋味，其間關係如下：

（果一）歸時休放燭花紅（因二）

先（實）　　　　後（虛）

（因一）待踏馬蹄清夜月（果二）

「歸時休放燭花紅，待踏馬蹄清夜月」乃是歌罷、酒闌之後，歸去時的情景，後主寫得意味盎然，餘興未已。「休放燭花紅」是不許從者點燃紅燭之意，這裏用否定詞「休」字表示禁止、不要。以「紅燭」光焰的美好，卻不許從者點燃，只因(因一)待會兒要「待踏馬蹄清夜月」的緣故。

[31] 結構表及說明參見陳師滿銘：《詞林散步》，頁 71-72。

後主這種純真任縱，全無反省節制，完全耽溺於享樂中的意興，是藉著因果互動關係來表現的。如果歸去時有紅燭的光影，就減弱了幾分夜月之「清」，若非親身體驗，追求至情至興之人，不會做如是想。可以料想到，「歸時休放燭花紅」下回將變身成爲享樂的理由之一（因二），因爲他要享有踏馬夜月的美好感受（果二）。這裡沒有艱深的字面解說，也沒有深微的情意闡述，卻藉由因果的層層互動，寫得極爲俊逸神飛。[32]

五、因果互動邏輯在元曲上的表現

元曲中僅有「休」之例句，張可久〈普天樂〉秋懷：「爲誰忙，莫非命。」「莫非」實是一詞，用「莫不是」來表示推測。底下試舉二例否定副詞用法以爲說明。

首先來看姚燧的〈壽陽曲〉：

> **酒可紅雙頰，愁能白二毛，對樽前、儘可開懷抱。天若有情天亦老，且休教、少年知道。**

本題採「先具後泛」的結構成篇，「具寫」的部分，先寫喝酒一事。這裏用的是「先因後果」的結構，「正」面來說，喝酒可以使人臉變紅，酒酣耳熱之際，胸懷爲之開暢，鬱悶懊惱也就舒散了，所以酒向來被視爲銷憂之物；相「反」

[32] 參考唐圭璋等：《唐宋詞鑑賞集成》，頁 176。

的，憂愁卻能令人頭髮變白。「酒可紅雙頰，愁能白二毛」，應該是世俗所以喜歡喝酒的原因吧！尤其是遇到煩憂，更是紛紛藉酒澆愁。「對樽前儘可開懷抱」一句是「果」，說到必須藉酒銷憂。底下「泛寫」情愁，同樣是「先因後果」的結構。因為感到情愁使人易老，故而提點休教少年知道。其結構分析表如下：

- 具（喝酒）
  - 因
    - 正：「酒可」句
    - 反：「愁能」句
  - 果：「對樽前」二句
- 泛（情愁）
  - 因：「天若有情」句
  - 果：「且休教」二句

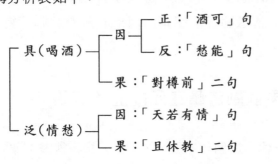

此曲的主旨應落在「泛寫」的部分，即「情愁」，而其間的因果互動關係，可以藉下圖表示：

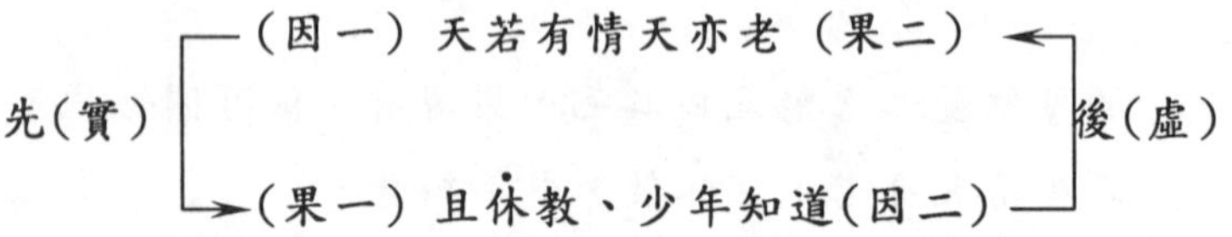

「天若有情」以下，先寫突然要來樽前求醉的原因，是在於為情所困，這是「因一」。宣明情之為物，一經纏上就休想脫身，就是老天，倘若他是有情之物，也絕不能倖免。底下用否定詞「休」堅持禁止(果一)：「且休教少年知道。」什麼事不可讓少年人知道呢？是別讓他知道愛情魔力如此之大，以免他深陷苦海？還是別讓他知道酒能銷憂，以免他沉溺醉鄉？此句語意模糊，卻因此反能有多層的聯想。但事實上，這種情愁卻不是否定詞「休」所能扼止，一旦衝開這層限制「教少年知道」(因二)，必會得出與作者同樣的結論：「天若有情天亦老」(果二)。整首曲子的主旨「情愁」，就是藉著這樣的因果互動循環關係，由因而果，再由果而因地啃蝕初開少年的心。人們對愛情總是又愛又恨、又敬又畏，縱是反覆叮嚀，終是落入愛恨輪迴，由少年至老年，在這裏一下跳脫一下陷溺，而情愁也就在不知不覺間一圈又一圈日益加重。就是這種因果互動關係的循環推進，讓這首曲子因而變得情趣盎然了。[33]

再看鄧玉賓的〈雙調雁兒落帶得勝令〉閒適：

> 乾坤一轉丸，日月雙飛箭，浮生夢一場，世事雲千變。
> 萬里玉門關，七里釣魚灘。曉日長安近，秋風蜀道難。
> 休干，誤煞英雄漢，看看，星星兩鬢斑。

本篇前段感嘆人生短暫多變，後段勸人勿為功名而浪擲青春。全篇都在表達人生若夢，功名不值得追求之思想，而以「凡目凡」的章法呈現。第一個「凡」的部分，以「乾坤一轉丸，日月雙飛箭」兩句說歲月不居，這是「全」；「偏」的部分，用「浮生夢一場，世事雲千變」兩句說人事變幻無常。「目」的部分，舉班超與嚴光之事以證明人事確是變化無常，不足憑恃。第二個「凡」也是「先全後偏」的寫法。

[33] 參考賴橋本、林玫儀注譯：《新譯元曲三百首》(台北：三民書局，2003 年)，頁 151。

「曉日長安近，秋風蜀道難」兩句承上，就整個政治全局而言，人事的得失榮枯，主要源於仕途上的傾軋爭鬥。「長安」、「曉日」前景一片光明，這裏一「揚」，而底下一「抑」。「秋風蜀道難」一句兜頭一盆冷水，說明事實全然不是如此。對政治的黑暗既有如此了悟，再歸結到自己(偏)身上，就得出「休干，誤煞英雄漢」的結論。[34]其結構分析表如下：

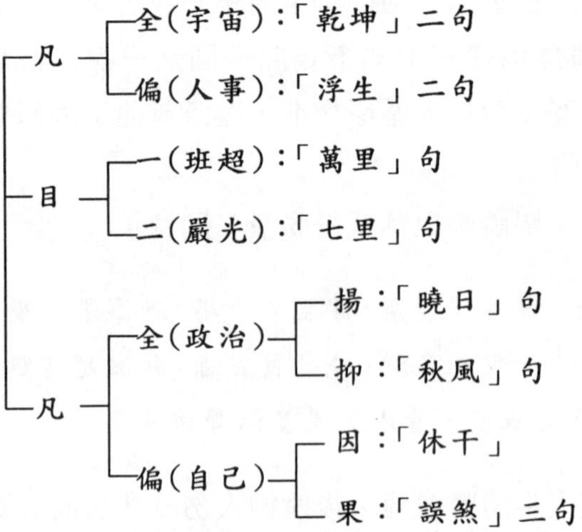

本曲的主旨落在第二個「凡」，而且是「偏」的部分，歸結到自己身上，提出感悟。這個結論，是藉由因果互動關係呈現的，分表如下：

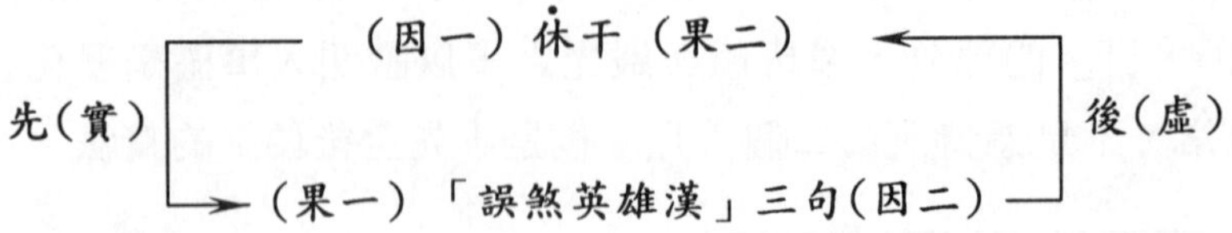

[34] 同前註，頁 266-267。

作者由宇宙看向人事，的確是人生若夢。再看到班超與嚴光的例證，更加體悟到宦海浮沉，曉日變秋風的無常。因此預「先」告誡自己：仕途上風險重重，「功名」二字真是招惹不得(因一)。這裏用否定詞「休」字，表達一種勸阻、禁止。「看看，星星兩鬢斑斑」二句，以自己已經兩鬢斑駁爲例，證明年華逝水，青春歲月轉瞬就消失了，殷殷提醒，不値得爲追求虛無飄渺的功名耗費青春(果一)。心想如此，而實際上爭逐功名者歷來多有，縱使前人殷殷告誡，仍是不信者恆不信，他們往往無視於「休」字所傳達的經驗之談，總得等到自己被「誤煞」之後(因二)，才能感同身受地體會作者「休干」之懇切(果二)。人們總是不斷地重覆繁華之後的落寞，箇中深味只有一件一件親身經歷，才有這樣一層一層的感發。這種互動、推進的藝術感染力，主要是藉著因果關係來呈現的。

六、因果互動的美感效果

有規律的因果邏輯，拿來結構文章，就有獨具的美感。因果互動是先由「美感情緒的波動」伸向第一層，再由「美感情緒的騰飛反映」產生化實爲虛的自由美，達到無窮的審美想像空間。

(一)美感情緒的波動

美感的意識流動，似乎很「散」，但「形」散「神」是不散的。其中最堅實、最基本的內容是美感情緒的波動。一切「射線」都是從這個基點上發出去的；一切場面、事件、人物等等也都緊緊地繫在這個基點上。美感情緒的放縱便是一種自由美，但這種「自由」表達形式必須要來源於生活，才能達到美感的目的。美感表達形式，是寫作主體有意識地順應美感情緒波動的規律，追蹤美感流向，並依據美感的各種形態而去結構文章，使反映美感內容與表達美感形象更加完善和統一，人們在審美的時候，美感情緒波動是多種多樣的，因此表達形式也千變萬化。[35]

〈文賦〉說：「遵四時以嘆逝，瞻萬物而思紛；悲落葉于勁秋，喜柔條以芳春。」《文心雕龍》說：「春秋代序，陰陽慘舒。物色之動，心亦搖焉。」這些都是說審美主體感受到不同的、變化著的自然景色，從而產生變動的、內容相異的情緒和情感活動。作家藝術家在觀賞自然景物時，會「聯類不窮」，形成豐富的聯想和想象；同時也就會「情以物遷」，引起複雜的情緒和情感。從美感心理活動來看，對自然景物的認識總是與主體的情感活動相統一的。[36]客觀世界的種種刺激和觸動，讓美感情緒有著跳躍和轉換：

> 人們生活在客觀世界裡，每時每刻都受到不同色調、不同意響、不同狀態以及不同性質的事件的刺激和觸動，情緒總是隨之作出相應的反映。這種美感情緒總

[35] 參見張紅雨：《寫作美學》(高雄：麗文文化事業股份有限公司，1996年)，頁 194-199。

[36] 見彭立勛：《審美經驗論》(北京：人民出版社，1999 年)，頁 178-179。

是從不同的空間涉獵到不同的激情物而為之波動。這便形成了人的美感情緒的跳躍和轉換這一特點。[37]

辭章作品的豐富和多變性，即來自於此。[38]由美感情緒的波動，從客觀世界，就能夠跳躍和轉換到不同時空。如果拿假設與事實作對應安排(虛實)，所謂的「事實」是指從現實世界中提煉出來的真實；而「假設」在文學中更佔有特別的地位，是人類心理的直接投射，是出乎現實而超乎現實，可以說是比真實更真實。而當此二者在作品中相互呼應時，輝耀出的是客觀世界與主觀世界所共同彰顯的真實。[39]例如歐陽修〈踏莎行〉：

候館梅殘，溪橋柳細，草薰風暖搖征轡。離愁漸遠漸無窮，迢迢不斷如春水。　　寸寸柔腸，盈盈粉淚，樓高莫近危闌倚。平蕪盡處是春山，行人更在春山外。

這首詞形成「景情景」的結構。在前後兩個「景」中，分別出現了五個視點：候館梅、溪橋柳、平原匹馬、春山、行人，是用空間的關係由近而遠連結起來的。不過中間用抒情的句子插入，提開緊接的「景」；而且在抒情的部份中，運用「取景設喻」的手法，將春水(此爲遠水，前面的「溪橋」

[37] 見張紅雨：《寫作美學》，頁 238。
[38] 見陳師滿銘：《章法學綜論》，頁 381。
[39] 參見仇小屏：《篇章結構類型論》，頁 331-332，又參見陳佳君：《虛實章法析論》(台北：文津出版社，2002 年)，頁 189-205。

是近水)帶入作品中，也形成了一個視點。[40]其間因果互動關係見於下闋，試繪圖如下：

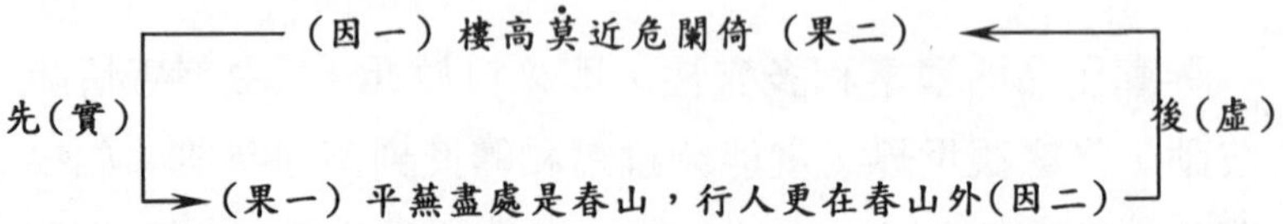

此間美感情緒就是藉由前後景物，向中間的「離愁」波動。由否定詞「莫」來強抑離愁不敢登樓(因一)，怕登樓後又望不見行人，反而徒增內心的愁苦(果一)。這是作者從現實經驗中提煉出來的事實，所以他如此地再三吩咐、告誡自己。然而情感的奔迸卻是不可制限，在作者沒有說出的後續發展裏，出自人類心理的直接投射，最後無視於否定詞「莫」的限制，還是不由自主地重覆倚闌失望的悲劇，因此又有了下回的「樓高莫近危闌倚」之慨。因果互動關係就是在這裏一圈一圈地加深它曲折的力道，不斷波動迴旋，「愁腸百轉，哀思千層，令人柔腸欲斷。」[41]在層層波動與煎熬之下，這樣的結果變成內心的警鐘(因二)，促成事後對登樓遠望的憂懼(果二)。在因果互動循環中，很顯然的，這些足以襯出離情的景物，是互相緊密地連接在一起的。

(二)美感情緒的騰飛反映

在因果互動關係中，一開始大多是呈現出實寫的部分，

---

[40] 結構分析及說明見仇小屏：《古典詩詞時空設計美學》(台北：文津出版社，2002 年)，頁 52-53。

[41] 參考汪中註譯：《宋詞三百首》，頁 48-49。

以「實」為基礎，從而造成一個立足於現實又高於現實的藝術空間，使讀者能夠在辭章中感受及體悟其流瀉的思緒，而後優游於虛擬的夢境、故事之中。由於「化實為虛」進一步的突出「虛」的部分，因此能令作品生發出自由騰飛的美感。張紅雨的《寫作美學》裡，談到「放」的寫作方式：

> 寫作主體在立意和結構文章的時候，其思維和想像不受時間和空間的限制，往往神馳千載，目觀秦漢。這種情況，積澱於記憶中的審美經驗的紛紛復呈，是美感情緒四處流溢的一種表現形式。……寫作主體就是依據這種美感情緒的放開去結構作品，其表現形式就是「放」的寫作。（頁 224）

作者在創作時，即是受到審美想像的作用，使美感情緒在虛處自由流瀉，而「這種寫作可以使美感情緒縱橫馳騁，海闊天空，自由而輕鬆。」這就是化實為虛的自由美。作者從虛處著筆，而讀者除了能夠以現實為基礎，掌握作品意涵外，更能跳出現實，隨著想像的作用進行再創造，而自由流動的美感亦隨之而生。[42]

曾祖蔭也在《中國古代文藝美學範疇》中，特別針對「化實為虛」的美學特徵作了說明：

> 就藝術反映生活的特點來看，如果說現實景物是「實」，通過景物所體現的思想感情是「虛」，那麼，

[42] 參見陳師滿銘：《章法學綜論》，頁 373-374。

> 化實為虛就是要化景物為情思，這在我國詩詞中表現得尤為突出。（頁 167）

這種自由騰飛的美感，特別具有躍動的自由美。陳滿銘在《章法學綜論》進一步論述：

> 總之，由實導入虛，將實抽象化，能使文章的意涵擴大、深化，而不會只停留於淺層的實相，落入僵化、死硬的「以實寫實」，反能藉此獲得一種抽象而自由的美感與較高的藝術境界。（頁 377）

然而美感騰飛是以客觀存在為前提，也就是說，騰飛的起腳點是現實生活。劉勰在《明詩》中說：「人稟七情，應物斯感。」人的七情發生振蕩是由客觀事物，即激情物引起的。他還說：「文之思也，其神也遠矣。故寂然凝慮，思接千載，悄然動容，視通萬里。」當審美活動一旦觸及到相類似的情況，在審美經驗的協助下，人們的思緒就會馳騁飛騰，這種飛騰久而久之也就成為人們想像的一種能力。審美感受的騰飛不是臆造的，而是產生於客觀現實，是審美經驗復呈後的擴大。想像、幻想、理想、假想等，都是思維活動的放縱形態，也就是騰飛反映的表現。當與外界條件相適應或相類似的情況重新出現，以及由於某種情感因素的誘惑，記憶積澱會自動地衝破層層忘記的因素的阻礙迅速聚結，使潛伏著的曾經有過的印象逐漸明晰起來，然後出來與外界呼應，並發現某些積極的、本質的內蘊，產生了美感。這些美感表達同樣需要運用美感騰飛的能力去進行裁剪、過渡和連接，這也就是文章的謀篇佈局。[43]例如周德清〈喜春來〉別情：

> 月兒初上鵝黃柳，燕子先歸翡翠樓。梅魂休熰鳳香篝。人去後，鴛被冷堆愁。

本篇描寫閨中女子看到春天的景物引起離別之愁。其間因果互動關係，可以藉下圖表示：

（果一）梅魂休熰鳳香篝（因二）

先（實）　　　　　　　　　　　　後（虛）

（因一）人去後，鴛被冷堆愁（果二）

這裏以窗外的景物爲客觀世界的起腳點，先敘寫具體的景物以及女主人的動作(果一)，並且刻意用「休」字加重禁絕的語氣，因爲情人已經離去，失去溫度的鴛被冷冷清清，就好像心中的淒涼憂愁無法消散(因一)，屬於實寫的部份。接著由實入虛，藉著這個的動作放縱自由的想像，讓女主人的情感騰飛反映至「梅魂」，將之賦予人的心思，這樣一來「休熰鳳香篝」就變成另一個開端，因爲香煙裊裊，如梅魂一般引人煩憂(因二)。其中「休熰」二字的否定詞「休」字充滿感情色彩，表現了閨中女子寂寞無聊、愁思難遣的怨情。[44]她不斷在口頭上勸告、叮囑自己，不要再熏香了，倘若衝破了

[43] 參見張紅雨：《寫作美學》，頁 129-132。
[44] 參見賴橋本、林玫儀注譯：《新譯元曲三百首》，頁 909。

否定詞「休」的警戒線，怎能獨自承受那一堆冰冷的愁情呢(果二)？藉由因果互動關係，在虛寫中放縱了自己的思緒想像，而且一層一層不斷互動、擴大、上升，離別之感就不是「休」字可以扼抑，於是離愁噴發成形、愈益明晰，化作了具體的一「堆愁」。美感自由騰飛後，達到的是客觀上虛擬，主觀上卻又無比真實的世界，格外具有動人的力量。

七、結語

文章涉及思維、思考，而邏輯是研究思維結構及其規律的學科，因此文章與邏輯關係密切，其中的因果陳述邏輯對於解釋或預見事實有重要意義。新舊因果之間，有如相對待的兩端，會形成螺旋，彼此互動、循環、提升。我們將因果邏輯關係運用到辭章來說，將造成新舊情感和合進化的、飛躍的、一層深似一層的美感。就文章組織層面而言，正是因果章法。詩詞曲中以否定副詞「莫」或「休」成語成句的結構，構成了一個個互動的因果螺旋空間。否定詞的勸戒、警示有收斂、約束的作用，理智上提醒自己不要那麼做，而情感的奔迸勃發事實上卻不可扼止，最後衝開了否定詞的束縛，產生奔放無窮的主觀情感表達力。在詩詞曲中，可以看到許多這樣的例子。就美感效果而言，因果互動關係是先由「美感情緒的波動」伸向第一層，再由「美感情緒的騰飛反映」產生化實爲虛的自由美，達到無窮的審美想像空間，形成含蓄雋永，綿綿不盡的藝術魅力。由因果互動的角度，進一步去探索詩詞曲中「莫」、「休」

所形成的結構，以及它們的美感效果，或可做爲一個新的切入點，提供更多的討論空間。

徵引文獻

（一）古籍：

方以智、龐樸注釋《東西均注釋》，北京：中華書局。

（二）近人論著：

王熙元、陳滿銘、陳弘治、黃麗貞、賴橋本　1994《詞曲選注》，台北：學生書局。

仇小屏　1998《文章章法論》，台北：萬卷樓圖書有限公司。

仇小屏　2000《篇章結構類型論》(上、下)，台北：萬卷樓圖書有限公司。

仇小屏　2002《古典詩詞時空設計美學》，台北：文津出版社。

石毓智　1992《肯定和否定的對稱與不對稱》，台北：台灣學生書局。

向宏業、成偉鈞、唐仲揚　1996《修辭通鑑》，台北：建宏出版社。

汪中注譯　2004《新譯宋詞三百首》，台北：三民書局。

辛農重編　1999《唐詩三百首》(上中下)，台北：地球出版社。

杜雄柏主編、王向清、杜音副主編　2005《邏輯學教程》，長沙：湖南大學出版社。

夏放　1988 《美學苦惱的追求》，福州：海峽文藝出版社。

唐彪　1917 《讀書作文譜》，台北：偉文圖書出版社。

唐圭璋　1982 《唐宋詞簡釋》，台北：木鐸出版社。

唐圭璋等　1991 《唐宋詞鑑賞集成》，台北：五南圖書出版有限公司。

曹冕　1934 《修辭學》，上海：商務印書館。

喻守真　1993 《唐詩三百首詳析》，台南：大行出版社。

黃順基、蘇越、黃展驥主編　2002 《邏輯與知識創新》，北京：中國人民大學出版社。

曾祖蔭　1987《中國古代文藝美學範疇》，台北：文津出版社。

彭立勛　1999 《審美經驗論》，北京：人民出版社。

張立文　2002 《中國哲學邏輯結構論》(修訂本)，北京：中國社會科學出版社。

張紅雨　1996 《寫作美學》，高雄：麗文文化事業股份有限公司。

楊士毅　1998 《邏輯與人生——語言與謬誤》，台北：書林出版有限公司。

楊士毅　1994 《語言・演繹邏輯・哲學》，台北：書林出版有限公司。

陳雪帆　1984《美學概論》，台北：文鏡文化事業有限公司。

陳望衡　1998《中國古典美學史》，長沙：湖南教育出版社。

陳滿銘　2003 《章法學綜論》，台北：萬卷樓圖書股份有限公司。

陳滿銘　2005 《篇章結構學》，台北：萬卷樓圖書股份有限公司。
陳滿銘　2006《辭章學十論》，台北：里仁書局。
陳滿銘　2002《詞林散步》，台北：萬卷樓圖書股份有限公司。
陳波　2002《邏輯學是什麼》，北京：北京大學出版社。
陳佳君　2002《虛實章法析論》，台北：文津出版社。
賴橋本、林玫儀注譯　2003《新譯元曲三百首》，台北：三民書局。
劉雨　1996《寫作心理學》，高雄：麗文文化事業股份有限公司。
錢谷融、魯樞元主編　1990《文學心理學》，台北：新學識文教出版中心。

（三）期刊論文：

陳滿銘　2005〈論因果律與層次邏輯〉，《國文天地》20.8：77-80。
陳滿銘　2002〈論因果章法的母性〉，《國文天地》18.7：94-101。

論章法的讀寫教學

——從王禹偁〈黃岡竹樓記〉切入

林美娜
嘉義大學中研所碩專班研究生

摘要

國文教學的重心在範文與習作，本文期望透過章法教學達成讀寫教學目標。藉由範文教學之際進行章法說明，將音樂與電影帶入章法教學，以增進學生對章法的興趣與了解。王禹偁〈黃岡竹樓記〉一文章法結構分別為：上層「敘情法」；次層「正反法」、「反正法」；三層「點染法」；四層「因果法」、「景事法」；五層「由視而聽知覺法」、「先後法」。而透過範文段落運用章法者，即進行「限制式寫作」寫作練習，依序為：「因果法」、「由視而聽知覺法」、「先後法」、「景事法」、「點染法」、「正反法」、「敘情法」，進行七篇短文訓練。最後以一篇長文，訓練心得寫作，進而達成情意教學目標。

關鍵詞

章法、國文教學、限制式寫作、閱讀、〈黃岡竹樓記〉

一、前言

學習國文就像是學蓋房子。先觀摹建築大師是怎麼畫設計圖、架設鋼筋、砌磚灌漿、粉刷裝潢，而完成一棟安全舒適美觀的房屋；同樣的，學習國文先欣賞名家作品，觀摹名家們如何構思佈局、煉字鍛句、修飾潤色，而完成一篇文情並茂的佳作。然而爲文構思佈局的學習就是章法的訓練。陳滿銘教授說：

> 以邏輯思維為主的篇章內涵，就是章法。這裏所謂的「章」，就如劉勰《文心雕龍·章句》之「章」含「篇」一樣，是含「篇」在內的，而章法乃建立在陰陽二元對待的基礎之上，處理的是篇章中內容材料的邏輯關係，也就是聯句成節（句群）、聯節（句群）成段、聯段成篇的一種組織。[1]我們在教學時，如能加以掌握，作簡要的說明，那麼，不僅可以增進學生對課文文義的了解，從而提高他們的閱讀能力；也可以與習作教學取得緊密的聯繫，藉以加強他們的寫作本領。[2]

可知章法是學習「謀篇布局的技巧」因此透過範文教學，說明名家運用的章法，不但有助於文義的了解，對寫作

---

[1] 見陳滿銘：《篇章結構學》（台北：萬卷樓圖書股份有限公司 2005 年 5 月初版），頁 24。

[2] 見陳滿銘：《國文教學論叢》（台北：萬卷樓圖書股份有限公司 1991 年 7 月初版，1998 年 4 月初版四刷），頁 28。

學習亦具示範作用，從範文學得章法，然後進行謀篇訓練，以達成結合讀寫教學目標。本文將透過王禹偁〈黃岡竹樓記〉一文為例，試論章法的讀寫教學，範文閱讀部分試將音樂與電影帶入章法教學，其設計理念源於孩子大都喜歡聆聽音樂與故事，而聽音樂、唱歌、看電影，儼然成為學生平日的休閒娛樂，故以音樂、電影帶入章法教學。寫作部分則訓練謀篇能力，配合該堂課學習的章法，設計「限制式寫作」練習。「限制式寫作」一詞是由陳教授滿銘擔任召集人的「國家考試國文科專案小組」所提出的，這種新型作文在題目上給予強制性的引導說明或限制的條件，以鍛鍊出學生的一般能力、特殊能力或綜合能力。[3]依〈黃岡竹樓記〉一文章法共設計八題「限制式寫作」，本文挑選「知覺轉換法」、「景事法」二題從事學生實作。

二、章法之讀寫教學

王禹偁〈黃岡竹樓記〉其結構分析表如下：[4]

[3] 參見仇師小屏《限制式寫作之理論與應用》（台北：萬卷樓圖書股份有限公司，2005 年 10 月初版），頁 4-6。

[4] 參見仇小屏《章法新視野》（台北：萬卷樓圖書股份有限公司，2001 年 9 月初版），頁 168。

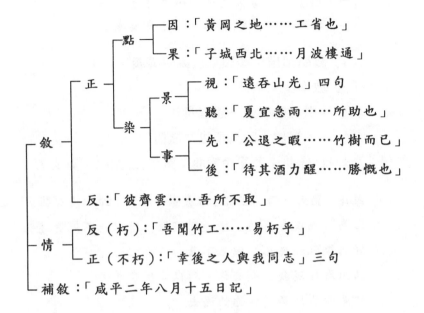

- 敘
  - 正
    - 點
      - 因：「黃岡之地……工省也」
      - 果：「子城西北……月波樓通」
    - 染
      - 景
        - 視：「遠吞山光」四句
        - 聽：「夏宜急雨……所助也」
      - 事
        - 先：「公退之暇……竹樹而已」
        - 後：「待其酒力醒……勝慨也」
  - 反：「彼齊雲……吾所不取」
- 情
  - 反（朽）：「吾聞竹工……易朽乎」
  - 正（不朽）：「幸後之人與我同志」三句
- 補敘：「咸平二年八月十五日記」

（一）「因果法」之讀寫教學

1、閱讀教學

依範文授課順序，第一段「黃岡之地多竹……以其價廉而工省也。」該段文義講解後，以問答法詢問學生本段大意為何？讓學生了解竹樓形成原因。接著第二段「子城西北隅……與月波樓通。」至此文義講解後，同樣以問答法詢問學生本段大意為何？由此推出章法，說明王禹偁在此運用「因果法[5]」。

---

5 定義：由一因一果所組合而成的一種章法。參見註 1，頁 121。「因

┌（因）—「黃岡之地……工省也」
└（果）—「子城西北……月波樓通」

（1）教學準備：印製章法說明講義[6]

（2）教學步驟：

①引起動機——說唱章法

a.播放「因爲所以」歌曲[7]

作詞：李焯雄 作曲：黃韻玲編曲：黃韻仁 主唱：莫文蔚

因為　整天下雨　空氣才會憂鬱　所以　跟你沒有關係
因為　我沒有目的　才走到這裡　所以也不能算迷失
好想說服我自己　但來不及
只因為發現我已失去你　所以才反來覆去
都是你的話語　和你的過去
只因為我們都太愛自己　所以習慣不誠實
就把所有懷疑　都當作堅持　太愛原諒自己
因為　踩著影子　畫面才會冷清　所以　跟你沒有關係

爲……所以……」的構句方式是十分常見的；相反地，由「所以」至「因爲」的情形也有；甚至「因爲」與「所以」多次交互出現的情況也屢見不鮮。因此，這樣的思維方式，其應用範圍擴大到篇章時，那就形成因果法了。參見註 3，頁 42。美感與特色：因果邏輯的應用十分廣泛，所以因果法在文學作品中也就相當的常見。其中最常出現的型態是「由因及果」，這樣可以因順推而產生規律美，也可以全面地弄清楚事情的前因後果。而「由果溯因」的結構，因爲「果」一開始就出現，很能夠挑起讀者的「期待欲」。而其他的變化類型，除了變化的美感外，也藉助「因」與「果」的多次呈現，來更深入內容。參見註 3，頁 42-43。

[6] 見附錄一。

[7] 見六一歌詞庫網址 http://so61.com/bin/cgi/find.htm。

因為　我不要擁擠　不要誰靠近　所以也不能算孤寂
好想再騙我自己　但來不及
只因為發現我已失去你　所以才反來覆去
都是你的話語　和你的過去
只因為我們都太愛自己　所以習慣不誠實
就連說我愛你　都不曾徹底
只因為終於我已失去你　所以才能面對你
面對你的逃避　你的不在意
只因為我們都太愛自己　所以習慣不誠實
如果沒有掩飾　這個結局會不會　是另一個開始

（因）—「因為　整天下雨　空氣才會憂鬱」
（果）—「所以　跟你沒有關係」

b.演說一段「蜘蛛人」電影劇情

主角打算買車追心儀的女孩，見廣告刊登搏鬥競賽獎金，於是到搏鬥場參加比賽，贏得比賽後，老闆未依約支付全額獎金，主角憤而離去，走到電梯前，此時老闆遭現世報——賭金被搶，歹徒提著錢衝到電梯口時，主角幸災樂禍未伸援手見義抓賊，歹徒順利逃至樓下，搶了一部正在等著接主角的叔叔的車，叔叔奮力抵抗遭歹徒擊斃。

（因）—「主角不肯見義抓賊」
（果）—「歹徒順利逃脫搶了叔叔的車，叔叔奮力抵抗遭歹徒擊斃。」

②定義解析：請學生參見講義。

③學生舉例：試舉一採用「因果法」的歌曲或故事爲例。

④師生討論：針對同學演唱的歌曲或演說的故事提出看法。

2、寫作訓練

（1）題組

①王禹偁在〈黃岡竹樓記〉文章開頭佈局運用了「因果法」，現在也請同學以周遭具有因果關係的事物爲主題，羅列五項在下表中。

因	果

②請運用其中一組材料完成一篇文章。你可以採「歸結式論證」，即「由因及果」，或是「證明式論證」，即「由果溯因」，抑或是因果多次交互出現的「因果因」、「果因果」。

（2）設計理念

因果是宇宙中的重要原則，所以具因果關係的事物俯拾皆是，本題組先讓同學由周遭熟悉的事物觀察，較易於著手，然後依所列五項之中選擇感受最多的來發揮，以訓練其因果律的邏輯思維。

（二）「知覺轉換法」之讀寫教學

1、閱讀教學

繼續範文教學「遠吞山光……皆竹樓之所助也。」同樣以問答法詢問學生本段大意爲何？作者透過登竹樓選擇了看到的遠景描寫，選擇耳朵聽到竹樓與萬籟共奏的聲響，說明王禹偁在此運用「由視而聽知覺轉換法[8]」。

（視）—「遠吞山光」四句
（聽）—「夏宜急雨……所助也」

（1）教學準備：印製章法說明講義[9]

（2）教學步驟：

①引起動機——說唱章法

[8] 定義：在篇章中描摹不只一種的知覺，藉此展現創作者對大千世界認識的一種章法。參見註 5，頁 120。美感與特色：人的任何一種知覺活動，都離不開感覺；因此人的感覺器官接收客觀世界的訊息，經過審美心理的運作後，就產生了種種的知覺美。在這之中，視覺與聽覺出現的次數最頻繁，與美的關係也最密切，因此這兩種知覺特稱爲「美的知覺」。參見註 3，頁 40-41。在所有感官知覺中，視覺與聽覺一方面獲得的訊息量最多，再方面與美的關係最大，因此又稱「美的感覺」，自然，文學作品中從此角度描寫的也最多，本篇剛好也證驗了這個道理。參見註 3，頁 169。

[9] 講義大綱如附錄一。

a.播放「雨中即景」歌曲[10]

作詞：王夢麟　作曲：王夢麟　主唱：王夢麟

嘩啦啦啦啦下雨了　看到大家嘛都在跑
叭叭叭叭叭計程車　他們的生意是特別好(你有錢坐不到)
嘩啦啦啦啦淋濕了　好多人臉上嘛失去了笑
無奈何望著天　嘆嘆氣把頭搖
感覺天色不對　最好把雨傘帶好
不要等雨來了　見你又躲又跑（哈哈）
轟隆隆隆隆打雷了　膽小的人都不敢跑（怕怕）
無奈何望著天　嘆嘆氣把頭搖
嘆嘆氣把頭搖　嘆嘆氣把頭搖

（聽）—「嘩啦啦啦啦下雨了」
（視）—「看到大家嘛都在跑」

b.演說二段「浩劫重生」電影劇情

主角是一名聯邦快遞的系統工程師，原本事事講求精準效率的他，卻因一場空難漂流到無人荒島，隻身一人在孤島的第一晚，耳邊不時傳來不名的聲響，疑心整夜，直到天亮才看到原來是椰子從樹上掉落的聲音，飢餓之餘只得以椰子充飢。四年後，某天清晨耳邊又傳來惱人的聲音，起床一看發現是一片船艙掉落的翅膀狀塑膠板，受到這片塑膠板的啓發，他終於決心離開受困 1500 天的荒島。

[10] 同註 8。

（聽）—「在孤島的第一晚，耳邊不時傳來不名的聲響」
（視）—「天亮才看到原來是椰子從樹上掉落的聲音」

（聽）—「某天清晨耳邊又傳來惱人的聲音」
（視）—「起床一看發現是一片船艙掉落的翅膀狀塑膠板」

②定義解析：請學生參見講義。

③學生舉例：請學生也舉一採用「知覺轉換法」的歌曲或故事爲例。

④師生討論：針對同學演唱的歌曲或演說的故事提出看法。

2、寫作訓練

（1）題組

①「萬物靜觀皆自得」請同學選定一個就位定點，例如：書房、球場、教室，敞開你的知覺。將眼見、耳聞、鼻嗅、舌嚐、身行等五官移動感受的知覺，依序填入表格內。

你的就位定點：		
	感官	知覺
順位一		
順位二		
順位三		
順位四		

②自訂一個題目

③試將這些知覺移動依序描寫成一篇文章。

（2）設計理念

許多學生之所以寫不出東西，很大的原因是對事物麻木不仁，因此本題組希望能訓練同學靈活運用感官，勤於留意四周的景物、聲響、氣味，用心感受這些外在刺激。

3.同學寫作成果

(1)第一篇

①「萬物靜觀皆自得」請同學選定一個就位定點，例如：書房、球場、教室，敞開你的知覺。將眼見、耳聞、鼻嗅、舌嚐、身行等五官移動感受的知覺，依序填入表格內。

你的就位定點：路橋		
	感官	知覺
順位一	身行	居高臨下
順位二	眼見	舒暢
順位三	耳聞	鳥鳴啾啾
順位四	鼻嗅	魚腥味

②自訂一個題目

③試將這些知覺移動依序描寫成一篇文章。

題目：心情

放學了，帶著遭數落的沮喪心情，騎著單車踏上回家的路，不知不覺已來到巨大的路橋下，上坡了，我曉起臂部用力的踩踏板，使勁的登上頂點時，乍見天空有粉紅的、水藍的、藏青的、深紫的、淺灰的七彩雲霞，中間還襯著一輪火球，好像彩色的冰淇淋蛋糕上點綴了一顆紅色的冰淇淋球，哇！好美的黃昏，心情頓時清涼起來，此時耳際傳來歸鳥鳴，好像在告訴我：「別不開心，因為處處有美好的事物。」下坡了，兩腳停止踩踏，直挺地立在踏板上，上半身趨前，俯衝而下，好暢快的感覺，把那些不愉快都拋向腦後，橋下的魚市場照例撲來魚腥味，不再令人作嘔，今天的味道給人一種老朋友的感覺，不管我的心情如何？待你怎樣？你總是在老地方熱烈地迎接我。(劉嘉華)

(2)第二篇

①「萬物靜觀皆自得」請同學選定一個就位定點，例如：書房、球場、教室，敞開你的知覺。將眼見、耳聞、鼻嗅、舌嚐、身行等五官移動感受的知覺，依序填入表格內。

你的就位定點：球場		
	感官	知覺
順位一	眼睛	專注每一場球賽
順位二	耳朵	隊友的呼喊

順位三	身	運球
順位四	舌	喝口水

②自訂一個題目

③試將這些知覺移動依序描寫成一篇文章。

題目：我的最愛

我的最愛，我的最愛是打籃球，在廣大的球場上，先尋覓有沒有熟悉的球友，然後拿著球往相中的球場走去，熱身完畢，開始與人交流，專注的投入球賽，耳旁傳來隊友的呼喊，手上運著球，默契好的一下子就進球了，靠著本身的球技與身高，加上隊友的默契，比數往往能遙遙領先，進球與贏球的那一剎那，興奮的感覺衝上腦門，讓打球的我從不以為累，休息時喝口水，那無色無味的礦泉水是人間的美味，我很喜歡在球場揮汗如雨的感覺，也很喜歡靜靜的坐在場外休息的時刻，打球除了可強健身心，還可以拓展人際關係，真是一舉兩得的休閒活動，所以我的最愛是打籃球。（林韋聰）

4.檢討

寫作能力較強的同學，皆能把這一題表現很好，至於寫作能力較弱者，寫來較爲生硬，大部分的學生表示須爲作品定題目是較爲困難的部分。這二篇的結構分析表分別如下：

第一篇：

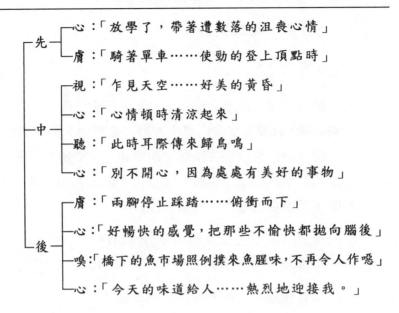

- 先
  - 心：「放學了，帶著遭數落的沮喪心情」
  - 膚：「騎著單車……使勁的登上頂點時」
- 中
  - 視：「乍見天空……好美的黃昏」
  - 心：「心情頓時清涼起來」
  - 聽：「此時耳際傳來歸鳥鳴」
  - 心：「別不開心，因為處處有美好的事物」
- 後
  - 膚：「兩腳停止踩踏……俯衝而下」
  - 心：「好暢快的感覺，把那些不愉快都拋向腦後」
  - 嗅：「橋下的魚市場照例撲來魚腥味，不再令人作噁」
  - 心：「今天的味道給人……熱烈地迎接我。」

第二篇：

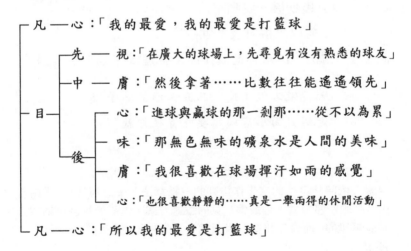

- 凡——心：「我的最愛，我的最愛是打籃球」
- 目
  - 先——視：「在廣大的球場上，先尋覓有沒有熟悉的球友」
  - 中——膚：「然後拿著……比數往往能遙遙領先」
  - 後
    - 心：「進球與贏球的那一剎那……從不以為累」
    - 味：「那無色無味的礦泉水是人間的美味」
    - 膚：「我很喜歡在球場揮汗如雨的感覺」
    - 心：「也很喜歡靜靜的……真是一舉兩得的休閒活動」
- 凡——心：「所以我的最愛是打籃球」

（三）「先後法」之讀寫教學

1、閱讀教學

講解第三段「公退之暇……，煙雲竹樹而已。」文義講解後，以問答法詢問學生本段大意爲何？接續講解「待其酒力醒……亦謫居之勝概也。」文義講解後，以問答法詢問學生本段大意爲何？由此推出章法，說明王禹偁在此運用「先後法[11]」。

（先）—「公退之暇……竹樹而已」
（後）—「待其酒力醒……勝慨也」

（1）教學準備：印製章法說明講義[12]

（2）教學步驟：

①引起動機—說唱章法

a.播放「拼宵夜」歌曲[13]

作詞：丁洪陶/柯子正/林進成作曲：林進成主唱：王夢麟

一日做工做了後　三五個酒仙肚子餓

走到對面小店頭　要吃宵夜你就別走

[11] 定義：依時間發生的次序作排列的一種章法。美感與特色：「由昔而今」的順序方式，是最爲常見的敘述方式，也是最符合事物本身發展規律的，而合乎規律的東西就是真的，也就是美的。見同註 3，頁 35。

[12] 講義大綱如附錄一。

[13] 同註 8

一盤炒螺仔肉　兩三罐米酒
大家來拼酒　醉的是見頭
六股輪八仙總出麹頭　看誰人卡好
八仙總出六股輪麹頭　看誰人卡好
九怪四四總不愛單超　醉的是見頭
四四總不愛九怪單超　醉的是見頭
醉的是見頭

（先）—「一日做工做了後　三五個酒仙肚子餓」
（後）—「走到對面小店頭　要吃宵夜你就別走」

b.演說一段「魯冰花」電影劇情

年輕的美術老師外調到鄉下任教，發現主角是繪畫小天才，但學校大部分的老師都不以爲然，執意派鄉長兒子代表學校出賽，鄉長兒子得亞軍回校，美術老師受到主任的冷嘲熱諷，故出手怒打主任，而黯然離開學校。主角在落選與美術老師離去的雙重打擊之下，肝病復發身亡。美術老師將主角的畫送到國際參賽，榮獲世界兒童畫金牌，這時大家才發現原來學校、社會扼殺了一個天才小畫家。

（先）—「主角在世時，只得到一位美術老師的肯定」
（後）—「當大家肯定主角是天才小畫家之際，天才卻已殞落」

②定義解析：請學生參見講義。

③學生舉例：請學生也舉一採用「先後法」的歌曲

或故事爲例

④師生討論：針對同學演唱的歌曲或演說的故事提出看法。

2、寫作訓練

（1）題組

①請將你一天之中，親身經歷或觀察到的人事物，依發生的先後次序填入表格內。

人事物	先	中	後

②根據以上的材料，擇一完成一篇文章。

③依材料給你的感受，自訂一個題目，例如：「……的一天」。

（2）設計理念

這種依時間發生的順序來作舖敘的章法，不但符合事物發生的規律，對於初期接觸章法的學生，也較易掌握，不致心生畏懼。

（四）「景事法」之讀寫教學

1、閱讀教學

王禹偁從「遠吞山光……亦謫居之勝概也。」運用了「景事法[14]」。

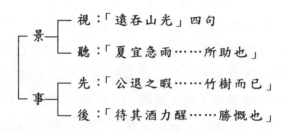

- 景
  - 視：「遠吞山光」四句
  - 聽：「夏宜急雨……所助也」
- 事
  - 先：「公退之暇……竹樹而已」
  - 後：「待其酒力醒……勝慨也」

（1）教學準備：印製章法說明講義[15]

（2）教學步驟：

①引起動機—說唱章法

①播放「木棉道」歌曲[16]

作詞：洪光達　作曲：馬兆駿　主唱：王夢麟

紅紅的花開滿了木棉道　長長的街好像在燃燒
沈沈的夜徘徊在木棉道　輕輕的風吹過了樹梢
木棉道我怎能忘了　那是去年夏天的高潮
木棉道我怎能忘了　那是夢裡難忘的波濤
啊　愛情就像木棉道　季節過去就謝了
愛情就像那木棉道　蟬聲綿綿斷不了

---

[14] 定義：是將客體的景物與事件分別描述，使之相得益彰的一種章法。美感與特色：作者依據其特殊的需要，揀擇適合的景物與事件，進行寫景與敘事，然後體現在篇章裏，雙向揭示客體，產生「互補」的美感。

[15] 講義大綱如附錄一。

[16] 同註 8。

┌(景)：「紅紅的花開滿了木棉道長長的街好像在燃燒」
└(事)：「木棉道我怎能忘了那是去年夏天的高潮」

②演說一段「浩劫重生」電影劇情

主角決心離開受困1500天的荒島，向眼前的巨浪前進，他必須翻越暗礁激起的巨浪，才能駛向大海，就在巨浪來時他順勢解開了塑膠板，它像翅膀一樣的張開抵擋了巨浪，船隻通過考驗駛進了大海，此時主角凝望生活四年的孤島，那長滿椰子樹的孤島，正漸行漸遠消失在海平面，結束荒島的孤寂生活，展開海上未知的漂流歷程。

┌(景)：「那長滿椰子樹的孤島，正漸行漸遠消失在海平面」
└(事)：「展開海上未知的漂流歷程」

②定義解析：請學生參見講義。

③學生舉例：請學生也舉一採用「景事法」的歌曲或故事為例。

④師生討論：針對同學演唱的歌曲或演說的故事提出看法。

2、寫作訓練

（1）題組

①請就學校或自宅，挑選三景、三事，將它們填入空格裏。

景	事

②將三景與三事，各挑選其中一景與一事作搭配，完成一篇文章。

（2）設計理念

運用景物與事件二種客體材料，描寫外界的景象、事實，訓練學生將這些具象的客體如實的描繪。

3、同學寫作成果

（1）第一篇：

①請就學校或自宅，挑選三景、三事，將它們填入空格裏。

景-自宅	事
道路兩旁右排是柏樹，左排是榕樹	散步、溜狗、跑步、做運動
台灣造型的池塘	垂釣、烤肉、孩子嬉戲
歐式建築的房屋	依偎池塘邊唱歌，欣賞黃昏景色

②將三景與三事，各挑選其中一景與一事作搭配，完成一篇文章。

我喜歡依偎在自家前的榕樹下，面對著大池塘清唱著歌曲，靜靜地欣賞黃昏的景色。接近傍晚時分，夕陽映在池面上，柔波動人，風景十分秀麗，宛如一幅美麗的圖畫。

望著這般如詩如畫的景象，與自己最心愛的家人，啜飲著淡淡的花茶，聊聊生活上的人、事、物，談談可看性的故事，說說好玩的笑話，彷如經過洗禮般的舒暢，心靈隨而與之沈澱。

處於資訊社會的現代人，生活上不免有各方的壓力，我常提醒自己，有時也需停歇腳步，讓身、心、靈得到釋放。接觸大自然，乃個人抒解身心的方式之一，對於一個酷愛家的人，自家的大自然更是我的最愛!（林文心）

(2)第二篇：

①請就學校或自宅，挑選三景、三事，將它們填入空格裏。

景-自宅	事
長長成排的扶桑花	狗在花叢裏鑽來鑽去
三合院	賣早點的餐車到來
一棵老蓮霧樹	七彩鳳蝶啜飲花蜜

②將三景與三事，各挑選其中一景與一事作搭配，完成一篇文章。

小時候住在鄉下的外婆家，所以兒時的回憶總是特別難忘。我們住的是三合院六十年的老房子，門前有個曬穀場，場前有長長一排扶桑花站崗。每天清晨我總是被那由遠漸近的沙啞聲音叫醒——「包子饅頭、燒餅油條喲！」那熟悉的叫賣聲，又來到家門前了，我趕快起床，光著腳跑到門口，天還矇矇亮，一個光著頭、矮小瘦弱的身影推著餐車走來，停放在扶桑花旁，外公拿著碗公走了出來，我把手攀在餐車邊，緊緊的偎著它，老芋仔把保溫的被子打開時，我就會深深地吸一口長長的氣，享受那既溫暖又香甜的味道，不一會外公遞給我一個饅頭，我總是先捧在手上享受那暖暖的感覺，然後是湊到鼻子上聞它的香氣，最後才大口的享受它入口即化的美味。如今老房子也拆了，外公也辭世了，老芋仔也不知到那兒去了？香甜的饅頭也嚐不到了，好懷念那樣的早晨。(張瑋如)

4、檢討

關於這一題，同學大都反映很好發揮，不過大部分的作品是多景多事的描寫，且景色的刻畫也明顯較少。這二篇作品，其結構分析表分別如下：

第一篇：

- 情：「我喜歡依偎在自家前的榕……欣賞黃昏的景色。」
- 景：「接近傍晚時分……宛如一幅美麗的圖畫」
- 事
  - 一：「望著這般……心靈隨而與之沈澱」
  - 二：「處於資訊社會……更是我的最愛」

第二篇：

- 事：「小時候住在鄉，所以兒時的回憶總是特別難忘。」
- 景：「我們住的是……長長一排扶桑花站岡。」
- 事：「每天清晨……享受它入口即化的美味」
- 情：「如今老房子也拆了……好懷念那樣的早晨。」

（五）「點染法」之讀寫教學

1、閱讀教學

王禹偁從第一至三段運用了「點染法[17]」

[17] 定義：「點染」一詞原來是中國繪畫的兩種筆法，後來也被運用於寫作上，其中「點」指時空的一個落足點，僅僅用作敘事、寫景、抒情或說理的引子、橋樑或收尾；而「染」則指真正用來敘事、寫景、抒情或說理的主體。因此，「點」是一個時空定點，一個引子，而「染」則是內容主體。見陳滿銘《章法學綜論》（台北：萬卷樓圖書股份有限公司 2003 年 6 月初版）頁 439 美感與特色：點染法深具律動的層次美、循環往復的節奏美與統一美。在多層次的點染烘襯下，更可彰顯變化美。見仇小屏、黃淑貞《國中國文章法教學》（台北：萬卷樓圖書股份有限公司 2004 年 10 月初版）頁 **144**

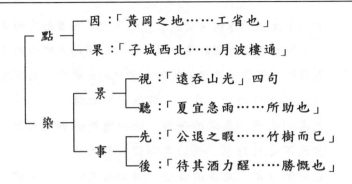

- 點
  - 因：「黃岡之地……工省也」
  - 果：「子城西北……月波樓通」
- 染
  - 景
    - 視：「遠吞山光」四句
    - 聽：「夏宜急雨……所助也」
  - 事
    - 先：「公退之暇……竹樹而已」
    - 後：「待其酒力醒……勝慨也」

（1）教學準備：印製章法說明講義[18]

（2）教學步驟：

①引起動機—說唱章法

a.播放「鹿港小鎮」歌曲[19]

作詞：羅大佑　作曲：羅大佑　編曲：山崎稔　主唱：羅大佑

假如你先生來自鹿港小鎮　請問你是否看見我的爹娘
我家就住在媽祖廟的後面　賣著香火的那家小雜貨店
假如你先生來自鹿港小鎮　請問你是否看見我的愛人
想當年我離家時她一十八　有一顆善良的心和一卷長髮
台北不是我的家　我的家鄉沒有霓虹燈
鹿港的街道　鹿港的漁村　媽祖廟裡燒香的人們
台北不是我的家　我的家鄉沒有霓虹燈
鹿港的清晨　鹿港的黃昏　徘徊在文明裡的人們
假如你先生回到鹿港小鎮　請問你是否告訴我的爹娘

---

[18] 講義大綱如附錄一。

[19] 同註 8。

台北不是我想像的黃金天堂　都市裡沒有當初我的夢想
在夢裡我再度回到鹿港小鎮　廟裡膜拜的人們依然虔誠
歲月掩不住爹娘純樸的笑容　夢中的姑娘依然長髮迎空
台北不是我的家　我的家鄉沒有霓虹燈
鹿港的街道　鹿港的漁村　媽祖廟裡燒香的人們
台北不是我的家　我的家鄉沒有霓虹燈
鹿港的清晨　鹿港的黃昏　徘徊在文明裡的人們
再度我唱起這首歌　我的歌中和有風雨聲
歸不得的家園　鹿鎮的小鎮　當年離家的年輕人
台北不是我的家　我的家鄉沒有霓虹燈
繁榮的都市　過渡的小鎮　徘徊在文明裡的人們
聽說他們挖走了家鄉的紅磚　砌上了水泥牆
家鄉的人們得到他們想要的　卻又失去他們擁有的
門上的一塊斑駁的木板　刻著這麼幾句話
子子孫孫永保佑　世世代代傳香火
哦...鹿港的小鎮...

點：假如你先生回到……夢中的姑娘依然長髮迎空」
染：台北不是我的家……世世代代傳香火」

b.演說一段「747 絕地悍將」電影劇情

美軍反恐怖突擊隊至義大利突擊車臣黑幫大本營，追緝失竊的 DZ5 神經毒氣，但徒勞無功。三個月後恐怖組織首領秘密參加女兒婚禮，遭人綁架，於是首領的副手帶了那批 DZ5

神經毒氣，劫了一架從英國倫敦飛往美國華盛頓的客機，表面上以此要脅美國，釋放他們的首領；實際上是一趟死亡任務預謀開客機墜毀華盛頓，用神經毒氣向美國人民復仇。經過種種波折，主角完成解救 406 名乘客及美國西海岸人民的安全。

點：軍反恐怖突擊隊至義大利突擊車臣黑幫大本營，追緝失竊的 **DZ5** 神經毒氣，但徒勞無功。」

染：恐怖組織首領的副手向美國展開復仇行動，及主角化險為夷的經過」

②定義解析：請學生參見講義。

③學生舉例：請學生也舉一採用「點染法」的歌曲或故事為例

④師生討論：針對同學演唱的歌曲或演說的故事提出看法。

2、寫作訓練

（1）題組

①請你挑選一個時空的落足點作引子、橋樑或收尾，填入「點」的格子下；然後再尋找可以依此發揮的主體，填入「染」的格子下，比照第一組的作法，共寫四組。

點	染			
	敘事	寫景	抒情	說理
站在坂垃車後的「逐臭之夫」	不管雨晴不論冷暖，每天他總是定時定點的出現	一個渺小的身軀佇立在奇臭無比的車尾	默默的奉獻心力	小人物大貢獻

②請你選擇一組來完成一篇文章。

（2）設計理念

寫作需要靈感，然而靈感得之不易。「點」就像毛線球的線頭，它藏在毛線球中心某處，織毛線時必須先探尋線頭，然初學者不易尋得；同樣的，寫作最難的地方，就在找不到靈感，如果能尋得寫作的「點」作引子，則文思即能源源而來，故這一題組的設計即針對學生的寫作靈感訓練。

（六）「正反法」與「反正法」之讀寫教學

1、閱讀教學

第四段「彼齊雲、落星……吾所不取。」文義講解後，以問答法詢問學生本段大意爲何？結合前幾段推出章法，說明王禹偁至此運用「正反法[20]」，第一至三段爲正，第四段爲反。

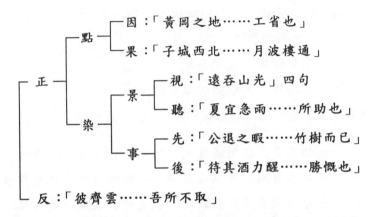

- 正
  - 點
    - 因：「黃岡之地……工省也」
    - 果：「子城西北……月波樓通」
  - 染
    - 景
      - 視：「遠吞山光」四句
      - 聽：「夏宜急雨……所助也」
    - 事
      - 先：「公退之暇……竹樹而已」
      - 後：「待其酒力醒……勝慨也」
- 反：「彼齊雲……吾所不取」

第五段「吾聞竹工云……豈懼竹樓之易朽乎！」文義講解後，以問答法詢問學生本段大意爲何？繼續講解「幸後之人與我同志……咸平二年八月十五日記。」文義講解後，以問答法詢問學生本段大意爲何？由此推出章

[20] 定義：將極度不同的兩種（或兩種以上）的材料並列起來，作成強烈的對比，藉反面的材料襯托出正面的意義，以增強主旨的說服力與感染力的一種章法。美感與特色：正反法是在「對比」的原理上產生的，對比因爲具有極大的差異性，因而有鮮明、醒目、活躍、振奮的強烈感受。而且有「相對立的形態」出現在篇章中，反而能使主體〔正〕的特點更凸出、姿態更優美。除此之外，還可以增強主旨的感染力。參見註 5，頁 126

法，說明王禹偁在此運用「反正法」。

反（朽）：「吾聞竹工……易朽乎」
正（不朽）：「幸後之人與我同志」三句

（1）教學準備：印製章法說明講義[21]

（2）教學步驟：

①引起動機—說唱章法

a.播放「天堂與地獄」歌曲[22]

作詞：黃舒駿　作曲：黃舒駿　主唱：黃舒駿

你的笑是天使哭是魔鬼　你的溫柔是綿冷酷是錐
可以在雲端　可以在深淵　你的吻總落在我絕望邊緣
有時幸福有時慘烈糾結　說是緣份又懷疑是罪孽
可以是狂喜　可以是巨悔　隨時就得快樂傷悲
我已經忘記自己感覺　心跳呼吸都要你指揮
天堂在你愛我的每一天　至於地獄呢
就在你離去的那一夜
沒有你我沒有東西南北　不見你我什麼都看不見
可以說盲目　可以說自虐　一切的一切都是心甘情願
你的愛恨就是我的是非　你的眼神就是我的世界
可以忘了苦　可以忘了累　莫忘今生悱惻纏綿
我已經忘記自己感覺　心跳呼吸都要你指揮

[21] 講義大綱如附錄一
[22] 同註 8

天堂在你愛我的每一天　至於地獄呢
就在你離去的那一夜
沒有你我沒有東西南北　不見你我什麼都看不見
可以說盲目　可以說自虐　一切的一切都是心甘情願
你的愛恨就是我的是非　你的眼神就是我的世界
可以忘了苦　可以忘了累　莫忘今生悱惻纏綿
我已經忘記自己感覺　心跳呼吸都要你指揮
天堂在你愛我的每一天
至於地獄呢　就在你離去的那一夜
我已經忘記自己感覺　心跳呼吸都要讓你指揮
天堂在你愛我的每一天至於地獄呢
就在你離去而我傷心欲絕
忘記自己感覺　心跳呼吸都要你指揮
天堂在你愛我的每一天　至於地獄呢
就在你離去的那一夜

┌正　「你的笑是天使」
└反　「你的哭是魔鬼」

b.演說一段「喜宴」電影劇情

主角是一名移居美國的男同性戀者，劇中他的情人是身材粗壯卻心思細膩、廚藝佳的美國男人，由於遠在台灣的父母急於幫兒子相親，因此主角請女房客僞裝是自己的結婚對象，這名中國女人雖然外貌賢淑、舉止優雅，但是對於打理家務一竅不通。

正：「身材粗壯卻心思細膩廚藝佳的美國男人」
反：「外貌賢淑、舉止優雅，不擅家務的中國女人」

②定義解析：請學生參見講義。

③學生舉例：請學生也舉一採用「正反法」的歌曲或故事爲例

④師生討論：針對同學演唱的歌曲或演說的故事提出看法。

2、「正反法」與「反正法」寫作訓練

（1）題組

①你贊成高中生談戀愛嗎？試以你的意見爲正方意見，再設想反方意見，以兩兩成對的方式填入表格內。

正方	反方

②以「高中生談戀愛之我見」爲題，運用以上兩兩成對比的意見完成文章。

（2）設計理念

對於事物的看法，每個人都有自己的成見，因此這一題組設計先以自己的想法為出發點，作為文章中心主旨，而事物總有一體兩面，因此再依己見的相反意見作對比，使自己的看法更鮮明。

（八）「敘情法[23]」之讀寫教學

1、閱讀教學

並統合出全篇以「先敘後情」之結構寫成。

[23] 定義：透過客體的事件敘述，表達主觀的內心情感，以增強文章的情味。美感與特色：在主客關係中，主體佔了主導的位置；主體依據其特殊的情意，揀擇適合的事件敘述，此即所謂的「知覺定勢」。因此事與情的關係是相應相生的，所以可以產生一種「調和」的美感；所給予人的是欣賞而不是推理，是領悟而不是說教。參見註 3，頁 44。

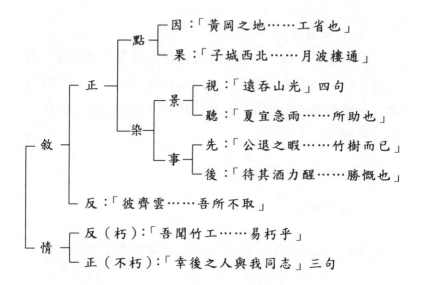

- 敘
  - 正
    - 點
      - 因：「黃岡之地……工省也」
      - 果：「子城西北……月波樓通」
    - 染
      - 景
        - 視：「遠吞山光」四句
        - 聽：「夏宜急雨……所助也」
      - 事
        - 先：「公退之暇……竹樹而已」
        - 後：「待其酒力醒……勝慨也」
  - 反：「彼齊雲……吾所不取」
- 情
  - 反（朽）：「吾聞竹工……易朽乎」
  - 正（不朽）：「幸後之人與我同志」三句

1.教學準備：印製章法說明講義[24]

2.教學步驟：

(1)引起動機—說唱章法

①播放「馬不停蹄的憂傷」歌曲[25]

作詞：黃舒駿　作曲：黃舒駿　主唱：黃舒駿

我永遠記得少年的時候　在薇薇家的後門
祈求一個永恆的約定　喔！令我心碎的記憶
她那淒迷的眼睛溫暖的小手　輕柔的聲音
憐憫著我的心意

[24] 講義大綱如附錄一。
[25] 同註 8。

說著她最後的話語
她說：遠方的世界有著一位姑娘和美好前程等著你
可愛的男孩！
吉普賽的我不值得你為我停留傾心喔不要哭泣
喔……我馬不停蹄的憂傷　馬不停蹄向遠方奔去
喔……我馬不停蹄的憂傷　馬不停蹄　我來到這裡
我永遠記得去年的六月　當娟娟關上車門她淚奔而去
喔！我面無表情
她那淒迷的眼睛　溫暖的小手　輕柔的聲音
再也不屬於我
只有那最後的話語
她說：我知道我只能活在你最寂寞孤獨的日子裡
可愛的男孩！吉普賽的你　我只是你一個小小的回憶　很快你就忘記
喔……我馬不停蹄的憂傷　馬不停蹄向遠方奔去
喔……我馬不停蹄的憂傷　馬不停蹄　我要忘記這裡
喔……我馬不停蹄的憂傷　馬不停蹄向遠方奔去
喔……我馬不停蹄的憂傷　馬不停蹄　我究竟要到哪裡

敘：「我永遠記得少年的時候……吉普賽的我不值得你為我停留傾心」
情：「我馬不停蹄的憂傷　馬不停蹄向遠方奔去」

②簡述「阿甘正傳」電影劇情

智商只有七十五的主角，坐在路旁等公車，一廂情願的對著身邊的陌生人，緩緩訴說自己一生奇妙的際遇，表達對生命中的人(母親、愛人、友人)感恩之情。

┌ 敘：「訴說自己一生奇妙的際遇」
└ 情：「表達對生命中的人感恩之情。」

(2)定義解析：請學生參見講義。

(3)學生舉例：請學生也舉一採用「敘情法」的歌曲或故事為例

(4)師生討論：針對同學演唱的歌曲或演說的故事提出看法。

2、寫作訓練

（1）題組

①請你回想印象最深刻的三件事？將它們各自填寫在「敘」的格子下，並依其事產生的情感，以一句形容詞作表達，填寫在「情」的格子下。

敘	情

②自選其一完成一篇短文。

（2）設計理念

透過事件的描述自然的帶出情感，這種寫作技巧是「因事生情」，故本題組首先要求學生挑選印象最深刻的三件事，接著表達對這三件事的情感，然後自選一組完成寫作練習。

三、結語

將章法帶入國文教學，可達成讀寫結合的教學目標。閱讀教學之際，解析作者駕馭章法之妙，不但有助於學生對範文的鑑賞，使學生明白，那些成串的文字之所動人、誘人、服人之處，其背後有一張規律的組織圖，妥適的架構安排。教師透過章法教學的輔助，更能言之成理的導讀範文，國文課不再只是抽象品味文詞之美，還有具象理解形式之學，雙管齊下深入闡釋作品的美感。爲培養學生對章法的興趣，故以流行音樂與電影爲例，幫助學生瞭解章法理論。此外由於每一種章法的授課時間較長，故教師在課程安排上，可依學生程度、課程難易度，作彈性調整，挑選該範文側重的章法予以教授，如此一來，三年的範文教學裏，四十三種章法皆能詳盡的作一介紹。至於寫作訓練將章法與「限制式寫作」結合，除了能鎖定謀篇布局能力訓練之外，也能引起學生的寫作興趣、統整範文與寫作教學。以章法設計寫作練習對於寫作能力的訓練是一劑強心針，以往傳統作文訓練鮮少有這方面的培養，因此學生也普遍缺乏這方面的能力，故加強學生組織篇章的能力是寫作教學的利器，而且可依學生程度與訓練標的之考量予以調整，因此彈性大，易於因材施教、因班制宜。

（附錄一）

王禹偁〈黃岡竹樓記〉講義

章法說明(一)「因果法」

一、 欣賞音樂

歌名「因爲所以」[註1]

作詞：李焯雄　作曲：黃韻玲　編曲：黃韻仁　主唱：莫文蔚

因為　整天下雨　空氣才會憂鬱　所以　跟你沒有關係

因為　我沒有目的　才走到這裡　所以也不能算迷失

好想說服我自己　但來不及

只因為發現我已失去你　所以才反來覆去

都是你的話語　和你的過去

只因為我們都太愛自己　所以習慣不誠實

就把所有懷疑　都當作堅持　太愛原諒自己

因為　踩著影子　畫面才會冷清　所以　跟你沒有關係

因為　我不要擁擠　不要誰靠近　所以也不能算孤寂

好想再騙我自己　但來不及

只因為發現我已失去你　所以才反來覆去

都是你的話語　和你的過去

只因為我們都太愛自己　所以習慣不誠實

就連說我愛你　都不曾徹底

只因為終於我已失去你　所以才能面對你

面對你的逃避　你的不在意

只因為我們都太愛自己　所以習慣不誠實

如果沒有掩飾　這個結局會不會　是另一個開始

二、 定義

由一因一果所組合而成的一種章法。註 2「因為……所以……」的構句方式是十分常見的；相反地，由「所以」至「因為」的情形也有；甚至「因為」與「所以」多次交互出現的情況也屢見不鮮。因此，這樣的思維方式，其應用範圍擴大到篇章時，那就形成因果法了。註 3

三、舉例

（因）—「黃岡之地…工省也」
（果）—「子城西北‥月波樓通」

四、 類別

(一)「歸結式論證」，即「由因及果」

(二)「證明式論證」，即「由果溯因」

(三)「因果因」

例如：「蜘蛛人」電影劇情

因「因為主角要追心儀女孩」
果「所以想買車」
因「因為沒錢買車」

(四)「果因果」

例如：獨上西樓

作詞：李煜『哀思』　作曲：劉家昌　主唱：鄧麗君

無言獨上西樓　月如鉤

寂寞梧桐　深院鎖清秋

剪不斷　理還亂　是離愁

別有一番滋味在心頭

┌─ 果「無言獨上西樓月如鉤。寂寞梧桐深院鎖清秋」
├─ 因「剪不斷理還亂是離愁」
└─ 果「別有一番滋味在心頭」

五、 美感與特色

因果邏輯的應用十分廣泛，所以因果法在文學作品中也就相當的常見。其中最常出現的型態是「由因及果」，這樣可以因順推而產生規律美，也可以全面地弄清楚事情的前因後果。而「由果溯因」的結構，因為「果」一開始就出現，很能夠挑起讀者的「期待欲」。而其他的變化類型，除了變化的美感外，也藉助「因」與「果」的多次呈現，來更深入內容。[註 4]

註 1 見六一歌詞庫網址 http://so61.com/bin/cgi/find.htm

註 2 參見陳師滿銘：《篇章結構學》(台北：萬卷樓圖書股份有限公司 2005 年 5 月初版)頁 121

註 3 參見仇師小屏《章法新視野》（台北：萬卷樓圖書股份有限公司，2001 年 9 月初版）頁 168

註 4 同註 3，頁 42-43

參考文獻

（一）專書〔依姓氏筆畫排列〕

仇小屏《章法新視野》　台北：萬卷樓圖書公司　**2001** 年 **9** 月

仇小屏《篇章結構類型論》增修版　台北：萬卷樓圖書股份有限公司，**2000** 年 **2** 月初版，**2005** 年 **7** 月再版

仇小屏《限制式寫作之理論與應用》　台北：萬卷樓圖書公司　**2005** 年 **10** 月初版

陳滿銘：《國文教學論叢》　台北：萬卷樓圖書股份有限公司 **1991** 年 **7** 月初版，**1998** 年 **4** 月初版四刷)

陳滿銘《章法學綜論》　台北：萬卷樓圖書股份有限公司　**2003** 年 **6** 月初版

陳滿銘：《篇章結構學》　台北：萬卷樓圖書股份有限公司　**2005** 年 **5** 月初版

（二）網路

六一歌詞庫網址 **http://so61.com/bin/cgi/find.htm**

論章法「移位結構」的美學特色
——以古典詩詞為例

顏智英
國立臺灣海洋大學通識教育中心助理教授

摘要

變化律是宇宙自然界的規律之一，它包涵了秩序性的「移位」現象與參差性的「轉位」現象。自古以來，無論東西方，人們長期觀察自然界變動的現象後，便將這種「移位」與「轉位」的變化之理抽繹而出，藉由人心，將此「理」投射至哲學、藝術或文學等領域。如果將「移位」與「轉位」之理運用到辭章章法上，可以將辭章材料作秩序性與參差性的安排，從而形成「移位的結構」與「轉位的結構」。章法結構，是一種結合了內容的、富有生命的暗示和表現力量的形式美，因此，研究章法結構的形式美，不僅可以更深一層探知篇章的內容主旨如何被更好地表現出來，還可在審美心理的活動過程中體驗出對文章再創造的感動，獲致精神的愉悅。本文因受限於篇幅，僅以章法的移位結構為對象，探討其美學上的特色，期能對章法美學理論的深耕稍有貢獻。

關鍵詞

章法、移位、移位結構、變化律、美學

一、前言

「變化律」是宇宙運動的規律，也是人心共有的心理反映，因此可廣泛運用到文學及藝術的領域。整個宇宙由一股動力推動著，萬事萬物經由運動變化的開展而形成秩序，並建立聯貫關係，終而達到統一和諧之境。而在這運動變化的歷程中所形成的「移位」與「轉位」現象，即爲所謂的「秩序律」及「變化律」（廣義的「變化律」可涵蓋「秩序律」），無論是中國古代的思想家，或是西方古代的哲人，都極爲重視這些變化規律，張岱年說：「中國哲學有一個根本的一致的傾向，即承認變是宇宙中之一根本事實。變易是根本的，一切事物莫不在變易之中，而宇宙是一個變易不息的大流。」[1]西方的黑格爾也說：「一切有限之物並不是堅定不移，究竟至極的，而毋寧是變化、消逝的。而有限事物的變化消逝不外是有限事物的辯證法。」[2]都在強調「變化」的宇宙觀。

人類觀察自然界這種客觀事物的變化、宇宙生成變動的

[1] 見張岱年：《中國哲學大綱》（北京：中國社會科學出版社，1982 年版），頁 94。

[2] 見黑格爾（G. W. Hegel）著、賀麟譯：《小邏輯》（System der Philosophie erster Teil. Die Logik）（台北：台灣商務印書館，1998 年 4 月初版 1 刷），頁 181。

現象，而建立了哲學之理，這個「理」，即是規律，亦可投射於文學、藝術等範疇，陳師滿銘曾特別指出：「這個『理』……透過人之『心』，投射到哲學上，即成哲學之理；投射到藝術（音樂、繪畫、電影等）上，變成爲藝術之理，而投射到文學上，當然就成文學之理了。如進一步將此文學之理落在『章法』上來說，則是『章法』之理，那就是：秩序、變化、聯貫、統一。」[3]而這「秩序」、「變化」、「聯貫」及「統一」四大律，不僅是章法之理，更是來自於宇宙自然的萬物運動變化之理。

如將四大律中的「變化律」（含「秩序律」）運用在「章法結構」上，可形成多樣的章法結構類型。因篇幅所限，本文僅就狹義的「變化律」（即「秩序律」）加以討論。所謂「秩序」，是將辭章材料依序加以整齊安排的意思，任何章法都可依循此律，經由「移位」（順、逆）而形成其先後順序。由於章法是以中國哲學之「陰陽二元」的對待關係爲基礎而建構起來的，因此章法所呈現的結構類型都是「陰陽二元對待」的形態，凡事物屬於本、先、靜、低、內、小、近等特質者，多可歸屬於「陰柔」的範疇；凡事物屬於末、後、動、高、外、大、遠等特質者，多可歸屬於「陽剛」的範疇[4]，因此，當情、景（物）、事、理等辭章材料經由「移位」而形成結構之時，會因「力」（勢）的移動方向的不同，而造成

---

[3] 見陳師滿銘：〈論辭章章法的四大律〉，收於《章法學論粹》（台北：萬卷樓圖書公司，2002 年 7 月初版），頁 17。

[4] 參考陳望衡：《中國古典美學史》（長沙：湖南教育出版社，1998 年 8 月初版 1 刷），頁 184。

「順向移位」或「逆向移位」等差異。其中由「陰」向「陽」移動時，會形成「順向移位」；而由「陽」向「陰」移動時，會形成「逆向移位」，章法即依循這樣的「秩序律」來組織辭章材料的順序，經由「順向移位」而形成順向結構；經由「逆向移位」而形成逆向結構。[5]茲舉較常見的十幾種章法來看，它們可就其組織材料的先後順序及陰陽定位，形成如下的結構：

今昔法：「先昔後今」（順）、「先今後昔」（逆）
遠近法：「先近後遠」（順）、「先遠後近」（逆）
大小法：「先小後大」（順）、「先大後小」（逆）
本末法：「先本後末」（順）、「先末後本」（逆）
虛實法：「先虛後實」（順）、「先實後虛」（逆）
賓主法：「先主後賓」（順）、「先賓後主」（逆）
正反法：「先正後反」（順）、「先反後正」（逆）
抑揚法：「先抑後揚」（順）、「先揚後抑」（逆）
立破法：「先立後破」（順）、「先破後立」（逆）
詳略法：「先略後詳」（順）、「先詳後略」（逆）
凡目法：「先凡後目」（順）、「先目後凡」（逆）
因果法：「先因後果」（順）、「先果後因」（逆）
情景法：「先情後景」（順）、「先景後情」（逆）
縱收法：「先收後縱」（順）、「先縱後收」（逆）

5 參考陳師滿銘：《章法學綜論》（台北：萬卷樓圖書公司，2003 年 6 月初版），頁 17-57。

底圖法：「先圖後底」（順）、「先底後圖」（逆）[6]

這些依循秩序律、經由順向或逆向移位所造成的「移位結構」，是隨處可見的。

同時，章法結構，尤其是變化的章法結構，是一種結合了內容的、富有生命暗示和表現力量的形式美，亦即李澤厚所說的「有意味的形式」[7]。因此，研究章法結構的形式美，不僅可以更深一層探知篇章的內容主旨如何被更好地「表現」出來，還可在審美心理的活動過程中體驗出對文章再創造的感動，並從中獲得精神的愉悅。喬治·森塔亞納（**George Santayana**）也認爲「同樣的材料以不同的方式結合在一起，會造成極不同的審美效果」[8]，而辭章章法講求的就是辭章材料的結合方式；秩序律，就是指將辭章材料加以秩序性的結合安排，因此，運用「秩序律」的邏輯思維在辭章材料上，就可以形成篇章的「移位結構」，而呈現出並列、平移、秩序、調和的形式美，從而使人充分感受到對稱美、動態美（節奏美）、變化美以及陰柔美等等的美學特色。[9]以下將針對這

---

6 參考陳師滿銘：〈章法風格論——以「多、二、一（0）」結構作考察〉，《成大中文學報》第 **12** 期（**2005** 年 **7** 月），頁 **151-153**。

7 李澤厚：「一般形式美經常是靜止的、程式化、規格化和失去現實生命感、力量感的東西（如美術字），『有意味的形式』則恰恰相反，它是活生生的、流動的、富有生命暗示和表現力量的美。」見《美的歷程》（台北：三民書局，**2002** 年 **6** 月初版 **3** 刷），頁 **48**。

8 見劉昌元：《西方美學導論》（台北：聯經出版社，**2000** 年 **7** 月 **2** 版 **5** 刷），頁 **58**。

9 參考仇小屏：〈論辭章章法的移位、轉位及其美感〉，《辭章學論文集》上冊（福州：海潮攝影藝術出版社，**2002** 年 **12** 月），頁 **98-122**。

四種形式之美來探討「移位結構」的美學特色，加以舉例並說明。

二、「並列」的對稱美（廣義的「雙側對稱」美）

「雙側對稱」，從狹義上看，是指左右具有相同形態的物體形狀，也就是「從中心軸兩個相同角度所延展開的左右相反之相同圖像現象」[10]，亦稱鏡像對稱。如果應用在文學上，會形成呆板、缺乏變化等印象。從廣義上看，它是一種「並列」式的對稱形式，前後兩項元素基本上相似或相對[11]；在空間中的位置相對、方向相反，且具密切的組合關係，但絕不重複[12]。

章法的構成單位之間，也有密切的組合關係，可概括爲對比及調和兩大類。而章法的雙側式對稱，主要體現在「移位」所造成的靜態結構上，表現爲對比性或者調和性的辭章材料組合。其中用對比材料組成的「移位性」章法結構如：「先正後反」、「先立後破」、「先抑後揚」等等，用調和性材料組成的「移位性」章法結構如：「先賓後主」、「先偏後全」、

[10] 見曾啓雄：〈美術設計——對稱〉，《藝術家》44 卷 2 期（1997 年 2 月），頁 448。

[11] 參考童山東：〈論人類語言對稱藝術的發生及形態〉，《中南民族學院學報（社會科學版）》第 1 期（總第 96 期，1999 年），頁 87。

[12] 參考劉福智：〈從人體對稱到詩詞對仗——科學和藝術中的對稱美〉，《殷都學刊》第 2 期（1996 年），頁 57。

「先平提後側注」等等，兩種材料間保持著相對的位置、相反的方向及密切的組合關係，在一道虛軸的兩側，形成了彼此相對應的均衡態勢。曾啓雄指出這種對稱的心理，是植基在「差異的心理平衡點上」[13]，兩個對稱元可以是對抗不相讓的平衡，也可以是相互融合互補的平衡。

至於這種對稱平衡的中心軸，則是一條看不見的虛線，其「中心位置」是潛藏著的，可以給欣賞者極大的想像空間，卻又不失其平衡感，林書堯將這種均衡美稱之爲「積極的均衡美感」，他說：

> 這種均衡就和蹺蹺板一樣，左右兩邊的荷重不同，……有時甚至於無法察覺中心。如芭蕾舞姿如走平衡桿的姿勢，又像優良的客廳佈置或現代的新建築，場面的機能性，使中心位置的觀念潛在到最深層的地方去了。……使觀賞者產生無名的喜悅，動中有靜，靜中有躍動的感情在呼吸。[14]

這種經由「移位」而造成的「雙側對稱」結構，免去了狹義鏡像對稱的呆板缺點，而在嚴整中富有變化，在沈靜中含有躍動，使美的容量更增大了許多。茲舉古典詩詞爲例，說明如下。

詩如《古詩十九首》中的〈明月皎夜光〉：

---

[13] 見曾啓雄：〈美術設計——對稱〉，《藝術家》44 卷 2 期（1997 年 2 月），頁 450。

[14] 見林書堯：《基本造形學》（台北：三民書局，1991 年 8 月再版），頁 195-197。

> 明月皎夜光，促織鳴東壁；玉衡指孟冬，眾星何歷歷！白露霑野草，時節忽復易；秋蟬鳴樹間，玄鳥逝安適？昔我同門友，高舉振六翮；不念攜手好，棄我如遺跡。南箕北有斗，牽牛不負軛；良無盤石固，虛名復何益！[15]

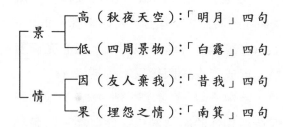

其結構分析表為：

- 景
  - 高（秋夜天空）：「明月」四句
  - 低（四周景物）：「白露」四句
- 情
  - 因（友人棄我）：「昔我」四句
  - 果（埋怨之情）：「南箕」四句

這首詩的作者藉由秋夜眼前的景物，寫自己對時節推移的感嘆；再由這感嘆與人情的變化聯繫，寫出顯貴朋友不相援引的埋怨之情，是採「先景後情」的結構寫成的。「景」的部分，自篇首至「玄鳥」句止。在此，先以「明月」四句，寫深秋的夜晚，作者因內心憂愁而仰視天空的情景，隨著夜愈來愈深，[16]天上月已西沉，眾星歷歷分明；再以「白露」四句，寫俯視地面的所見所聞，促織鳴壁如自己苦苦的悲

[15] 見馬茂元：《古詩十九首探索》（台北：純真出版社，1982 年 9 月版），頁 90。

[16] 「玉衡指孟冬」句，過去多將「孟冬」解為「季節」，據金克木（《國文月刊》63 期）的說法，則解為星空方位，指北北西的「亥宮」，因此，「玉衡指孟冬」不是寫季節，而是寫夜晚的時刻。相關考證，詳參馬茂元：《古詩十九首探索》，頁 96-97。

吟，秋蟬鳴樹似自己貧寒的處境，而玄鳥飛逝則喻同門友的去寒就暖，[17]而形成了「先高後低」的結構。然後，由「景」入「情」，以「昔我」八句，寫作者由「玄鳥」就暖的特性引發聯想，從而在內心興起埋怨那個遺棄貧賤舊交友人的心情。先交代「因」，以「昔我」四句，寫同門友的飛黃騰達、棄己不顧；再以「南箕」四句爲「果」，呼應前面的夜空之景，用《詩經・小雅・大東》「維南有箕，不可以播揚；維北有斗，不可以挹酒漿」的詩意[18]，指出友人如南箕、北斗、牽牛諸星般徒有虛名，友誼無法像盤石般穩固，內心充滿對世態炎涼的無奈之情，形成了「先因後果」的結構。

從靜態的角度看，詩中「景」（實）、「情」（虛）兩種組織材料的力量間，保持調和性的組合關係，好似在一道虛軸的兩側，形成了雙側相對的均衡態勢。這種「雙側對稱」的章法結構，在客觀的景與主觀的情密切配合下，呈顯出嚴整秩序中的變化、沉靜均衡中的躍動，將作者「抱怨顯貴的朋友不念舊誼」[19]的怨情，委婉而生動的表達出來；且在「實」與「虛」之間的對稱軸，是一條看不見的虛線，這潛藏的中心位置，代表著作者面對客觀景物所興時節推移的感嘆，到

---

[17] 陳沆：「秋蟬、玄鳥託興深微，寒苦者留，就暖者去。」見《詩比興箋》（台北：鼎文書局，1979 年 2 月初版），頁 26。

[18] 方東樹：「後半奇麗，從大東來，初以起處不過即時即目以起興耳，至南箕北斗句，方知眾星句之妙。」見《方東樹評古詩選》（台北：聯經出版公司，1975 年 5 月初版），五言詩卷第一。

[19] 顏崑陽解釋此詩說：「描寫一個失意者抱怨顯貴的朋友不念舊誼。而這一份怨情則是在秋夜獨處之時，由眼前淒清的景物引觸而來。」見《古典詩文論叢》（台北：漢光文化事業公司，1987 年 3 月 2 版），頁 98。

人情變化的主觀心情的轉換、過渡，給予讀者極大的想像空間。

詞如李清照的〈浣溪沙〉（髻子傷春懶更梳）：

> 髻子傷春慵更梳，晚風庭院落梅初，淡雲來往月疏疏。玉鴨熏爐閒瑞腦，朱櫻斗帳掩流蘇，遺犀還解辟寒無。[20]

其結構分析表爲：

- 遠
  - 情（傷春）：「髻子」句
  - 景（室外庭院落梅）：「晚風」二句
- 近
  - 景（室內擺設無聊）：「玉鴨」二句
  - 情（懷人）：「遺犀」句

這闋詞的作者李清照，從閨房內外的環境著筆，寫自己傷春及對丈夫相思的情緒，是採「先遠後近」的結構寫成的。「遠」的部分，自篇首至「淡雲」句止。在此，先以「髻子」句，寫自己傷春的慵懶意緒；再以「晚風」二句，寫春夜庭院風吹梅落的淒清景致，形成「先情後景」的結構。然後，由「遠」而「近」，以「玉鴨」二句，寫出室內空有溫暖鮮艷的擺設，卻充滿著淒清的氣氛；再以「遺犀」句，寫自己相思的淒冷無奈之情，形成「先景後情」的結構。徐北文主編的《李清照全集評注》也說：

---

[20] 見王學初：《李清照集校註》，頁 90。

上片寫閨房外面的環境，以襯托女主人傷春的情懷，由情入景；下片，寫閨房裏面的環境，以襯托女主人懷念心上人的意緒，由景入情。[21]

從靜態的角度看，詞中「遠」、「近」兩種組織材料的力量間，保持調和性的組合關係，好似在一道虛軸的兩側，形成了兩股相對的均衡態勢。這種「雙側對稱」的章法結構，在遠處淒清落寞的景與近處無聊惱人的景密切結合下，呈顯出嚴整中的變化、沉靜中的躍動，將作者傷春的慵懶及睹物思人的深情，委婉而生動的表達出來。且在「遠」與「近」之間的中心軸，是一條看不見的虛線，這潛藏的中心位置，代表著作者的視點由室外移向室內時由睹物（景）而思人的心情轉換、過渡，給予讀者極大的想像空間。而次層所形成的「先情後景」及「先景後情」結構，則是一種狹義的「鏡像式對稱」，予人均衡而有秩序的美感。

三、「平移」的動態美

「平移對稱」是在平行方向依一定的間隔移動，亦即「等間距的重複」[22]，是一種「反復的形式」[23]。這是一種朝「單

[21] 見徐北文主編：《李清照全集評注》，頁 96。
[22] 見赫曼・外爾（Hermann Weyl）原著、曹亮吉譯述：《對稱：美的科學闡述》（Symmetry）（台北：正中書局，1988 年台初版），頁 41。
[23] 見李薦宏、賴一輝：《造形原理》（臺北：國立編譯館，1973 年 6 月初版），頁 110。

一方向」運動的對稱型態，正如陸寶新所說的：

> 移位對稱（即平移對稱）或稱排比對稱，是對稱律的一種特殊構成形式，說它特殊，是因為在組織上它是同形、同量、同方向排列構成，它的對應性表現為形態單一方向的重複，在視覺上造成強烈的連續感和節奏感。[24]

由於其重複性，所以「時間」是其要素；而「力」，又是平移時不可或缺的動力，結合了此二因素，就造成連續感和節奏感。楊辛、甘霖的《美學原理》也說：

> 構成節奏有兩個重要關係：一是時間關係，指運動過程；一是「力」的關係，指強弱的變化。把運動中的這種強弱變化有規律地組合起來加以反復便形成節奏。[25]

由此可知，「平移對稱」中「力」的連續、重複的形式，可以形成節奏，造成美感。[26]

---

24 見陸寶新：〈論圖案對稱律形式及其構成方法〉，《西北大學學報（哲學社會科學版）》第 33 卷第 2 期（2003 年 5 月），頁 127。

25 見楊辛、甘霖：《美學原理》，頁 159。

26 李澤厚：「由於原始人在漫長的勞動過程生產過程中，對自然的秩序、規律，如節奏、次序、韻律等等掌握、熟悉、運用，使外界的合規律性和主觀的合目的性達到統一，從而才產生了最早的美的形成和審美感受。」認爲「節奏」是美感的重要來源之一。見《美學四講》（天津：天津社會科學院出版社，2001 年 11 月 1 版 1 刷），頁 239。又蔣孔陽等：「節奏也是事物正常化發展的一種表現形式。客觀世界的許多事物和現象都是在合規律的節奏中存在和發展而章法的「移位」現象，無論是順向移位或是逆向移位，都會在辭章中形成「平移對稱」的動態結構。構成章法的兩個相應相成的「對稱元」，是組織材料的兩股力量，隨著時間的推移、行進，會依序將材料呈現以凸顯主旨，而形成如：「先今後昔」、「先景後情」、「先賓後主」等的「移位」現象；且在「平移」的過程中，由於力量的一再出現，產生了重複的節奏形式[27]，讓人心裡感受到「力」的連續及重複，這就是章法結構的「平移對稱」。

值得注意的是，章法的移位所形成的節奏，不是光靠聽覺、視覺或觸覺就能夠把握的，但是它能夠暗合人的生理、心理結構，張涵主編的《審美大觀》說：

> 形式美的規律根源在於客觀世界的自然規律，並與人的生理、心理結構相對應，是人類改造自然的長期歷史經驗在形式規律方面的集中體現。[28]

因此，章法的移位所造成的節奏，是與人的心理相對應的，

的。事物的正常發展都離不開節奏，人的生活需要也離不開節奏。因此……這種符合規律而又有利於人生的節奏，也就成了美的形式。」認爲「節奏」是美的形式之一。見《美與審美觀》（上海：上海人民出版社，1987 年 5 月初版），頁 55。

[27] 章法的節奏是一種抽象的節奏。王菊生：「具象節奏是客觀具體物體及其形象所具有的節奏。……抽象節奏是非客觀具體物象及其構成形式所具有的節奏。抽象物體和抽象構成形式都是從客觀具體物中提煉、抽離出來的，它並不是純主觀的產物。」認爲節奏可以分成具象和抽象兩種。見《造型藝術原理》（哈爾濱：黑龍江美術出版社，2000 年 3 月 1 版 1 刷），頁 232-233。

[28] 見張涵主編：《審美大觀》，頁 245。

可以引起審美的愉悅，產生節奏美。總之，在「平移對稱」的模式中，具體的辭章材料在兩種均衡力量（二元對待的章法對稱元素）的「平移」作用下，隨著時間的推進，被有序地組合、運用，不僅可以表現出抽象的主旨，在動態的對稱結構中還呈顯出連續、單向的動態美[29]，簡單的[30]、沈靜的[31]節奏美，以及整齊的[32]、重複的[33]秩序美。茲舉古典詩詞爲例，

[29] 林崇宏說：「律動形式的構成方法有連續、反復、變動及轉移四種。」可知「平移對稱」具有的連續、反復的特性，可以形成動態之美。見《造形、設計、藝術》（台北：田園城市文化公司，1999年6月初版），頁123。

[30] 王菊生：「比如孤單的一個點·，單調呆板，靜止不動，只有單一刺激，無差異矛盾可言，便無節奏感。而兩個點··並置，開始有了延續相繼和重複，出現了前後的發展過程。同時兩個點和兩個點之間的空隙有了間隔和持續，實與虛、沒與現、前與後、左與右的矛盾差異對比變化，因此具有了節奏感。」又說：「只有一對矛盾對比或反復出現的單一節奏稱爲簡單節奏。」見《造型藝術原理》，頁225-226及頁231。

[31] 楊辛、甘霖在《美學原理》中提及郭沫若以文學作品爲例，認爲節奏有兩種：鼓舞的節奏和沈靜的節奏，前者如海濤起初從海心捲動起來，愈捲愈袂，到岸邊拍地一聲打成粉碎，我們的精神便要生出一種勇於進取的氣象；後者如遠處鐘聲，初叩時頂強，曳著嫋嫋的餘音漸漸地微弱下去，這種節奏給人以沈靜的感受。參見《美學原理》（台北：曉園出版社，1991年5月1版1刷），頁160。其中對「沈靜」的節奏的描述，也可以用來描述「平移對稱」所形成的節奏，因爲「對稱的形態通常具有莊嚴、靜謐、安定之感。」見呂清夫：《造形原理》（台北：雄獅圖書公司，1991年7月8版2刷），頁168。

[32] 楊辛、甘霖：「反復即同一形式連續出現，反復也是屬於整齊的範疇，反復是就局部的連續再現來說的，但就各個局部所結成的整體看仍屬整齊的美。如各種二方連續的花邊紋飾。」可知反復可以形成整齊美。見《美學原理》，頁168。

[33] 林崇宏：「秩序可以是簡單之組合，只要是井然有序的組合，即使再繁多或複雜的元素，其組合之後仍會令人產生喜悅的、簡潔的清新現象。在自然界中許多事物或現象，往往因其有規律的重複出現

說明如下。

詩如《古詩十九首》中的〈迴車駕言邁〉：

> 迴車駕言邁，悠悠涉長道。四顧何茫茫，東風搖百草。所遇無故物，焉得不速老！盛衰各有時，立身苦不早。人生非金石，豈能長壽考？奄忽隨物化，榮名以為寶。[34]

其結構分析表為：

- 景（新生百草）
  - 圖（駕車行遠）：「迴車駕言邁」二句
  - 底（百草代謝快速）：「四顧何茫茫」四句
- 情（失意之苦）
  - 因（立身不早）：「盛衰各有時」二句
  - 果（歿無榮名）：「人生非金石」四句

這首詩的作者藉由自然界客觀景物的盛衰變化，聯想到人生的短促；並進一步感慨自己的一無所成，在失意之苦的情緒中，寓理於情，寄託應及時努力以求得榮名之理[35]，是採「先景後情」的結構寫成的。「景」的部分，自篇首至「焉得」句止。在此，先以「回車」二句，用《楚辭．離騷》「迴朕車

或有秩序的變化，激發了大家對美的創作靈感。」可知重複可以形成秩序美。見《設計原理》，頁 142-143。

[34] 見馬茂元：《古詩十九首探索》，頁 98。

[35] 劉冀、魯晉：「此詩將發人深省的哲理寓於生動的形象和淒涼的意境之中，景、情、議論熔為一爐。」見《翹楚之吟——先秦兩漢詩歌卷》（西安：陝西人民教育出版社，1996 年 7 月 1 版 2 刷），頁 193。

以復路兮，及行迷之未遠」的辭意，刻畫出作者駕車行遠、孤苦失意的形象；再以「四顧」四句，寫在春風的吹拂搖動下，四周廣大無邊的野草全是新生的，使趕路的作者發出人生苦短的悲嘆！因此形成「先圖後底」的結構。然後，由「景」入「情」，以「盛衰」六句，寫作者因眼前之景而感受到的深沉哀傷。先以「盛衰」二句，寫自己未能及早建功立業；從而引出「人生」四句的失意之苦，並道出了應及早努力、求得榮名的人生感悟，形成了「先因後果」的結構。由此可知，詩中「景」（實）、「情」（虛）兩種組織材料的力量，依時間先後出現，而形成「先景後情」的結構，造成「平移對稱」：從具體客觀的景物快速的新陳代謝，聯繫到抽象的人生思維，在實與虛的材料互相呼應、連絡之對稱結構中，作者對現實功名追求不得的失意之苦[36]，便更呼之欲出了。

這首詩在「先景後情」的平移對稱結構中，「景」與「情」兩股力量的先後出現及抗衡，使得全篇的節奏顯得沉靜而莊嚴，能與作者此時「立身不早、沈淪失意」[37]的心情配合。這種「先景後情」的平移對稱形態，在重複出現的節奏中，表現了整齊的秩序美及單向移動的動態美感。此外，在具體的景物與抽象的情意彼此相應相成的對稱中，不僅展現了均

36 許曉晴：「文學的悲涼本於人生的悲涼。游子們既無法求得生命的亮度——入仕，亦無法延長生命的長度——長生，只能轉向對生命密度的追求，即對現實生活的追求，包括對功名的追求，…對享樂的追求，…對戀人的思念。」見〈論《古詩十九首》的生命意象與主題〉，《山西大學學報（哲學社會科學版）》第 1 期（1999 年），頁 57。

37 見馬茂元：《古詩十九首探索》，頁 99。

衡的美感，還呈現了一種因相似內容情意的一再出現，而產生的重複的秩序之美，林崇宏《設計原理》說：

> 將相同（或相似）的形象或顏色之構成單元，作規律性或非規律性的重複排列，可得到反復美的構成。造形之構成，經常都是由許多相同單元體組合而成，個別單元體雖是單純、簡潔的形，但是經反復的安排，則形成一井然有序的組合，表現出整體性的美，令人產生鮮明、清新、整合的感覺。反復的現象組合包含顏色上、形象上、形式構成條件（角度、方向、質感）等的反復形式。[38]

而此詩由景物的盛衰變化，暗寓作者對人生變化無常的感嘆；緊接著又連繫到自己一無所成的失意感慨，無論是具體的景，或是抽象的情，全篇呈現著相似情緒的重複情形，因此，給人一種清新、整合的美感。

詞如辛棄疾的〈醜奴兒〉（煙蕪露麥荒池柳）：

> 煙蕪露麥荒池柳，洗雨烘晴。洗雨烘晴，一樣春風幾樣青。　　提壺脫袴催歸去，萬恨千情。萬恨千情，各自無聊各自鳴。[39]

其結構分析表爲：

[38] 見林崇宏：《設計原理》，頁 142。
[39] 見鄧廣銘：《稼軒詞編年箋注》，頁 169。

```
┌正（樂景）─┬圖（草、麥、柳）:「煙蕪」句
│          └底（雨、晴、春風）:「洗雨」三句
└反（愁景）─┬景（三種鳥鳴）:「提壺」句
           └情（無聊之恨）:「萬恨」三句
```

這首詞作於稼軒第一次廢退帶湖、往來附近的博山道中欣賞之時，藉著眼前所見所聞之景，來抒發自己投閒置散的苦悶，採取「先正後反」的結構寫成。「正」的部分，自篇首至「一樣」句的上半闋止。在此，先以「煙蕪」句，寫出眼前令人喜悅的美景是以草、麥、柳爲主的植物；再以「洗雨」三句，寫雨後溫暖的陽光、和煦的春風，使得這些植物的葉色更加鮮艷，並呈現出深淺不一的青色，形成「先圖後底」的結構。然而，由下半闋所聞眾鳥唱晴之聲，卻使稼軒感情遽轉，引發他「無聊」（不樂）之情，是「反」的部分。先以「提壺」句，從聽覺角度著筆，寫提壺鳥勸人飲酒的「提壺」鳴聲、布穀鳥勸人勤耕的「脫袴」鳴聲，以及杜鵑鳥催人歸去的「催歸」鳴聲[40]；再以「萬恨」三句，寫鳥鳴引起的無聊（不樂）之情及隱藏在篇外的「壯志難酬」[41]之恨，形成「先

[40] 鄧廣銘：「提壺、脫袴、催歸，俱鳥名，以其鳴聲而得名者也。」見《稼軒詞編年箋注》，頁 169。

[41] 劉坎龍：「結句寫鳥的無聊，實際在襯托人的無聊。透露出詞人被投閒置散的哀愁。景色的優美也不能抹去詞人心靈上壯志難酬的陰影。」見《辛棄疾詞全集詳注》（烏魯木齊：新疆人民出版社，2000 年 11 月 1 版），頁 101。

景後情」的結構。由此可見，詞中「正」（樂景）、「反」（愁景）兩種對比的組織材料的力量，依時間先後出現，而形成「先正後反」的結構，造成「平移對稱」：「以樂景寫哀」[42]，以視覺與聽覺對比、以靜態與動態對比、以快樂與苦悶對比，互相襯托、互相激越，[43]「在相互比照中造成強烈的反差」[44]，使稼軒壯年卻被廢退的身世之感更加強化。

這闋詞在「先正後反」的平移對稱結構中，「正」與「反」兩股力量的先後出現及抗衡，使得全篇的節奏顯得沉靜而莊嚴，與稼軒此時「雖壯年被迫歸隱，但仍思自振」[45]的心情，十分吻合。這種「先正後反」的平移對稱形態，在重複出現的節奏中，表現了整齊的秩序美及單向移動的動態之美。此外，在正、反材料相應相成的對稱中，還展現了均衡的美感，童慶炳從審美心理學的角度談到：

> 詩中相異或相反情景的藝術組合，不僅可以產生平衡

---

[42]〔清〕王夫之《薑齋詩話》：「以樂景寫哀，以哀景寫樂，一倍增其哀樂。」收於王夫之等撰《清詩話》，頁 2。

[43] 黃永武：「詩中的對比，是把異質的字彙對比起來，這異質中包括色彩、形狀、數量、心情等強烈的對比，相互襯托、相互激越，以強化震撼人心的力量。」見《詩與美》（台北：洪範書店，1984 年 12 月初版），頁 129。

[44] 石克鴻：「反差式是以對比、反襯爲手段來組合意象的，即把兩種或兩組相互對立的、矛盾的意象並列在一起，使之在相互比照中造成強烈的反差，以突現『象』中之『意』。」見〈李益邊塞絕句的意象組合〉，《甘肅教育學院學報（社科版）》第一期（1997 年），頁 32。

[45] 詳見拙著：〈論稼軒「博山道中詞」篇章意象之形成及組合〉，《師大學報》50 卷 1 期（2005 年 4 月），頁 44。

> 感，而且可以產生無窮的「味外之旨」。[46]

這種「正反」式的意象組合，由對立面而達致統一，除了給讀者一種平衡的美感之外，更能藉著鮮明對比的呈現，讓人體會出「味外之旨」，在曲折含蓄之中，蘊涵著極強的藝術感染力量，使得詞中所欲傳達的身世之感更加強化。

四、「秩序」的變化美

作者基於求秩序的心理需要，[47]依空間、時間或事理展演的自然過程將其作適當的配排，[48]而形成章法的移位現象，這種秩序性，是可以產生美感的，張涵主編的《美學大觀》就說道：

> 秩序，事物的外在形式上部份與部份、整體與部份之間構成特定的有規律的排列組合。指形式因素內部關係有秩序的變化，則構成一種不變與變和諧交叉的形

[46] 見童慶炳：《中國古代心理詩學與美學》（台北：萬卷樓圖書公司，1994 年 8 月初版），頁 118。

[47] 韋特海默在自然中發現了走向平衡有序和完美的趨向。他發現這正是人之基本的衝動，文化的扭曲和思想之複雜化還不致完全遏止了這種衝動。人在本質上是極有條理的，因而是出色的（即處於充分行使其功能的適當情形中），因爲良好的組織是一切自然系統所追求的。參見魯道夫．阿恩海姆（Rudolf Arnheim）著、郭小平、翟燦譯：《藝術心理學新論》（台北：台灣商務印書館，1998 年 1 月台灣初版 3 刷），頁 48。

[48] 參見陳師滿銘：《國文教學論叢》（台北：萬卷樓圖書公司，1998 年 4 月初版 4 刷），頁 28。

> 式美。[49]

可見「秩序」並不是不變，而是一種「有秩序的變化」，是可以給人和諧變化的形式之美。更進一步說，「秩序」，在視覺上可以給人一種喜悅感、簡潔感、安定感、舒適感，林崇宏在《設計原理》中說：

> 有秩序的圖形排列或元素構成，在視覺的感受上會令人有一種安定感與舒適感。秩序可以是簡單之組合，只要是井然有序的組合，即使再繁多或複雜的元素，其組合之後仍會令人產生喜悅的、簡潔的清新現象。在自然界中許多事物或現象，往往因其有規律的重複出現或有秩序的變化，激發了大家對美的創作靈感。[50]

可知有次序的組合可以形成秩序美，給人穩定、平和、清新的感受，而章法的移位結構，就具有這樣的特色。茲舉古典詩詞爲例，說明如下。

詩如樂府〈長歌行〉，其原詩爲：

> 青青園中葵，朝露待日晞。陽春布德澤，萬物生光輝。
> 常恐秋節至，焜黃華葉衰。百川東到海，何時復西歸。

[49] 見張涵主編：《美學大觀》（鄭州：河南人民出版社，1988 年 1 月 1 版 2 刷），頁 246。

[50] 見林崇宏：《設計原理》（台北：金華科技圖書公司，1999 年 7 月初版 2 刷），頁 142。

少壯不努力，老大徒傷悲。[51]

其結構分析表爲：

- 具（盛與衰）
  - 實（眼前盛景）：「青青」四句
  - 虛（聯想衰景）：「常恐」二句
- 泛（及時努力）
  - 景（喻時間不回）：「百川」二句
  - 理（少壯應努力）：「少壯」二句

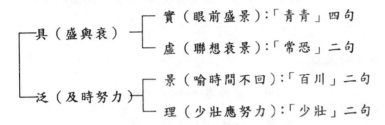

這首詩旨在從眼前的景物起興，寫出當及時努力的生命體悟。採「先具（景）後泛（理）」的結構寫成：前六句是「景」，其中頭四句寫眼前所見之欣欣向榮的盛景，而五、六句則寫由盛景而反面聯想到的衰景（秋景）將接踵而至；如此一盛（實）一衰（虛）對比，表現出詩人因外在景物變動而引發的季節變動的聯想。接著，末四句是「理」，作者由季節變動、草木盛衰，又聯想到時間如流水，一去不回；因此，明白地說出本詩的主旨，即：當趁少壯時，及時努力。

本篇的核心結構在最上層「先景後理」的結構，它是一種簡單的「移位」結構，與複雜的「轉位」結構比起來，較爲單純、秩序、簡潔。由此可知，移位結構，在單純且和諧的組合中，可以形成簡單的秩序美，從而給人穩定、平和、清新的感受。

詞如李清照的〈蝶戀花〉（暖雨晴風初破凍），其原詞爲：

---

[51] 見郭茂倩：《樂府詩集》（台北：里仁書局，1980 年 12 月初版），頁 442。

> 暖雨晴風初破凍，柳眼梅腮，已覺春心動。酒意詩情誰與共？淚融殘粉花鈿重。　　乍試夾衫金縷縫，山枕斜攲，枕損釵頭鳳。獨抱濃愁無好夢，夜闌猶剪燈花弄。[52]

其結構分析表為：

- 反（春心動）
  - 因（室外春美）：「暖雨」二句
  - 果（心動）：「已覺」句
- 正（相思愁）
  - 先（流淚）：「酒意」二句
  - 中（失眠）：「乍試」三句
  - 後（剪燈花）：「獨抱」二句

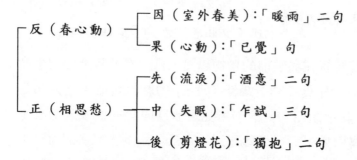

這首詞旨在寫出清照被春日美景所引發的相思心緒，採「先反後正」的結構寫成。開頭三句是「反」，以早春白日的室外美景，寫作者心動的喜悅：溫暖的春雨及和煦的春風，使冰封已久的大地剛剛解凍，於是柳樹生芽、梅花吐蕊，令作者心動、雀躍不已；但這只是一種「以樂景寫哀」[53]的手法，主要的目的是在引起以下的相思濃愁，徐北文主編的《李清照全集評注》就說：

[52] 見王學初：《李清照集校註》（台北：里仁書局，1982 年 5 月初版），頁 29。

[53] 王夫之《薑齋詩話》：「以樂景寫哀，以哀景寫樂，一倍增其哀樂。」收於王夫之等撰《清詩話》（台北：西南書局，1979 年 11 月初版），頁 2。

作者把春人格化，樂景哀寫，通過人物活動細節描寫，表現女主人的離愁別緒和無限淒寂。[54]

指出開筆三句描繪早春生機盎然的美麗畫面，是要反面烘托出作者的離愁。而使作者心情轉折的關鍵點，在於「酒意詩情誰與共」句，言無人與她分享眼前的喜悅，遂使得思念丈夫之情更加濃烈；所以，第四句以下是「正」的部分，以清照從日到夜室內的活動爲刻畫重點：日間的清照，因相思之愁而以淚洗面，臉上的脂粉和著相思之淚而縱橫交錯；夜間的她，則是無心脫去華服及卸卻頭飾，輾轉反側，任釵頭鳳被磨損，也不在意；在綢繆的離愁中，索性起牀，在深夜剪弄燈花，一方面消磨時間，一方面爲丈夫求吉祥平安之兆。此一構圖，「出神入化地把思婦神不守舍而又虔誠至篤的內心狀態形象地給以外化」[55]，雖未直言相思，卻更能深化相思的主題，將千轉百結的難言苦楚具體地顯示出來，具有巧妙獨特的藝術構思，給人含蓄的審美享受。

由於全詞的主旨在末二句「獨抱濃愁無好夢，夜闌猶剪燈花弄」，即「正」的部分，因此，本篇的核心結構落在最上層的「先反後正」結構，它是一種簡單的「移位」結構，與複雜的「轉位」結構比起來，較爲單純、秩序、簡潔。由此可知，移位結構，在單純且和諧的組合中，可以形成簡單

---

[54] 見徐北文主編：《李清照全集評注》（濟南：濟南出版社，1992 年 1 版 3 刷），頁 136。

[55] 見胡同華：〈李清照詞中的自我形象〉，《江漢石油職工大學學刊》（1995 年）12 卷第 4 期，頁 36。

的秩序美，從而給人穩定、平和、清新的感受。

五、「調和」的陰柔美

由章法「移位」所造成的張力變化，其方向是單向（順向或逆向）的「力」的重複，其強度是較弱的「力」的變化，因而形成了簡單、反復、齊一之和緩節奏，顯現出「調和性」的張力變化，這種 「調和性」的形式特色及美感，陳望道在《美學概論》中有清楚的說明，他說：

> 兩個極相接近的東西並列在一處，其間相差很微，便多成為調和（Harmony）的形式。……例如從正黑色，漸次淡薄到正白色的一列中，取正黑色和其次的淡黑色相並列時就是調和；……凡是調和的兩件東西，總是互相類似的，並無甚麼觸目的變化。所以接觸到它時，也就每每覺得它有融洽、優美、鎮靜、深沉等情趣。[56]

指出「調和」是差異較小的東西並列，可以產生優美、深沉等情趣。而歐陽周、顧建華、宋凡聖等則更具體指出，這種由「調和」因素所造成的美感，就是「陰柔之美」，他們說：

> 調和，指的是沒有顯著差異的形式因素之間的對立統一。它只有量的區別，是一種漸變的協調，並不構成

[56] 見陳望道：《美學概論》（收於《陳望道文集》（第二卷）上海：上海人民出版社，1980 年 5 月 1 版 1 刷），頁 70-72。

強烈的對比。如果說，對比是差異中趨向於「異」，那麼，調和則是在差異中趨向於「同」。以色彩為例，紅與橙、橙與黃、黃與綠、綠與藍、藍與青、青與紫、紫與紅，都是相似色，在同一色中又有濃淡、深淺的層次變化，如綠有深綠、淺綠、暗綠、墨綠、嫩綠、翠綠、碧綠等。這種相似或相近的顏色相互配合協調，在變化中保持大體一致，就會給人一種融和、寧靜的感覺。……由非對立因素的統一造成的形式美，一般屬於陰柔美。[57]

由此可知，章法「移位」所造成的「力」的方向及強度的變化情形，是一種「調和」性的張力結構，因而會呈現出偏於陰柔的美感。

這種「移位」所呈顯的「陰柔之美」，相當於西方所謂的「優美」，具柔媚、和諧、安靜與秀雅的特色，會給人心曠神怡的審美愉悅。朱光潛就曾指出這種柔性美的特色是「杏花、春雨、江南」、是「秀麗典雅」、是「神韻」[58]；楊辛、甘霖在《美學原理》中也用了許多具象的比喻來闡明其形式上的特徵表現爲：

風和日麗、鳥語花香、鶯歌燕舞，或是山明水秀、波平如鏡、倒影清澈的自然景色；或是夕陽西下，一脈

---

[57] 見歐陽周等編：《美學新編》（杭州：浙江大學出版社，2001 年 5 月 1 版 9 刷），頁 81。

[58] 見朱光潛：《文藝心理學》（台北：鼎淵文化事業公司，2003 年 5 月初版 1 刷），頁 285。

> 金暉斜映在山頭水面，或是在蔚藍的天空裏略微閃耀著一點淡淡金色。這些境界都是優美，給人以和諧、安靜的審美享受。[59]

由此可知，章法的「移位」現象所形成的「調和性」的張力變化，可以呈顯「陰柔之美」，給人安靜和諧、輕鬆愉快的審美感受。茲舉古典詩詞爲例，說明如下。

詩如陸游的〈書憤〉，其原詩爲：

> 早歲那知世事艱，中原北望氣如山。樓船夜雪瓜洲渡，鐵馬秋風大散關。塞上長城空自許，鏡中衰鬢已先斑！出師一表真名世，千載誰堪伯仲間！[60]

其結構分析表爲：

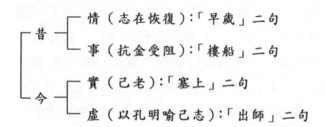

- 昔
  - 情（志在恢復）：「早歲」二句
  - 事（抗金受阻）：「樓船」二句
- 今
  - 實（已老）：「塞上」二句
  - 虛（以孔明喻己志）：「出師」二句

這首詩寫於南宋孝宗淳熙十三年，作者在罷官五年後，復以朝奉大夫權知嚴州軍州事重新起用之時，主旨在第五句「塞上長城空自許」，書寫自己壯志未酬身先老以及山河淪落未收復之憤慨，全詩充滿了憂國感時的情緒。首四句是

---

[59] 見楊辛、甘霖：《美學原理》，頁 242。

[60] 見陸游撰、雷瑨註釋：《箋註劍南詩鈔》（卷四）（台北：文史哲出版社，1985 年 6 月景印初版），頁 234-235。

「昔」，其中一、二句先寫出自己的「情」志在恢復中原；三、四句則具體地寫「事」，回憶當年在冬雪中戰船出沒瓜洲渡口的水上戰事，以及在秋風蕭瑟時自己跨騎鐵馬戍守大散關的陸上進擊，年輕時的陸游，即以身許國，投入保家衛國的戰鬥行列。第五句以下四句是「今」，先「實」寫自己今日雖仍以「萬里長城」自許，實際上卻已年老鬢斑，時不我與；然而，今日朝廷中奸佞當道，缺乏諸葛孔明般的忠誠與智謀，末二句作者以孔明自喻，是「虛」，藉此自明心跡，欲效孔明鞠躬盡瘁的精神，充分流露出「老驥伏櫪，壯心未已」的心情。

這首詩的核心結構為「先昔後今」，屬順向的「移位」結構，其所造成的「力」的方向變化是反復的、單向的，且「力」的強度變化是較弱的，因此形成了較為簡單、反復、齊一的和緩節奏，顯現出「調和性」的張力變化，而展露出「陰柔之美」。因此，雖然本詩是由對比性的內容材料所組成，本屬於純剛的風格，卻由於核心結構的順向移位作用，使得此詩呈現出「剛中寓柔」的風格，能夠與作者此時「壯志未酬身先老」的激動卻沈重的心情密切吻合，給人激動（陽剛）中卻蘊藏著含蓄（陰柔）的審美感受。

詞如蘇軾的〈浣溪沙〉五首之四（半夜銀山上積蘇），其原詞為：

> 半夜銀山上積蘇。朝來九陌帶隨車。濤江煙渚一時無。　空腹有詩衣有結。溼薪如桂米如珠。凍吟

誰伴撚髭鬚。[61]

其結構分析表為：

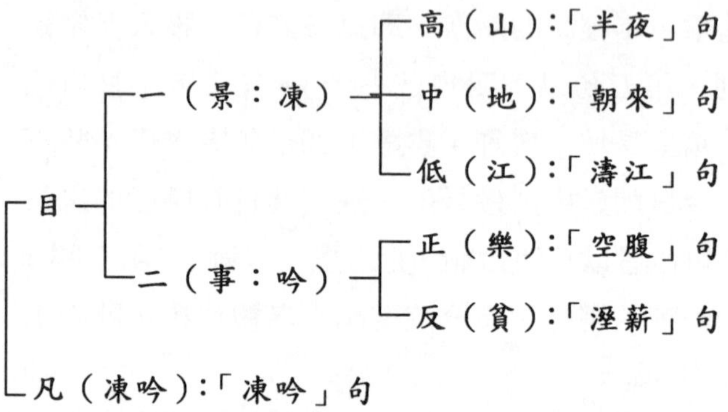

這闋詞旨在藉由行吟雪地，表現出作者儒家的安貧思想。採「先目後凡」的雙軌式結構寫成，其簡式為：「凍」(目一）・「吟」(目二）→「凍」(凡一)「吟」(凡二)。主旨在篇外，寫作者貧而樂的情感，綱領在末句「凍吟誰伴撚髭鬚」，是「凡」的部分，在大雪紛飛的天候中，在君猷的陪伴下，東坡「忍著饑饉，在雪裏吟詩」[62]，不僅呼應題目「明日酒醒，雪大作，又作二首」，且藉由行吟雪地，表現出儒家的安貧思想。

「目」的部分，是首句到第五句，分二線來呼應「凡」的「凍」「吟」二軌。開頭三句是「目一」，寫「凍」，分別

[61] 依據龍榆生（龍沐勛）：《東坡樂府箋》（台北：華正書局，1978 年 9 月初版），頁 129。

[62] 唐玲玲：《東坡樂府研究》（成都：巴蜀書社，1993 年 2 月 1 版），頁 108。

從山上、地面、江面來寫大雪紛飛時的雪景：「半夜銀山上積蘇」描寫高山上因積雪而呈現一片銀色世界，連一簇簇的樹叢都覆滿白雪，遠望像是一塊塊的柴草堆；「朝來九陌帶隨車」寫清晨時作者與君猷共乘的車「過雪地，隨車轍翻出一條縞帶」[63]；「濤江煙渚一時無」則寫江面的小洲因大雪的緣故，也無法展現其平時煙霧濛濛的美景，在「大作」的雪中，眼前盡是白茫茫的一片，無法看清江面任何景物。接下來的四、五句是「目二」，寫「吟」，此二句又形成「先正後反」的結構，先藉由董京雖衣衫襤褸、卻仍逍遙吟詠寫作者自己的安於貧困[64]，再藉由戰國時蘇秦對楚王之言[65]，點出東坡目前的物質環境是「薪如桂米如珠」，物價十分昂貴，生活十分困難，但他能超脫這一切，安貧樂道，將精神專注在吟詩上。因此末句有「撚髭鬚」的動作，如盧延讓般地爲了

---

63 鄒同慶、王宗堂：《蘇軾詞編年校註》（北京：中華書局，2002 年 9 月 1 版 1 刷），上冊，頁 345。

64 《晉書．董京傳》載：「董京字威輦，不知何郡人也。初與隴西計吏俱至洛陽，被髮而行，逍遙吟詠，常宿白社中。時乞於市，得殘碎繒絮，結以自覆，全帛佳綿則不肯受。或見推排罵辱，曾無怒色。」董京雖然衣著破爛、補綴許多碎塊，又遭人辱罵排斥，卻無怒色，完全陶醉在自己的吟詠天地中，東坡以之自比，有儒家的安貧思想寄寓其中。參考拙著：〈東坡詞篇章結構探析——以黃州作《浣溪沙》五首爲考察對象〉，《師大學報》49 卷 2 期，2004 年 10 月，頁 33。

65 「溼薪如桂米如珠」，借蘇秦之語來形容自己處於物價昂貴、生活艱難的境地，見《戰國策．楚策三》：「蘇秦之楚，三日，乃得見乎王。談卒，辭而行。楚王曰：『寡人聞先生若聞古人，今先生乃不遠千里而臨寡人，曾弗肯留，願聞其說。』對曰：『楚國之食貴於玉，薪貴於桂，謁者難得見如鬼，王難得見如天帝。今令臣食玉炊桂，因鬼見帝。』王曰：『先生就舍，寡人聞命矣。』」

思索詩句，而「撚斷數莖鬚」[66]。

這闋詞的綱領在末句「凍吟誰伴撚髭鬚」，即「凡」的部分，可知最上層的「先目後凡」結構即爲本篇的核心結構。此核心結構屬逆向的「移位」結構，其所造成的「力」的方向變化是反復的、單向的，且「力」的強度變化是和緩的、較弱的，形成了較爲簡單、反復、齊一的和緩節奏，呈現出「調和性」的張力變化，而展露出「陰柔之美」。因此，雖然本詞的內容材料兼有對比性（正與反）及調和性（目與凡、高中低），本屬於「剛中寓柔」的風格，卻由於核心結構的移位作用，使得此詞呈現出稍偏向「陰柔」的風格，能夠與作者此時雖處貧困的逆境（剛）卻仍逍遙自在（柔）的心情吻合，給人一種從逆境（陽剛）中超脫、曠達（陰柔）的偏於陰柔的感受。

六、結論

綜合上述可知，就「對稱美」言，章法的「移位」現象會呈現「並列對稱」（廣義的「雙側對稱」）的結構形式，形成在嚴整中有變化、在沈靜中有躍動的對稱美，而給人平衡和諧的感受；就「動態美」言，在「力」的朝單一方向的重複運動中，章法的「移位」現象會呈現「平移對稱」的動態

[66] 盧延讓〈苦吟〉詩：「莫話詩中事，詩中難更無。吟安一箇字，撚斷數莖鬚。險覓天應悶，狂搜海應枯。不同文賦易，爲著者之乎。」見清聖祖御製：《全唐詩》（台北：宏業書局，1977 年 6 月版）卷 715，頁 8212。

結構形式，形成沉靜的節奏美；就「變化美」言，章法的「移位」現象會呈現單純的、整齊的、秩序性的結構形式，形成秩序的變化美，給人簡潔、穩定、平和、清新的感受；就「剛柔美」言，章法的「移位」現象會呈現「調和性」的張力變化，而形成偏於陰柔的美感，給人安靜和諧、優美沉靜等感受。同時，在所列舉的詩詞例證中，我們實際體驗了章法「移位結構」所呈顯的上述形式之美，也從「移位結構」美學特色的探究中具體觀察了篇章「主旨」被更有效地「表現」出來，因而見證了章法「移位結構」的藝術功能。

參考文獻（依作者姓氏筆劃爲序）

（一）專著

方東樹：《方東樹評古詩選》台北：聯經出版公司，1975 年 5 月初版

王夫之等：《清詩話》台北：西南書局，1979 年 11 月初版

王菊生：《造型藝術原理》哈爾濱：黑龍江美術出版社，2000 年 3 月 1 版 1 刷

王學初：《李清照集校註》台北：里仁書局，1982 年 5 月初版

朱光潛：《文藝心理學》台北：鼎淵文化事業公司，2003 年 5 月初版 1 刷

呂清夫：《造形原理》台北：雄獅圖書公司，1991 年 7 月 8

版 2 刷
李澤厚：《美的歷程》台北：三民書局，2002 年 6 月初版 3 刷
李澤厚：《美學四講》天津：天津社會科學院出版社，2001 年 11 月 1 版 1 刷
李薦宏、賴一輝：《造形原理》台北：國立編譯館，1973 年 6 月初版
林書堯：《基本造形學》台北：三民書局，1991 年 8 月再版
林崇宏：《設計原理》台北：金華科技圖書公司，1999 年 7 月初版 2 刷
林崇宏：《造形、設計、藝術》台北：田園城市文化公司，1999 年 6 月初版
唐玲玲：《東坡樂府研究》成都：巴蜀書社，1993 年 2 月 1 版
徐北文主編：《李清照全集評注》濟南：濟南出版社，1992 年 1 版 3 刷
馬茂元：《古詩十九首探索》台北：純真出版社，1982 年 9 月版
張　涵主編：《美學大觀》鄭州：河南人民出版社，1988 年 1 月 1 版 2 刷
張岱年：《中國哲學大綱》北京：中國社會科學出版社，1982 年版
清聖祖御製：《全唐詩》台北：宏業書局，1977 年 6 月版
郭茂倩編：《樂府詩集》台北：里仁書局，1980 年 12 月初版
陳　沆：《詩比興箋》台北：鼎文書局，1979 年 2 月初版
陳師滿銘：《國文教學論叢》台北：萬卷樓圖書公司，1998

年 4 月初版 4 刷
陳師滿銘：《章法學綜論》台北：萬卷樓圖書公司，2003 年 6 月初版
陳師滿銘：《章法學論粹》台北：萬卷樓圖書公司，2002 年 7 月初版
陳望道：《美學概論》，收於《陳望道文集》（第二卷）上海：上海人民出版社，1980 年 5 月 1 版 1 刷
陳望衡：《中國古典美學史》長沙：湖南教育出版社，1998 年 8 月初版 1 刷
陸游撰、雷瑨註釋：《箋註劍南詩鈔》台北：文史哲出版社，1985 年 6 月景印初版
童慶炳：《中國古代心理詩學與美學》台北：萬卷樓圖書公司，1994 年 8 月初版
黃永武：《詩與美》台北：洪範書店，1984 年 12 月初版
黑格爾（G. W. Hegel）著、賀麟譯：《小邏輯》（System der Philosophie erster Teil. Die Logik）台北：台灣商務印書館，1998 年 4 月初版 1 刷
楊辛、甘霖：《美學原理》台北：曉園出版社，1991 年 5 月 1 版 1 刷
鄒同慶、王宗堂：《蘇軾詞編年校註》北京：中華書局，2002 年 9 月 1 版 1 刷
赫曼・外爾（Hermann Weyl）原著、曹亮吉譯述：《對稱：美的科學闡述》（Symmetry）台北：正中書局，1988 年台初版

劉坎龍：《辛棄疾詞全集詳注》烏魯木齊：新疆人民出版社，2000 年 11 月 1 版

劉昌元：《西方美學導論》台北：聯經出版社，2000 年 7 月 2 版 5 刷

劉冀、魯晉：《翹楚之吟——先秦兩漢詩歌卷》西安：陝西人民教育出版社，1996 年 7 月 1 版 2 刷

歐陽周等編：《美學新編》杭州：浙江大學出版社，2001 年 5 月 1 版 9 刷

蔣孔陽等：《美與審美觀》上海：上海人民出版社，1987 年 5 月初版

魯道夫·阿恩海姆（Rudolf Arnheim）著、郭小平、翟燦譯：《藝術心理學新論》台北：台灣商務印書館，1998 年 1 月台灣初版 3 刷

龍榆生（龍沐勛）：《東坡樂府箋》台北：華正書局，1978 年 9 月初版

顏崑陽：《古典詩文論叢》台北：漢光文化事業公司，1987 年 3 月 2 版

（二）單篇論文

仇小屏：〈論辭章章法的移位、轉位及其美感〉，《辭章學論文集》上冊，福州：海潮攝影藝術出版社，2002 年 12 月，頁 98-122

石克鴻：〈李益邊塞絕句的意象組合〉，《甘肅教育學院學報（社科版）》第一期，1997 年，頁 31-33

胡同華：〈李清照詞中的自我形象〉，《江漢石油職工大學學刊》12 卷第 4 期，1995 年，頁 34-38

許曉晴：〈論《古詩十九首》的生命意象與主題〉，《山西大學學報（哲學社會科學版）》第 1 期，1999 年，頁 55-58

陳師滿銘：〈章法風格論——以「多、二、一（0）」結構作考察〉，《成大中文學報》第 12 期，2005 年 7 月，頁 147-164

陸寶新：〈論圖案對稱律形式及其構成方法〉，《西北大學學報（哲學社會科學版）》第 33 卷第 2 期，2003 年 5 月，頁 127-129

曾啓雄：〈美術設計——對稱〉，《藝術家》44 卷 2 期，1997 年 2 月，頁 448-454

童山東：〈論人類語言對稱藝術的發生及形態〉，《中南民族學院學報（社會科學版）》第 1 期（總第 96 期），1999 年，頁 84-88

劉福智：〈從人體對稱到詩詞對仗——科學和藝術中的對稱美〉，《殷都學刊》第 2 期，1996 年，頁 55-57

顏智英：〈東坡詞篇章結構探析—以黃州作《浣溪沙》五首為考察對象〉，《師大學報》49 卷 2 期，2004 年 10 月，頁 23-41

顏智英：〈論稼軒「博山道中詞」篇章意象之形成及組合〉，《師大學報》50 卷 1 期，2005 年 4 月，頁 41-64

《人子》的圓形美學

張馨云
國立成功大學中文研究所碩士班二年級

提要

梵谷曾經寫過一句未多加評論的話：「或許生命是圓的。」這當然不是幾何學家所精心計算的軸心與半徑，而是一種哲學的沉思所引出的思考結果。哲學的冥思來自生命存有的啟發，在鹿橋寫作《人子》的過程中，每一則作品，都是來自對生命的感觸，並且熱情的要求共鳴：「這些故事既然不可能是任何人的真經驗，就可以超出個別的實際經驗讓我們不分彼此，欣賞一種同感。」[1]，而且鹿橋接著又說：「自「幽谷」到「明還」，一篇一篇像是作加法：一加一，加一，加一。「明還」裡幾次呈現一種渾圓又運轉的意象，……」[2]對於生命的感觸爲什麼身為不同時代的畫家梵谷和東方的文學家鹿橋竟然會同時認為生命是一個「圓整」的型態，我們

[1] 吳訥孫（筆名鹿橋）：〈前言〉，《人子》(台北：遠景出版社，1976年)，頁 2。以下所引篇章，統以《人子‧篇名》代，作者、書名、出版社不另附註。而作者名稱，以下皆採筆名「鹿橋」。

[2] 同前注。

甚至還可以列舉無數的例子，它們散見在各類的藝術、文學作品之中，它們的共通點都是在追溯生命的永恆之境，是生命的起源，也是終點。當所有的藝術、文學作品都有了既定的理論分析，那可能社會學、精神分析學等等，但是對於頻繁出現的「圓」形現象（或者說意象），應該如何去歸類？筆者愚魯推演，既然藝術將「美」置於求真、求善、求美的最終之地，那麼就是「圓」作為生命的體悟，就以「圓形的美學」作為探討鹿橋此生命之書的起點與終點吧。

一、前言

鹿橋（吳訥孫）的《未央歌》[3]感動許多青年學子的心，其中彷若世外桃源的場景，以及各種形色鮮明的可愛人物，不斷被後人提起與討論，甚至有歌手黃舒駿爲此書寫下整整一張專輯。《人子》[4]是一本與《未央歌》同具知名度的作品，受歡迎的程度不亞於《未央歌》。

其實，無論是《人子》一書的篇章結構，或者其中所指出的人生道理，都可以說是鹿橋的精心之作。不只是因爲此書耗費的時間較《未央歌》久[5]，對於此書的內容順序也在他的刻意安排下結果，鹿橋曾說：「……發表的次序則是依了人生經歷的過程來排列：從降生、而啓智、而成長，

---

[3] 鹿橋：《未央歌》(台北：台灣商務，1999 年)。
[4] 鹿橋：《人子》(台北：遠景出版社，1976 年)。
[5] 《人子‧原序》，頁 1-5。

然後經過種種體驗才認識死亡。最後境界則是在有限的人生中只可模擬、冥想而不可捉摸的永恆。」[6]仿若一回環的圓，從涓滴到細流，再由細流至雨露的幻化，其中所寓哲理，正是此界生生不息的寫照。

《人子》一書在中山大學常秀珍女士的努力下，多次於雜誌刊物中發表《人子》該書的單篇賞析與鑑賞[7]，對於喜愛《人子》的讀者而言，真是一大受惠。常女士更於去年發表了專篇論文[8]，他採用「讀者反應理論」來深究《人子》的諸篇意義，常女士意圖透過讀者反應理論去填補文中意義的未定性與意義空白處[9]，的確帶給筆者諸多啓發，但是筆者在享受該論文的獨到分析際，也不禁懷疑，當這樣的理論被過度操作後，似乎無法看出偉大作品的多樣面貌，而失去鹿橋的本意：「這些故事既然不可能是任何人的真經驗，就可以超出個別的實際經驗讓我們不分彼此，欣賞一種同感。」[10]對於常女士分篇的解析，並未能解除筆者心中的疑惑：「究竟鹿橋所說的『同感』是什麼？」

約莫國小時期開始，因爲《人子》是父母定情書的緣故，而有反覆閱讀、聽聞的機會。隨著年歲增長，對於該書也蔓生著各階段不同的體悟，但這些體悟有沒有一個共通的道理

---

[6] 同注 4，頁 4。

[7] 常秀珍：〈鹿橋˙鷂鷹(上)〉，《國文天地》2005 年第○期，頁 55-58。

[8] 常秀珍：《鹿橋「人子」研究》(高雄：國立中山大學，中國語文學系研究所碩士論文，2003 年)。

[9] 同前注，頁 1-10。

[10] 《人子‧前言》，頁 2。

是鹿橋要指示我們的路徑？否則鹿橋何須自言雖然喜愛、捨不得，但不得不收束？鹿橋是循著何種道理去裁剪這本作品？《人子》一書確是生命之書，不能單篇拆開來讀，它們是同一道習題裡的關鍵數，要共組一個無解而無限的答案，從零到有，從有至無，再化去成空（靈）。誠如鹿橋自言，此書是：「從渾沌回到渾沌，從清虛又回到清虛，宇宙又何嘗沒有一個章法？」[11]看日月圓缺，觀滄海桑田，一代代人不停用生命去詮釋宇宙的公式，當年父母書上鮮明的眉批愈益糊蝕，現在我加上新的顏色，但有一日它們也終究是褪去的海潮，準備讓新的沿岸誕生。

本書中各單篇彷彿數個沒有結尾的歷險，比如那飄浪的水手、蛻皮而去的老師父、玩耍月亮的小小孩、苦學獸言的老人等等，必須將各篇互相串聯著看才能發現其中的呼應，例如有〈汪洋〉與〈渾沌〉、〈鷂鷹〉與〈獸言〉、〈皮貌〉中〈美貌〉與〈皮相〉的修練，更有〈渾沌〉總結諸篇，雖然〈渾沌〉所述糾結分叉如同毛髮，〈渾沌〉一篇將諸多缺憾的情節給予修補，完成許多人間執著的小小「圓滿」（小美滿、小幸福……都好），讓日夜爲小圓滿奔波的我們看見純美世界的大圓滿可能。而〈不成人子〉的鏡射，更看見他方世界與此岸的妙應：「〈不成人子〉是反照全篇的一段文字，也是一個小小的標點符號。」[12]標點後還有繼續下去的劇碼，絕不當彆犢子非只是一聲警惕，更要有執鞭大嚇的魄力，回

[11] 同前注，頁 3-4。
[12] 同前注，頁 3。

顧〈人子〉中小王子的超越，現實的靈與肉、善與惡，對立或者消融自是不同層次的智慧吧。

二、緒論

關於人子一書的文類，筆者想以跨文類的觀點來詮解，之所以將人子界定爲寓言散文並非筆者管窺之測，而是在文類的發展上，一直有著清楚的脈絡可循，討論如下：

（一）跨文類的觀點

王鼎均〈胎生、卵生、蠶〉提及：「小說結構向主嚴謹，小說家略一放鬆自己，作品就有了散文化的傾向。散文乃是小道中的小道，寫散文的人心有未甘，越區行獵，小說的表現方式也就盡在我們眼底了。」[13]王鼎均先生此說明白告訴我們本來跨文類的表現就是一種豐富的作品表現方式，任何文學作品都不能被文類的僵硬觀點所侷囿，而散文以其多變之姿，吸吐吞納包萬象最容易成爲融入他種文類的母體，鄭明俐《現代散文類型論》：「散文是一種極爲特殊的文類，居於文類之母的地位，原始的詩歌、戲劇、小說，無不是以散行文字敘寫下來的。後來各種文體個別的結構和形式要求逐漸生長成熟而且逐漸定型，便脫離散文的範疇，而獨立成另

[13] 吳靜如：〈觀宇宙，鑑大千──許地山寓言體散文淺揭〉，《雄工學報》第 6 期(2005 年 05 月)，頁 4。

一種文類。」[14]所以運用寓言手法進入散文，使得《人子》一書更具深掘、懸高、推廣與延縱的歧義性與耐讀性。

（二）寓言散文

在公木《先秦寓言概論》中曾經指出：寓言是「一種新文學體式」[15]，在筆者看來，寓言更適合說是一種文學的表現技巧，所有的文類都可以寓言來表現。因爲寓言從小說中來，一直是小說和散文分流前的體式，在尚未出現小說與散文之前，孟子、莊子、韓非子諸哲百家就已經靈活運用，直至東晉文筆之分，分流開始，仍有陶淵明的〈桃花源記〉如此的寓言散文。小說爲了使人信服，借實擬虛，建立極類事實的虛境情節；寓言本身則有不直說的柔婉況味，是用了詩的比興路徑[16]，寓言跨足兩界，自有它豐富的憑藉與姿態，寓言散文更鼎足三者，有小說的情節，有詩的寄託，加上散文的流麗清新，確實是融各類之長。據此我們可以將寓言目爲：一種被允許任意賦形於諸文類的表達方法，這樣一來，它與散文的位階分際便不再成爲爭辯的焦點了。

未免質疑，以下提例補強。楊牧在《中國近代散文選》

---

[14] 鄭明娳：《現代散文類型論》(台北：大安書局，1992 年 4 月)，頁 22。

[15] 鄭明娳：《現代散文》(台北：三民書局，1999 年)，頁 393。

[16] 「上等寓言在某些地方實在具有詩的『符徵小於符旨』的特質，也就是意旨大而符徵小，能夠濃縮『巨觀』與『微型』。……所以散文寓言化的結果是使散文既接近小說又接近於詩，使它成爲一種極爲特殊的混血。」參考鄭明俐：《現代散文》(台北：三民書局，2003 年)，頁 403-404。

序文中將散文分成七個典型[17]：胡適之是說理的典型，林語堂是議論的典型，夏丏尊是記敘的典型，徐志摩是抒情的典型，許地山是寓言的典型，魯迅是雜文的典型，周作人是小品文的宗師。這說明了「寓言散文」並非鹿橋獨學高幬，在現代文學的範疇中，還有許地山這樣優秀的筆耕者，努力遍植蘭馨。而何寄彭〈現代散文的歷史與典範〉說：「許地山的寓言幾乎無人傳承，鹿橋的《人子》略爲相似，又不如許地山精緻，彷彿小詩。」[18]姑且不論楊牧身爲詩壇宗匠、及學院派文學大師何寄彭對文字的精練度個人耽求，以《人子》近似童話的寓言反而可以擺脫散文在字句上求美的束縛，更具質樸的正義感。同時這兩段引文也說明了跨文類現象的事實。我們不妨將氣力與視野挪移於品賞《人子》這般的娟娟美文吧。

三、研究內容

關於圓形的美學，除了幾何學家外，其他的學術界少有提及，用在美學上，可能代表的是和合之美、圓融之美，如果是幾何學家，他們可能只關心它的軸心與半徑，在巴舍拉的《空間詩學》最末章，提出了「圓的現象學」，他歸納出「圓」所代表的意義：「我們自己完全處於這個存有的圓整裡面，於是我們活在生命的圓整裡面，像一顆胡桃，在它的

[17] 同注 13，頁 393-394。
[18] 同注 13，頁 5。

果殼裡面化成圓整。哲學家、畫家、詩人和寓言作家，提供了我們純粹現象學的文獻。」[19]這段話說明圓形的現象普遍存在於各類的藝術、文學作品之中，但究竟爲什麼會如此普遍的存在？巴舍拉又說：「『充實圓整』的相關意象能夠幫助我們，讓自己凝聚起來，也讓我們能夠爲自己找到一種原初的形構作用，也讓我們能夠從內部、很私密地確認出我們的存有。」[20]藝術作品如果不能表現對於生命存有的感觸是極難引起閱賞者的共鳴，這些來自生命的波折與原諒，或控訴與反省，並非相對亦非絕對的，而是在經歷上述的過程以後，人們能認識並追尋生命的「家」，當儒家強調「天人合一」之際，佛家提到「涅盤之境」，莊子意飛「南溟」，基督徒渴盼「天堂」，其實就是在尋找生命的安住，這個安住必須來自對現實存有的體認與極至的開放胸懷，才能了悟並得到真正的靜謐[21]。

《人子》一書依據作者自言是一本經過刻意安排的精心之作，在筆者檢視本書多次後發現除去在前言中所提到的形式之美外，在內容上也力倘圓滿完美的圓形美學觀念。圓形代表回環、往復、循環，非線性的，非絕對的方向走勢，而是在生命流轉時自然展現的高低起伏。在漢人的象徵物中，

[19] 加斯東・巴舍拉(Gaston Bachelard1884-1962)，龔卓軍、王靜慧譯：《空間詩學 *LA POETIQUE DE L'ESPASE*》(台北市：張老師文化出版，2006 年)，頁 341。

[20] 同前注，頁 342。

[21] 「這種存有者不僅同時能構在自身當中建立起圓整性，又能夠在自身當中開展其圓整性。」，同注 19，頁 349。

常以圓形物件來代表「完美」的指涉，例如太極圖、圓桌、湯團、月圓……等，就評論性的辭彙而言，漢人也慣以「圓滿」來代表事物收場的最好贊詞，透露著漢人的圓形審美偏好。在月圓中秋吃著代表團圓的圓形月餅，家人圍坐圓桌團圓和樂——圓，代表著漢人完美的快樂與企慕；在太極圖中，各以黑白代表陰陽、虛實的循環，有趣的是，黑白圖之中又各有一白、一黑的對照小點，代表漢人的循環觀念，正是圓形的循環往復對所有對立的消融，被圓形循環的達觀所撫平的衝突對峙，得到慰藉的全美安寧，由此可證，圓形中所代表的圓滿、循環、消融觀念架構了漢人特有的審美背景，以下將以圓形的概念，從形式美及內容美分成兩大部分進行論說。

（一）形式美

本節筆者是想要從「散文」這個形式來證明何以鹿橋《人子》可以作爲一種「寓言散文」具有「圓形」美學的可能。

首先第一篇〈汪洋〉，是具有總起下文作用的散文，說明創作的動機和綱目，以下第二到第十篇則是屬於寓言的本體，接著第十一篇仍採用寓言的方式作爲寓言的收結，是避免演變過程太唐突的過渡筆法。而以第十二篇真正收尾，用聯章式散文的方式爲前各篇收煞，最後一篇則類同於補記，爲前十一篇的餘韻，盪漾回味。

所以其結構應該如下：

第一篇—〔第二~十篇、十一篇〕—第十二篇•〈不成人子〉
散　文————寓　言—————散　文　•補記

由此見出整本《人子》以散文出，以散文收結。其中屬於寓言的部分，是為了要闡發作者的本旨而作的比興手法，故《人子》一書，可以看成是一本非常長篇的散文。運用長篇的寓言穿插，首尾主題相連呼應，可以看出鹿橋的散文很用力的執著於真理的發源與回歸，使用比興手法將所欲吞吐之哲理涵養於其中，運用寓言的體式鎔鑄於散文是最好的說明。

僅由形式的安排來看，由散文－寓言－散文的過程，便是一個圓形的回環，能夠藉由起首的散文來提示讀者全書的精萃處，其優點在於先以道理說服人心之後，再作延伸闡述時，很容易能取得讀者心理的認同，達到共鳴效果。

然後在寓言的敘述上，作者透過內容旨意的刻意分割，形成降生→啓智→成長→逝亡、剝落→重生等階段，具有層次錯落的美感，是下一節內容美要討論的內涵。

而後結尾〈渾沌〉再度用散文體式總收諸篇綱領，如同收傘一般，將各章節散落的骨架收束成一強而有力的核柄。這樣的篇章佈局，會造成「綿密」細緻的形式之美，論起理來也能夠做到「前後呼應」，氣勢上給人「一氣呵成」的舒暢。

最末補記〈不成人子〉，把前面來不及說的補充敘足。據仇師小屏所言：「它（指補敘）常常補敘人名、補敘事情發生的時間、補敘事情形成的緣由、追懷親友舊遊，也可能再出一意，以開拓文（詩）境。」[22]而〈不成人子〉屬於後者，它雖然補敘在後，但不蔓不枝，使得作品更形圓滿。「原來該在前面就提及的事情，因著種種的原因，到最後才作補敘，這也是改變了敘述次序，是一種變化，因此也會產生變化美。」[23]的確，最末篇〈不成人子〉的補充說明如同境外一章，與前十一篇「人子」世間的修行作了一番對比，像是入喉的回甘，加重了作品的芬芳。

分析之後發現鹿橋在《人子》中也展現了他身爲建築人的美學觀念：對稱與均衡之美，彷彿圓的半徑與圓心，以寓言故事爲支點，去肩持起點與終點所擺置的真理重量，引人入勝之後，又能承上起下照應前文，造成意猶未盡的結果。並能適時補綴神來一筆，兼具畫龍點睛與完備圓滿的優點，是也是圓形結構所呈露的聯絡美。

循環、綿密、變化、對稱、聯絡之美都是《人子》全書優美的骨架身段，充滿了「圓」的審美觀，讀者置身作者細心佈局的圓心，早被美麗無瑕的靈心團團包覆，徜徉其中，津津有味。

（二）內容美

作品中的形上美，則必須從內容來深究。內容之美是經由作者刻意佈局的情節、個人偏好的辭彙，以及這兩者所形

[22] 見仇小屏先生：《篇章結構類型論》(台北：萬卷樓，**2005** 年)，頁 **432**。

[23] 同前注，頁 **444**。

構產生的意象組成。在《人子》一書中，作者在布局上的刻意規劃，使得內容具有層次上的美感，而在人物[24]角色的塑形又因牽涉作者個人喜好的用詞與審美文化，所以產生了作者特有的耽美傾向，故本節擬將上述的幾種美感趨向分別討論。

1.內容佈局的層次美

如同引言所說，鹿橋在內容佈局上是用心經營的：「現在寫出來發表的次序則是依了人生經歷的過程來排列：從降生、而啓智、而成長，然後經過種種體驗才認識逝亡。最後境界則是在有限的人生中只可模擬、冥想而不可捉摸的永恆。」[25]筆者製表如下：

[24] 關於「人物」一詞：由於小說中的角色通常是人，但是因爲我們要討論的是「寓言」散文中充滿非人的植物、動物、礦物，但是爲了方便討論會將寓言裡的「角色」等同「人物」來作處理。

[25] 《人子・原序》，頁 4-5。

結構	引子	過渡	修煉的旅程								過渡	總結	
篇目	一	二	三	四	五	六	七	八	九	十	十一	十二	
篇名	汪洋	幽谷	忘情	人子	靈妻	花豹	宮堡	皮貌	鷂鷹	獸言	明還	渾沌	不成人子
鹿橋的刻意安排	由人生經驗↓文學經驗	引入《人子》世界	降生①↘	啓智↘	成長↘	降生②↘	啓智↘	啓智 成長↘	成長↗③	啓智↗	反璞（永恆境界、時間之外）	境界提升，或前因交代	鏡照
意義	降生 →啓智 →成長 →逝亡、剝落 →重生（不可捉摸的永恆）												

從表中我們可以發現層次美的營造集中在《人子》書中「寓言」部分的諸篇，從〈忘情〉到〈皮貌〉六篇層次分別依照了「降生——成長」的過程，做兩次重複（箭號①、②處），而節奏的緩急在本書情節的安排中，也一一呈現出重疊複

沓的美感。〈鴿鷹〉一章起，則從「成長」逆溯（箭號③處），回到「啓智」，並在〈明還〉一節回到出生的孩童界，宛如降生之始，呈露「反璞」歸真的循環，有意按照自然法則分派各篇的題旨，順便也指示讀者一條作者預設的閱讀路徑，等到讀者發現其中的規則後，甚至能按照所預設的主題進行比對參照，彷彿將生命的奧妙置於指掌間賞玩，最後在〈渾沌〉一篇將諸篇收尾成一個永恆的圓滿境界，原來萬物終結即是萬物的起始境地，在變動不安的生命中，就含藏了不變的血脈，能夠看清的人也能夠魚游其中而自在，得到境界上的超脫，我們終究不是要脫離塵世，而是在塵世中建出自己的理想桃源。富涵積極向上的勉勵之意，所以作者才說：「歷史的經驗，同人生的迷惘以及理想，都是合則雙美，離則兩傷，因此，古往、今來，都同時在我的心智活動中存在。」[26]

循環、複沓都是屬於「圓形」的特質之一，在層層圓形環繞下幾至球體緊湊的匝纏比法，務求讀者走入作品的靈心宇宙去，剛好呼應鹿橋所要表現的宇宙章法：「自〈幽谷〉到〈明還〉，一篇一篇像是作加法：一加一，加一，加一。〈明還〉裡幾次呈現一種渾圓又運轉的意象，把〈渾沌〉引來。〈渾沌〉則作了乘法：變化從此不但加快，而且可能性忽然增多，因此可以達到無窮。」[27]鹿橋此話透露出其想要以這樣的圓形結構去變化各種美的型態，最終的目的都是要呈現

[26] 《人子・原序》，頁 2。
[27] 《人子・前言》，頁 2。

永恆的圓滿之境。

2.耽美的人物塑形

在鹿橋《人子》中，常常會發現有一種耽美的傾向：即作者所刻畫的人物，往往具有形象耽美的趨勢，例如過人的身世、天賦的智慧、討喜的外貌、特別的運氣，幾乎每一個章節中，都有這樣的角色，試舉例如下：

〈幽谷〉:「好漂亮的小青朵兒！沒有比你長得再好的了！今年一年裡只有你一個有這份兒幸運，你愛什麼顏色就開什麼顏色的花！」（頁 20）

→外貌、幸運

〈忘情〉:「這個從來未有的，天賦最高，最幸運的新生小孩，這個寶貝的小男孩，是因為她們把這些好資質及時送來才這麼幸福。」（頁 35）

→智慧、幸運

〈人子〉:「穿顏褲斯雅的規矩是被選為太子，作儲君的並不見得是國王的頭生。而是他們認為天資最聰明，性情最溫和，身體最健康，容貌最端莊的。」（頁 38）

→身世、智慧、外貌

〈花豹〉:「就這樣，小花豹長大了。他的皮毛開始轉變成金黃色，隱隱約約還帶一點橘紅。在這樣好看的底子上，清清楚楚地長著濃厚的黑斑點，黑絨絨的叫

人喜歡。尾巴上一圈黑一圈黃，一直到圓圓的尾端，就叫他的尾巴顯得特別粗壯、健美。」(頁 82)

→外貌

〈獸言〉:「他既是生長於一個世代有學問的人家，他自小的教養便十分好。不到十五歲竟已遍讀重要的書，知道古今的事。」(頁 171)

→身世、智慧

在圓形的特質中，有完美一項，圓形沒有任何稜角，於是說明完美的屬性。《人子》中的各個人物、角色在初生之際，即被賦予了世人最欣羨的完美天賦，而這正好符合世人的希望，縱然人世的事實從來不完美，但是對完美的期待，人們從未間斷，鹿橋的耽美，看來也是我們人普遍的渴盼。

3.情節發展的畸美

畸美則相對於完美而言，畸美就是透過醜的對照，讓我們見出更高境界的全美。葉朗《現代美學體系》中曾說：「美感與醜感是審美感興的兩種對立類型，但是，從美感向醜感的拓展，卻表現了一個人的審美感興能力的發展與完善。」[28]鹿橋並不是一個脆弱的審美者，所以運用醜的畸美來刺激全美的運作，常常見其賦予人物得天獨厚的完美條件後再殘酷的予以剝除，帶來讀者驚心震撼的效果。其賦予人物的完美是鹿橋對美的貪戀，當其將人物的完美給予打擊刺破，則

[28] 葉朗：《現代美學體系》(台北：書林出版，1993 年)，頁 240。

是屬於美的放棄，因為了解到完美必須付出多沉重的代價，必須犧牲極多，甚至造成他人悲慘的對比，故而給予醜的磨練，給予醜的揭露，因為所有完美的追尋，都讓對立的情節更形崎嶇陡峭。而且一味的完美，亦會使作品角色顯得扁平、面目模糊，缺乏生動的趣味，再加上完美到不合理的潔癖，無法切近現實的人事，也讓讀者難以產生共鳴。作者刻意營造的悲劇插曲，反而形成一種積極的審美效果，就是使人能夠藉由文本正視人生與社會的負面。

書中這樣的畸美情節安排亦多，例如〈人子〉中的小王子，先天具有的完美智慧，卻無法完全切割現實人生中的是非善惡，這並不是說小王子善惡不分，當然現實的更多層面是充滿重疊與糾葛的各種面向，我們在小王子遇老船夫一節即可見他內心產生的疑惑與認知，小王子被老法師劈成兩半的剎那，幾乎讓所有讀者跳腳又惋惜，但是這樣的驚心與震撼，的確讓我們進入老法師的思考：明白英雄事業的虛無，英雄非黑即白的觀點剝棄殆盡後，世俗的既定價值顯得多麼膚淺。而不肯輕易傷生的小王子又顯得多麼可貴。

〈人子〉在該章節就可看出「畸美」明顯的軌跡：由完美到完美的破碎，然後成就全美。但也有部分篇章在該章沒有明顯回到最後全美層次，必須透過最末章〈渾沌〉來提升的，例如〈忘情〉裡那個擁有所有精靈最好祝福的男孩，因為其中一隻精靈的遲到，使得男孩獨獨缺乏了最好的感情，成了一個沒有情感的完美人物，說來其實並不完美，但是在〈渾沌〉中卻得到老藥翁的靈丹：「在這一刻短暫的光陰裡，他已經不只老了七十歲。他也輕輕易易，平平安安，渡過了人生情感的險濤。」「到天明時，他的曲調快要完成了，他忽然覺得自己空虛得好像一面明鏡。他那從來沒有經驗過人間感情的性格，就似乎平生第一次從這鏡子反映的影子裡嚐到了愛情的無限的變化，無窮的情調及迴蕩無止境的韻致。」（頁 226-227），鹿橋在〈渾沌〉中就以收結每一個故事來表示自己這樣的企圖：「不但這一個故事的花廳有點像另一個故事的花廳，而且那個故事裡的花廳又有些像又另一個故事裡的書房。」（頁 235）

誠如雨果在《克倫威爾》序說：「這世界並非一切都合乎人情之美，醜就在美的旁邊，畸形靠近優美，粗俗隱藏崇高背後，惡善並存，黑暗與光明交替而生。」[29]圓形的美一筆劃只要偏離就不能形成一個圖形，不若三角形、四邊形，可能還可以因為一線的偏離而變形成鈍角三角形或平行四邊形，這是圓形的缺陷，也是圓形的一部分，畸美在美學的境地中開出迥異脫俗的花，讓慣聞芝蘭的我們，因為新鮮的芬馥而懷念一株韶華殞落前的絕美身影。

4、空靈之美

[29] 《克倫威爾》是雨果(Victor Hugo，1802－1885)親自創作的劇本。1827 年發表韻文劇本《克倫威爾》和〈「克倫威爾」序言〉，其中〈序言〉被稱為法國浪漫主義戲劇運動的宣言，是雨果極為重要的文藝論著。本文中的引言出自卓別克．霍法斯(Hovasse, Jean-Marc)等著，黃秀端主編：《文學與政治的關懷：雨果兩百歲誕辰紀念文集》(台北：韋伯出版社，2004 年)，頁 13。

在美感領域中，空靈之美最能帶來哲學的啓發，它在有形的文本中無爲自化，讓讀者在閱讀後得到了瞭悟與超脫，但這並不是說，空靈之美是虛無的，季薇就曾經駁斥這種說法：「有人常常把空靈和虛無混爲一談，認爲是不切實際，是買空賣空，是故弄玄虛。仔細研究不難發現這是一種錯覺，違背了美學原理。」[30]空靈的美感是作者透過文本與讀者間分隔與參與而形成的美感距離，所以空靈之美其實是讀者經由作品來感受作者的修養與逸氣，使人百讀不厭，津津有味，而其意在言外，每次咀嚼皆有新意。在鹿橋文中也突顯了這樣的審美概念：

〈獸言〉：「……什麼大王不大王、王宮不王宮、宴會不宴會，都是為了與人說話方便起見，翻譯出的既非人言，也不是獸語。」（頁 179）

還有同樣在〈獸言〉：「我們表達意思不一定都在發聲，有姿勢、氣味，所謂說話，只佔了小部分。」（頁 182）

〈靈妻〉：「她的眼睛再也睜不開了！也不恐懼，也不失望，也不好奇，因為她感到整個、完美的滿足。這個從前很有自己看法的女孩，從此寧願借用她戀愛的神靈的眼睛來看她的新世界。」（頁 78）

不拘執於文字，要求超脫，正是得兔望蹄。但要得到形而上的

---

[30] 季薇：《散文研究》(台北：益智出版社，1979 年)，頁 123-124。

領悟，必須透過有形的文字與故事，所以空靈之於充實，我們不應該將其視爲「對立」的關係：「空靈實是充實的變相，空靈所顯示的氣勢與美妙，是因充沛的生機和活力在背後支撐的結果。空靈之美，靜中有動，動中有靜……用手觸摸不到，必須用心靈的慧眼始能窺見，透過生活的實體，加以想像增益其神韻；在創作的人固然如此，在欣賞的人，也必須有這一份修養，才能產生心靈交會的共鳴。」[31]文中的「靈妻」、〈皮相〉的「精魂」、變老的「忘情」……正是完形這份肉身的磨練後所得道的結果。圓形有實有空，空靈之美在實體的圓形美學上，自成一隱藏的虛圓，其表現狀態如下：

零→人為→虛有————→實無→無限

降生→啟智→成長———→逝亡→永恆境界

虛圓與實圓並生，正如人生的實相依循空相而存有。唯有回歸零的姿態，那虛彌於芥子，千姿百態的風景才會入駐我們的靈心。當虛實的來去，不再漣動真如之心，永恆之境近在身邊。

5.和合之美

花開花落原是同一語義，生死並生於一株桃樹。中國人喜歡太極、渾沌，我們常常說：「太極生兩儀，兩儀生四象」最後演變成八卦，可以包含萬物之理。在八卦之中，剝極必反，否極泰來，輪流的風水運氣觀念，讓人遭困時生出達觀

[31] 同前注，頁 126-127。

的體悟，不作繭自縛；但是有多少人又能從中理解：高低起落，貧富卑貴皆在人心的拘執，而非本然的對立？在《人子》最末一章，是這樣說的：

> 〈渾沌〉：「太初的時候，意象與心智間沒有白翳。心智不用費力，一切都是清明的。人慢慢有了知識，有了偏見、好惡、恐懼、希求。晴朗的宇宙才變成渾沌。」（頁 215）

鹿橋以〈渾沌〉作爲終章，大有混清濁爲一、合美醜爲一的用心。在中國古代就習慣以渾沌當作宇宙初始的鴻蒙狀態，莊子書中亦有渾沌鑿七竅的故事[32]，此寓言中渾沌日鑿一竅，鑿開了七竅，渾沌因此而死。「鑿」就是用了判、析、察的工夫：「就像早期百家爭鳴，各是其是，其實是『天下之人各爲其所欲以自爲方』……甚至『道術將爲天下裂』。」[33]所以鹿橋的目的與莊子一般，想要透過寫作來抹去不平與對立，故而要我們看清楚自己當下的執著：「人還不免要比，於是各個文化都有它的堯舜之世，也都嘆息人心不古。比了之後就喜歡這個，厭惡那個。其實這

[32] 「南海之帝爲儵，北海之帝爲忽，中央之帝爲渾沌。儵與忽時相與遇於渾沌之地，渾沌待之甚善。儵與忽謀報渾沌之德，曰：『人皆有七竅以視聽食息，此獨無有，嘗試鑿之。』日鑿一竅，七日而渾沌死。」，《莊子．諸子集成．應帝王》第三冊(台北：中華書局，郭象注本，1979 年)，頁 307。

[33] 林世奇：〈中國神話寓言中「渾沌」概念初探〉，《中山女高學報》第 4 期(2004 年)，頁 38。

裡也是一個大章法，其中的每一個時代也都是不可少的節目。」[34]只有真摯和諧的世界才是鹿橋要追尋的。

鹿橋先告訴我們要將物我合一，語見〈獸言〉：「我初來的時候，看見一個甲蟲，心想不知道甲蟲的文化是什麼樣子？」（頁 236）人有文化，萬物又怎麼可能沒有呢？多像莊周夢蝶，又似濠梁之辯的疑慮，外物都是我們自身的投射，所以「老道士有點像老法師，老法師又像那有學問的老祖父，老祖父又有點像是那位老藥翁。大家又多少令人想起那老猩猩。」（同前）所以我們可能在不同場合變換著我們自己，在時間的流裡，我們也不斷的被更換角色與身分，如果過度執著人的本位，那麼將會使人被棄逐在宇宙之外，成為真正的外來者。所以當鹿橋在文中解釋八卦時，認為聖人以易掛表渾沌，而易掛所表的是六層斷線的虛圓：

> 〈渾沌〉：不畫六層圈子，而畫六根橫線，或斷或整，自是省事的辦法。其實就是畫六層圈子也不能表示六層球！如果畫出六層球，就反把人留在外掛之外了。（頁 216）

所以人不能太滿，不能不去關懷週遭人物所發生的事情，不能不在乎他者，我們本來就是一體的聯繫：「宇宙本來是清明的。一直到今天對禽獸蟲魚說恐怕還是清明的。木石若有知，對木石說恐怕也是清明的。自從人類失去清明之後，聖

[34] 《人子・原序》，頁 4。

人爲了教人在去追求那失去的清明，才創出宇宙支出是渾沌的，要開天闢地，分辨清濁的說法。」（頁 216）

要成圓滿的修行還需要時間：「知識外影響人生的還有時間。人生經驗裡經常孕育著見解上的改變。時間就是改變的產婆。」（頁 8）所以在〈汪洋〉、〈幽谷〉、〈忘情〉、〈人子〉、〈宮堡〉、〈皮貌、皮相〉、〈獸言〉、〈不成人子〉諸篇中都將時間的削刻當成砥礪的磨石，如此才能蛻皮反璞：

〈汪洋〉：「……他著航海圖的手不覺鬆了下來，那張圖就隨水漂失了。他把航海圖的羅盤也拆了下來，也沉下海底。他不知道從什麼地方忽然得到了無比的膂力，輕輕地拔起了船上的桅桿，連帆一起扔在汪洋裡。他的生涯在水上，海洋是他的家，港口不是。」（頁 12）

還要像〈靈妻〉肉身獻神，〈宮堡〉折斷的鑰匙，〈皮貌〉中美貌的拋卻、肉身的捨棄，〈不成人子〉棄獸成人都讓我們看見主角的無明掃除：

〈渾沌〉：「在這極頂光明裡，上無天空，下無海水，中間也沒有了自己。」（頁 237）

經過自然萬物的靈啓，植物、動物、山川的示現，讓我們看到自己歸真的應該，反璞的必然，消融了對立，我們未必得到多少抽象的心得，但近身的快樂確實體會不少，這真璞的快樂，不正是成圓之初、缺蝕之前，我們自己本然的圓滿模樣嗎？

四、結論

形式、內容俱皆圓滿，彼此呼應、襯托，使《人子》的刻意經營有了豐滿的質文。在漢人圓形審美背景中，鹿橋開發了圓形審美觀念運作於文藝的新路，具有特殊意義。鹿橋說：「這個世界恐怕我們趕緊愛都來不及，各個文化趕緊協調都來不及，更不想要舊式的攻城掠地，開疆拓野的狹窄看法了。」[35]透過圓形的審美觀念，鹿橋亟欲宣傳一個對立消融、爭執平息的理想桃源，以勉勵當代人在使用判、析、察各種角度觀看事情、追求公平分配時，能記得全體人類、宇宙萬物那追求圓融和合的信念，即使經過時間班剝，我們仍能出淤泥而不染，脫俗重生，而非上下交爭，結黨營私，這才是《人子》圓形美感運作的真正目的。

從零到圓，從降生到回歸，《人子》透過寓言演示生命的各種情節與姿態，帶來無限的省思。在結構安排上因為作者的用力，給予讀者在創作上的啓發，或者成圓之路還有別種途徑，但在鹿橋所建築的修行路上，讓人發現原來一草一木飽和感情，修行不再孤單，因此滿心歡喜。對於生死的探問，是非的爭執，似乎都漸漸淡出鏡頭，靜靜感受生命本然的莊嚴與寧靜深入，直至真摯之地開展無邊的淨土漲滿胸臆。

---

[35] 語見鹿橋：《未央歌・六版再致未央歌讀者》(台北：台灣商務，1999.6)，頁 8-9。

論「時間三相」所形成之邏輯結構
——以新詩為考察對象

仇小屏
國立成功大學中文系副教授

提要

人具有時間知覺，因而形成心理時間，並凝聚成時間意識，時間意識中很重要的一個部分為「時間三相」，即「昔」、「今」、「未」，根據其中兩者，可形成「昔今」、「今未」邏輯，但是涵蓋三相者，唯有「昔今未」邏輯。此三種邏輯皆可形成結構、組織篇章，但「昔今」、「今未」邏輯因為具有兩個結構單元(「昔」、「今」或「今」、「未」)，所以會形成雙疊（或兩個雙疊）呼應，而「昔今未」邏輯則具有三個結構單元(「昔」、「今」、「未」)，所以可以形成三疊呼應；從此點延伸，前者會形成一次對比或調和的呼應，後者則會形成兩次對比或調和的呼應，所以相較起來，「昔今未」邏輯結構的變化更多，美感更為豐富。

因為新詩乃一藝術性極高之文類，所以本論文就以新詩為實際批評之對象，來進行探究。本論文之具體成果如下：探究「時間三相」所形成之邏輯結構的理論、現象與美感；探究「時間三相」邏輯與章法中的今昔法與時間虛實法之異同；探究「三疊呼應」中最為特別的「昔」、「今」、「未」呼應。期望本論文能對以上課題作出富於意義的貢獻。

關鍵詞

時間三相、邏輯、結構、今昔、時間虛實、章法、新詩

一、前言

現代心理學中有所謂「時間知覺」的說法，其意爲「客觀事物和事件的連續性和順序性在人腦中的反映，就是時間知覺」[1]，時間知覺可幫助我們掌握物理時間，這些知覺反覆體驗、積累凝聚、經驗化以後，便形成了時間意識（觀

[1] 見彭聃齡主編《普通心理學》頁 278。而人類形成時間知覺的依據就是「根據自然界的週期性現象」、「根據有機體各種節律性的活動」、「借助計時工具」；同樣的，也就是因爲人類具有了這種時間知覺，所以才能進行對時間的分辨、對時間的確認、對持續時間的估量、對時間的預測等。參見彭聃齡主編《普通心理學》頁 278-279。

念），再表現在文學作品中[2]；這個時間意識（觀念）對於我們將物理時間轉化為文學作品中的心理時間[3]，是起了非常重要的作用的。

因此，物理時間的一些客觀規律性，在文學作品所展現的心理時間中都保存著；但畢竟心理時間是一種藝術想像的產物，所以在物理時間的現實基礎上，它也發展、創造出物理時間所沒有的型態，以便更合乎審美的需求[4]，所以塔可夫斯基（**Andrey Tarkovsky**）即在《雕刻時光》一書中有感而發地說道：「當學者和批評家研究出現於文學、音樂或繪畫中的時間，他們指的是記錄時間的方法。」[5]這中間所代表的意義是：創作者可以將時間作各種不同的處理，以適合其個人的情志，所以觀察一個創作者在作品中對時間的把握，就等於觀察這個創作者對某類現象、某個事件、某些情感、某種想法……的認識與態度。

準乎此，時間最明顯的一維性特色，所開展出來的「時

---

2 參見邱明正《審美心理學》頁 207。

3 文學作品中的時間是「心理時間」，是經過作家的想像對物理時間重新鍛造的結果。參見錢谷融、魯樞元主編《文學心理學》頁 196。

4 魯樞元《用心理學的眼光看文學・我的文學觀》說道：若我們從心理世界的那一面來看心理世界和物理世界的關係，我們會發現心理世界終究是物理世界的反映，客觀存在的物質世界是一切主觀的心理活動賴以產生的基礎；但在這同時，我們也知道，在複雜的心理活動中，外界的物理刺激與內在的心理反映決不是一種機械決定的因果關係，也不是單一的同步對應關係，頁 2-3。

5 見塔可夫斯基（Andrey Tarkovsky）著，陳麗貴、李泳泉譯，《雕刻時光》頁 82。

間三相」－－過去、現在、未來，在文學作品中被如何處理，就是一個非常值得探討的課題；因此本論文即鎖定「時間三相」，而且聚焦在其所形成的「邏輯結構」，期望能進行較爲細密的探討。而且爲了承續個人的研究成果，本論文以新詩爲考察對象。

二、「時間三相」之理論基礎

本節將針對「時間三相之內涵」與「章法與時間三相之邏輯」來探討，以一窺時間三相與邏輯組織之關聯。

（一）時間三相之內涵

物理時間的特性，正如錢谷融、魯樞元《文學心理學》所言：「（時間）具有不間斷性、瞬逝性、不可逆性。」[6]因爲「瞬逝」，所以現在不斷成爲過去；因爲「不間斷」，所以過去與現在彷彿聯繫成一條永不斷絕的長河，並且藉著想像力的作用，更延展向未來[7]；而且因爲「不可逆」，所以在物理世界中，由過去延伸到現在、未來的線性歷程是不可逆轉的，這就是「時間三相」。「時間三相」在文學中具有非常重要的意義，錢谷融、魯樞元主編的《文學心理

[6] 見錢谷融、魯樞元《文學心理學》頁 196。

[7] 柏格森即說：「時間是宇宙創新不息之流，是不可分割的『綿延』」、「綿延是過去繼續的進展，侵入於將來」，參考陳清俊《盛唐詩時空意識研究》頁 13-14。

學》即說：「藝術創作的材料，來自三種時間：當時的印象，早年的回憶，未來的憧憬。」[8]因此其下即針對時間之三相略作說明：

對「過去」進行追想，在時間學上，把這種逆向時間的考察，稱之爲「時間反求」，「時間反求」對個人乃至於全人類，都具有十分重要的意義，我們可從中得到啓示、獲得借鑑[9]，塔可夫斯基（**Andrey Tarkovsky**）《雕刻時光》針對此點作了富於詩意的說明：「過去比現在更加真實、更加穩定、更加富於彈性。現在有如指尖的流沙不斷滑落、消逝，唯有在回憶中才能得到其物質的份量。……時間不會不留痕跡地消失，因爲它是一種主觀、精神的類屬；我們所曾生活的時間佇留於我們的靈魂，恰似安置於時間之內的一段經驗。」[10]因此，文學作品如何處理「過去」（或說附著於過去的回憶）？這中間透露的消息是耐人尋味的。

對於「現在」，中古初期的基督教思想家奧古斯丁認爲，所謂過去與未來皆內在於現在之中，換言之，唯一真實存在的時間是現在的刹那，雖然它稍縱即逝，但卻是時間成立的基礎[11]；「未來」固然爲設想，其性質爲「虛」，「過去」畢竟也已經流逝，只能追想，因此可說是「實中虛」，所以只有「現在」可謂唯一的真實，爲「實中實」，「過去」

---

[8] 見錢谷融、魯樞元主編《文學心理學》頁 **123**。
[9] 參見金哲、陳燮君《時間學》頁 **140-141**。
[10] 見塔可夫斯基（**Andrey Tarkovsky**）著，陳麗貴、李泳泉譯，《雕刻時光》頁 **83**。
[11] 參見陳清俊《盛唐詩歌時空意識研究》頁 **12**。

與「未來」的作用都在反照「現在」，因此「現在」的重要性不言可喻。所以前此提及的時間的不間斷性、瞬逝性、不可逆性，實則都根據「現在」才得以形成。

針對著「未來」，墨子即曾說過「焉在不知來」，說明運用類推法能夠預先知道未來的事情；後期墨家在《墨經》中也說道：「久，有窮、無窮」，「無窮」就是指無限的未來[12]，可見在古遠的年代，人們即對未知的時間進行思考。而「時間知覺」的四種形式中，有一種即是「對時間的預測」[13]。而未來儘管是虛構的，但是之所以如此虛構，也是出於內心的需求，因此虛構可說是一種折射的真實，所以陳望道《美學概論》中說：「就是未來的想像或空想，也一樣地可以做美的內容。」[14]

（二）章法與時間三相之邏輯

時間三相呈現在新詩中，主要是根據其順序性進行邏輯組織[15]，亦即可以順其順序，形成「昔今未」的結構[16]，也可

---

12 參見金哲、陳燮君《時間學》頁 43-44。
13 見彭聃齡主編《普通心理學》頁 278。
14 見陳望道《美學概論》頁 88。
15 目前所發現的組織時間的邏輯有四種，即可根據其「順序」、「量」、「速率」或「真假」來組織，分別形成了章法中的今昔法、久暫法、快慢法、時間虛實法。詳見拙作〈論「時間」章法在新詩裡的運用－－兼論其教學〉，收錄於《第二屆國文科教學研討會論文集》（台北：萬卷樓，2004.1）頁 201-233。其中最常被運用的，是今昔法與時間虛實法，兩者結合起來，近於「昔今未」章法。
16 爲指稱方便起見，在章法（結構）分析中均以「昔」指稱「過去」，「今」指稱「現在」，「未」指稱「未來」。

變換其順序，形成其他諸如「未今昔」、昔未今」……等結構。此種組織之邏輯，可藉由章法觀念進行結構分析，因而得以被抉發出來。

陳滿銘《篇章結構學》認爲:「章法處理的是篇章中內容材料的邏輯關係。」[17]而且正如陳滿銘所指出的:（章法）這種邏輯組織或條理，對應於宇宙人生規律，完全根源於人心之理，是人人與生俱有的。所以大多數的人，包括作者本身，對它的存在雖大都不自覺，卻會自然地反映在他們的思考或作品之上[18]。既然章法是對應於宇宙人生規律而產生的，那麼構成四維時空的要素－－時間，就必然不會被忽略，因此落實到以時間三相爲寫作內容的新詩來說，則章法所處理的就是過去、現在、未來三種內容材料呈現時的條理。

在目前所發現的約四十種章法[19]中，與時間三相有關的，是今昔法和時間虛實法。今昔法是將時間中的「今」（現在）與「昔」（過去），依篇章需求作適當安排的章法[20]，時間虛實法是將「實」時間（昔、今）與「虛」時間（未來）揉雜於篇章中，以求敘事（寫景）、抒情（論理）的最好效果的章法[21]；因此今昔法之優點在於可針對「昔」與「今」兩種時間如何組織進行較細密的分析，所以可以區分出「由

---

17 見陳滿銘《篇章結構學》頁 115。
18 見陳滿銘〈論章法的哲學基礎〉。
19 此約四十種章法之名稱詳見陳滿銘《篇章結構學》頁 115-116，內容詳見陳滿銘〈論幾種特殊的章法〉及拙著《篇章結構類型論》。
20 見拙著《篇章結構類型論》（上）頁 19。
21 見拙著《篇章結構類型論》（上）頁 296。

昔而今」(順敘)、「由今而昔」(逆敘)、「今昔今」(追敘)、「昔今昔」四種結構，而時間虛實法則是可以將時間區分出「實」與「虛」(過去與現在爲「實」，未來爲「虛」)，標舉出其真實與虛構的特色，並分析出四種結構：「先實後虛」、「先虛後實」、「實虛實」、「虛實虛」。不過這兩種章法都無法涵蓋時間三相，因此本論文在此兩種章法之基礎上，提出「昔今未」章法，以處理時間三相的組織邏輯。

三、「昔今未」邏輯之運用

以「昔今未」邏輯來構篇，最能彰顯出時間順序的變化，因爲這種做法是在一篇中涵蓋了時間的過去、現在、未來三相。因爲「今」、「昔」、「未」交錯出現的可能的結構類型就有多種，而除了「昔今未」邏輯結構外，大多數的結構類型都不常見，因此無法一一列舉，所以其下即舉「昔今未」邏輯結構三例，「昔未今」、「未昔今」邏輯結構各一例。

首如饒孟侃〈走〉：

我為你造船不惜匠工，
我為你三更天求著西北風，
只要你輕輕說一聲走，
桅杆上便立刻掛滿了帆篷。

其結構分析表如下：

┌昔：「我為你造船不惜匠工」
├今：「我為你三更天求著西北風」
└未：「只要你輕輕說一聲走」二行

先有造船之事，接著才能爲開船祈求順風，因此這兩件事情分屬「昔」、「今」；最後兩句則因「只要」一詞，明顯地縱向未來，而且前面所說的「造船」、「求著西北風」，最後都以「桅杆上便立刻掛滿了帆篷」來收束，所以雖然看起來是信筆而寫，但是「昔」、「今」與「未」的呼應可謂嚴密。

次如牛漢〈半棵樹〉：

真的，我看見過半棵樹
在一個荒涼的山丘上

像一個人
為了避開迎面的風暴
側著身子挺立著

它被二月的一次雷電
從樹尖到樹根
齊楂楂劈掉了半邊

春天來的時候
半棵樹仍然直直地挺立著
長滿了青青的枝葉

半棵樹

這是一整棵樹那樣高
還是一整棵樹那樣偉岸

人們說
雷電還要來劈它
因為它還是那麼直那麼高
雷電從遠遠的天邊就盯住了它

其結構分析表如下：

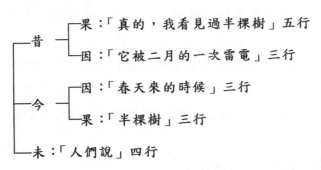

- 昔
  - 果：「真的，我看見過半棵樹」五行
  - 因：「它被二月的一次雷電」三行
- 今
  - 因：「春天來的時候」三行
  - 果：「半棵樹」三行
- 未：「人們說」四行

作者在首節就強調地說道：「真的，我看見過半棵樹／在一個荒涼的山丘上」，因爲「看見過」中的「過」表示的是完成態，因此可見得時間點定在過去，而且既說「荒涼」，不免令人想到整個山丘光禿禿的，唯有半棵樹挺立；所以接著的三行以一個譬喻來描述這半棵樹的樣貌，半棵樹顯得堅強而富於韌性。此五行是「果」，接著的三行詩句則敘寫半棵樹爲什麼會成爲半棵樹，這是「因」。

接著時間來到現在：「春天來的時候／半棵樹仍然直直地挺立著／長滿了青青的枝葉」，半棵樹撐過來了，而且直挺挺地長滿了青青的枝葉，真是令人驚異的生命力啊！接著的一節詩句，則是就「果」來寫：「半棵樹／這是一整棵樹那樣高／還是一整棵樹那樣偉岸」，雖然樹只剩下半棵，但是「高」與「偉岸」可是一點都不少。

最末一節則藉著大家的揣測，將時間拉向未來：「人們說／雷電還要來劈它／因爲它還是那麼直那麼高／雷電從遠遠的天邊就盯住了它」，大自然的環境是如此險惡，聳立在荒涼山丘上的半棵樹，遠遠的，就被雷電盯住了；這個「盯」字實在下得好，完全能傳達那種決不放手、必欲摧毀而後快的感覺。

作者由昔而今地寫出了半棵樹的傲岸與堅強，最末縱向未來的設想，又更加強了半棵樹的傲岸與堅強。作者善用「昔」、「今」、「未」三種時間，深刻地刻畫了半棵樹的樣貌與精神。

又如零雨〈你感到幸福嗎〉：

遠遠地，有一口箱子
朝我滾來。我要
在它到來之前滾開

（你感到幸福嗎）

在閃開那一剎那
躲了箱子
也避開幸福

再給我一口箱子吧

其結構分析表如下：

──昔：「遠遠地，有一口箱子」三行
──插敘：「（你感到幸福嗎）」
──今：「在閃開那一剎那」三行
──未：「再給我一口箱子吧」

此詩前幅依照時間的先後，敘寫箱子滾來，我躲開箱子、也躲開幸福的過程，因此可以區分出「昔」與「今」；其中用插敘的方式，插入一個問句：「你感到幸福嗎」？箱子與幸福的共生關係就是從這個問句開始的。然而箱子與幸福有什麼關係？箱子是密閉的、不可知的，當它以滾動的姿態掩至面前，自然的我們會產生逃避的念頭，於是「我要／在它到來之前滾開」；可是這像不像命運給予我們的選擇？躲開，一切沒事；不躲開，就準備承受撞擊，然後可以打開箱子。可是，如果箱子裡裝著幸福呢？

所以最後一句的時間延伸向未來：「再給我一口箱子吧」。只有迎向挑戰，才可能贏得禮物，有時候，這個禮物就是幸福。全詩以最爲常見的「昔－今－未」結構佈局，既針對過去與現在作檢討，也規劃對未來的期待，從中可見一維時間的對照與開展。

又如綠原〈小時候〉：

小時候

我不認識字
媽媽就是圖書館

我讀著媽媽——

有一天
這世界太平了
人會飛……
小麥從雪地裡出來……
錢都沒有用……

金子用來做房屋底磚
鈔票用來糊紙鷂
銀幣用來飄水紋……

我要做一個流浪的少年
帶著一只鍍金的蘋果
　　一只銀髮的蠟燭
　　和一隻從埃及國飛來的紅鶴
旅行童話
去向糖果城的公主求婚……

但是
媽媽說
現在你必須工作

其結構分析表如下：

- 昔：「小時候」四行
- 未
  - 因
    - 泛：「有一天」二行
    - 具：「人會飛」六行
  - 果：「我要做一個流浪的少年」六行
- 今：「但是」三行

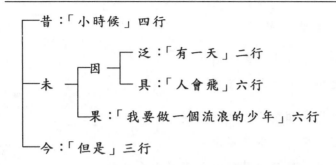

在第一、二節，作者就以奇想的譬喻，點出幼年時藉著媽媽的眼睛看世界；在媽媽的溫情庇護下，遂織染出一個奇麗的天地。

因此第三、四、五節，藉著「有一天」開始，遁入幻想中的虛境；在這個無拘無束的世界中，所有的夢想都可以成真。首先，作者泛寫「世界太平」，然後以三組意象具體地描述太平景致：「人會飛」、「冬生小麥」、「錢沒有用」，其中隱隱地透出作者的希冀；因爲有了這樣世界太平的期待，所以作者接下來的設想更是鮮活恣縱，「流浪的少年」勾勒出浪漫的情懷，「鍍金的蘋果」、「銀髮的蠟燭」、「埃及國飛來的紅鶴」，既有繽紛的色彩，又富含異國情調，「旅行童話」、「向糖果城的公主求婚」，更是明麗晶瑩、逗人喜愛。

但是，作者的筆觸一轉，立刻迴入無法逃避的實境。藉著媽媽之口道出的：「現在你必須工作」，時間定在現在，與首節「媽媽就是圖書館」對映，更是引發諸多感嘆。所以，在此詩中，「昔」與「未」是美好的，「今」則是冷硬的，從中更可見出在現實之眼的觀照下，「小時候」的亮麗與虛幻，或者說，現實的生硬冷酷了。

又如周夢蝶〈樹〉：

等光與影都成為果子時，
你便怦然憶起昨日了。

那時你底顏貌比元夜還典麗
雨雪不來，啄木鳥不來
甚至連一絲無聊時可以折磨折磨自己的
觸鬚般的煩惱也沒有。

是火？還是什麼驅使你
衝破這地層？冷而硬的。
你聽見不，你血管中循環著的吶喊？
「讓我是一片葉吧！
　讓霜染紅，讓流水輕輕行過……」

於是一覺醒來便蒼翠一片了！
雪飛之夜，你便聽見冷冷
青鳥之鼓翼聲。

其結構分析表如下：

未：「等光與影都成為果子時，」二行
昔
　先：「那時你底顏貌比元夜還典麗」四行
　後：「是火？還是什麼驅使你」五行
今：「於是一覺醒來便蒼翠一片了！」三行

一開始，是從對未來的設想寫起，「等光與影都成爲果子時」中的那個「等」字，將時間縱向未來樹結實為果的時刻，而作者說「你便怦然憶起昨日了」，這彷彿是一則預言，宣告了一段回憶的開始。

藉著「憶起昨日」一語來開展，時間回溯到過往（第二節、第三節）。第二節中敘寫樹仍是一顆種子的時候，當時的顏貌「比元夜還典麗」，「元夜」暗示的是一片如夜般的漆黑混沌，因此「雨雪」的滋潤、「啄木鳥」的啄食，都沒有打擾到它，而且作者還說道：「甚至連一絲無聊時可以折磨折磨自己的／觸鬚般的煩惱也沒有。」此時種子仍然在沉睡的狀態。但是種子畢竟還是蠢動了，因此在第三節中，作者問道：「是火？還是什麼驅使你／衝破這地層？冷而硬的。」其實，真正的火來自種子自身蘊藏的生機，那是「血管中循環著的吶喊」，它吶喊著，渴望成為一片葉，可以經歷霜雪、可以隨水漂流，可以體驗地層外的廣闊天地。因此第二、三節的時間雖然都設定在「過去」，不過第二節寫種子，第三節寫發芽，兩節之間還形成了「先後」的時間關係。

接著，時間發展到現在。作者用「於是一覺醒來便蒼翠一片了！」的句子，很詩意的刻畫出種子茁長成樹的景象；不止如此，大雪紛飛的夜晚，原本是冰冷死寂的，但是此時卻傳來了「冷冷／青鳥之鼓翼聲」，象徵希望的青鳥啊，帶來了多少幸福的期盼……

原本是應該是「昔－今－未」的順序，作者將它變化為「未－昔－今」，等於是以面的大篇幅詩句，托舉出最後一節的詩意，收束得乾淨俐落。

四、與其他時間順序邏輯之比較

同樣著眼於時間順序性之邏輯，有「昔今」邏輯與「今未」邏輯，「昔今」邏輯即章法中的今昔法，而「今未」邏輯則涵蓋於時間虛實法中，不過因爲「實」時間涵蓋了「昔」與「今」，所以與「今未」邏輯並未完全吻合。所以本節乃是針對「昔今」邏輯與「今未」邏輯作一探討，並與「昔今未」邏輯進行比較。

（一）關於「昔今」邏輯

「昔今」邏輯可形成四種結構：「由昔而今」（順敘）、「由今而昔」、「今昔今」（追敘）、「昔今昔」；在新詩中，較爲常見的結構爲「由昔而今」（順敘）、「今昔今」（追敘），其下即各舉一首新詩以爲例證。

形成「由昔而今」（順敘）結構者，如陸憶敏〈一點晚間音樂〉（外一首）：

一點晚間音樂在遠處
輕揚而來，女性之歌
那神祕的歌聲歌唱一些樹
那悠閒的歌聲歌唱流水
歌唱她們屋後散去的炊煙和
　裙邊貍貓一樣的孩子
那成熟的無花果一樣豐潤

的歌聲歌唱愛情
歌唱她們的微笑，她們
柔軟堅韌的生命
一點晚間音樂輕揚而來
進入你的睡眠

其結構分析表如下：

- 昔（因）
  - 凡：「一點晚間音樂在遠處」二行
  - 目
    - 神秘：「那神祕的歌聲歌唱一些樹」
    - 悠閒：「那悠閒的歌聲歌唱流水」三行
    - 豐潤：「那成熟的無花果一樣豐潤」四行
- 今（果）：「一點晚間音樂輕揚而來」二行

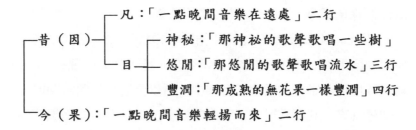

此詩題爲〈一點晚間音樂〉，題目中就已經表明了所要描述的對象是音樂，不過這個「晚間音樂」，並非知名歌唱家、音樂家所演唱演奏的樂曲，而是再平凡不過的街坊婦女所隨口哼唱的家常小調，然而這種熟悉的聲口，在晚間清揚而來時，是多麼讓人喜愛呀！而且因爲時間設定在「晚間」，平常佔了極重要地位的視覺在夜晚無用武之地，所以聽覺的悅耳悠揚、入耳動心，在這首詩裡得到了非常大的表現空間。

作者順著時間先後鋪陳詩篇。在首二行就說了：「一點晚間音樂在遠處／輕揚而來，女性之歌」（此爲「凡」）；隨後作者分述了這種音樂予人的感受，及其歌唱的內容：首先是「那神祕的歌聲歌唱一些樹」，其次是「那悠閒的歌聲歌唱流水／歌唱她們屋後散去的炊煙和／裙邊貍貓一樣的孩子」，又次是「那成熟的無花果一樣豐潤／的歌聲歌唱愛情／歌唱她們的微笑，她們／柔軟堅韌的生命」（此爲「目」）。其中所敘說的歌唱內容：「一些樹」、「流水」、「她們屋後散去的炊煙」、「裙邊貍貓一樣的孩子」、「愛情」、「她們的微笑」、「她們柔軟堅韌的生命」，都是多麼家常而又恆久的事物啊！而且「神秘」、「悠閒」、「豐潤」，這三者間且還有著由淺入深的關聯，以及益發美好的感覺。

因此時間順接而下，前幅所描述的美好歌聲，造成了後來如此的結果：「一點晚間音樂輕揚而來／進入你的睡眠」，主人翁安詳地睡著了，在這晚間音樂中。所以全詩是依照時間的先後依序寫來，其間且形成了因果的關係。這是非常開朗溫潤的一首詩，作者以平常語寫家常事，並以平實展延的「由昔而今」結構加以鋪陳，使得這首詩順暢優美得如同歌唱。

形成「今昔今」（追敘）結構者，如余光中〈我之固體化〉：

在此地，在國際的雞尾酒裡，
我仍是一塊拒絕融化的冰，
常保持零下的冷
和固體的堅度。

我本來也是很液體的，
也很愛流動，很容易沸騰
很愛玩虹的滑梯。

但中國的太陽距我太遠

我結晶了，透明且硬，

且無法自動還原。

其結構分析表如下：

┌今：「在此地，在國際的雞尾酒裡」四行
├昔：「我本來也是很液體的」三行
└今：「但中國的太陽距我太遠」三行

首節時空設在當時、當地，作者一開始就提出「國際的雞尾酒」這個意象，到底什麼是「國際的雞尾酒」呢？當時作者在美國愛荷華大學「國際作家工作坊」研究，同班同學來自多個國家[22]，而「雞尾酒」的重要特質就是「混和」，更何況又標明是「國際的」，因此作者就這樣以簡明的一語道出了當時的處境。不只如此，作者隨後將自己比擬成一塊冰，並強調「零下的冷」和「固體的堅度」，這就與甜膩的．液態的「雞尾酒」形成了對照，並因此而凸顯出作者的有所堅持。

在第二節中，作者用「本來」一詞將時間回溯到過去。過去的日子是一段尚未「固體化」的日子，那時候，仍然是液體的，所以易於流動，而且更因為「氣體化」（沸騰），於是造出了「虹的滑梯」。我們可以想見：作者在此所要暗示

[22] 參見張默《小詩選讀》（台北市：爾雅出版社有限公司，1987.5 初版，1994.9 四印）頁 42。

的，當是年少時「不知愁滋味」的歲月吧！當時的心情很「流動」、很「輕」，就像液體及氣體。

可是，爲什麼會有「固體化」的結果呢？作者在末段中說明了原因：「中國的太陽距我太遠」（此節時間又回到「今」）；「中國」一詞回應首節的「國際」，清清楚楚地點出了作者的中國意識，而「距我太遠」則有著感嘆與隱痛，表示原本應該提供光與熱的太陽，失去了它的作用，就好像當時貧弱的中國，無法給炎黃子孫的作者以溫暖。於是作者自言：「我結晶了，透明且硬，／且無法自動還原。」前一句意味著作者冰冷悲涼，但又不隨流俗的心境，後一句則更悲哀地想到解凍的遙遙無期。

「我之固體化」，以「今昔今」邏輯演繹水從液體、氣體（昔）到固體（今）的結凍過程，藉以表達出作者那種進退維谷，不得不自我「固體化」（不隨流俗）的痛苦[23]，邏輯的曲折暗示了心境的曲折，一種隱痛油然而生。

（二）關於「今未」邏輯

「今未」邏輯可形成四種結構：「由今而未」、「由未而今」、「今未今」、「未今未」，其中「由今而未」結構是最爲常見的；其下即就「由今而未」、「今未今」結構各舉一詩例。

形成「由今而未」結構者，如方旗〈新雛〉：

掙脫卵形的小宇宙

---

[23] 參考張默《小詩選讀》頁 43。

新雛啁啾檢視羽翼

天空是另一層蛋殼

何時才能破壁飛去

其結構分析表如下：

今：「掙脫卵形的小宇宙」二行
未：「天空是另一層蛋殼」二行

此詩以今未邏輯布局，而且都環繞著「掙脫」來寫，很能帶出小鳥的初生喜悅與飛翔渴望。

作者先從現在敘起，將小鳥破殼而出、梳理毛羽的過程，寫成一種「掙脫」，充滿了自得的成就感；而且初生之雛不以此爲滿足，時時期待著未來的另一種「掙脫」，那就是振翅於天空之中，盡情翺翔。小鳥勃勃然的生氣，神氣活現的姿態，在作者鮮活的筆觸下，顯得可愛極了。

形成「今未今」結構者，如陳東東〈雨中的馬〉：

黑暗裡順手拿起一件樂器。黑暗裡穩坐

馬的聲音自盡頭而來

雨中的馬。

這樂器閃亮，點點閃亮

像馬鼻子上的紅色雀斑，閃亮

像樹的盡頭

木芙蓉初放，驚起了幾只灰知更鳥

雨中的馬也注定要奔出我的記憶

像樂器在手

像木芙蓉開放在溫馨的夜晚

走廊盡頭

我穩坐有如雨下了一天

我穩坐有如花開了一夜

雨中的馬。雨中的馬也注定要奔出我的記憶

我拿過樂器

順手奏出了想唱的歌

其結構分析表如下：

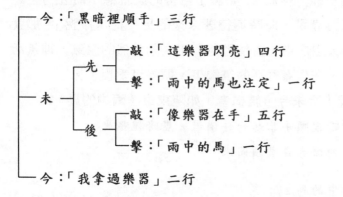

- 今：「黑暗裡順手」三行
- 未
  - 先
    - 敲：「這樂器閃亮」四行
    - 擊：「雨中的馬也注定」一行
  - 後
    - 敲：「像樂器在手」五行
    - 擊：「雨中的馬」一行
- 今：「我拿過樂器」二行

作者在一開始即敘寫自己坐下來，拿起樂器彈奏，而樂聲極具聲勢，有如「雨中的馬」。接著的詩行，從「雨中的馬也注定要奔出我的記憶」，可看出時間定在未來，此部分佔了較多的篇幅，作者以「旁敲」之筆寫樂器、寫徹夜的彈奏，目的在襯托出「正擊」的「雨中的馬也注定要奔出我的記憶」，而且其中有著先、後的時間順序。最後二行，又迴筆寫現在，作者用樂器彈出了自己想唱的歌。劉忠陽說道：詩人用「雨中的馬」這個充滿急促意味的意象來指稱急管繁弦的彈奏，又用這種貌似紊亂的彈奏來刻畫自己的心情，於是讀者便從這生動的文字裡讀到了詩人的意緒與心境[24]。「雨中的馬」極具聲勢，在詩篇中一再出現，貫穿了「今」與「未」時間，使得這種時間結構既富變化，又能得到統整。

（三）「昔今」邏輯、「今未」邏輯與「昔今未」邏輯之比較

在本論文中，針對「昔今未」邏輯賞析了五個詩例，針對「昔今」邏輯、「今未」邏輯各賞析了兩個詩例，各個詩例的結構類型、內容呼應類型和對比、調和呼應類型，均以列表的方式分析於後：

1、「昔今」邏輯：

詩篇	結構類型	內容呼應類型	對比、調和呼應類型
陸憶敏〈一點晚間音樂〉（外一首）	由昔而今	以「昔」鋪陳，以「今」收束	「昔」與「今」調和

[24] 參見周金聲主編《中國新詩詩藝品鑑》（武漢市：湖北教育出版社，1999.10 一版一刷）頁 479。

余光中〈我之固體化〉	今昔今	以「昔」為橋樑，與「今」前呼後應	「昔」與「今」對比

2、「今未」邏輯

詩篇	結構類型	內容呼應類型	對比、調和呼應類型
方旗〈新雛〉	由今而未	以「今」鋪敘，以「未」放開	「未」與「今」調和
陳東東〈雨中的馬〉	今未今	以「未」為橋樑，與「今」前呼後應	「未」與「今」對比

3、「昔今未」邏輯

詩篇	結構類型	內容呼應類型	對比、調和呼應類型
饒孟侃〈走〉	昔今未	以「昔」鋪陳，以「今」收束，以「未」放開	「昔」、「未」分別與「今」調和，因此以「今」為樞紐，造成三元調和
牛漢〈半棵樹〉	昔今未	同上	同上
零雨〈你感到幸福嗎〉	昔今未	同上	「昔」與「今」調和，「未」與「今」對比

綠原〈小時候〉	昔未今	以「昔」開端，以「未」鋪陳，以「今」收束	「昔」、「未」調和，共同與「今」對比
周夢蝶〈樹〉	未昔今	以「未」開端，以「昔」鋪陳，以「今」收束	「昔」、「未」分別與「今」調和，因此以「今」為樞紐，造成三元調和

從這三個表格中，可以看出「昔今未」邏輯比起「昔今」邏輯、「今未」邏輯，都多了一個邏輯單元，因此其呼應類型與美感類型都較爲豐富，而因爲呼應類型與美感類型的豐富，可以爲詩篇增添何種美感，則是下節所欲致力探討的。

五、「昔今未」邏輯結構之美感

「昔今未」邏輯所形成的結構，會出現「昔」、「今」、「未」三個結構單元，因此這樣的組織特別能強調出時間的順序性與層次性（包含順、逆等型態），而且因爲「昔」與「未」都是手段，目的在凸顯「今」，所以「昔」、「未」分別來彰顯「今」，可形成更多的呼應；關於前者，可以用三疊呼應之美感來詮釋，關於後者，可以用對比與調和而達致和諧統一來詮釋。

（一）三疊呼應

所謂的「疊」，就是材料呼應的層次[25]。「昔今」邏輯、「今未」邏輯所形成的「由昔而今」、「由今而昔」和「由今而未」、「由未而今」邏輯結構，是理所當然的雙疊，而其他「今昔今」、「昔今昔」和「今未今」、「未今未」四種邏輯結構，因爲其結構單元的重複，所以應視作兩個雙疊的呼應；至於「昔今未」邏輯所形成的結構，則爲「昔」、「今」、「未」三個結構單元彼此呼應，所以是三疊呼應。不管是雙疊或三疊呼應，都會形成節奏。

「節奏」是美感的重要來源之一[26]。什麼是節奏呢？楊辛、甘霖等著《美學原理》中提及：「構成節奏有兩個重要關係：一是時間關係，指運動過程；一是『力』的關係，指強弱的變化。把運動中的這種強弱變化有規律地組合起來加以反復便形成節奏。」[27]因爲「昔今」、「今未」、「昔今未」邏輯結構都彰顯了時間的流動，所以特別能強調出這種運動中的力的變化的節奏。而且節奏所帶來的美感具有很重大的意義，蔣孔陽、蔣冰梅、樊莘森、樓昔勇等所著的《美與審美觀》中說道：「節奏也是事物正常化發展的一種表現形式。客觀世界的許多事物和現象都是在合規律的節奏中存在和發展的。……事物的正常發展都離不開節奏，人的生活需要也離不開節奏。因此，這種符合規律而又有利於人生的節

[25] 參見陳滿銘〈談三疊法在辭章裡的運用〉。
[26] 見李澤厚《美學四講》（天津：天津社會科學院出版社，2001年11月一版一刷）頁239。
[27] 見楊辛、甘霖等《美學原理》（北京：北京大學出版社，1989年2月一版四刷）頁159。

奏，也就成了美的形式。」[28]這段話對節奏所以帶來美感的原因，可說作了最好的解釋。

因爲運動過程中「力」的表現不同，所以「雙疊」、「三疊」所呈現的「節奏」也就不同。關於這種不同的節奏及節奏美，我們可以從音樂美學中獲得靈感。郭長揚《音樂美的尋求》談到：「與節奏有密切關聯的是拍子的形式……我們可歸納爲兩種基本形式：**1.**三拍子：拍子的力度爲『強、弱、弱』，可表現生動、活潑、或輕快之情緒。**2.**雙拍子：拍子的力度爲『強、弱』或『強、弱、次強、弱』，可表現平穩、莊重、或溫雅之情緒。」[29]可見得在音樂中，不同的節奏可以表出不同的美感；音樂如此，文學又何嘗不是呢？若是將「雙疊」與「三疊」拿來比較的話，其產生的節奏美必然有相對的差異，針對這樣的差異，我們或可認爲因爲「雙疊」就如同「二拍子」，其「力」的變化較爲平衡穩定，因此其節奏的美感是偏於沉靜的，而「三疊」就如同「三拍子」，其「力」的變化較爲巨大顯著，所造成的節奏美就是偏於鼓舞的。

所以與「昔今」邏輯、「今未」邏輯所形成的雙疊呼應比較起來，「昔今未」邏輯所形成的「三疊呼應」，其節奏上的美感是更爲鮮明的。關於「三疊呼應」的節奏感，陳滿銘

---

[28] 見蔣孔陽、蔣冰梅、樊莘森、樓昔勇等所著的《美與審美觀》頁 **55**。

[29] 見郭長揚《音樂美的尋求》（臺北：樂韻出版社，**1991** 年 **6** 月初）頁 **52-53**。

〈談三疊法在辭章裡的運用〉對此有所闡述：「這個方法所以特殊並受到重視，是因爲它疊得恰到好處，既不多，也不少，很容易形成『一、二、三』或『一、二、三』、『一、二、三』的層次感與節奏感。」[30]陳氏並與二疊和四疊進行比較：「如果換作是二疊，由於它大都以正反、賓主、虛實、因果、抑揚、今昔、遠近、大小等形式出現，以收到映襯、呼應的效果，所以很少人會注意到『疊』的存在，至於四疊或四疊以上，則成疊較爲困難，雖然仍在古今人的作品中可以見到，但爲數不多，因此『三疊法』便受到特殊的重視。」[31]如落實到「昔今」、「今未」、「昔今未」邏輯，則其在個別詩篇的具體表現，可從第肆節的第三小節的三個表格中的「內容呼應類型」的敘述中得到佐證，從中可見「昔今未」邏輯所形成的各個結構，其「昔」、「今」、「未」三個結構單元，在二元呼應的基礎上，更進於三元呼應，其變化更多、美感更爲豐富；而且值得一提的是，在「三疊呼應」的各個型態中[32]，「昔」、「今」、「未」三疊呼應，因爲乃根源於時間知覺中的「時間三相」，而時間知覺是人類的重要知覺，所以對其中「時間三相」所形成的三疊呼應，其感受更爲深刻，況且其中又包含了「虛」、「實」的元素（「昔」屬「實中虛」，「今」屬「實中實」，「未」屬「虛」），所以美感來源多端，真可說是美不勝收。

[30] 見陳滿銘〈談三疊法在辭章裡的運用〉。
[31] 見陳滿銘〈談三疊法在辭章裡的運用〉。
[32] 其例證可參見陳滿銘〈談三疊法在辭章裡的運用〉。

（二）對比、調和與和諧

結構單元的呼應方式，可大別爲對比與調和兩種。所謂「對比」，就是兩個極不相同的東西並列在一處，其間相去很遠，形成很大的反差[33]；而「調和」就是兩個極相近的東西並列在一處，其間相差很微，便多成爲調和的形式[34]。「對比」與「調和」是造成美感的兩種基本的類型，夏放《美學：苦惱的追求》談到總體組合關係時說道：「從構成形式美的物質材料的總體關係來說，最基本的規律是多樣的統一。平時所謂的和諧美，意即是多樣而統一。……多樣的統一包括兩種基本類型：一種是多種非對立因素相互聯繫的統一，形成一種不太顯著的變化，謂之調和式統一，一種是各種對立因素之間的相反相成，對立造成和諧，形成對立式統一。」[35]蔡運桂《藝術情感學》中談到「藝術情感的和諧性」時，也分「對立中的和諧」和「統一中的和諧」來加以論述[36]。如此分析的重點在於：將作品的章法現象區分出對比與調和，那就可以確認它的「表現性」，並且甚至可以更進一步，據此而推出作品的「張力類型」，這對於掌握美感、掌握風格而言，是具有相當大的意義的。

與「對比」、「調和」相連繫的，就是就是「陽剛」與

---

[33] 參見陳望道《美學概論》頁 70。
[34] 參見陳望道《美學概論》頁 70。
[35] 見夏放《美學：苦惱的追求》頁 108。
[36] 參見蔡運桂《藝術情感學》頁 73-80。

「陰柔」的美感[37]。陽剛與陰柔在中國美學裡是一對重要的範疇，陳望衡《中國古典美學史》中說道：「剛柔在藝術領域中的最重要的意義在於它成爲兩大美學風格的代名詞。這就是陽剛之美與陰柔之美。」[38]早在《易傳》中即包含了以陽剛陰柔的思想來認識社會現象與自然現象的思考，例如「乾剛坤柔」、「剛柔有體」、「動靜有節，剛柔斷矣」、「剛柔相推而生變化」、「柔上而剛下，二氣感應以相與」，最重要的是卷九《說卦》中的一段話：「昔者聖人之作易也，將以順性命之理。是以立天之道，曰陰與陽；立地之道，曰柔與剛；立人之道，曰仁與義。兼三才而兩之。」「天、地、人」三才，是「異質」；而「陰陽、柔剛、仁義」是「同構」，這段論述真是精采極了，對我國陽剛陰柔美學

37 陳望衡《中國古典美學史》在「《周易》與中國美學」中，談到「剛與柔」時，說道：「陰陽在《周易》〔主要是《易傳》〕中，經常與剛柔相連屬。在《易傳》作者看來，剛柔是陰陽的重要屬性。……而在藝術領域內，剛柔概念的運用，則遠比陰陽概念的運用普遍。可以說，剛柔是中國美學的一對重要範疇。」頁 183。

38 見陳望衡《中國古典美學史》頁 184。另外亦可參看金丹元《撿拾藝術的記憶——中國古典美學漫談》中說：「中國人講的『陽剛美』與西方人所說的『崇高』，既有相同點，又有相異處。雖說兩者都與雄偉、壯大、力量、氣勢有關，但中國人所言之壯美，往往並不一定包含悲劇色彩，而是多與『大』、與『剛』相連。西方人講的崇高中常常伴隨著恐懼和痛苦感，往往表現爲人受到外來力量的壓迫，從而產生出某種強大的反作用力。……因此，中國人所推崇的陽剛美……而是在肯定外在力量和氣勢所表現出來的無限之美的同時，又借這種力量、氣勢等來顯示人文之美、人格之美，從而達到心靈追求的遠大境界。」〔頁 99-100〕、「即便是陰柔美，中國人的眼光也不同於西方人所講的優美。陰柔美中既含有優美，又可能包括著某種『崇高』在。這就使得中國藝術往往具有陽剛與陰柔並列或交叉出現的情況。」〔頁 102〕

範疇的確立，具有深遠的影響。

所以，總結前面的探討，可得出這樣的看法：因爲「對比」會形成極大的反差，因此有強健、闊達、華美之感，所以趨向於「陽剛」；而「調和」則因質性之相近，產生優美、融洽、鎮靜、深沉等情緒，因此自然趨向於「陰柔」。在邏輯組織所形成的結構中，結構單元之間會形成對比或調和的呼應，也就因此會造成陽剛或陰柔的美感。

如就「昔今」、「今未」、「昔今未」三種邏輯來進行考察，會發現其結構單元間也會有對比或調和的呼應，而且因爲「昔今」、「今未」爲雙疊（或是兩個雙疊）呼應，而「昔今未」邏輯則爲三疊呼應，因此相較起來，後者的對比與調和的呼應的型態是更爲豐繁的（關於此點，可從第肆節的第三小節的三個表格中的「對比、調和呼應類型」的敘述中得到佐證）；也就是說，因爲「昔今」、「今未」邏輯所形成的結構有「昔」、「今」或是「今」、「未」兩個結構單元，彼此之間可形成對比或調和的呼應，而「昔今未」邏輯所形成的結構有「昔」、「今」、「未」三個結構單元，所以「昔」、「今」與「今」、「未」可形成兩次呼應，可能這兩次呼應都是對比或都是調和，也可能是先對比後調和，或是先調和後對比，而全爲對比或調和的，其風格會更陽剛或更陰柔，而對比、調和兼具的，則呈現剛中有柔或是柔中有剛的風格，這樣就會有如交響樂般，呈現更爲豐富多變的美感，最後並達致和諧統一的終極美感。

六、結語

人們處在奔竄不息、稍縱即逝的時間之流中，個人的生命賴以延展；人們在時時刻刻的所見、所感、所思、所為，又對抽象而無從捉摸的時間賦予意義，而這些，都會在文學作品中反映出來；所以，對時間要素的處理，是創作者在創作時，必須要面對、而且極富挑戰性的部分，而「時間三相」的邏輯結構，就是其中很重要、很值得注意的一個課題。本論文從時間三相之內涵和邏輯入手，建構其理論基礎，並據此作現象面的分析，進而依據分析所得，探討其三疊呼應與對比調和的美感。本論文之具體成果如下：探究「時間三相」所形成之邏輯結構的理論、現象與美感；探究「時間三相」邏輯與章法中之今昔法與時間虛實法之異同；探究「三疊呼應」中最為特別的「昔」、「今」、「未」呼應。期望本論文能對以上課題作出富於意義的貢獻。

論「詞彙」、「意象」、「風格」之關係
——以東坡詞「落花飛絮」為討論對象

朱瑞芬
臺灣師範大學國文研究所（碩士專班）碩士

提要

就辭章學而言，詞彙、修辭、個別意象是整體意象的形成與表現（形象思維）；文法與章法是整體意象的組織（邏輯思維），這二大思維聯繫、結合後，便形成主旨與風格。東坡詞中使用既是「詞彙」又是「意象」的「落花飛絮」共有四闋：〈昭君怨．金山送柳子玉〉（誰作桓伊三弄）、〈江城子．孤山竹閣送述古〉（翠蛾羞黛怯人看）、〈漁父〉（漁父醒）、〈水龍吟〉（古來雲海茫茫）。個別來看，「落花飛絮」呈現陰柔風格；整體而言，「落花飛絮」在〈昭君怨〉、〈江城子〉中呈現陰柔風格，在〈漁父〉、〈水龍吟〉中則呈現陽剛風格。造成同一詞彙（意象）而有兩種風格的關鍵，即在於詞作的「主題風格」、「作者生命基調」、「主副意象的強弱」。

東坡詞「落花飛絮」的詞彙風格、意象風格合於辭

章學的「多、二、一（0）」螺旋結構。「落花飛絮」是「多」（「詞彙」、「意象」、「文句」、「篇章」、「修辭」、「章法」）之一，「主副意象」的結合是「二」（意象的形成表現與組織），「主旨」是「一」，「風格」是「0」。「詞彙」、「意象」影響「風格」，詩人透過「詞彙」、「意象」的選用，將生命情調顯現在文學作品中，不但展現了整篇作品的風格，更凸出詩人的生命風格。

關鍵詞

東坡詞、落花飛絮、詞彙、意象、風格、章法、辭章

一、前言

所謂「風格」，就文學作品而言，指的是詩人在創作時，其「主題」、「意象」、「修辭」、「文法」、「章法」所呈現的整體風貌。詩人在創作時，選取「詞彙」、「意象」，組成「文句」、「篇章」，此四者是視而可見的；隱於其中的是「修辭」與「章法」。不論是「詞彙」、「意象」、「文句」、「篇章」、「修辭」或是「章法」，每個元素都能影響整篇文學作品的風格。首先清楚將「風格」分爲陰柔、陽剛的則始於清代姚鼐，他在〈復魯絜非書〉一文中將天下萬物分爲「陰柔美」與「陽剛美」兩大類，並將文學風格也概括爲「陽剛」、「陰柔」兩

大類。[1]清代劉熙載認爲詞風也有陰陽之別，他說：

> 詞有陰陽，陰者采而匿，陽者疎而亮，本此以等諸家之詞，莫之能外。[2]

詞既有陰柔陽剛之分，辭章學中所探討的章法風格在陳師滿銘的研究體系中也發展出「陽剛」、「陰柔」風格的分別，因此要研究東坡詞的剛柔風格，自然可以用辭章學「多、二、一（0）」的螺旋結構進行探討。

然而，詞風的探討實屬巨大工程，本論文因篇幅所限，故僅就辭章學中的基本元素——「詞彙」、「意象」來探討其對作品風格的影響，並以東坡詞中既是「詞彙」又是「意象」的「落花飛絮」爲討論對象，進一步分析「詞彙」、「意象」和「風格」的關係。

二、「詞彙」、「意象」表現「風格」之理論概述

（一）詞彙

文學作品的呈現都是組合文字的魔術，一樣的方塊字，在詩人巧心的安排之下，化形象爲意趣，使文字成爲發光發熱的生命體，使讀者或喜或悲。因此詩人在運字、遣詞、造

---

[1] 見清・姚鼐《惜抱軒文集》卷六，收於《叢書集成三編》（冊 58）（臺北：新文豐出版公司，1997 年 3 月臺一版），頁 304。

[2] 見清・劉熙載《藝概》卷四〈詞曲概〉（臺北：華正書局，1988 年 9 月出版），頁 122。

句、安章、定旨後，經由讀者的欣賞、領悟，便完成文學的審美境界。

詞彙學研究的對象可分爲三個層次：詞素、詞、詞組。

「詞素」是構詞要素，或造詞成分，它是語言中具有意義的最小單位；又可分爲自由詞素和附著詞素。自由詞素既能作構詞成分，又能單獨成詞的詞素；附著詞素只能作構詞成分，本身不能單獨成詞，必須和其他成分相結合。

「詞」是實際運用語言時，可以獨立使用的成分，也可稱之爲「造句成分」。

「詞組」是幾個「詞」組成的語言單位，是詞彙學中最大的語言單位，但還不能成爲句子。[3]

「詞彙」是語言的建築材料，「詞」是能獨立運用的最小的音義結合體和語言單位（造句單位）。[4]文學之所以有生命，正取決於詞彙的風格色彩、情感色彩。

詞彙有其風格色彩，例如「愛卿」、「鳳體」、「陛下」等詞適於描寫宮廷生活；「妻子」、「媳婦」、「洒家」等詞則適用於民間生活。因此詞彙呈現何種風格，必須靠詩人在行文中的組合配置才能發揮其風格作用。

詞彙也是有情感的，表示批判、貶抑的詞叫「貶義詞」；表示稱許、褒揚的詞叫「褒義詞」；介於兩者中間，不帶情感色彩的叫「中性詞」。例如：「質問」、「群起效尤」爲「貶

---

[3] 見竺家寧《漢語詞彙學》（臺北：五南圖書出版公司，1990 年 10 月初版一刷），頁 8-11。

[4] 見張德明《語言風格學》（高雄：麗文文化公司，1995 年 10 月初版），頁 87。

義詞」，「請教」、「風行草偃」爲「褒義詞」，「諮詢」、「模擬仿效」是中性詞。除了這些帶有情感的詞彙外，尙有「激情詞」、「感性詞」、「理性詞」等，「激情詞」如「賣國賊、卑鄙無恥」，「感性詞」如「純真、善良」，「理性詞」如「雷達、契約」。[5]因此詩人選用什麼樣情感色彩的詞彙，正是其內在情感的表現。

詞彙是文學作品的基本單位，有了詞彙材料、語法結構，才能組詞成句，積句成章而形成篇章的風格，其關聯可以用下圖表示之：

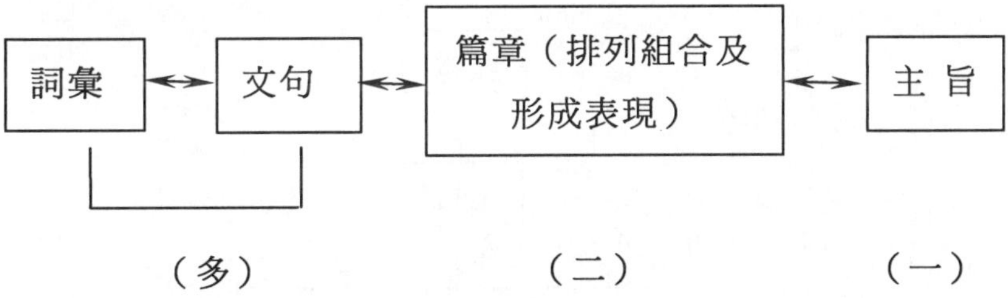

詞彙是文學作品的基本單位，詩人在綴字成句時，在一句中出現的可能不只一個詞彙；在聯句成章時，更不可能全篇僅有一句。如蘇軾〈菩薩蠻・西湖席上代諸妓送陳述古〉：「娟娟缺月西南落。相思撥斷琵琶索。枕淚夢魂中。覺來眉暈重。華堂堆燭淚。長笛吹新水。醉客各西東。應思陳孟公。」一詞中的首句，即由「娟娟」、「缺月」、「西南」三個詞彙組成，全篇八句組成離情別緒之作。「詞彙」、「文句」是「多」，二

5 參見竺家寧《語言風格與文學韻律》（臺北：五南圖書出版有限公司，**2001** 年 **3** 月初版一刷），頁 **50**。

者的組合和表現是「二」，全詞呈現的離情則是詞的主旨（「一」），其風格趨向陰柔之勢（「０」）。因此，詩人選用詞彙組織成文句（「多」），透過詞彙、文句的排列組合形成篇章（「二」），最後呈現作品的主旨與風格（「一（０）」），這種「詞彙」、「文句」、「篇章」、「主旨、「風格」的關係正符合陳師滿銘建構的「多」、「二」、「一（０）」螺旋結構的辭章學。

陳師滿銘建構了「多」、「二」、「一（０）」層次邏輯的辭章學，將辭章各內涵的關係做了有系統的結構與說明[6]：

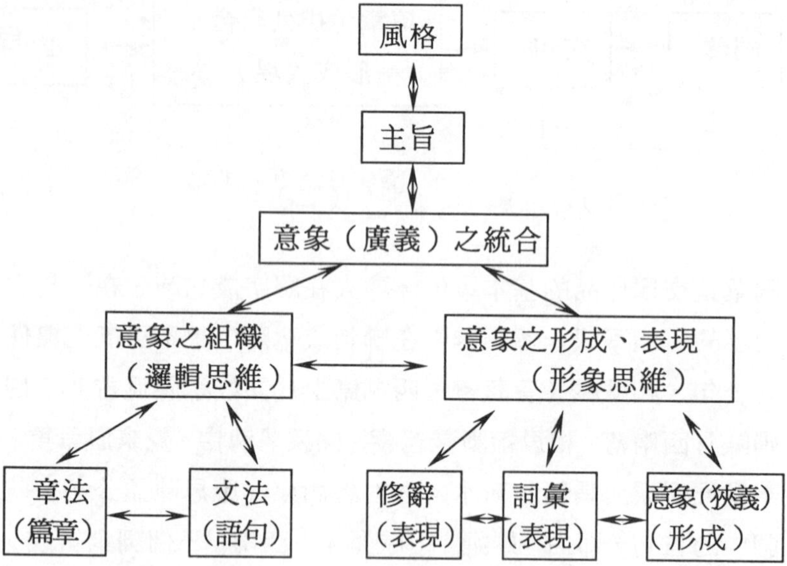

[6] 參見陳師滿銘〈辭章意象論〉，載於《師大學報：人文與社會類》50卷1期，2005年4月，頁17-19。

上表所言的「詞匯」與本論文所言的「詞彙」，按陳師滿銘的說法，「彙」與「匯」字是沒有強制區分的，故本文所言的「詞彙」實與「詞匯」通用。

辭章是結合「形象思維」、「邏輯思維」和「綜合思維」三者所形成的。「形象思維」爲意象的形成與表現，包括「意象」、「詞匯」、「修辭」；「邏輯思維」爲意象的組織，包括「文法」與「章法」；「綜合思維」即是整體意象的統合。就「多」、「二」、「一（0）」的螺旋結構而言，「意象」、「詞匯」、「修辭」、「文法」與「章法」爲「多」；「形象思維」與「邏輯思維」爲「二」；統合二種思維而呈現出文章的「主旨」與「風格」則爲「一（0）」。「主旨」是核心之「意」，而「風格」是以主旨統合「意象」之形成、表現與組織所產生的整體之「審美風貌」。由上圖的對應關係顯示，不論是從正向的邏輯結構或從逆向的邏輯結構來看，辭章和詞彙是密不可分的。

（二）意象

古人所謂的意象，必須透過物象來呈現情意，如果是純概念的說理，或是直抒胸臆的抒情，都不能構成意象。

物象是客觀的，它不依賴人的存在而存在，也不因人的喜怒哀樂而發生變化。但是物象一旦進入詩人的構思，就帶上了詩人主觀的色彩。這時它要受到兩方面的加工：一方面，經過詩人審美經驗的淘洗與篩選，以符合詩人的美學理想和美學趣味；另一方面，又經過詩人思想感情的化合與點染，滲入詩人的人格和情趣。經過這兩方面加工的物象進入詩中就是意象。[7]

中國詩向來以抒情言志爲主，由於文人在政治上的無奈與美學上的體會，故講求「言有盡而意無窮」，於是「借景抒情」、「以象明意」；所謂「意在筆先」，即透過「化虛爲實」的意象運用，達到「使情成體」的美學情思。

透過意象的創造與審美，激發詩人的美感情緒，也觸動讀者的美感情緒；張紅雨在《寫作美學》中說：

> 人們之所以有了美感，是因為情緒產生了波動。這種波動與事物的形態常常是統一起來的，美感總是附著在一定的事物上。[8]

詩人的美感呈現在辭章的意象中，讀者在審美過程中感受詩人的情緒波動，形成了創作與鑑賞的過程。也就是說，詩人的人格、思想、修養藉著一幅幅意象組合成的意境呈顯出來，每個作者的人格、思想、修養不盡相同，因此所呈顯的境界也不同；讀者經由意象的還原、意境的體會去領悟作者的襟抱涵養，進入詩人境界的時候，也會因個人人格、思想、修養的差異而所見不同，所能造達的境界亦不同；[9]亦即藉由不同讀者的審美活動而賦予文學作品不同的美學價值，進而

[7] 見拙作《東坡詞樂器意象研究》（臺北：國立臺灣師範大學國文學系碩士專班碩士論文，2007 年 2 月），頁 24-25。

[8] 見張紅雨《寫作美學》（高雄：麗文文化事業公司，1996 年 10 月初版），頁 311。

[9] 見李若鶯《唐宋詞鑑賞通論》（高雄：復文圖書出版社，1996 年 9 月初版），頁 468。

成就文學的不朽與創新。

（三）「詞彙」、「意象」表現「風格」

「詞彙」是呈現「意象」的符號，「意象」是詩歌的基本元素，「意象」的組合影響「篇章風格」。

意象是主觀情意與客觀物象的契合交融，是詩人藉由外在的象，表達內在的意，所以「意象」是「心靈的眼」[10]，是詩歌藝術最重要的元素。「詞彙」是語言的基礎材料，可以是約定俗成的現成詞，也可以是作者自創的詞彙，例如老子爲了表達他的哲學思想而創新了一些詞彙，如：「守中、專氣致柔、玄德、虛極、大僞、絕聖棄智、見素抱樸」等，因此創造了自成一家的語言風格。

詞彙是意象的表現形式之一，當詞彙呈現的是有圖象的組織時，此時的詞彙可與意象相通，也可以說是共同的形式。如蘇軾〈浣溪沙・荷花〉：

> 四面垂楊十里荷。問云何處最花多。畫樓南畔夕陽和。
> 天氣乍涼人寂寞，光陰須得酒消磨。且來花裡聽笙歌

此詞出現的詞彙有「四面」、「垂楊」、「十里」、「荷」、「何處」、「畫樓」、「南畔」、「夕陽」、「天氣」、「寂寞」、「光陰」、「須得」、「酒」、「消磨」、「笙歌」等，運用語法組合這些詞彙材料，形成六句一篇的佳作；這些詞彙同時又是意象的有「垂

[10] 見邱燮友〈詩歌意象的表現〉，《幼獅文藝》47 卷 6 期，（1978 年 6 月），頁 31。

楊」、「荷」、「畫樓」、「夕陽」、「酒」、「笙歌」，這些意象的排列組合（邏輯思維）及形成表現（形象思維）是隱藏在詩人靈感巧構中，由「垂楊」、「荷」、「畫樓」、「酒」、「笙歌」等詞彙兼意象的風格來判讀，呈現的風格是歡樂舒暢的。

風格是「言語作品的外現形態和內蘊情志完美統一而表現出來的鮮明、獨特的風貌與格調」。外現形態包括文字、語音、詞彙、語法等語言要素與修辭格式、篇章結構、情節安排、表達方式、藝術技巧以及符號、公式、圖表等非語言要素；內蘊情志包括作品的題材、主題、思想與從中反射出來作者的立場、觀點、思想、品格、感情、意志、個性、學識、才能以及時代精神、民族氣質等。[11]

從古以來，許多詩人利用作品來詮釋他對生命的感受、展示他個人生命的情志。如屈原被放逐後，作〈離騷〉以明志，我們透過〈離騷〉內的詞彙與意象的運用，體會屈原作詩時有志不得伸的苦悶；當屈原吟詠澤畔之際，他藉著與漁父的對話，再次強調自己不願與世同醉、與世同濁的高尚情操，種種情懷皆一一呈現在文學作品中，並且呈現作品的風格。

作品的風格包含：主題風格、詞彙風格、意象風格、修辭風格、文法風格、章法風格。一篇文章要深入鑑賞其內容與風格，應就其主題、詞彙、意象、修辭、文法、章法探討；其中章法分析對於作品風格屬於陽剛或陰柔，更是不可缺的

[11] 參見鄭頤壽《辭章學新論》（臺北：萬卷樓圖書股份有限公司，2004年5月初版），頁309-321。

要件。所謂章法，是指篇章的邏輯條理或結構[12]；陳師滿銘在〈論辭章的章法風格〉一文中云：

> 章法與章法結構，既然是建立在「陰陽二元對待」，亦即「剛」與「柔」互動的基礎上，當然與「剛柔」風格就有直接關係。而由章法與章法結構來解釋「剛柔」風格之形成，也自然最便利。因此要談章法風格之形成，就必須從章法本身與章法結構之陰陽、剛柔來探討。[13]

辭章中的秩序律、變化律展現章法的風格，仇小屏在〈論辭章章法的移位、轉位及其美感〉一文中說：

> 任何一種文學作品，為了表達不同的情意，其展現的「力」也有所不同。就章法結構而言，合乎秩序律所產生「力」改變，稱為「移位」，其章法結構中的二元呈現「本末」的關係；合乎變化律所產生的「力」的改變，稱為「轉位」，其章法結構呈現了「往復」的現象。這兩種力的變化仍有程度上的不同：「移位」的變化程度較為緩和、而「轉位」的變化程度較為激烈。[14]

---

[12] 見陳師滿銘〈論章法的哲學基礎〉（臺北：臺灣師範大學《國文學報》第 32 期，2002 年 12 月），頁 87-126。

[13] 見陳師滿銘《章法學綜論》（臺北：萬卷樓圖書股份有限公司，2003 年 6 月初版），頁 302。

[14] 見仇小屏〈論章法的移位、轉位及其美感〉，《辭章學論文集》上冊（福州：海潮攝影藝術出版社，2002 年 12 月一版一刷），頁 98-122。

章法結構的移位、轉位會形成偏於陰柔、偏於陽剛、柔中寓剛、剛中寓柔或剛柔並濟的風格；目前已經發現的章法約有四十餘種，每一種章法皆有其陰陽、剛柔風格，玆將常用的章法風格表列如下[15]：

章法	陰（柔）	陽（剛）	順位（陽剛）	逆位（陰柔）
遠近法	近	遠	由近而遠	由遠而近
內外法	內	外	由內而外	由外而內
先後法	先	後	由先而後	由後而先
泛具法	泛	具	由泛而具	由具而泛
虛實法	虛	實	由虛而實	由實而虛
今昔法	昔	今	由昔而今	由今而昔
因果法	因	果	由因而果	由果而因
抑揚法	抑	揚	由抑而揚	由揚而易
賓主法	主	賓	由主而賓	由賓而主
點染法	點	染	由點而染	由染而點
情景法	情	景	由情而景	由景而情
底圖法	底	圖	由底而圖	由圖而底
天人法	天	人	由天而人	由人而天
久暫法	久	暫	由久而暫	由暫而久

15 參見仇小屏《篇章結構類型論》（臺北：萬卷樓圖書股份有限公司，2005 年 7 月再版），頁 1-482。蒲基維《東坡詞「章法風格」析論》（臺北：萬卷樓圖書股份有限公司，2005 年 11 月初版），頁 24-201。

論敘法	敘	論	由敘而論	由論而敘
高低法	低	高	由低而高	由高而低
淺深法	淺	深	由淺而深	由深而淺
敲擊法	敲	擊	由敲而擊	由擊而敲
正反法	正	反	由正而反	由反而正
大小法	大	小	由大而小	由小而大
偏全法	全	偏	由全而偏	由偏而全
眾寡法	寡	眾	由寡而眾	由眾而寡
問答法	問	答	由問而答	由答而問
凡目法	凡	目	由凡而目	由目而凡
立破法	立	破	由立而破	由破而立
本末法	本	末	由本而末	由末而本

透過此表的說明，在進行文學作品的章法結構分析時，便可探知其所呈現的章法風格。

三、「落花飛絮」之美感效果

（一）「落花飛絮」之詞彙風格

就詞彙學的範疇來看，「落花飛絮」是由「落花」與「飛絮」二個詞組組合而成，再細分則可分成「落」、「花」、「飛」、「絮」四個詞素；此四個詞素不但是構詞成分，亦可單獨成詞，因此判定爲「自由詞素」；「花」、「絮」則是詞。其關係可簡述爲：

詞素：落、花、飛、絮
詞：花、絮
詞組：落花（落的花）、飛絮（飛的絮）

其文法來看其組織結構：

落花：動詞（轉形容詞）＋ 名詞
飛絮：動詞（轉形容詞）＋ 名詞
落花飛絮：動詞（轉形容詞）＋ 名詞 ＋ 動詞（轉形容詞）＋ 名詞

「落花」、「飛絮」是由形容詞與名詞組合而成的複合詞彙，「落、飛」爲修飾成分，「花、絮」是主體詞，因此斷定「落花飛絮」爲主從式複合詞彙。然而，此一詞彙和一般詞彙（如：鄉土、語言、時代……）不同，「花、絮」是自然界中的「象」，透過詩人主觀的意顯現出超越自然的意境，「花、絮」在「落、飛」狀態下，由「自然語言」變成「文學語言」：

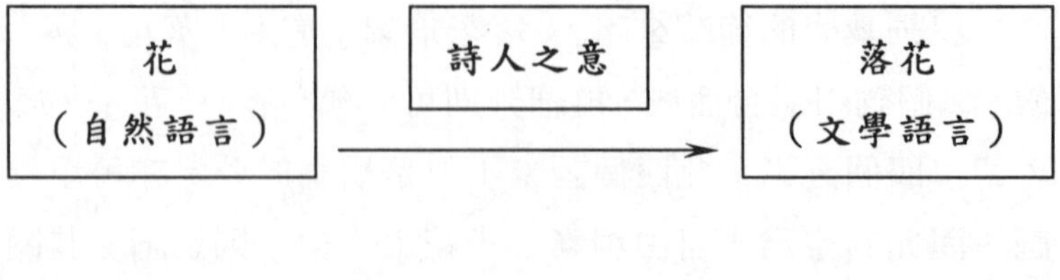

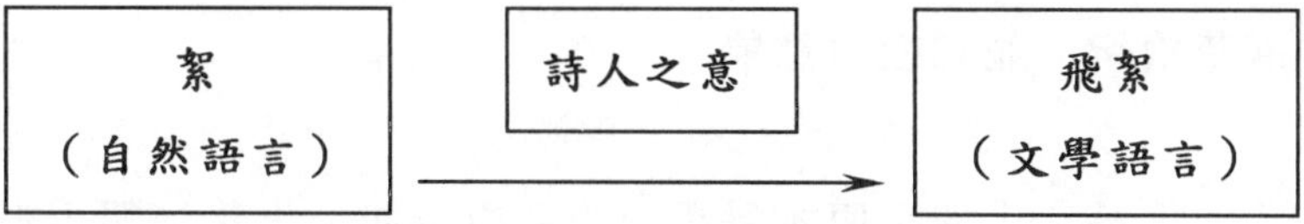

「花」和「絮」都是大自然中的客觀物象，詩人眼中看到「花」、「絮」時，這時的「花」、「絮」仍是自然語言；當詩人在腦海中留下「花」、「絮」的影像時，其主觀的情意託付在客觀的物象中，於是詩人寫下「落花飛絮」一詞，而不是「桃花柳絮」；其中的差別即在於「落」與「飛」字蘊含的情意。詩人將物體運動的動作（落、飛）轉變成形容花絮的狀態，就是賦予了花絮靈活的生命力，「落花飛絮」呈現的圖畫式的意境美遠遠超過「花絮」的單一物象之自然美，因此可以知道詩人在創作過程中，要把客觀的自然物象變成主觀的文學藝術，一定要透過詩人情意的轉介，才得以使自然語言美化爲文學語言。

（二）「落花飛絮」之意象風格

就意象學來看，「落花飛絮」不單是主從複合詞彙，亦是並列複合意象；可以簡述如下：

花：單一意象
落花：複合意象
絮：單一意象

飛絮：複合意象
落花飛絮：並列複合意象

「花」、「絮」原本是單一的意象，加上「落」與「飛」的動作後，呈現一種動態美的意象，這種意象出現在詩人眼前時，不會只出現一朵落花、一綹飛絮，而是出現一片落花、飛絮的整體畫面。

葉嘉瑩在《迦陵談詩》中論及「花」的美感效應時說：

> 人自花所得的意象既最鮮明，所以由花所觸發的聯想也最豐富。……因為花所予人的生命感最深切也最完整的緣故。……它一方面近到足以喚起人親切的共感，一方面又遠到足以使人保留一種美化和幻想的餘裕。[16]

詩人看到花綻放而感到欣喜，看到花凋零而感到嘆惋，如《詩經．小雅．苕之華》：

> 苕之華，芸其黃矣，心之憂矣，維其傷矣。[17]

詩人看到苕之花葉轉黃凋零，內心因此感到傷悲。又如《楚辭．離騷》：

[16] 見葉嘉瑩《迦陵談詩》（臺北：三民書局，1970 年 4 月初版），頁 291-292。
[17] 見漢．毛亨傳、鄭玄箋、唐．孔穎達疏《毛詩正義》，《阮刻十三經注疏本》（臺北：藝文印書館，2001 年 12 月初版十四刷），頁 526。

惟草木之零落兮，恐美人之遲暮。[18]

詩人因草木的零落，起興聯想歲月的消逝，不由得也心生愁緒。因此知道「落花」使詩人想起春天的消逝，而激起惆悵和憂傷的情緒。

「飛絮」一詞，石聲淮、唐玲玲箋注爲「柳絮」[19]。柳絮向來是詩人的情感媒界，王立認爲柳意象具有「多層面多指向的文化學意旨，使其不可免地成爲古人某些特定情感的信息載體。單只『柳』一個語碼，在規定性的具體語境中，就可以展示出難盡言表的情感流程」[20]，「柳」可以抒發詩人離情別緒、相思念遠、思鄉念土、緬故懷古、感物傷己之情；[21]任風吹拂的柳絮更足以引起詩人飄忽不定的情緒。

愁情別緒是趨於陰柔的情感，因此可以判定「落花」、「飛絮」均是陰柔的意象，兩者組合成一個優美超俗的審美意境，除了是詩人筆下的詞彙、意象外，讀者透過審美過程，也能在腦海中浮現暮春時花落絮飛的圖景，進而感受詩人的意。

18 見清．蔣驥注《山帶閣注楚辭》卷一（臺北：廣文書局，1962 年 9 月初版），頁 2。
19 見宋．蘇軾著、石聲淮、唐玲玲箋注《東坡樂府編年箋注》（臺北：華正書局，1993 年 8 月初版），頁 20。
20 見王立《心靈的圖景－文學意象的主題史研究》（上海：學林出版，1992 年 2 月第一版第一刷），頁 49。
21 見拙作《東坡詞樂器意象研究》，頁 29-34。

四、東坡詞「落花飛絮」的應用與探討

東坡詞作，以編年詞及未編年詞合計（不含殘句、他集互見詞及誤入蘇集詞），共有三百三十一闋[22]，其中出現「落花飛絮」的詞作有四闋，分別是〈昭君怨〉（誰作桓伊三弄）、〈江城子〉（翠蛾羞黛怯人看）、〈漁父〉（漁父醒）、〈水龍吟〉（古來雲海茫茫）。本小節將透過章法結構來分析詞作，進而判讀其剛柔風格，並深究「落花飛絮」一詞對詞作風格的形成有何影響。

（一）詞作及其剛柔風格分析

〈昭君怨〉金山送柳子玉

誰作桓伊三弄。驚破綠窗幽夢。新月與愁煙。滿江天。欲去又還不去。明日落花飛絮。飛絮送行舟。水東流。

1、結構分析

此詞作於宋神宗熙寧七年（西元 1074 年）二月，於金山送柳瑾赴靈仙所作。採「先景後情」的結構寫成，其結構分析表爲：

[22] 此詞作數量按鄒同慶、王宗堂《蘇軾詞編年校註》之版本統計，由北京中華書局出版發行，2002 年 9 月第一版第一次印刷。

- 景（陽）
  - 聽覺（陽）：「誰作桓伊三弄」二句
  - 視覺（陰）：「新月與愁煙」二句
- 情（陰）
  - 實（陽）：「欲去又還不去」句
  - 虛（陰）：「明日落花飛絮」三句

按詞題爲「金山送柳子玉」，可知爲送別之作。

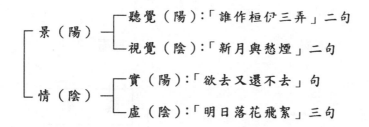

上片寫景部分，採「知覺轉換」法，先由「聽覺」寫起，以「誰作桓伊三弄、驚破綠窗幽夢」二句帶出吹笛之人的瀟洒[23]，其次再寫眼前所見的江月煙景（「新月」二句）；在「視覺」描寫部分，東坡以「愁煙」一詞將主觀的情融入客觀的景中，爲下片的送別事件預留伏筆。

下片寫情部分採「先實後虛」的結構，先實寫送別時內心的無奈（「欲去」句），因爲不捨分離，故「欲去又還不去」，只好假設明日「落花飛絮」的情景，無情的江水逕自向東流，只有那多情的飛絮追逐著行舟，似乎是代替東坡送別柳子玉。

2、移位、轉位現象說明

此詞的移位、轉位現象爲：

[23] 見龍沐勛《東坡樂府箋講疏》卷一，（臺北：廣文書局，1972 年 9 月初版），頁 9。

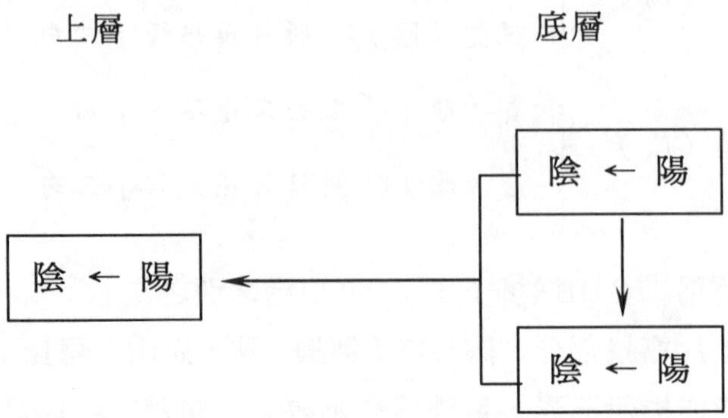

由這闋詞「先景後情」的主要章法來看，其辭章結構爲逆向移位（由景而情），呈現「陽（景）→陰（情）」的陰柔之勢。上片「由聽覺而視覺」爲逆向移位，呈現「陽（聽覺）→陰（視覺）」的陰柔之勢；下片「由實而虛」爲逆向移位，呈現「陽（實）→陰（虛）」的陰柔之勢。此詞上層、底層均爲「陽→陰」，可知此詞呈現的是偏向陰柔的風格。

〈江城子〉孤山竹閣送述古

翠蛾羞黛怯人看。掩霜紈。淚偷彈。且盡一尊、收淚唱陽關。漫道帝城天樣遠。天易見，見君難。　　畫堂新締近孤山。曲闌干。為誰安。飛絮落花、春色屬明年。欲棹小舟尋舊事，無處問，水連天。

1、結構分析

此詞作於宋神宗熙寧七年（西元 **1074** 年）七月，時東坡在杭州任上。採「先實後虛」的結構寫成，其結構分析表爲[24]：

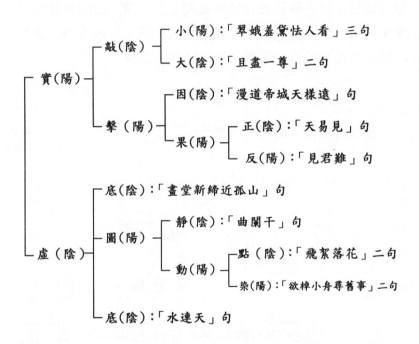

- 實（陽）
  - 敲（陰）
    - 小（陽）：「翠娥羞黛怯人看」三句
    - 大（陰）：「且盡一尊」二句
  - 擊（陽）
    - 因（陰）：「漫道帝城天樣遠」句
    - 果（陽）
      - 正（陰）：「天易見」句
      - 反（陽）：「見君難」句
- 虛（陰）
  - 底（陰）：「畫堂新締近孤山」句
  - 圖（陽）
    - 靜（陰）：「曲闌干」句
    - 動（陽）
      - 點（陰）：「飛絮落花」二句
      - 染（陽）：「欲棹小舟尋舊事」二句
  - 底（陰）：「水連天」句

這闋詞雖題爲「孤山竹閣送述古」，但從內容觀之，亦是代官妓而作[25]。

上片先寫孤山竹閣內送別的情景，起首以側寫的筆法，

[24] 此詞結構表及詞意賞析參見蒲基維《東坡詞「章法風格」析論》，頁 **126-127**。

[25] 見龍沐勛《東坡樂府箋講疏》卷一，頁 **21**。

敘述官妓含淚送別的情態，其後再以「天易見，見君難」，正面帶出官妓的留戀之情。

下片寫竹閣外的情況，採取的是景物的虛想，東坡以「水連天」的孤山爲背，描寫「畫堂」周圍動靜錯落的景致，這也是昔日東坡和陳述古與歌妓遊湖宴飲之處，而動景從設想未來著筆，敘述來年春天，在「飛絮落花」的場景中，駕舟尋覓，已無陳述古之蹤跡，帶出茫然的傷感。

2、移位、轉位現象說明

此詞的移位、轉位現象爲[26]：

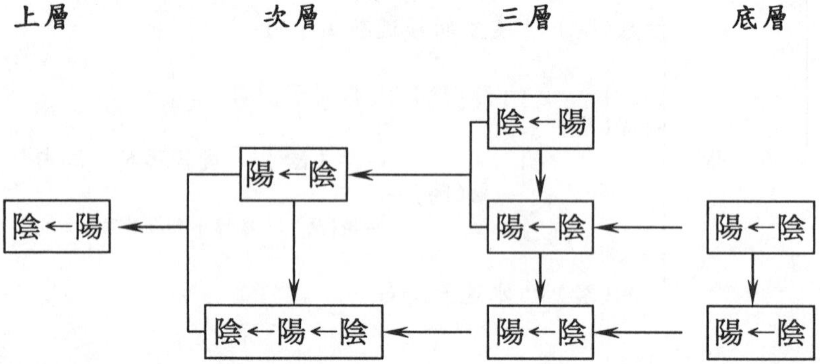

此詞的辭章結構在上層爲「陽（實）→陰（虛）」的逆向移位，屬於陰柔之勢的移位；次層的「陰（敲）→陽（擊）」結構爲順向移位，產生趨於陽剛的力量，而「陰（底）→陽

[26] 參見蒲基維《東坡詞「章法風格」析論》，頁 126-127。

（圖）→陰（底）」的轉位所形成的陰柔之勢多於陽剛之勢；三層的「陽（小）→陰（大）」結構爲逆向移位，而「陰（因）→陽（果）」、「陰（靜）→陽（動）」結構均爲順向移位，此一逆、二順的移位使這一層的陰陽趨於相濟；底層的「陰（正）→陽（反）」、「陰（點）→陽（染）」結構均屬趨於陽剛之勢的移位，由於居於底層，其形成的陽剛力度影響全篇不大。正如謝桃坊評此詞云：

> 這首詞屬於傳統婉約詞的寫法，表現較為細緻，語調柔婉。……它是蘇軾早期送別詞中的佳作，反映了作者早期創作受傳統婉約詞風的影響。[27]

因此由辭章結構的陰陽移位、轉位之勢來看，此詞陰柔的力度大於陽剛之勢，可知此詞乃「柔中寓剛」的風格。

〈漁父〉

漁父醒，春江午。夢斷落花飛絮。酒醒還醉醉還醒，一笑人間今古。

1、結構分析

此詞作於宋神宗元豐五年（西元 1082 年）三月，於黃州任上。採「先點後染」的結構寫成，其結構分析表爲[28]：

---

[27] 唐圭璋等《唐宋詞鑑賞集成》（上）（臺北：五南圖書出版有限公司，1991 年 6 月初版一刷），頁 800-801。

[28] 此結構表及詞意賞析參見陳師滿銘《蘇辛詞論稿》（臺北：文津出

- 點（陰）：「漁父醒」句
- 染（陽）
  - 實（陽）
    - 點（陰）：「春江午」句
    - 染（陽）：「夢斷落花飛絮」句
  - 虛（陰）：「酒醒還醉醉還醒」二句

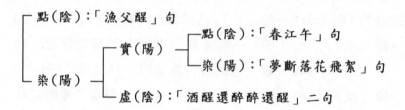

這闋詞先以「漁父醒」一「點」，再以「春江午」一句點出「醒」的時間和地點，然後以「夢斷落花飛絮」一「染」，說明所見之俗世景物，最後以「酒醒還醉醉還醒」二句呼應主題「飲」、「醉」，寫醒、醉循環而為「人間今古」一笑的高情。

2、移位、轉位現象說明

此詞的移位、轉位現象為：

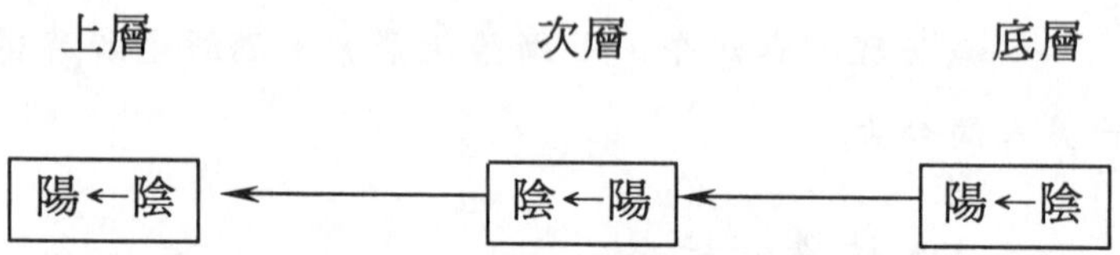

〈漁父〉一詞的辭章結構在上層為「先點後染」順向移位，呈現「陰（點）→陽（染）」的陽剛之勢；次層為「陽（實）→陰（虛）」的逆向移位，是趨於陰柔之勢的移位，但由於處於次層，其陰柔之勢並不能超越上層的陽剛之勢；

版社，2003年8月初版一刷），頁29。

底層爲「先點後染」的順向移位，呈現「陰（點）→陽（染）」的陽剛之勢。全篇詞作由二順、一逆的移位構成，可知此詞陽剛的力度大於陰柔之勢，呈現「剛中寓柔」的風格。

〈水龍吟〉昔謝自然欲過海求師蓬萊，至海中，或謂自然：「蓬萊隔弱水三十萬里，不可到。天台有司馬子微，身居赤城，名在絳闕，可往從之。」自然乃還，受道於子微，白日仙去。子微著《坐忘論》七篇、《樞》一篇。年百餘，將終，謂弟子曰：「吾居玉霄峰，東望蓬萊，嘗有真靈降焉，今為東海青童君所召。」乃蟬脫而去。其後李太白作《大鵬賦》云：嘗見子微於江陵，「謂余有仙風道骨，可與神遊八極之表」。元豐七年冬，余過臨淮，而湛然先生梁公在焉，童顏清徹，如二三十許人。然人亦有自少見之者。善吹鐵笛，嘹然有穿雲裂石之聲。乃作《水龍吟》一首，記子微太白之事，倚其聲而歌之。

古來雲海茫茫，道山絳闕知何處？人間自有，赤城居士，龍蟠鳳舉。清淨無為，坐忘遺照，八篇奇語。向玉霄東望，蓬萊晻靄，有雲駕、驂風馭。　　行盡九州四海，笑紛紛，落花飛絮。臨江一見，謫仙風采，無言心許。八表神遊，浩然相對，酒酣箕踞。待垂天賦就，騎鯨路穩，約相將去。

1、結構分析

此詞作於宋神宗元豐七年（西元 1084 年），採「平提側注」的結構寫成，其結構分析表爲[29]：

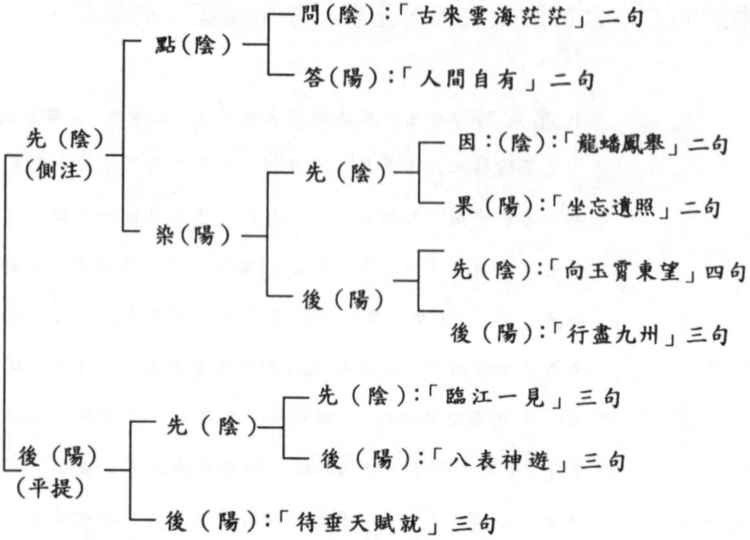

上片記子微之事，採「先點後染」法，在「點」的部分採「問答法」，「古來雲海茫茫」，何處是道山仙宮呢？（這是「問」部分）「人間自有赤城居士」（這是「答」的部分）。

在「染」的部分，先寫「坐忘」，再寫「蟬脫」。由於「龍蟠鳳舉、清淨無爲」，而能坐忘一切、遺棄所有，僅留下司馬子微著的八篇奇語；最後寫子微蟬蛻，駕雲馭風成仙而去。

下片記李太白之事，先寫初見李白風采而「無言心許」，後與李白神遊八方之外，酒酣箕踞；待李白完成〈大鵬賦〉後，相約騎鯨神遊。

---

[29] 參見陳師滿銘《蘇辛詞論稿》，頁 133。

此詞側寫子微蟬脫之事，主要思想在表現詩人要學太白跨鵬騎鯨、神遊於八極之表，以擺脫當時紛擾的政爭。

2、移位、轉位現象說明

此詞的移位、轉位現象爲：

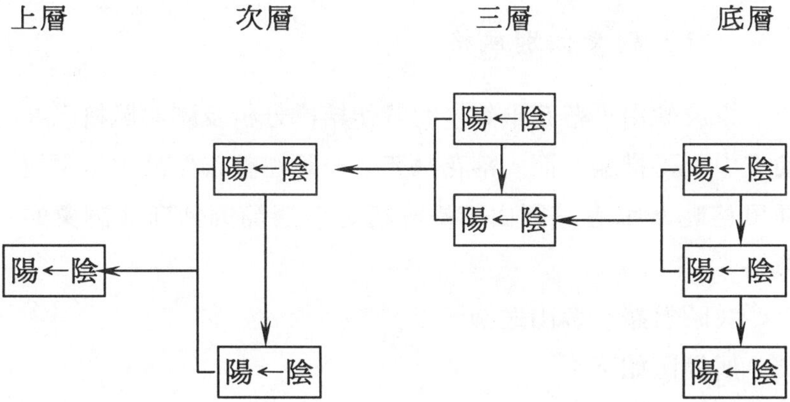

此詞的辭章結構在上層爲「陰（側注）→陽（平提）」的順向移位，產生趨於陽剛的力量；次層的「陰（點）→陽（染）」、「陰（先）→陽（後）」均屬趨於陽剛之勢的移位；三層的「陰（問）→陽（答）」、「陰（先）→陽（後）」結構亦是趨於陽剛之勢的移位；底層的「陰（因）→陽（果）」、「陰（先）→陽（後）」、「陰（先）→陽（後）」結構均爲陽剛之勢的移位。

曾棗莊評此詞云：

上闋記司馬子微事，下闋記李太白之事，二者皆以喻「湛然先生梁公」。全詞天上人間，自由馳騁，富於浪漫色彩。[30]

除了內容極富浪漫色彩外，由全篇的結構來看，此詞呈現的是「陽剛」的風格。

（二）「落花飛絮」在東坡詞中的風格表現

1、詞彙個別風格

東坡使用「落花飛絮」的詞作結構分析及剛柔風格已在前文中獲得推論。而「落花飛絮」一詞在整首作品中呈現何種風格呢？筆者試圖由結構分析之分層簡圖判斷此詞彙的風格。

〈昭君怨・金山送柳子玉〉

其分層簡圖如下：

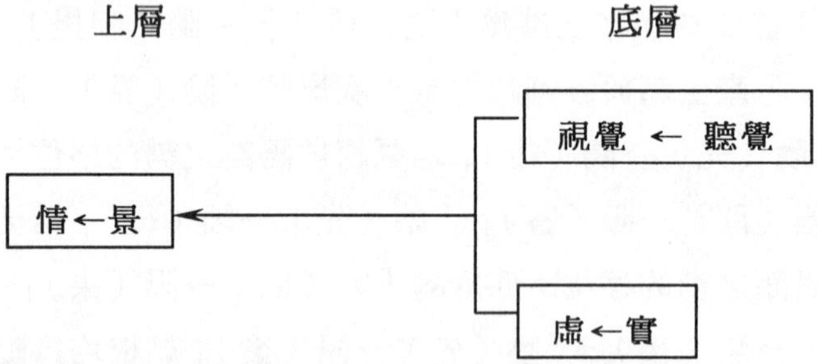

[30] 曾棗莊《蘇軾詞選》（臺北：三民書局，2000 年 11 月初版一刷），頁 105。

此詞的下片第二句「明日落花飛絮」處在底層「虛」的位置，屬於未來時間的虛寫，因此推論其爲「陰柔」風格。

〈江城子・孤山竹閣送述古〉

其分層簡圖如下：

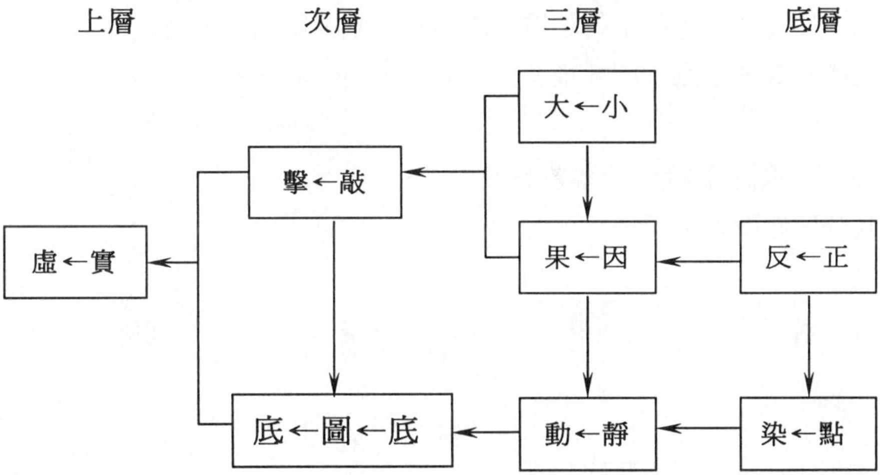

「落花飛絮」在下片的第四句，處在底層「點」的位置，點出來年春天「落花飛絮」之景，亦屬未來時間的虛寫，因此推論其偏於「陰柔」的風格。

〈漁父〉（漁父醒）

其分層簡圖如下：

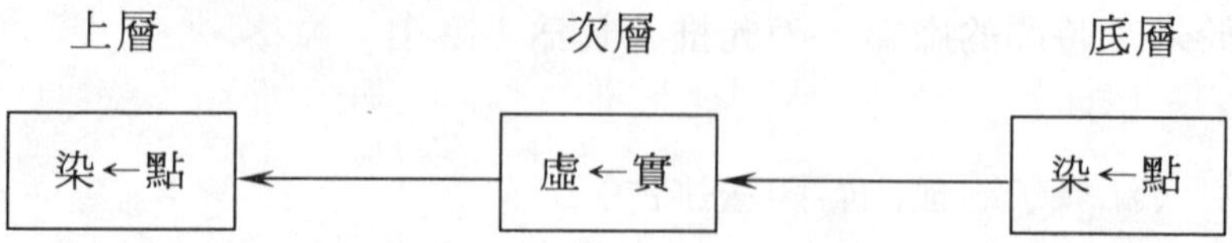

此詞第三句「夢斷落花飛絮」爲漁父酒醒後所見的俗世景物，處在底層「染」的位置，以「落花飛絮」此一世俗之物凸顯漁父的不羈，因此推論其屬於「陽剛」的風格。

〈水龍吟〉（古來雲海茫茫）

其分層簡圖如下：

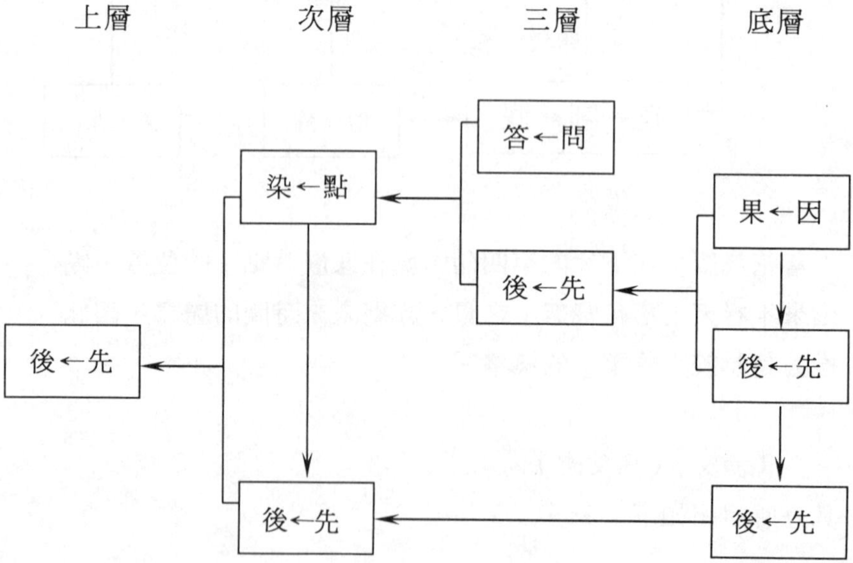

「落花飛絮」一詞被安置在下片第三句，處在底層「後」的位置，寫初見李白時的場景，「落花飛絮」渲染出一片不同於塵世的仙境，因此推論其屬於「陽剛」風格。

2、詞彙在詞作中的風格

蘇軾一生歷經了北宋仁宗、英宗、神宗、哲宗、徽宗五朝，這是北宋朝廷政局多變、黨爭此起彼落的時代，蘇軾以儒學思想爲人生哲學基礎，不得不捲入了這場黨爭，於是一生注定坎坷不平；在坎坷不平的遭遇下，他出入佛老思想，以平衡其內心仕隱進退的衝突。他的三百多闋詞作中，共有四闋詞作使用「落花飛絮」意象。

此四闋詞分別出現在東坡生命分期中的第一期：「初入仕途至自請外任杭州」及第三期：「烏臺詩案至黃州安置」。[31]因此在參照東坡的生平境遇及詞作分析後，可以知道「落花飛絮」在東坡詞中呈現的風格主要有二：

（1）陰柔風格

以寫作時間來看，〈昭君怨〉及〈江城子〉二詞寫作時

[31] 筆者將東坡一生分爲五期：「初入仕途至自請外任杭州」（宋仁宗嘉祐元年（西元 1056 年）至宋神宗熙寧七年（西元 1074 年））、「自密至湖」（宋神宗熙寧七年（西元 1074 年）至宋神宗元豐二年（西元 1079 年））、「烏臺詩案至黃州安置」（宋神宗元豐二年（西元 1079 年）至元豐七年（西元 1084 年））、「去黃以後至乞請外放定州」（宋神宗元豐七年（西元 1084 年）至宋哲宗元祐八年（西元 1093 年））、「自定州以後」（宋哲宗紹聖元年（西元 1094 年）至宋徽宗建中靖國元年（西元 1101 年）），見拙作《東坡詞樂器意象研究》，頁 163。

間都是在宋神宗熙寧七年，時東坡在杭州任通判，因東坡早期的詞作受到傳統婉約詞風的影響，故此二詞呈現陰柔的風格。

再以主題風格來看，這二闋詞均爲敘寫離別之情景，自然呈現柔婉的風格。

最後就詞彙、意象來看，〈昭君怨〉下片的主意象是「落花飛絮」，副意象是「行舟」、「流水」；在主副意象均透露飄泊不定、一去不返的情緒時，便呈現陰柔的風格。〈江城子〉下片的主意象是「落花飛絮」，副意象是「小舟」、「水」，與〈昭君怨〉表現的情緒相同，亦呈現陰柔的風格。

（2）陽剛風格

以寫作時間來看，〈漁父〉作於宋神宗元豐五年、〈水龍吟〉作於元豐七年，二闋詞均是東坡在黃州安置時的作品。王水照先生說：

> 「烏臺詩案」促成了蘇軾人生思想的成熟。……這場直接危及他生命的文字獄，反而導致他對個體生命價值的重視和珍視，他的「狂」也就從抗世變為對保持自我真率本性的企求。[32]

因爲在這一時期的東坡，看透生命的價值，表現出自然率真的本性；這種本性表現在詞風上，便呈現陽剛的風格。

[32] 見王水照《蘇軾論稿》（臺北：萬卷樓圖書有限公司，1994 年 12 月初版），頁 84。

再以主題風格來看，〈漁父〉描述的是詩人欲遠離人間紛擾的情緒，醒時看到的是俗世之紛擾，不如再沉醉酒鄉，一笑人間今古。〈水龍吟〉描述的則是詩人要學李白跨鵬騎鯨、神遊八表的逍遙。

最後以詞彙、意象來看，〈漁父〉的主意象是「漁父」，副意象是「落花飛絮」，由於「漁父」灑脫悠閒、淡泊名利的陽剛形象，而詞中「落花飛絮」表現的是大自然的景象，並暗喻紛擾的俗世，而不再是別情離緒，故此詞呈現陽剛的風格。〈水龍吟〉一詞出現「落花飛絮」之處在下片，下片寫李白之事；由於主意象是「李白」，因此「落花飛絮」在詞中凸顯的是無拘無束的形象，故呈現陽剛的風格。

透過前文的分析，可將東坡詞中使用「落花飛絮」一詞的作品的寫作時間、功用、詞彙風格、詞作風格表列如下：

詞作	寫作背景	詞句	功用	詞彙（意象）風格	詞作風格
昭君怨（誰作桓伊三弄）	宋神宗熙寧七年二月，在杭州任上，時東坡39歲	明日落花飛絮	預想送別之情景	陰	陰柔
江城子（翠蛾羞黛怯人看）	宋神宗熙寧七年七月，在杭州任上，時東坡39歲	飛絮落花	預想來年春天離別之情景	陰	柔中寓剛

漁父（漁父醒）	宋神宗元豐五年三月，在黃州安置，時東坡 47 歲	夢斷落花飛絮	說明漁父醒後所見之俗世景物	陽	剛中寓柔
水龍吟（古來雲海茫茫）	宋神宗元豐七年，在黃州安置，時東坡 49 歲	落花飛絮	神遊初見李白之情景	陽	陽剛

五、結語

就詞彙而言，它是呈現意象的符號；就意象而言，它是形成風格的表現；就風格而言，它是詩人生命情調及文學素材選用的結果。詞彙帶有情感色彩，意象是詩人主觀精神和客觀環境的契合，二者影響風格的陰柔陽剛。

東坡詞中使用的「落花飛絮」一詞，既是主從複合詞彙又是並列複合意象。就個別而言，「落花飛絮」在古典文學中多呈現惆悵憂傷、離別飄零。就其在詞作章法結構中的位置而言，在〈昭君怨〉中處於下片寫情部分的「虛」，屬於陰柔之勢；在〈江城子〉中處於下片寫景部分的「點」，屬於陰柔之勢；在〈漁父〉中處於「染」的位置，屬於陽剛之勢；在〈水龍吟〉中處於下片記李白之事的「後」，屬於陽剛之勢。就全篇詞作而言，〈昭君怨〉的風格趨於陰柔；〈江城子〉的風格爲柔中寓剛，在「陰柔美」與「陽剛美」二大類型中，屬於陰柔風格；〈漁父〉的風格爲剛中寓柔，屬於陽剛風格；〈水龍吟〉的風格則趨於陽剛。

〈昭君怨〉和〈江城子〉是東坡早期的詞作，〈漁父〉和〈水龍吟〉則是東坡歷經人生中最大的磨難——烏臺詩案後，於黃州安置時的作品；以整篇詞作的風格來看，和詩人的生命情調相對應。作品風格指的是整篇作品的篇章風格，並不是單指個別詞彙或個別意象的風格色彩，因此，本論文以東坡詞中的「落花飛絮」爲討論對象，透過個別詞彙（意象）、章法風格、篇章風格的分析，檢驗「落花飛絮」一詞（意象）的風格合於辭章學「多、二、一（0）」螺旋結構中的「詞彙」、「意象」與「風格」的關係。

重要參考文獻

一、專書

（一）古籍（依作者時代先後排序）

漢・毛亨傳、鄭玄箋、唐・孔穎達疏《毛詩正義》　《阮刻十三經注疏本》　臺北：藝文印書館　2001年12月初版十四刷

晉・王弼注《老子道德經注》　《新編諸子集成》　臺北：世界書局　1983年4月新四版

宋・蘇軾《蘇東坡全集》　臺北：世界書局　2005年1月初

版九刷

宋・蘇軾著、朱祖謀注、龍沐勛《東坡樂府箋講疏》 臺北：廣文書局 1972年9月初版

宋・蘇軾著、石聲淮、唐玲玲箋注《東坡樂府編年箋注》 臺北：華正書局 1993年8月初版

宋・蘇軾著、薛瑞生箋證《東坡詞編年箋證》 西安：三秦出版社 1998年9月第一版第一刷

宋・蘇軾著、曹樹銘校編《蘇東坡詞》 臺北：臺灣商務印書館 2002年9月初版第三次印刷

宋・蘇軾著、鄒同慶、王宗堂校註《蘇軾詞編年校註》 北京：中華書局 2002年9月第一版第一次印刷

清・姚鼐《惜抱軒文集》 《叢書集成三編》（冊58） 臺北：新文豐出版公司 1997年3月臺一版

清・劉熙載《藝概》 臺北：華正書局 1988年9月出版

清・蔣驥注《山帶閣注楚辭》 臺北：廣文書局 1962年9月初版

（二）近現代文獻（依作者姓名筆畫排序）

王立《心靈的圖景－文學意象的主題史研究》 上海：學林出版社 1992年2月第一版第一刷

王之望《文學風格論》（修訂本） 臺北：學海出版社 2004年5月1版

王長俊主編《詩歌意象學》 合肥：安徽文藝出版社 2000年8月第一版

王水照《蘇軾論稿》　臺北：萬卷樓圖書有限公司　1994 年 12 月初版

仇小屏《文章章法論》　臺北：萬卷樓圖書有限公司　1998 年 11 月初版

仇小屏《古典詩詞時空設計美學》　臺北：文津出版社　2002 年 11 月初版一刷

仇小屏《篇章結構類型論》　臺北：萬卷樓圖書股份有限公司，2005 年 7 月再版

李若鶯《唐宋詞鑑賞通論》　高雄：復文圖書出版社　1996 年 9 月初版

竺家寧《漢語詞彙學》　臺北：五南圖書出版公司，1990 年 10 月初版一刷

竺家寧《語言風格與文學韻律》　臺北：五南圖書出版有限公司　2001 年 3 月初版一刷

唐圭璋等《唐宋詞鑑賞集成》　臺北：五南圖書出版有限公司　1991 年 6 月初版一刷

陳師滿銘《章法學新裁》　臺北：萬卷樓圖書有限公司　2001 年 1 月初版

陳師滿銘《章法學論粹》　臺北：萬卷樓圖書有限公司　2002 年 7 月初版

陳師滿銘《章法學綜論》　臺北：萬卷樓圖書有限公司　2003 年 6 月初版

陳師滿銘《蘇辛詞論稿》　臺北：文津出版社　2003 年 8 月初版一刷

陳師滿銘《篇章結構學》　臺北：萬卷樓圖書有限公司　2005 年 5 月初版
陳植鍔《詩歌意象論》　北京：中國社會科學出版社　1990 年 8 月第一版
陳佳君《辭章意象形成論》　臺北：萬卷樓圖書有限公司　2005 年 7 月初版
張德明《語言風格學》　高雄：麗文文化公司　1995 年 10 月初版
張紅雨《寫作美學》　高雄：麗文文化公司　1996 年 10 月初版
曾棗莊《蘇軾詞選》　臺北：三民書局　2000 年 11 月初版一刷
葉嘉瑩《迦陵談詩》　臺北：三民書局　1970 年 4 月初版
楊成鑑《中國詩詞風格研究》　臺北：洪葉文化事業有限公司　1995 年 12 月初版一刷
蒲基維《東坡詞「章法風格」析論》　臺北：萬卷樓圖書有限公司　2005 年 11 月初版
鄭頤壽《辭章學新論》　臺北：萬卷樓圖書有限公司　2004 年 5 月初版
蔣伯潛《體裁與風格》　臺北：世界書局　1971 年 9 月三版
黎運漢《漢語風格學》　廣州：廣東教育出版社　2000 年 2 月第 1 版

二、期刊論文

仇小屏〈論章法的移位、轉位及其美感〉　《辭章學論文集》上冊　福州：海潮攝影藝術出版社　2002 年 12 月一版一刷

朱瑞芬《東坡詞樂器意象研究》　臺北：國立臺灣師範大學國文學系碩士專班碩士論文　2007 年 2 月

邱燮友〈詩歌意象的表現〉　《幼獅文藝》47 卷 6 期　1978 年 6 月

陳師滿銘〈論章法的哲學基礎〉　臺北：臺灣師範大學《國文學報》第 32　2002 年 12 月

陳師滿銘〈章法風格中剛柔成份的量化〉　《國文天地》19 卷 6 期　2003 年 11 月

陳師滿銘〈辭章意象論〉　《師大學報：人文與社會類》50 卷 1 期　2005 年 4 月

陳師滿銘〈論章法結構與意象系統—以「多」、「二」、「一（０）」螺旋結構作考察〉　《浙江師範大學學報》（社會科學版）　2005 年第 4 期第 30 卷（總第 139 期）

陳宗敏〈蘇東坡的性格與人格〉　《中華文化復興月刊》6 卷 4 期　1973 年 4 月

龍沐勛〈東坡樂府綜論〉　《詞學季刊》第 2 卷第 2 號　1933 年 4 月

解構七等生〈我愛黑眼珠〉之篇章意象

蘇睿琪
成功大學中文系碩士專班研究生

摘要

七等生獨特的文體及表現義涵曾引起極多爭議，以〈我愛黑眼珠〉為最。此部寓言式的小說，情節未到最後無法設想結局，甚至留給讀者無限遐想。但是，當一則寓言所指涉的寓意因人而有所移易，就像投射出的箭找不著靶心，失落了其所釋放出的「旨意」。

「旨意」是透過劇中情節的內、外在動作，即思想、性格、行為表現在語言上，語言並非「符號」直接指涉而已，而是「言」（象）與「意」的組合，包含音響形象和概念，前者是音響形象，代表聲音的心理印跡，以語言為特徵的表現形式；後者為表現的內在意蘊。透過「符號」、「言」（象）、「意」三者間的互動，便構成了篇章的整體意象。本文便藉由篇章意象理論，以解構〈我愛黑眼珠〉的篇章意象及所欲傳達的中心主旨。

關鍵字

七等生、意象、章法學

一、前言

七等生，本名劉武雄，是台灣二十世紀六、七〇年代具代表性的作家。當時的文評家普遍認爲，七等生的作品形式奇異、情節內容怪誕、文體表現特殊、劇中人物形象獨特，甚至鍊字遣句也較晦澀難讀，因此，當其作品一發表，便引起極大爭議，其中以〈我愛黑眼珠〉[1]一文爲最。

劉紹銘先生曾直言，七等生的文體「是患小兒麻痺症的，不能孤立的站起來」[2]，此一說法極爲嚴厲，卻也點出七等生創作上的獨特性質。針對七等生文體做研究的則有廖淑芳的《七等生文體研究》[3]，此研究著眼於七等生文體的風格，進行詞彙、句法、章法之討論，以辨析歸納其文字運用方式

[1] 本文所用文本爲七等生：七等生全集 **2**《我愛黑眼珠》（臺北：遠景出版社，**2003** 年）。〈我愛黑眼珠〉爲七等生於 **1976** 年發表的作品，描寫李龍第在洪水氾濫時救助一名病弱的妓女，妻子絕望李龍第的行爲憤而泅水而過，反被洪水沖走的情節故事。爲免註腳繁複，文後所引原文僅餘文後列上頁數，不另作註。

[2] 見張恆豪編：《火獄的自焚》（臺北：遠行出版社，**1997** 年），頁 **40**。劉紹銘於〈七等生「小兒麻痺」的文體〉一文指出，七等生的小說句子，是患小兒麻痺症的，他的「短篇」也如此，單獨看到一兩個，你的感覺仍是「驚奇」的互相看見。

[3] 廖淑芳：《七等生文體研究》（臺南：成功大學歷史語言研究所碩士論文，**1990** 年）。

及文體特色，透過語言表現的特質，瞭解作者某種引而不露的目的，但其採平面式的修辭分析，雖能析見七等生氏的創新思維和豐富且獨特的想像力，卻無法理解七等生在意象塑造上的特異點。尤其七等生的作品常透過奇詭的劇情傳達其意念，構織許多景象以呈現其中心旨意，這般寓言式小說若只從平面式的修辭去分析，是無法析見文本所欲表達的意象旨意。

七等生小說裡的主角，往往扮演的是隱遁者的角色，面對世界裡的卑污、人性的貪婪和虛僞，總是堅持以自己的生活方式和理念去存在，而七等生對人性的闡釋又不以世俗道德的標準去詮釋，作品中的人物、時間、空間都走樣而呈現怪異的現象，也引起當代許多人對其作品意識的熱烈評論。以〈我愛黑眼珠〉爲例：周寧〈論七等生的【我愛黑眼珠】——李龍第的信念與本性〉[4]，是以現世哲學和分裂人格的角度解讀。陳國城〈「自我世界」的追求——論七等生一系列作品〉[5]則認爲〈我愛黑眼珠〉是「自我世界」和「現實世界」間相互衝突、對抗、消長及價值抉擇的過程。高全之〈七等生的道德架構〉[6]則從人我、兩性關係上談價值觀。對〈我愛黑眼珠〉的評論真的很多，評論者的論點角度各異，論述的觀點亦具有價值，但是筆者不禁心生疑惑，七等生刻意營造的劇

[4] 收錄於張恆豪編：《火獄的自焚》（臺北：遠行出版社，1997 年），頁 63-76。

[5] 同註 4，頁 77-89。

[6] 同註 4，頁 91-112。

情、氛圍，在葉石濤先生眼裡是談「嫉妒」[7]、劉紹銘先生則視它爲墨子思想的現代寓言[8]、周寧先生則以爲主題是「信念」[9]……，究竟七等生企圖傳達何種訊息？他在《五年集》後記裡說：「寫作是要保全我的記憶且一併對世界的記錄，把我與本來是混在一起的世界試圖分開來，所以筆名對於我，是我對生活中普遍的一切要加以抗辯，尤其在我生活的環境裡，他們幾乎是集體的朝向某種虛假的價值的時候。」[10]可見七等生對於生活環境裡的虛假與價值的低落感到憤怒與抗拒。在小說集《來到小鎮的亞茲別》序言中，七等生指出：「文學家的任務並不在提倡高調的生活哲學，也不規劃什麼健全的倫理；但他的責任是批判現時的社會生活，更重要的是揭露人類生存的心象；他的生命於創作。」[11]由文可見，高調的生活與健全的倫理價值並不是七等生所崇尚的創作

[7] 見張恆豪編：《火獄的自焚》（臺北：遠行出版社，1997年），頁19。葉石濤於〈論七等生的【僵局】〉一文指出，「七等生是一個最關心道德而又對於美德有過敏性反應的作家。他的小說『我愛黑眼珠』，如果以道德戒律來命名之。大約其主題是『嫉妒』。這篇小說在詮釋『嫉妒』的含義上已達到象徵的境界。」

[8] 見張恆豪編：《火獄的自焚》（臺北：遠行出版社，1997年），頁59-62。劉紹銘於〈現代中國小說之時間與現實觀念〉一文指出，面對劇中人物李龍第的利他主義式愛情與責任，該「視它爲墨子思想的現代寓言嗎？視它爲中國式的卡繆荒謬英雄嗎？」

[9] 見張恆豪編：《火獄的自焚》（臺北：遠行出版社，1997年），頁66。周寧於〈論七等生的【我愛黑眼珠】〉一文指出，「造成李龍第在現實中『怪異荒誕』（在一般人的常識裡）行爲的原因，除了上述的背景之外，最主要的是源於它的信念。」

[10] 參見七等生：《五年集》自序（臺北：林白出版社，1972年）。後收入於七等生：《情與思》（臺北：遠景出版社，1977年），頁1-5。

[11] 見七等生：《來到小鎮的亞茲別》序（臺北：：遠行出版社，1976年），頁1-4。

理念，而他刻意營造的怪異生活、充滿道德爭議的情節意象，及劇中人物的獨特心象，便是要反映人類生存的異象，以引起世人的注意。

（一）當〈我愛黑眼珠〉是篇寓言小說

張大春曾提出懷疑：「當一則寓言所指涉的寓意是如此可移易甚或可反轉的時候，我們又如何將之視爲一種教訓或真理的載體？」[12]，〈我愛黑眼珠〉便有這樣的問題。小說有時多少會因爲容納了些許不存在於真實世界的角色、場景而顯得荒怪，正因如此，「小說猶如寓言一般有了它符號學上的需要；它必須具備一個寓意，它必須有所指涉。」[13]「一旦某人瞭解了某符號指涉著某種對象，某人即已隸屬於這個語言系統，他也就不可能自外於莊子所稱的那個『盛裝語言的容器』」[14]，因此，有了寓意，寓言才找到了箭矢的靶位；瞭解了寓意，才瞭解了寓言的真正旨意。

「旨意」是透過劇中情節的內在動作和外在動作，即思想、性格、行爲等表現在「語言」之上。索緒爾的語言結構

[12] 見張大春：〈寓言的箭射向光影之間---一則小說的指涉論〉，《小說稗類》（臺北：聯合文學，1998 年），頁 62。

[13] 同註 12，頁 65。

[14] 同註 12，頁 66。張大春在此文指出：「莊子曾用『酒杯中的水』來狀述語言，從而創造出『卮言』這個辭。由於容器不同，水的形狀亦隨之而異，這種沒有固定形狀、隨器而變的的性質正是莊子對語言的本質的理解。那麼，盛裝語言的容器究竟是什麼呢？曾經建構了符號學（semiotics）的美國思想家皮爾斯（Charles Sanders Pierce）以『詮釋體』（interpretant）這個字來概括那些『能瞭解某種符號（sign）代表某些對象（object）的人』。」

觀則指出，「語言」並非「符號」直接指涉而已，而是聯結了概念和音響形象，前者是抽象的事物概念，爲表現的內在意蘊；後者是指經約定俗成而留在心中的聲音的心理印跡，並以語言爲特徵的形式表現。[15]三者間的互動便可透見其特徵與意義。

（二）篇章意象概論

意象學可區分爲狹義與廣義，狹義的意象學是指「意象之形成」，即個別意象；廣義的意象學則包含「意象之形成」、「意象之表現」、「意象之組織」、「意象之統合」等內涵，亦即整體意象。又「篇」爲一文之最大意象，所以整體意象是以「章意象」爲基礎，以進於「篇意象」，且一篇辭章之中，大多不會只用到一個意象，而是多個意象組織而成，因此，從「篇章」的涵蓋面來看，就必須從「個別意象」提升至「整體意象」，即處理廣義現象學中的「意象之形成」、「意象之組織」、「意象之統合」。[16]也就是說，「篇章意象」統合了形象思維中所涉及的「意」（情、理）與「象」（事、景）之形成，與邏輯思維中所涉及的意象之排列組織和概念組合，並

[15] 見索緒爾著，高名凱譯：《普通語言學教程》（臺北：弘文館， 1984年），頁 91。

[16] 參見仇小屏：《篇章意象論---以古典詩詞爲考察範圍》（臺北：萬卷樓圖書，2006 年），頁 2-5。又陳佳君：《辭章意象形成論》解釋：「意象之形成與表現屬形象思維，前者爲狹義的意象學，後者爲詞匯學、修辭學；意象之組織與排列屬邏輯思維，前者就篇章而言爲章法學、就語句而言爲文法學。」（臺北：萬卷樓圖書，2005 年），頁 9。

藉此展現核心之「意」的主旨與抽象力量的風格。

綜上所述，寓言本身便是將抽象的寓意投射於具象的人物表現、情節上，本文便試圖從篇章意象的角度分析，以看出〈我愛黑眼珠〉一文之篇章全貌，賞析作者思路的重要切入點，並析見七等生隱遁的背後所欲傳達的寓意主旨。

二、〈我愛黑眼珠〉之篇章意象

「意象」是創作者本身內在心境和外在環境相互激盪，在潛意識中留下的心理印記。就如七等生所強調：「我的文字是音樂的聲律和圖像兩種意義的結合，塑造出內在心靈和外在形象俱全的完整人格。」[17]「在那些長短不一的篇章裡，外在的世界與內在的世界，我都兼顧到；對於自我與世界之間，我完全依照我的習性、感情和理念來記錄我在生活中經驗的事。甚至以我爲主題，來探求生命哲學……。」[18]是的，七等生筆下的人物，舉凡土給色、亞茲別、羅武格到李龍第等，皆可嗅見作者的影子，甚至就是作者的化身，所有的理念和詮釋，皆爲七等生一步步揭開內心世界，以自己做基礎所延伸的，高天生稱此爲「自繪、自剖、自憐的內視文學」[19]。就此，本文便可確立「李龍第」即爲「七等生」的化身，

---

[17] 引自七等生：《散步去黑橋》（臺北：遠景出版社，1978 年），頁 247。

[18] 轉引自高天生：〈在火獄中自焚的藝術家---論七等生的小說〉，《文學界》第 6 期（1983 年 4 月），頁 142。

[19] 見高天生：〈在火獄中自焚的藝術家---論七等生的小說〉，《文學界》第 6 期（1983 年 4 月），頁 147。

亦爲此文之主體。

（一）〈我愛黑眼珠〉之主體、客體關係

主體和客體的關係，王旭曉在《美學原理》中說道：「客體是指人的對象性活動中所指向的東西，即各種活動的對象。因而，客體是相對於主體而言的，沒有主體的存在，也就不可能有客體的存在。」[20]關於意象和主體、客體的互動，仇小屏在《篇章意象論——以古典詩詞爲考察範圍》[21]中指出：

> 意象之形成源自於主、客體之碰撞、交融，主、客體之所以能夠碰撞、交融，那是因為主、客體的力的式樣形成了「同構」，並且借助著聯想與想像的能力，主體可以對客體進行調動與改造，以期能更符合主體情志，而對這經由主體選取與改造的客體，用語言描述出來後，就成了文學中的意象。

其下，便就〈我愛黑眼珠〉一文主體、客體的互動關係進行分析。

1.李龍第與晴子

[20] 見王旭曉：《美學原理》（上海：人民出版社，2000 年），頁 91。

[21] 見仇小屏：《篇章意象論---以古典詩詞爲考察範圍》（臺北：萬卷樓圖書，2006 年），頁 87。文中（頁 100-105）解釋：「『同構』說由格式塔學派提出，此派認爲『同構』就是審美體驗中，對象的表現性及其力的結構（物理世界），與人的神經系統中相同的力的結構（心裡世界）的同型契合。」

主（李龍第）：他約有三十以上的年歲，猜不準他屬於何種職業的男人，卻可以由他那種隨時採著思考的姿態所給人的印象斷定他絕對不是很樂觀的人。眷屬區居住的人看見他的時候，他都在散步；人們都到城市去工作，為什麼他單獨閒散在這裡呢？他從來沒有因為相遇而和人點頭寒暄。（p173）

客（晴子）：想著她在兩個人的共同生活中勇敢的負起維持活命的責任的事。（p174）

由上可知，妻子晴子肩負了全家的生計，而李龍第是個不樂觀且失業在家閒晃的人，亦可推之，一個經濟缺乏獨立的「男人」失業在家，在那樣的年代是個地位卑下的寄生者，面對鄙夷，生活在壓力之下的李龍第，其生理、心理必定產生某種程度上的衝突與變化，而「從來沒有因爲相遇而和人點頭寒暄」，也顯露出其躲避人群與自卑心理的呈現。

2.李龍第與環境

主（李龍第）：他暗自傷感著：……面對這不能抗力的自然的破壞，人類自己堅信與依持的價值如何恆在呢？他慶幸自己在往日所建立的曖昧的信念現在卻能夠具體地幫助他面對可怕的侵略而不畏懼，要是他在那時力爭著霸佔一些權力和私慾，現在如何能忍受得住它們被自然的威力掃蕩而去呢？人的存在便是現在中自己與環境的關係，在這樣的情況中，我能首先辨識自己，選擇自己和愛我自己嗎？這時與神同在嗎？（p177-178）

客（環境）：人們爭先恐後地攀上架設的梯子爬到屋頂上，以無比自私和粗野的動作排擠和踐踏著別人。（p177）那些想搶回財物或看見平日忠順呼喚的人現在為了逃命不再回來而悲喪的人們。（p177）

由上可知，李龍第是確實存在的，但他所存在的環境充滿了自私與爲我，與他的信念有所牴觸，使得他當初選擇放棄權利與私慾的霸佔，這也間接說明李龍第是有能力不當寄生者的角色，但這樣的曖昧信念卻也致使他摸不清自我的價值，直至一場洪水，使他明白何謂自我的真正價值。李龍第與環境間的一來一往，由衝突以至於坦然。

3.李龍第與妓女

主（李龍第）：你在生病著，我們一起處在災難中，你要聽我的話！（p179）

客（妓女）：李龍第從水裡救起了這名虛弱且生著病的妓女。
我是這個城市裡的一名妓女。（p183）
「我愛你，亞茲別」（p184）

由上可見，洪水來臨前，李龍第和妓女是陌生人；當洪水氾濫時，李龍第解救了落在水裡、虛弱且生著病的妓女，並把自己身上所有的一切給予她，愛護她，並命令她「你要聽我的話！」雖然他們一起處在災難中，但李龍第像英雄般的安撫了柔弱女子的身心，以致後來女子崇拜的愛上了「亞茲別」。

「李龍第與晴子」、「李龍第與環境」、「李龍第與妓女」，這三組主、客關係的互動與激盪，構織出了〈我愛黑眼珠〉一文的場景面貌，像是一幅畫的底，而透過文字描述所呈現的動作、性格、思想與對話，則是畫的圖，而這些圖究竟透露出何種意象，以下便就各分意象進行分析。

(二)〈我愛黑眼珠〉分意象的探討

吳曉《詩歌與人生——意象符號與情感空間》[22]說道:「單個意象具有明顯的侷限性與非獨立性,它無法展現情感複雜變化的進程,也無法將一件事實產生的前因後果和它發展的可能性表述清楚。要達到以上目的,就必須借助於意象符號的組接,以展示情感活動的相互作用及其發展變化等複雜關係。」由此可見,每一意象皆有其價值,但單一來看是無法析見其在篇章中的作用,也就無法理解篇章內容的情感聯繫。

而意象的最小單位是「詞」,最大單位是「篇」,每一「詞」的本身便是「個別意象」,而後共同組成「整體意象」,因〈我愛黑眼珠〉一文所欲探討的範圍是「篇章」,便以詞句構成的較大意象,就分意象、總意象[23]的概念來探討,又此文的意象材料是繞著「李龍第與晴子」、「李龍第與環境」、「李龍第與妓女」而形成,以下便就三材料之意象組織作分析。

1.李龍第和晴子的意象材料組織結構如下:

[22] 見吳曉:《詩歌與人生---意象符號與情感空間》(臺北:書林出版有限公司,1995 年),頁 32。

[23] 見仇小屏:《篇章意象論---以古典詩詞爲考察範圍》(臺北:萬卷樓圖書,2006 年),頁 56-74。「分意象、總意象」的概念由仇小屏提出,藉以區別與「個別意象、整體意象」根本上的重疊。重疊之處在於:兩者都指出許多小意象組合成大意象、大意象由許多小意象組合而成,特別是如果此大意象指的是最大意象---「篇」,那麼總意象與整體意象在此時是一致的;但是不同之處在於:分意象、總意象著重在處理出「意象的層級」,並可因此而整理出「意象體系」,更進而清理出「意象的組織」,但總意象不必然要處理到「篇」的層級,而個別意象、整體意象則必然指向主旨的探求。

昔
- 敘：李龍第沒告訴他的伯母，...靜靜的走出眷屬區。...約有三十以上的年歲，猜不準他屬於何種職業的男人，
- 論：卻可以由他那種隨時採著思考的姿態所給人的印象斷定他絕對不是很樂觀的人。（p173）
- 問：眷屬區居住的人看見他的時候，他都在散步；人們都到城市去工作， 為什麼他單獨閒散在這裡呢？（p173）
- 答：他從來沒有因為相遇而和人點頭寒暄。……和五年前失去丈夫的寡婦邱氏住在一起。（p173）
- 景：李龍第看到汽車彷彿一隻衝斷無數密佈的白亮鋼條的怪獸疾駛過來，……他那張貼近玻璃窗沈思的臉孔。
- 情：李龍第想著晴子黑色的眼睛，便由內心裡的一種感激勾起一陣絞心的哀愁。（p173）
- 景：隔著一層模糊的玻璃望出窗戶的他，...他這樣悶悶的想著她，想著她在兩個人的共同生活中勇敢地負起活命的責任的事。...（p174）
- 情：他的心還是處在相見是否就會快樂的疑問的境地。（買花、葡萄麵包、等待）（p174-176）
- 景：李龍第重回到傾瀉著豪雨的街道來，...他在這座沒有防備而突然降臨災禍的城市失掉了尋找的目標。他的手臂痠麻，已經感覺撐握不住雨傘，雖然這支傘一直保護著他，可是當他抱著萬分之一的希望掙扎到城市中心的時候，身體已經淋漓濕透了。他完全被那群無主四處奔逃擁擠的人們的神色和喚叫感染到共同面臨災禍的恐懼。（p176-177）
- 情：假如這個時候還能看到他的妻子晴子，這是上天對他何等的恩惠...即使面對不能避免的死亡，也得和所愛的人抱在一起啊。...
- 染：李龍第看見此時的人們爭先恐後...，他心裡感慨地想著：如此模樣求生的世人多麼可恥啊，我寧願站在這裡勞抱著這根牢抱著這根巨柱與巨柱同亡。（p177）
- 點：他手中的黑傘已經撐不住天空下來的雨，跌落在水裡失掉了。
- 景：李龍第疑惑地接觸到隔著像一條河對岸那屋脊上的一對十分熟識的眼睛...李龍第警告自己不要驚慌和喜悅。（p178）
- 情：他內心這樣自語著：我但願你已經死了，被水沖走或人們踐踏死去，不要在這個時候像現在這樣出現，...你出現在彼岸，我在這裡，中間橫著一條不能跨越的鴻溝，我承認或緘默我們所持的境遇依然不變，反而我呼應妳，我勢必拋開我現在的責任。我在我的信念之下，只佇立著等待環境的變遷...我就喪失了我的存在。...你該看見現在這條巨大且凶險的鴻溝檔在我們中間，你不該想到過去我們的關係。（p179）（晴子情緒：

喜→怒→哀→恨）
敘：你說我背叛了我們的關係…（p182）
論：引起你憤怒的不在我的反叛，而在你內心的嫉妒：不甘往日的權益被取代。我必須選擇，…負起我做人的條件…感到存在的榮耀責任。
點：現在你看不到我了，你的心會獲得平靜。我希望你還活著。（p184）
今　染：在這樣龐大和雜亂的城市，要尋回晴子不是一個倦乏的人能勝任。

故事採由昔而今順序結構發展以組織意象：

（1）採先敘後論、先問後答，營造出寄居者的意象：李龍第是個失業的男人，更是位「寄居者」，當人們都到城裡工作的時候，他只能到處閒散消磨時間，寄居者的角色使他自卑，致使他隨時踩著低頭掩面的姿態，狀似思考卻更顯現他刻意閃避群眾以減去尷尬的場景。

（2）採景情交錯構織李龍第與晴子兩意象間的互動：相對於李龍第，晴子此時所呈現的意象便是－肩負起共同生活中，維持「活命」的價值意義者。她具備工作能力的身份與辛苦，使李龍第對她心生感激，但得用晴子的錢買花、買葡萄麵包送給晴子的事實卻也暗藏著「位高」者與「位低」者相處時，是否能快樂的哀愁，亦可嗅見李龍第對自己價值的懷疑。

（3）李龍第是深愛晴子的，因此面對突如其來的恐懼、不可必免的死亡，他是想和所愛的人抱在一起。而文中的「傘」，即是晴子，亦即「保護」的意象，李龍第撐握的不只是一把傘，更是晴子對他的保護；李龍第一心尋找的目標，不只是晴子，更是一種寄生者極欲抓住的安心。

（4）（染）李龍第手中的黑傘隨傾盆的大雨流走了，象徵著自己不再需要保護，因爲面對無法預測、抗力的大自然破壞，權力、私怨、財物都將失去，當初的信念與價值也無法幫住自己渡過難關，（點）他的曖昧信念，讓此時的他體認到自己與環境的依存關係，即是當下自我存在的價值。

（5）採先景後情：再次見到晴子，李龍第是喜悅的，但他告訴自己「不要慌張和喜悅」，甚至希望晴子死了、被水沖走了、遭踐踏而死去。筆者以爲，李龍第的極端想法，並非其薄情寡義，而是強烈的表達出其當下的環境、當下的責任、當下的信念，及當下的自我價值。

（6）（敘）面對晴子情緒由喜轉怒、傷心以致痛恨，李龍第歸因於晴子的嫉妒，如同當世醜陋的人們，不甘心權力遭剝奪，兩人之間的鴻溝即象徵兩人信念的歧異，除非信念再次合同，一切才能返回。（論）而李龍第則再次堅定自己的信念，在當下的環境選擇負起榮耀的責任，以肯定自我的存在價值。

（7）（點）洪水退了，象徵外在環境回復、鴻溝消除，（染）李龍第仍希望晴子活著，並負起找回晴子的責任，藉以肯定並延續自己的價值。

2.李龍第與環境的意象材料組織結構如下：

- 敘
  - 點：李龍第重回到傾瀉著豪雨的街道來，...他在這座沒有防備而突然降臨災禍的城市失掉了尋找的目標。(p176-177)
  - 染：他的手臂痠麻，已經感覺撐握不住雨傘，雖然這支傘一直保護著他，可是當他抱著萬分之一的希望掙扎到城市中心的時候，身體已經淋漓濕透了。他完全被那群無主四處奔逃擁擠的人們的神色和喚叫感染到共同面臨災禍的恐懼。(p176-177)
  - 景：李龍第看見此時的人們爭先恐後地攀上架設的梯子爬到屋頂上，以無比自私和粗野的動作排擠和踐踏著別人。(P177)
  - 情：他依附在一根巨大的石柱喘息和流淚，他心裡感慨的想著：如此模樣求生的世人多麼可恥啊，我寧願站在這裡牢抱著這根巨柱與巨柱同亡。(P177)
  - 點：他的手的黑傘已經撐不住天空下來的雨，跌落在水流失掉了。...漸漸覺醒而冷靜下來。(P177)
  - 染：他暗自傷感著：在這個自然界，死亡一事是最不足道的。
- 論
  - 問：人類的痛楚於這冷酷的自然界何所傷害呢？面對這不能抗力的自然的破壞，人類自己堅信與依持的價值如何恆在呢？
  - 答：他慶幸自己在往日所建立的曖昧的信念現在卻能夠具體地幫助他面對可怕的侵略而不畏懼，要是他在那時力爭著霸佔一些權利和私慾，現在如何能忍受的住它們被自然的威力掃蕩而去呢？那些想搶回財物或看見平日忠順呼喚的人現在為了逃命不再回來而悲喪的人們，現在不是都絕望跌落在水中嗎？……人的存在便是在現在中自己與環境的關係，在這樣的境況中，我能首先辨識自己，選擇自己和愛我自己嗎？……水流已經升到李龍第的腰部以上，他還是高舉著掛雨衣的左臂，顯得更加平靜。(P177-178)

故事採先敘後論結構發展以組織意象：

（1）先「點」出李龍第面對突如其來的災禍，失去目標作爲引子，然後（染）心生恐懼於面對到處都是六神無主、奔逃的人們，而他仍緊緊握住那把一直保護著他的黑傘，黑傘即爲晴子的象徵，可見此時李龍第信念的維繫仍在於晴子，面對危險仍心繫晴子的保護，呈現出一恐懼的意象。

（2）採先景後情。面對（景）人們自私粗野以求活命的行爲，李龍第（情）心生感慨，寧可隨巨柱同亡，也不願自私而活。此時的李龍第雖然仍緊抱著柱子，但他的信念已開始動搖。

（3）先「點」出黑傘因撐不住豪雨而隨水流去，表達（染）出當面對大自然的反撲、外在環境的變遷，一直保護著他的傘也不敵環境而流失，死亡變得不足以道。

（4）採先問後答，提出層層疑問，進而自我解釋。（問）面對環境的改變，如何確立自己所依持的價值？辨識自己後明確選擇？（答）李龍第從這一次的災難中找到答案，原來人的存在價值便是在現在中自己與環境的關係，有了答案，即使水流已淹沒到李龍第的腰部以上，他卻能從信念中得到平靜。

3.李龍第與妓女的意象材料組織結構如下：

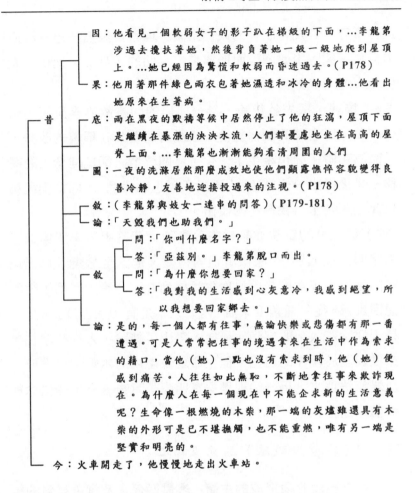

- 昔
  - 因：他看見一個軟弱女子的影子趴在梯級的下面，...李龍第涉過去攙扶著她，然後背負著她一級一級地爬到屋頂上。...她已經因為驚慌和軟弱而昏迷過去。(P178)
  - 果：他用著那件綠色雨衣包著她濕透和冰冷的身體...他看出她原來在生著病。
  - 底：雨在黑夜的默禱等候中居然停止了他的狂瀉，屋頂下面是繼續在暴漲的泱泱水流，人們都憂慮地坐在高高的屋脊上面。...李龍第也漸漸能夠看清周圍的人們
  - 圖：一夜的洗滌居然那麼成效地使他們顯露憔悴容貌變得良善冷靜，友善地迎接投過來的注視。(P178)
  - 敘：(李龍第與妓女一連串的問答)(P179-181)
  - 論：「天毀我們也助我們。」
  - 敘
    - 問：「你叫什麼名字？」
    - 答：「亞茲別。」李龍第脫口而出。
    - 問：「為什麼你想要回家？」
    - 答：「我對我的生活感到心灰意冷，我感到絕望，所以我想要回家鄉去。」
  - 論：是的，每一個人都有往事，無論快樂或悲傷都有那一番遭遇。可是人常常把往事的境遇拿來在生活中作為索求的藉口，當他(她)一點也沒有索求到時，他(她)便感到痛苦。人往往如此無恥，不斷地拿往事來欺詐現在。為什麼人在每一個現在中不能企求新的生活意義呢？生命像一根燃燒的木柴，那一端的灰燼雖還具有木柴的外形可是已不堪撫觸，也不能重燃，唯有另一端是堅實和明亮的。
- 今：火車開走了，他慢慢地走出火車站。

故事採由昔而今順序結構發展以組織意象：

(1)先因後果述明李龍第和妓女相遇的過程，相對於妓女，李龍第的角色也從寄生者搖身一變爲救人的英雄，從位階低者轉變爲位階高者，他的存在價値獲得需要。

(2)透過先底後圖的章法，以豪雨洪水爲底，以面容憔悴、

良善冷靜、具友善眼神的人們為圖，場景便聚焦在這一群原本自私，卻因災難降臨而顯露憔悴無助的人身上，此佈局產生極大的視覺效果。

（3）接著，採先敘後論，以一連串的問答敘述李龍第、晴子和妓女三者間的關係釐清，象徵著隨著外在環境的改變，李龍第和晴子間也產生了變化，無關感情，卻是信念上的轉移。最後得出一個結論，「天毀我們也助我們」，因為李龍第藉此體認到了自我存在的價值。

（4）這部分的章法亦是採先敘後論：問答中，李龍第改了名字叫「亞茲別」，象徵著他的轉變，他完全捨棄了自己以往的身份；妓女則是因為對生活感到心灰意冷，因而絕望的想回家鄉。從某種角度來看，兩人原本是有相當程度上的「同是天涯淪落人」的感嘆。最後，得出了結論，人往往拿往事來欺騙屬於現在的自己，但生命就像燃燒的木柴，一端成了灰燼無法重來，另一端則是堅實明亮，意味著堅定的信念與價值永遠存在。

（三）〈我愛黑眼珠〉的意象核心

前文已就意象形成的主體、客體關係，及意象材料的組織作分析，以下便就〈我愛黑眼珠〉一文的意象核心作討論。欲探究意象核心便需掌握個別意象以統合至整體意象，而整體意象必然是透過「綱領」統整貫串各個別意象，然後精確的指向「主旨」的探求。

仇小屏說道：「綱領，就是統貫材料的意脈，而且材料必有呈現的過程，因此貫串材料的意脈，也就會留下延展的痕跡，這痕跡稱之爲『軌』。」[24]針對綱領軌數的概念，陳滿銘解釋：「『單軌』，這是將主要內容凝爲一軌，以貫穿節、段或全文的一種方式。『雙軌』，這是將平列或有主從關係的重要內容析爲兩軌，以貫穿節、段或全文的一種方式。『三軌』，則是將平列或有主從關係的重要內容分爲三軌，以貫穿節、段或全文的一種方式。」[25]而「主旨」則是篇章的靈魂所在，也是意象材料所欲傳達的中心思想，透過主旨的引導，個別意象才能組織成整體意象，也才能使這些意象產生作用。

將第二節的三意象材料統合後，結構表簡化如下：

昔
- 洪水形成前（象）：「寄居者」的意象，「信念」曖昧不明。
- 洪水形成時（象）：
  - 先：「受保護者」的意象，「信念」依然不明。
  - 後：「環境變遷」的意象，「信念」動搖。
- 豪雨停止，洪水持續（意含象）：「責任與價值」的意象，「信念」確立。

今
洪水退去後（象）：「責任」的意象，「信念」的延續。

由結構表即可清楚看出，貫串起通篇意象材料的綱領即是「洪水」，而意象材料所欲傳達的中心思想即是一種信念，一種「自我存在的價值」的信念。

「洪水」發生的有無，貫串起各意象組織，從洪水發生

[24] 見仇小屏：《篇章意象論---以古典詩詞爲考察範圍》（臺北：萬卷樓圖書，2006 年），頁 79。

[25] 見陳滿銘：〈從軌數的多寡看凡目法在詞章理得運用—以國、高中課文爲例〉，《章法學新裁》（臺北：萬卷樓圖書，2001 年），頁 250-254。

前，李龍第以寄居者的意象出現，其信念曖昧不明；洪水形成時，信念產生了動搖；洪水持續時，信念獲得確立；一直到洪水退去後，信念的延續。「洪水」在此文中除了扮演綱領的角色，其本身的意象也豐富了文章的深度，它代表了一種外加於人之上卻無法抵抗的力量，而李龍第卻選擇異於他人，秉持著自我信念與之抗衡；洪水的出現，也還原了人性的本我面，原本在社會上生存所戴上的面具，在災難降臨的那一刻，全數褪去；而洪水所產生的那一條無法跨越的鴻溝，更區分了兩種價值層面上的不同，一邊是醜陋、自私、霸佔權力排擠他人以求生存的人們，另一邊則是面對可怕的侵掠，卻能在環境中確立自己信念與價值的正義方。七等生所欲傳達的旨意，已然浮現。

透過綱領貫串意象，使得主旨得以明確。初始，李龍第以寄居者姿態出現，信念曖昧不明，雖然不願意和世人一樣爲求生存而不擇手段，但所承受的便是完全接受晴子的保護與給與，找不到自己存在的價值。當洪水形成時，初期仍期待著晴子的保護，後期便體認到面對不可抗拒的外力，原本所擁有的一切都將失去，甚至得面對死亡，唯有確認自己的信念與價值，才能獲得支撐的力量。洪水持續湧漲，面對與自己過去境遇相彷彿的妓女，李龍第從她身上獲得從未擁有過的自尊與滿足，更因此明白活在當下的信念與價值之珍貴，本文主旨，也在此顯現。最後，洪水退去，送走了妓女，其當下的價值與信念，便是找回他那被洪水沖走的妻子。

三、結語

〈我愛黑眼珠〉一文的道德觀、修辭表現、怪異的時空背景等，都不是筆者所想要探討的，甚至認爲文章所呈現的怪異風格是種表現手法，是爲了突顯作者希冀引起眾人注意的一種手段。但一篇文章若只是從它「怪異」的地方著眼，便模糊了文章的中心情理，忽視了作者所欲傳達的旨意，當然也讓文章失去了原本的價值。

從篇章意象的理論處理〈我愛黑眼珠〉，筆者清楚的看見「洪水」這條綱領，貫串起寄居者、受保護者、環境、人性、洪水、英雄等諸多意象，進而呈現出在當下環境擁有並肯定「自我存在的價值」信念的主旨。李龍第這樣一個隱遁的角色，在挫敗且被動的環境下反省思索，最後覺悟到唯有主體性的存在，才能真正體驗生命的具體存在；唯有實踐了主體性，才能真正瞭解自我的存在價值，而社會中的每一份子都該有這樣的體悟便是〈我愛黑眼珠〉一文所希冀傳達的目的。

吳應天與陳滿銘章法分析比較
——以方苞〈左忠毅公逸事〉為例

鄭中信
屏東教育大學中國語文研究所碩士生

一、前言

在進行文學作品的分析時，總離不開作家、作品與讀者三個方向。對於篇章結構的探討，則偏向作品的獨立性，將作品視爲一部開放、獨立閱讀的文本，以此作爲分析主體，進行結構、佈局、修辭、主題等等討論。對於文學作品的結構分析，中國已建立出「起、承、轉、合」的文學批評論述模式，認爲文章的組成，不僅僅是外在結構的分割，各結構之所以組合，應有其共同遵從的主軸、規則，在規則的共性中，進行各種組合變化。此種批評論述，突破了「開頭、中間、結尾」外在形式的切分概念，關注形式之間的關連性。但是「起、承、轉、合」的概念仍然太過龐大，若欲更進一步分析文本結構，這樣的結構概念便失之空泛，無法更精確的對文本進行分析。

不過，篇章結構之分類方法分歧，各家原則不一，本文採取吳應天、陳滿銘兩家系統進行比較。吳應天《文章結構學》以邏輯思維、形象思維的差異性，將篇章結構分爲敘述文、描寫文、議論文、說明文、複合文五大類型；陳滿銘《文章結構分析---以中學國文課文爲例》將篇章結構歸納爲「遠近」、「大小」、「本末」、「淺深」、「貴賤」、「親疏」、「賓主」、「正反」、「虛實」、「凡目」、「因果」、「平側」、「抑揚」、「擒縱」、「問答」、「立破」等十六種結構。二者在操作的過程中，將文章拆解成許許多分析層級，混和運用其分析的結構單位，進行文章的結構分析。

雖然同樣對篇章進行結構分析，但是，吳應天與陳滿銘秉持的分析概念並不相同。本文即以方苞〈左忠毅公逸事〉爲例，試圖分析兩系統的分析差異。

二、章法的定義及其探討

(一)吳應天之章法定義

吳應天先生(以下簡稱吳氏)認爲，文字是構成文章的最基本單位，文字組成詞彙、詞彙組成句子，各有其特定的組合方法，在此概念下逐一推演，各個結構單位之間，都有一定的組合規則。文章即是一層層文字序列堆疊的結果，就是因爲數個小單位可以組成一個大單位，數個大單位又可組成更大的單位，而各組成單位所遵循的規則又不相同，所以各個單位與次級單位之間，雖具有相互的關聯性，卻又必須做出區別。其論述如下：

> 章中分節，實質上是章中有章；章節分段，也是章中

有章。……章近乎句，又是篇的結構單位，它有句法因素，又有篇法因素，所以篇和章有關連又有區別。[1]

因此，各次級結構單位和篇章有著相對的關係，各結構的組合單位，會因爲文章篇幅大小的不同，而有所變化。相同的，正是因爲文字堆疊、組合具有規則性，所以每一個組成單位，也可以分析爲許多的次級結構單位。

可以表達完整意旨的單位，便可以成章。對於文章整體而言，結構單位可以分爲許多的層次討論，每一層單位的定義及構成，緊緊的依附其所組成的篇章之下，如「句」有句的組成結構，「段」有段的組成結構，「章」有章的組成結構等等，各分析層的結構單位不同，組成的規則亦有所改變，所以討論各層次的結構與篇章的關係，並不能以統一的模式，對各層結構單位進行討論。

洪順隆先生(以下簡稱洪氏)在吳氏的分析概念下，實踐於古文的文章結構分析，著重篇章結構的層級探討，分析各層級間的關係及歸納的結果，並針對讀者閱讀反應做說明，提出探求主旨、大意的見解。洪氏在其著作《歷代文選---閱讀、鑑賞、習作》中，做了以下的論述：

作者創作時是由選字而鑄詞；由詞而造句；由句而構章；最後聯合多章而成篇。因此，讀者閱讀時，也應逐字識義，逐句解意；逐章析旨，最後聯合多章的旨

[1] 引自吳應天：《文章結構學》(北京：中國人民大學出版，1989 年)，頁 3。以下所使用註解，皆以此版本爲主。

> 意，探求全篇的大意，擷取作者所要表達的中心思想。[2]

洪氏雖然有結構單位、層級、序列等等概念，由文章整體內容，廣泛的對文章進行分析，提供不少分析的體例。但是，對於掌握各結構單位的構成，並未突顯出各層級間遞減關係及構造的差異，結構單位之間的組合方式，也未做更近一步的說明。

(二)陳滿銘之章法定義

對於文章結構的分析，陳滿銘先生(以下簡稱陳氏)認爲，文章由文字所構成，根據字句的組合，所以有句、節、段、篇的形成，此部份和吳氏並無差異。不過對於結構單位的定義，陳氏有另外的詮釋。其並未根據文字組合規則，進行次級結構的分析，反而著重在字詞所展現的意旨，創造出了另外一種結構單位概念及組合規則。其將結構單位歸納爲遠近、大小、本末……等等十六種類別，提出文章分析方法的其他詮釋。其論述如下：

> 要分析一篇文章，可從多方面著手，其中最緊要的，就是「章法」。所謂「章法」，就是綴句成節、段，聯節、段成篇的一種組織方式。這種方式很多，比較常見的，除綱領的軌數外，有遠近、大小、本末、淺深、

[2] 引自洪順隆：《歷代文選---閱讀、鑑賞、習作》(台北：五南，1998年)，頁 12。以下所使用註解，皆以此版本爲主。

貴賤、親疏、賓主、正反、虛實、凡目、因果、平側(平提側注)、抑揚、擒縱、問答、立破等。[3]

陳氏的分析概念，不考慮各層次文字組合的限制，意旨性的結構單位，可以在句、段、節、章、篇等等文字的組成形式中進行分析，各結構單位的層次和分析組件可以多樣的連結操作。因爲著重意旨的結構單位分析，文字排列的語法規則，反而處於次要地位，在進行文章結構分析時，容易出現分歧的問題，導致同一文本有不同分析結果出現。

仇小屏(以下簡稱仇氏)承襲陳氏，除了對原有的十六種結構單位，做出更明確的定義之外，對於結構單位的類型上，也有所增補，並將分析的方法廣泛應用到高中、國中、國小課本的分析中，奠定此種分析方式的基礎。

三、吳應天分類系統

(一)文章分類方法

吳氏認爲文章是由一連串結構單位所組成的群體，單位之間的結合，有其一定的規律，單位之間的排列，維持著相互關係。穩固的連接關係，構成穩定的結構。文章裡的每一個單位及層級連結，都有其表達的思維。文章的構成，訴諸於語言的

[3] 陳滿銘：〈自序〉，《文章結構分析---以中學國文課文爲例》(台北：萬卷樓，1999 年)，頁 01。陳氏對於篇章結構分析的著作很多，因方苞〈左忠毅公逸事〉收錄在此書之中，本文所收錄的分析法及論述內容，皆採取此書的說法。

書寫，將口頭的語言模式和書面的語言模式做區分，所以吳氏做了以下的論述：

> 如果語言的結構規律就是文章的結構規律，那麼語法就應該是文章結構的法則，可是事實並非如此。雖然寫文章離不開寫話，但是文章中的每句話並非獨立的句子，而是某種思想體系、某種文章類型、某種章節、某種層次、某種序列的一個結構因素。兩個或更多的因素結合在一起，就必定具備一定的結構關係。[4]

日用的口頭語言，較無嚴謹的結構，於是口頭語言和書面語言的文字序列組合，自然而然有了區分。口語操作的語言模式和文章的運作思維有所差異，文章需要經過沉澱運思，在遣詞用句中具有一定的思維運作。書面語言的背後，承接著嚴謹的語言結構，由此導向思維模式的探討。

吳氏將思維形式，區分爲邏輯思維及形象思維兩大類。邏輯思維專指具有因果關係的論述方式，並以此作爲判斷的依據，歸納出議論文及說明文兩種文章類型；形象思維則著重外部景物或是事件的描寫，據此歸納出敘述文及描寫文兩種文章類型。同時，文章因爲作者的創作手法及內容需求，而有綜合性文章類型，進行創作的現象，這種混合的類型，則歸納爲複合型文章類型。

邏輯思維與形象思維的差異，展現在結構單位的組合關係

[4] 引自吳應天：《文章結構學》，前揭書，頁 15。

中，而組合規則的觀察，可以由各單位各層級的排列中探得訊息。議論文具有明確因果論述關係，所以其組成的單位及序列爲推理的語言組織，說明文的結構單位爲解釋型態，處於解釋詞義、文義的位置。描寫文則是著重在空間的書寫，呈現視覺意象的結構組合；敘述文爲時間性的形象思維，所以有情結性的序列結構。以吳氏的文章分類觀點分析，方苞〈左忠毅公逸事〉一文，在分段敘述史公及左公相處的情結，所以在文章類型的判斷，是一種敘述文的文類。

(二)方苞〈左忠毅公逸事〉為「分敘型敘述文」

在吳氏的分析體系中，敘述文即是屬於形象思維的一種文類，其和同爲形象思維的描寫文，關鍵的區別特徵在於歷時性的形象描述。以下是吳氏及洪氏對敘述文所下的定義：

> 敘述文屬於形象思維的時間性體系。從這個歷時性體系來看，敘述文就是敘述事物歷時性形象的文章。[5]

> 形象思維分為空間形象思維和時間形象思維。各有其本身的體系，敘述文屬於時間性的形象思維。[6]

除此之外，形象思維因爲時間元素的加入，會呈現因果關係的現象描述，所以觀察敘述文文類，可以發現情結的元件，在描繪人物、事件的過程中，呈現因果的關係現象。由

[5] 引自吳應天：《文章結構學》，前揭書，頁 201。
[6] 引自洪順隆：《歷代文選---閱讀、鑑賞、習作》，前揭書，頁 02。

上述的定義，檢視〈左忠毅公逸事〉文章內容，行文中對於人物、事件的描繪，皆是形象思維的語言操作，對於行文模式，符合歷時性書寫，並且次級結構的敘述內容，都有其情節主題。因此吳氏與洪氏都將此篇文章歸類爲敘述文。

不過敘述文的次級分類，可以分爲順敘型、倒敘型、分敘型、合敘型，[7]此篇文章類型，究竟該歸入敘述文的哪一個次分類，還需分析各結構單位之間，呈現出何種排列關係。以通篇的結構來看，文中四段內容的敘述，按照順序式的時間軸序進行敘述，但吳氏及洪氏爲何將方苞〈左忠毅公逸事〉歸納爲「分敘型敘述文」，而非「順敘型敘述文」文類，此處仍有待說明，所以洪氏在分析此篇文章的謀篇技巧時，做出下列的補充析論：

> 分敘型決定於形象思維的分象；而分象是同一事物的幾個階段或幾個部分的反映。由於形象思維和邏輯思維有對立而統一的關係，我們辯證的看，形象的對立造成分敘型；形象的統一造成順敘型、倒敘型和合敘型。……分敘型的謀篇原則在於依主題表現的功能因

[7] 參吳應天：《文章結構學》，前揭書，頁 201-245。敘述文依照文章的結構單位的排列，可以分爲順敘型、倒敘型、分敘型、合敘型四類。順敘型由總敘、分敘、結尾三類型的單位所組成；倒敘型由本事及往事兩類型單位所組成，其中本事的部份採用順敘型結構書寫；合敘型有總敘、分敘、結尾三類型單位，其中分敘的部份，可以有本事或是往事穿插其中；分敘型則是沒有總敘及結尾，僅有分敘單位的結構類型，但是每一個分敘單位，可以包含前述的各種敘述類型，有多種的組合變化。

> 素安置，時間的連續性是比較模糊的。[8]

若就此定義，分析〈左忠毅公逸事〉內文，在第一級結構的行文中，第一段的句子與句子之間聯繫緊密，從「視學」、「及試」、「呈卷」、「召入」等等的語彙觀察，事件呈現歷時性的描述，內文獨立構成故事，描述左公與史公初次遭遇，直至提拔史公的情結。第二段行文「下廠獄」、「引入」、「前跪」、「趨出」等等詞彙的運作，亦構成獨立的單元，描述史公入獄探監，至左公怒目趨出之情節。第三段及第四段則敘述「守禦」、「躬造左公第」之景，亦自成一獨立的單元序列結構。對於各段的內容，各自不相干涉，卻又可以相互組合，組成統一的文章結構，皆符合分敘型的結構，所以吳氏及洪氏將此文章歸類爲敘述文的分敘型中。因此，洪氏對於此篇文章的結構，做出以下的描述：

> 各事件之間，只有人物的共同線索，和時間的前後關係，在事件和事件之間沒有直接的因果牽連，所以，它是依主題的內在需要因素排列，在共同的表現功能下，並列成文，連章成篇的。[9]

對於分敘型結構模式，可以歸結成下列的公式。既然分敘型系統的每一個序列都是獨立的單位，每一個序列亦可以有其他的敘述方式，所以又可以有倒敘、順敘、分敘、合敘等等的

---

[8] 引自洪順隆：《歷代文選---閱讀、鑑賞、習作》，前揭書，頁 146-147。
[9] 引自洪順隆：《歷代文選---閱讀、鑑賞、習作》，前揭書，頁 146-147。

組合。

一、分敘(X型)---(1)
二、分敘(X型)---(2)
...........(X型)---(n)

公式中的X項，代表各種不同的組合，而n項則表示構成文章的結構單位數量，文章可以有三個或是更多的次級單位。吳氏的分類方法，緊守著各結構單位之間的排列規則，可以統一分析的模式，對於文章類別的判斷，亦不會有太大的差異。所以，只要能夠分出文章的組成序列，將各個序列區分清楚，自然便能畫出相同的分析結構圖。

表一、吳應天及洪順隆〈左忠毅公逸事〉文章結構分析表：

吳應天之分析結構[10]	洪順隆之分析結構[11]
一、左公心存救國大志而賞識提拔史可法 二、左公入獄不屈而使史可法大爲感動 三、左公言傳身教而使史可法滿懷報國之心	一、左公愛才拔史公。 二、左公入獄，史公探監。 三、史公秉志剿賊報國，孝敬太公、太母。

[10] 結構分析圖引自吳應天：《文章結構學》，前揭書，頁209。
[11] 結構分析圖引自洪順隆：《歷代文選---閱讀、鑑賞、習作》，前揭書，頁147。

不過吳氏及洪氏二人，對於第二段的第一個字「及」有所忽略，並未將此字考量入敘列的構成關係之中。「及」字有承先啓後的作用，第一段及第二段之間的內容敘述，不應當截然二分。雖然不考量「及」字的聯接作用，單獨分析第二段的之於整體篇章的地位，也符合原本論述的立場，成爲獨立的故事體系，但是在論述理論中，亦有不盡完美之處。

仇氏雖然以不同的方式分析，但是其注意到「及」字具有銜接前後段的語意功能，所以並未將第一段及第二段拆開分析，在歸納爲一個大單元之後，才進行次結構的拆解分析。不過，陳氏與仇氏也因爲「及」字的認定不同，對於文章結構的分析，產生分歧的現象。此處留待後節論述。

此外，對於第一段「先君子嘗言」及最末段「余宗老塗山，左公甥也，與先君子善，謂獄中語乃親得之於史公云」二句之關係，亦未做處理。此二句內容不涉及史公及左公的故事情節，應以獨立的結構單位處理，不過吳氏將其分別合併在第一個結構單位及第三個結構單位之中，進行結構分析，而得到分敘型敘述文的分類結果。筆者以爲，最末段雖然不契合文章主題，但未嘗不是方苞對於敘事來源的交代。後設的書寫結構，對整體文章而言，亦是組成的單位之一，不應忽略。若將此段視之爲第四個結構單位，成爲文章的結尾，則此篇文章的分類，在吳氏的分析系統中，便有重新討論的空間。

對於首句及末句的討論，陳氏將其歸納爲「序幕」及「餘波」中的「補敘」，視之爲獨立的結構單位處理，文章的文句考量較吳氏周全。但是，陳氏將文章化分爲「序幕」、「正文」、「餘波」三個結構單位，此種劃分方式，卻非創新的十六種單位之一，文章結構圖與分析方法無法完全契合，爲可惜之處。仇氏雖重新繪製此文之結構圖，但對末句之分析，亦以「補敘」處理，可見後設的敘述語言，對於二系統來說，都是難以歸類的分析項目，仍有待討論。

四、陳氏分類系統

(一)文章分類方法

陳氏對於文章思維的見解，和吳氏的看法有所差異。吳氏認爲邏輯思維及形象思維對於文章謀篇來說，都起著關鍵的作用，所以依此區分出文章的類型。不過，陳氏認爲辭章固然是由此二種思維運作下產生，但是此兩種運思，是在辭章的不同領域中呈現。形象思維作用在主題學、意象學及修辭學的範疇，牽涉到聯想及想像的設計。其對形象思維的部份，做出下列的描述：

> 如果是將一篇辭章所要表達之「情」與「理」，訴諸主觀，直接透過各種聯想或想像，和所選用之「景(物)」或「事」連接在一起，或者是專就個別之「景」(物)、「事」等材料本身設計其表現技巧的，皆屬於形象思維；這涉及「立意」、「取材」與「措詞」等問

題，而主要以此為研究對象的，就是主題學、意象學與修辭學。[12]

而文章章法的構成，文章的佈局、構思、運材，才是邏輯思維的運作範疇，邏輯思維存在於每一篇文章中，文章構成必定有邏輯的運思。對於邏輯思維的運作，陳氏採取的觀點較吳氏寬大。以下是對邏輯思維的定義及描述：

> 如果是專就「景(物)」或「事」等各材料，訴諸客觀，對應於自然規律，按秩序、變化、聯貫與統一之原則，前後加以安排、佈置，以具體表達「情」或「理」的，皆屬於「邏輯思維」；這涉及了「運材」、「佈局」與「構思」等問題，而主要以此為研究對象的，就字句言，即文(語)法學；就篇章言，就是章法學。[13]

對於文章結構的分析，陳氏採取形象思維及邏輯思維並行的分析觀點，認爲兩種思維模式同時存在，由此綜合運作的立場觀察，創立新的結構單位。其遠近、大小、本末、淺深、貴賤、親疏、賓主、正反、虛實、凡目、因果、平側、抑揚、擒縱、問答、立破等十六種結構單位，便在此立論之下產生。

(二)方苞〈左忠毅公逸事〉為「賓主」結構

[12] 引自夏薇薇：《賓主章法析論》(台北：文津，2002 年)，頁 01。
[13] 引自夏薇薇：《賓主章法析論》，前揭書，頁 01。

陳氏對於〈左忠毅公逸事〉的結構分析，文章結構劃分得極爲細膩。原則上依然採用開始、中間、結尾的分析概念，依照時間的順序，將此篇文章分爲序幕、正文、餘波等三個第一級結構單位，三個單位之間有時間先後的關係。第一段爲序幕，此一結構的次級單位再細分爲「凡」、「目」兩條序列，敘述左公和史公的初次遭遇，及其入試情況。第二段爲正文，分爲「左公入獄」、「史公探監」兩部份結構主題。因爲文章著重在前面兩個段落，第三段、第四段相形之下論述較少，所以歸納爲餘波，成爲第三個結構單位。此部分將第三、四段劃分爲「順敘」及「補敘」兩個結構單位。（結構圖見表二）

但是，陳氏在文章結構分析的說明中，卻又認爲這篇文章的三個部份，雖然皆爲逸事，但是三件逸事環繞在「忠毅」的主題上進行，擁有共同的主旨，此一觀點和洪氏並無太大的差異。以吳氏對分敘型敘述文而言，各段落皆爲獨立的結構單位，單位之間之所以連結組合，在於其共同的人物及主題線索。可是，在分析的最後，陳氏拋棄原先所建立的歷時性文章結構分析，改由十六種結構中的「賓主」結構分析此文，認爲文章可以由人物的描述，區分爲賓、主兩個序列，然後進行另一個分析論述。其論述如下：

> 縱觀此文，作者始終是針對著「忠毅」二字來寫的。其中寫左公「忠毅」的部份是「主」，而寫史公「忠毅」的部份則為「賓」；也就是說，寫史公的「忠毅」，

便等於在寫左公的「忠毅」，這樣「借賓以定主」，使主旨充分顯現於篇外。[14]

文章的主旨呈現，並不一定明白的呈現在文章中，有的主旨是藏在文章謀篇之外，必需通曉整體內容，才有可能探觸文章主旨。所以採用「賓主」結構分析文章，必須以能夠探析文章主旨做爲前提，否則可能會有誤判賓、主的問題。

陳氏的操作方法，每一個結構單位都具有任意性，所以可以依照觀察的角度、立場，選擇操作的單位類型。正因爲這種任意性，容易造成分析的差異，在結構圖的繪製及分析解釋上，也會造成差異。不過文章的內容主旨，也不會因分析者的分析角度或是操作工具的不同，而有所改變。在不違背文章主旨，所有操作的結構分析，都可以被接受。不過此種分析方法的判斷，有一個棘手的問題，也就是如何區分「輔助」與「主要」材料，這涉及到「主旨」判斷的問題。

陳氏雖然點出採用「賓主」結構的分析觀點，但此處亦僅僅是文字的論述，並未對賓主結構作出定義，或是畫出以賓主結構分析的文章結構圖。仇氏依此爲「賓主」結構做了近一步的解說，爲「賓主」結構的特色做出說明，並且運作此結構，畫出文章的結構圖。（結構圖見表三）

定義：運用輔助材料（賓），來凸顯主要材料（主），從而有力的傳達出主旨的一種章法。

---

[14] 引自陳滿銘：《文章結構分析---以中學國文課文爲例》，前揭書，頁171。

> 美感與特色：根據「相似」或「相反」的聯想，去尋找輔助的「賓」，以烘托出「主」，「相似」時會有「調和」之美，「相反」時會有「對比」之美；而有主有從，也符合美的整體中的各個部份有主腦從屬之分，由主腦來統攝，而後全體的精神方覺凝聚；而且「賓」與「主」又都為托出主旨而服務，這就是基於繁多之上的統一。[15]

因爲仇氏的分析立場由賓主結構出發，而賓主的定義並未在時間上造成必然的關係，所以時間結構的部份，成爲第二級結構的分析主題，這和陳氏的結構圖產生了差異。因爲各段有相同的人物及相同主題線索，所以賓主的結構論述，環繞在何者爲主角，何者爲配角的判斷上，進而將文章分成兩大結構單位。仇氏以左公作爲主要人物的敘述，歸結爲一個結構單位，並且將其置於「主」單位中，第一段及第二段爲此一大單位的次級單位。這兩段之所以會在同一層級下運作，除了人物、主題相同之外，關鍵出在第二段的第一個字「及」。此字具有承接前後段文章的聯接意義，使得第一、二段離不開時間的連接關係。因爲具有時間的先後聯繫，所以仇氏在第三級的結構分析中，採用了「因果」的分析結構，以「入獄前」和「入獄時」，將二段文章做出區分。對於第三段的主角變化，描述史公「守禦」內容，歸結爲配角的「賓」結構單位。對於第四段的分析，則區分在賓主結構之外，獨

[15] 引自仇小屏：《章法新視野》(台北：萬卷樓，2001 年)，頁 **48**。

立成為補敘的結構。補敘結構的論述層次，陳氏將其置於餘波的第二級結構分析，兩者在分析層次上有所差異，不過對於論述的立場上觀察，並沒有影響到整體結構論述。

五、結論

縱觀吳應天與陳滿銘的結構分析法，雖然皆將文章分許多的層級與結構單位，分析各單位之間的關係，但兩者所秉持的角度不同，所以對於結構單位的認定意有所差異。

吳氏系統依照思維的形式，比較邏輯思維及形象思維的差異，將文章區分為四大類，並且依照文章組成的結構單位，進行分層的拆解。此種論述方式，分析結構穩定，不容易有分析分歧的現象。而陳氏系統認為思維的運思是同時存在的，文章的建構需同時運作邏輯及形象兩種思維。由形象思維牽涉立意、取材與措詞，以及邏輯思維牽涉運材、佈局與構思角度分析，創立新的結構單位。陳氏分析系統的自由度較大，可以因分析角度的不同，產生多元的分析結果。

表二、陳滿銘〈左忠毅公逸事〉文章結構分析表：[16]

第一級結構	第二級結構	第三級結構	第四級結構	第五級結構	
---序幕	---凡	先君子嘗言，			
	---目	---左公職事	鄉先輩左忠毅公視學京畿。		
		---微行入寺	一日，風雪嚴寒，從數騎出，微行，入古寺。		
		---巧見史公	---初見	廡下一生伏案臥，文方成草。公閱畢，即解貂覆生，爲掩戶，叩之寺僧，則史公可法也。	
			---二見	---呼名	及試，吏呼名，至史公，公瞿然注視。
				---呈卷	呈卷，即面署第一；
				---召入	召入，使拜夫人，曰：「吾諸兒碌碌，他日繼吾志事，惟此生耳。」
---正文	---左公入獄	---及左公下廠獄			
	---史公探監	---前	---因	---無法探監	史朝夕窺獄門外。逆閹防伺甚嚴，雖家僕不得近。
				---左公且死	久之，聞左公被炮烙，旦夕且死，
			---果	---賄賂獄卒	持五十金，涕泣謀於禁卒，卒感焉。
				---喬裝探監	一日使史公更敝衣草屨，背筐，手長鑱，爲除不潔者，引入，微指左公

[16] 參陳滿銘：《文章結構分析——以中學國文課文爲例》，前揭書，頁169。

					處，
		---時	---入見	---所見	則席地倚牆而坐，面額焦爛不可辨，左膝以下，筋骨盡脫矣。史前跪，抱公膝而嗚咽。公辨其聲，而目不可開，乃奮臂以指撥眥，目光如炬，
				---所聞	怒曰：「庸奴！此何地也，而汝前來！國家之事，糜爛至此。老夫已矣，汝復輕身而昧大義，天下事誰可支拄者！不速去，無俟姦人構陷，吾今即撲殺汝！」
				---所見	因摸地上刑械，作投擲勢。
			---退出	史噤不敢發聲，趨而出。	
		---後	後常流涕述其事以語人曰：「吾師肺肝，皆鐵石所鑄造也！」		
---餘波	---順序	---堅守邊境	崇禎末，流賊張獻忠出沒蘄、黃、潛、桐間，史公以鳳廬道奉檄守禦，每有警，輒數月不就寢，使將士更休，而自坐幄幕外，擇健卒十人，令二人蹲踞，而背倚之，漏鼓移，則番代。每寒夜起立，振衣裳，甲上冰霜迸落，鏗然有聲。或勸以少休，公曰：「吾上恐負朝廷，下恐愧吾師也。」		
		---造左公府	史公治兵，往來桐城，必躬造左公第，候太公、太母起居，拜夫人於堂上。		
	---補敘	---余宗老塗山，左公甥也，與先君子善，謂獄中語乃親得之於史公云。			

表三、仇小屏〈左忠毅公逸事〉文章結構分析表：[17]

第一級結構	第二級結構	第三級結構	第四級結構	
---主(左公)	---先(入獄前)	---因	---先	先君子嘗言，鄉先輩左忠毅公視學京畿。一日，風雪嚴寒，從數騎出，微行，入古寺。廡下一生伏案臥，文方成草。公閱畢，即解貂覆生，爲掩戶，叩之寺僧，則史公可法也。
			---後	及試，吏呼名，至史公，公瞿然注視。呈卷，即面署第一。
		---果	召入，使拜夫人，曰：「吾諸兒碌碌，他日繼吾志事，惟此生耳。」	
	---後(入獄時)	---敘	及左公下廠獄，史朝夕窺獄門外。逆閹防伺甚嚴，雖家僕不得近。久之，聞左公被炮烙，旦夕且死，持五十金，涕泣謀於禁卒，卒感焉。一日使史公更敝衣草屨，背筐，手長鑱，爲除不潔者，引入，微指左公處，則席地倚牆而坐，面額焦爛不可辨，左膝以下，筋骨盡脫矣。史前跪，抱公膝而嗚咽。公辨其聲，而目	

[17] 參仇小屏：《章法新視野》，前揭書，頁 233。

			不可開，乃奮臂以指撥眥，目光如炬。怒曰：「庸奴！此何地也，而汝前來！國家之事，糜爛至此。老夫已矣，汝復輕身而昧大義，天下事誰可支拄者！不速去，無俟姦人構陷，吾今即撲殺汝！」因摸地上刑械，作投擲勢。史噤不敢發聲，趨而出。
		---論	後常流涕述其事以語人曰：「吾師肺肝，皆鐵石所鑄造也！」
---賓(史公)	---擊	---因	崇禎末，流賊張獻忠出沒蘄、黃、潛、桐間，史公以鳳廬道奉檄守禦，每有警，輒數月不就寢，使將士更休，而自坐幄幕外，擇健卒十人，令二人蹲踞，而背倚之，漏鼓移，則番代。每寒夜起立，振衣裳，甲上冰霜迸落，鏗然有聲。
		---果	或勸以少休，公曰：「吾上恐負朝廷，下恐愧吾師也。」
	---敲	史公治兵，往來桐城，必躬造左公第，候太公、太母起居，拜夫人於堂上。	
---補敘	余宗老塗山，左公甥也，與先君子善，謂獄中語乃親得之於史公云。		

參考書目

仇小屏：《章法新視野》，台北：萬卷樓，**2001**年。

仇小屏：《篇章結構類型論》，台北：萬卷樓，**2000**年。

仇小屏：《文章章法論》，台北：萬卷樓，**1998**年。

吳應天：《文章結構學》，北京：中國人民大學出版社，1989年。

洪順隆：《歷代文選---閱讀、鑑賞、習作》，台北：五南，1998年。

夏薇薇：《賓主章法析論》台北：文津，2002年。

陳滿銘：《辭章學十論》，台北：里仁，2006年。

陳滿銘：《章法學綜論》，台北：萬卷樓，2003年。

陳滿銘：《章法學論粹》，台北：萬卷樓，2002年。

陳滿銘：《章法學新裁》，台北：萬卷樓，2001年。

陳滿銘：《文章結構分析---以中學國文課文為例》，台北：萬卷樓，1999年。

羅蘭巴特著，李幼蒸譯：《寫作零度---結構主義文學理論文選》，台北：時報，1995年。

黃淑貞：〈論辭章章法四大律〉，《中國學術年刊》，第27期（秋季號），2005年9月，頁105-142。

附錄

方苞〈左忠毅公逸事〉

先君子嘗言，鄉先輩左忠毅公視學京畿。一日，風雪嚴寒，從數騎出，微行，入古寺。廡下一生伏案臥，文方成草。公閱畢，即解貂覆生，為掩戶，叩之寺僧，則史公可法也。及試，吏呼名，至史公，公瞿然注視。呈卷，即面署第一；召入，使拜夫人，曰：「吾諸兒碌碌，他日繼吾志事，惟此生耳。」

及左公下廠獄，史朝夕窺獄門外。逆閹防伺甚嚴，雖家僕不得近。久之，聞左公被炮烙，旦夕且死，持五十金，涕泣謀於禁卒，卒感焉。一日使史公更敝衣草屨，背筐，手長鑱，為除不潔者，引入，微指左公處，則席地倚牆而坐，面額焦爛不可辨，左膝以下，筋骨盡脫矣。史前跪，抱公膝而嗚咽。公辨其聲，而目不可開，乃奮臂以指撥眥，目光如炬。怒曰：「庸奴！此何地也，而汝前來！國家之事，糜爛至此。老夫已矣，汝復輕身而昧大義，天下事誰可支拄者！不速去，無俟姦人構陷，吾今即撲殺汝！」因摸地上刑械，作投擲勢。史噤不敢發聲，趨而出。後常流涕述其事以語人曰：「吾師肺肝，皆鐵石所鑄造也！」

崇禎末，流賊張獻忠出沒蘄、黃、潛、桐間，史公以鳳廬道奉檄守禦，，每有警，輒數月不就寢，使將士更休，而自坐幄幕外，擇健卒十人，令二人蹲踞，而背倚之，漏鼓移，則番代。每寒夜起立，振衣裳，甲上冰霜迸落，鏗然有聲。或勸以少休，公曰：「吾上恐負朝廷，下恐愧吾師也。」

史公治兵，往來桐城，必躬造左公第，，候太公、太母起居，拜夫人於堂上。

余宗老塗山，左公甥也，與先君子善，謂獄中語乃親得之於史公云。

論章法的「類修辭」現象
——以古典詩詞為考察對象

蒲基維

臺北商業技術學院兼任助理教授

提要

「章法」與「修辭」分屬辭章學的不同領域，一為邏輯思維，探討意象在篇章中的組織排列；一為形象思維，探討意象的美感表現。兩者之間雖然思維模式不同，在辭章學中卻有無法切割的關聯。具體而言，章法中的「賓主法」、「正反法」、「底圖法」與修辭中的「映襯」有相類之處；「虛實」章法與修辭中的「譬喻」、「示現」亦可尋出類似的理則。本文透過心理層面的辨析，並以古典詩詞為例，從求同而不求異的角度，探討章法的「類修辭」現象。研究發現，部分章法結構類型與某些修辭格之間，確實存在共通的心理基礎與美感效果，我們分析辭章若能融合兩者之思維，可以將辭章詮釋得更圓融貼切。

關鍵詞

一、前言

在古今文學理論的觀念中，「章法」與「修辭」有許多無法切割的模糊地帶。例如：廣義的修辭大都將章法視爲「篇章之修辭」[1]，而章法中也有部分的「類修辭」現象。近年由於章法學的研究發展一日千里，學者已將章法與修辭的分野做了明確的論述[2]。我們如果站在這些「求異」的研究基礎上，進行章法與修辭之間「求同」的研究，對於兩者的異同與關聯，可以提出更清晰的論述，作爲辭章教學與研究的參考。本文論述章法的「類修辭」現象，從章法與修辭在整體辭章學的定位切入，進一步探討部分章法結構類型及修辭格的心理基礎，並以古典詩詞爲例證，期能串聯章法與修辭的共通條理。

---

[1] 鄭子瑜、宗廷虎主編的《中國修辭學通史》（長春：吉林教育出版社，1998 年第 1 版）直接將劉勰《文心雕龍》中的〈附會〉、〈章句〉等論述章法理論的篇章，歸入「篇章修辭」(《先秦兩漢魏晉南北朝卷》，頁 474)，其餘提到的文論家，如唐代王昌齡、文彧、齊己的篇章結構理論均視爲篇章之修辭（見《隋唐五代宋金元卷》，頁 14)。

[2] 陳滿銘教授所建構的「辭章學系統」，將章法歸於邏輯思維，將修辭歸入形象思維，這是較爲卓著的成就。又如仇小屏教授在〈試談字句與篇章修飾的分野〉(發表於《第二屆中國修辭學學術研討會論文集》，2000.6，頁 249-284)，也針對「字句修辭」與「篇章修辭」提出清晰的辯證。

二、章法與修辭在辭章學中的定位

辭章是人類透過思維所產生的藝術作品，主要來自主觀之形象思維與客觀之邏輯思維的交融綜合。吳應天認爲這兩種思維形式決定了複合文的基本結構，他並解釋說：

> 人們的思維既有形象性，也有邏輯性，所以既可以寫成形象體系，也可以寫成邏輯體系。……形象體系中寓有邏輯性，邏輯體系中也包含著形象性，兩者不僅互相聯繫、互相滲透，而且還互相結合、互相轉化。原因在於形象性和邏輯性具有對立統一關係。正由於這個緣故，由於簡明扼要的邏輯系統容易為人們所理解，而生動具體的形象體系更容易使人感動，所以許多文學作品往往是形象性和邏輯性結合的複合文。[3]

由此可知，形象思維和邏輯思維可以視爲架構辭章的兩大要素，我們所謂的「篇章辭章學」就是一門研究篇章形象思維和邏輯結構的學問[4]。辭章學所涵蓋的領域相當廣泛，包括意象學、詞彙學、修辭學、文（語）法學、章法學、主題學、文體學、風格學等領域。如果形象思維和邏輯思維是架構辭章的兩大要素，則上述領域應該受到這兩種思維的串聯而形

[3] 見吳應天《文章結構學》（北京：中國人民大學出版社，1989 年 1 月第 1 版），頁 345。

[4] 參見陳滿銘《篇章辭章學》（福州：海風出版社，2005 年 2 月第 1 版），頁 8。

成密切之關係。陳滿銘就根據這兩種思維，進一步建構了辭章學的系統。他分析說：

> 辭章是結合「形象思維」、「邏輯思維」與「綜合思維」而形成的。這三種思維，各有所主。一般來說，如果是將一篇辭章所要表達之「情」或「理」，訴諸各種偏於主觀之聯想，和所選取之「情」、「理」、「景」（物）、「事」等材料本身設計其表現技巧的，皆屬「形象思維」；這涉及了「立意」、「取材」與「措詞」等問題，而主要以此為研究對象的，就是詞彙學、意象學和修辭學等。如果專就「景（物）」或「事」等各種材料，對應於自然規律，結合「情」與「理」，訴諸偏於客觀之聯想，按秩序、變化、聯貫與統一之原則，前後加以安排、佈置，以成條理的，皆屬「邏輯思維」；這涉及了「運材」、「布局」與「構詞」等問題，而主要以此為研究對象的，就字句言，即文（語）法學；就篇章言，就是章法學。至於「綜合思維」，乃合「形象思維」與「邏輯思維」而為一，以探討其整個體性，而主要以此為研究對象的，則為主題學、文體學、風格學等。而以此整體或個別為對象加以研究的，則統稱為辭章學或文章學。[5]

---

[5] 見陳滿銘《辭章學十論》（台北：里仁書局，2006年5月初版），頁

陳滿銘先生並根據這段分析，繪出辭章學的系統圖如下：

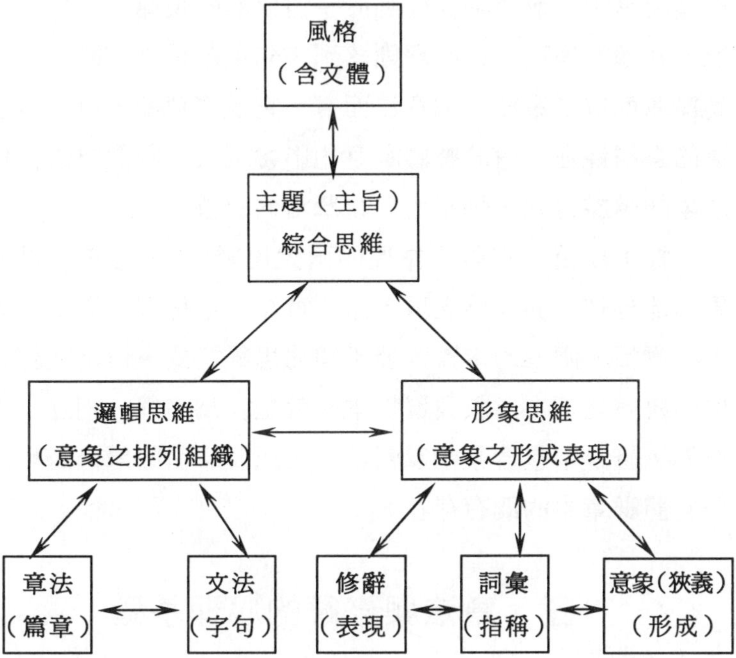

圖表中的「意象」是來自於辭章「景（物）」、「事」、「情」、「理」的複合與交融。就形象思維來說，人類在創作之初會先在腦海形成圖像，這些圖像通常會結合人類的情理而形成「意象」（狹義），此意象透過符號的指稱而表現爲「詞彙」，詞彙又透過形式的設計或表意的調整而表現美感，這就是「修辭」。可見修辭在辭章的形象思維中，是融合意象與詞

170-171。

彙而形成的美感進階表現。

就邏輯思維來說，辭章中的個別意象與意象之間會形成邏輯關係，此邏輯關係對應於宇宙自然的規律，成爲人類思維上共通的理則。這些理則落到字句上就是文（語）法，落到篇章就成了章法。就章法而言，它是文章節、段、以至全篇的邏輯條理，對於整體辭章的影響更大，我們要研究篇章意象的組織排列，仍不可忽視章法的定位。

綜上所述，在辭章主要的兩大思維中，「修辭」是形象思維部分進階的美感表現，而「章法」則呈現了辭章整體的內在邏輯。兩者的本質雖屬不同的思維模式，但是在綜合思維的統整之下，形象與邏輯本來就是互爲表裡、相互交融的形態，修辭中包含某些邏輯結構，以及章法的類修辭現象，是整體辭章中的既有存在。

三、章法與修辭的心理基礎

既已釐清章法與修辭在辭章學中的定位，我們瞭解兩者分屬不同的思維層次。若再進一步透過心理層面的辨析，溝通兩者心理基礎的異同，可以針對部分章法結構類型的「類修辭」現象，尋得共通的條理。茲分述、比較章法與修辭的心理基礎如下：

（一）章法結構的心理基礎

章法是辭章內在的客觀條理，它有其普遍的心理基礎；

而每一種章法結構類型，亦有其特殊的心理來源。本節說明章法普遍的心理基礎，並針對與修辭相關之「虛實」、「正反」、「賓主」、「圖底」等章法，說明其特殊的心理來源。

1、普遍

人類與生俱來就有呼應自然法則的思維活動能力，章法就是這種思維活動能力的具體展現。所以，在普遍客觀性的邏輯思維中，至少可以從四種法則探索章法的心理基礎：

(1)對應於「秩序法則」的邏輯思維

所謂秩序法則是指事物的外在形式上部分與部分、部分與整體之間構成特定、有規律的排列組合。[6]宇宙自然因爲秩序法則而呈現一種規律而富有節奏的形態，以時間來說，它形成了四季的更迭、晝夜的輪替或是過去、現在與未來的交錯，對應於人類的心理，則產生如順敘、倒敘的思維模式。以空間來說，客觀事物存在著遠近、高低、大小等空間關係，對應於人類思維，客觀事物轉化爲心靈意象之後，依舊有著遠近、高低、大小的邏輯。如果進一步落到事理來說，更會產生如本末、貴賤、親疏等概念。

(2)對應於「變化法則」的邏輯思維

所謂變化法則是指事物的外在形式部分與部分、部分與

[6] 參見張涵《美學大觀》(河南人民出版社，1986 年 12 月第 1 版)，頁 246。

整體之間不規則的衝突、對立或矛盾關係。它是相對於秩序法則，具有變動、跳躍與不確定的特性。落於人類的思維，則表現爲「求異性的探究」心理，這種心理會特別關注事物之間、現象與本質之間、局部與整體之間、主體與客體之間的差異性、矛盾性、對立性，從而把握對象的各自特徵與主客之間的矛盾運動規律。「求異性探究心理」具有這種認識功能，同時又能進行自我調節，滿足審美心理中求新、求奇的慾望，甚至可以提高美的創造力，並能確保主體的自主性與獨立性。[7]

(3)對應於「聯貫法則」的邏輯思維

所謂聯貫法則是指宇宙間客觀存在的二元對待關係。這種二元對待關係可以分爲「對比性」的二元對待、「調和性」的二元對待，而最終可歸結爲「陰陽二元對待」之關係。[8]相應於自然存在的聯貫法則，人類思維會產生互爲對待、相互聯貫的邏輯概念，偏於調和質性如「因果」、「虛實」、「賓主」，偏於對比質性如「正反」、「抑揚」等，正因爲聯貫邏輯而構成章法上各種結構類型，可見章法呼應於宇宙自然的法則，成爲人類共通的理則，其客觀存在的質性不容置疑。

(4)對應於「統一法則」的邏輯思維

[7] 參見邱明正《審美心理學》（上海：復旦大學出版社，1993 年 4 月第 1 版），頁 103-106。

[8] 參考陳滿銘《章法學論粹》（台北：萬卷樓圖書公司，2002 年 7 月初版），頁 33。

宇宙自然的統一法則必須建構在前述「秩序」、「變化」、「聯貫」等法則的基礎上，形成一種「多樣的統一」。「多樣的統一」是美學中的普遍法則，是人類在自由創造的過程之後，企圖將各種因素重新作有機之組合，其所形成的統一既不雜亂，也不單調，因此它會涵蓋對稱、均衡、對比、調和、節奏、比例等美感因素，形成一個既豐富又單純、既活潑又有秩序的有機體。[9]人類思維對應於自然的統一法則，表現在辭章中就會形成一個核心情理，也就是主旨。

2、個別

人類思維呼應於自然法則的能力，落到個別的結構類型，亦有其特殊的心理基礎：

(1)「虛實」章法的心理基礎

「虛實」章法有三個層次，就時間來說，「實」時間是指過去、現在，「虛」時間是指未來。所以，「時間的虛實法」就是把時間中的過去、現在與未來雜糅於文學作品之中的章法。[10]「時間」不僅是一個物理概念，同時也是一個文化上的概念。它可以是「自然時間」，具有整全性、持續性和不可逆性；也可以是「人文時間」，為表現自然時間

[9] 參考楊辛、甘霖《美學原理》(北京大學出版社，1983 年 7 月第 1 版)，頁 131-132。

[10] 參見仇小屏《篇章結構類型論》(上)(台北：萬卷樓圖書公司，2000 年 2 月初版)，頁 297。

的特質，此爲「實」時間；更可以一種完全虛化的姿態遊走在過去與現在之間，甚至可以指向未來，則爲「虛」時間。[11]在文藝創作上，作家藉由美感的騰飛反映，任意塑造時間的流動，在虛實互變的流動中，營造了極具生命力與生命情感的空靈之美。此外，晝夜的交替、四季的更迭，使「循環」觀念常常融入時間之中，而原本是進化直線的時間，在此文化意識的影響之下被轉化爲一條循環之線，影響所及，在辭章中表現「從過去到現在」、「從現在到未來」、「從未來回到過去」的時間循環也是常見的，虛實章法中的「實虛實」、「虛實虛」結構就是這種循環的典型。

就空間來說，「實」空間指眼前所見的實景，而「虛」空間則爲設想的景物。「空間的虛實法」就是糅合眼前所見與心中設想之景物於辭章當中的章法。[12]《文心雕龍・神思》篇所云「悄焉動容，視通萬里」，就是說明這種懸想所形成的空間的超越。「空間的虛實法」也是在這種心理基礎上建立其章法，而現實空間與想像空間差距不大時，即形成調和的美感；若現實空間與想像空間的情境形成強烈對比時，不僅具有對比之美，其現實與想像之間的反差更能激發讀者的情緒。[13]

---

[11] 見易存國〈中國審美文化中的時間觀念〉，《古今藝文》，2002.02，頁 49-55。

[12] 參見陳滿銘《章法學綜論》（台北：萬卷樓圖書公司，2003 年 6 月初版），頁 25。

[13] 參見拙著《章法風格析論——以蘇軾詞、姜夔詞爲考察對象》（台北：花木蘭文化出版社，2007 年 3 月），頁 45。

就人類的思維來說，「實」指的是現實世界所發生的一切，而「虛」則爲假設或夢境。「假設與事實法」就是將夢境或假設事物與現實世界相對映的一種章法。[14]與事實相反的假設是人類理性思辨中可以自我掌控的思維放縱，而夢境則是一種非自控性的意識活動，在「美感的騰飛反映」中，即存在著自控型與非自控型的思維放縱。張紅雨針對「自控型的美感騰飛」分析說：

> 自控型的美感騰飛，在寫作美學的昇華階段是寫作主體有意識地放縱思維和想像的翅膀任其飛翔，沿著對生活的理想航道去開拓更美好的境界。但不管思維和想像如何放縱，都不是放任自流，都要受到寫作主體的審美理想的控制。[15]

假設性的思維活動就是基於這種自控心理，將虛幻的意識物化成具體的人、事、物，以符合寫作主體的審美理想。至於「非自控型的美感騰飛」多指夢境而言，張紅雨說：

> 非自控型的美感騰飛在人們的睡夢中更為自由而酣暢，不受主觀意識的任何限制，也可以說是亦是的一種失控現象，是意識的自由流動。[16]

[14] 參見仇小屏《篇章結構類型論》（下），頁 320。又見陳師滿銘《章法學綜論》，頁 26。
[15] 見張紅雨《寫作美學》，頁 136。
[16] 見張紅雨《寫作美學》，頁 133。

佛洛依德認爲夢的本質是「願望（被壓抑的）的滿足（經過僞裝的）」[17]。其所謂夢是某種被壓抑的衝動，也是某些得到滿足和發洩的自由地。無論它是多麼離奇怪誕，仍然是以現實生活和客觀存在爲依據的。所以，辭章中所呈現的夢境基本上仍合乎現實邏輯，只是它與實境的對映，凸顯了「虛無飄渺」的特性。

理性而自控的假設多與事實相反，正可以凸顯現實世界的「合理」或「荒謬」；而非自控性的夢境則反映了寫作主體被壓抑的深層願望。在虛實的對映中，我們可以不加詞彙而獲得事半功倍的美感效果。[18]

(2)「正反」章法的心理基礎

所謂「正反」法就是把兩種差異極大的材料並列起來，形成強烈的對比，並藉由反面材料來襯托正面材料，以強化主旨之說服力的一種章法。[19]

從客觀因素的角度來說，「正反」章法的形成，來自於人性內在和宇宙內在既有的矛盾。在複雜的人性當中，理性與感性、熱衷與冷漠、快樂與痛苦、興奮與沮喪、勇敢與膽怯、進取與墮落、節制與慾望、驕傲與謙虛等互相矛盾的人格，常在同一時空錯雜於人性之中，令人無法分判。而我們

---

17 參見《西方美學通史・二十世紀美學（上)》，頁 271。
18 同註 13，頁。
19 參見仇小屏《篇章結構類型論》(下)，頁 406。又見陳滿銘《章法學綜論》，頁 28。

所處的世界也處處充滿了對立與矛盾，如天氣的變化，時而春和景明，時而風雨如晦；大海的景致，時而風平浪靜，時而驚濤駭浪；我們面對人性及宇宙自然的善變、矛盾，當然不會無動於衷。

因此，從主觀因素來說，這些反差極大的矛盾，是有可能在人的心理上產生「鏈式反映」，而「對映式」的聯想就是鏈式反映中最爲常見的。張紅雨針對這種「對映式的鏈式反映」曾分析說：

> 寫作主體面對審美對象還會出現一種逆態心理，感到激情物美得突出和鮮明，常常會想到與激情物相對立的其他型態。高與低、大與小、快與慢、美與醜等等都是相對而言的，在人們的腦海之中都有一個模糊標準，這個標準是長期審美經驗沈澱、積累得出的結果。所以當審美對象以它特有的姿態作用於審美主體的時候，在腦海中立刻浮現出與之對映的許多新型態來同審美對象比較、衡量，使審美對象的特點更為突出，姿態更優美，從而成為激情物，引起人們的審美衝動，產生美感。[20]

這裡同時從心理學和美學的角度分析了人類心理對反差事物的感應與儲存，也強調人類具有「對映聯想」的本能與衝動，這就是產生對比性美感的原動力。

---

[20] 見張紅雨《寫作美學》（高雄：麗文文化，1996年10月初版），頁128。

在客觀因素中，人性與宇宙既存在著對立與矛盾；而主觀上，人類心理又能充分感知這些對立矛盾，當然會反映在文學作品當中。所以，「正反」章法之所以普遍存在於各類辭章，是可以被理解的。它所形成的對比質性，對於整體辭章的陽剛美感有一定的影響。[21]

(3)「賓主」章法的心理基礎

所謂「賓主法」就是運用輔助材料（賓）來凸顯核心材料（主），達到「借賓形主」的效果，從而有力地傳達辭章主旨的一種章法。[22]

「賓主法」與「正反法」都是運用襯托的作用來凸顯主旨的章法，所不同的是，「賓主法」所運用的輔助材料可能是正面，也可能是反面；且材料的數量可以多種，其「眾賓托主」的形式與「正反法」只有正反對立的形式有所差別。儘管兩種章法頗有差異，其心理基礎都是來自於「美感的鏈式反映」，其中「神似式的鏈式反映」可用來詮釋「賓主法」的心理結構，張紅雨說：

> 寫作主體對引起情緒波動而產生美感的激情物，不僅是觀賞它的外型，更多地是它的神韻，從神態上想到

[21] 同註 13，頁。

[22] 參見仇小屏《篇章結構類型論》（下），頁 374。又見陳師滿銘《章法學綜論》，頁 28。

許多神似的內容。[23]

如果將此鏈式反映落到文學作品來看，寫作主體欲呈現這一激情物時，通常會從其神韻想到更多神似的事物，並藉由神似的事物來凸顯主要激情物，進而與波動的情緒產生連結，傳達出文學作品的核心情理。

「神似式的鏈式反映」原本是以「形象思維」的方式進行的，但是當各種神似的內容與激情物之間有了主客關係的聯繫，寫作主體自然而然會以邏輯思維的方式來組織主、次材料，其所運用的是一種「美感情緒的雙邊跳躍」[24]，主、次材料之間可能跳躍轉換得很頻繁，但是在核心情理（主旨）的貫串之下，使主、次材料各安其位而不致紛亂，從而產生「映襯」的美感。當然，「賓」與「主」皆在爲托出主旨而服務，彼此之間是「調和」的型態，對於整體辭章「柔和」之美感，也有增強的作用。

(4)「圖底」章法的心理基礎

所謂「圖底法」就是運用視覺心理上「背景」與「焦點」的概念來組織篇章的一種章法。[25]「圖底法」不僅可以呈現

---

23 見張紅雨《寫作美學》，頁 125。

24 張紅雨：「所謂美感的雙邊跳躍，就是人們在審美的過程中，在美感情緒發生波動的情況下，總希望要縱觀全局，鳥瞰整體。對某一事件的發展不僅希望瞭解此方，也希望掌握彼方。『知己知彼』這是人們的心理常態，也是審美的一種習慣和反映。」見張紅雨《寫作美學》，頁 241。

25 參見陳滿銘《章法學綜論》，頁 32。

在空間中，更可以擴充延伸至時間、色彩以及感官知覺的範疇。

「圖底法」被廣泛地運用在詩文的創作當中，而我們卻必須推溯到繪畫藝術，才可以尋得完整的理論。王秀雄的《美術心理學》提到：

> 在視覺心理學上，把視覺對象從其背景浮現出來，而讓我們視認得到的物叫做「圖」(Figure)，其周圍之背景叫做「地」(Ground)。「圖」與「地」間，其形、色與明度必須有些差異，我們才能視認其存在。[26]

這裡所說的「圖」(Figure) 就是焦點，而「地」(Ground) 就是背景。運用在章法上時，我們以「底」代稱「地」，是爲免於和「地圖」一詞混淆。「圖」因爲具有前進性、緊密性、凝縮性與充實感，容易產生強烈的視覺印象；相對的「底」所具備的後退性與鬆弛性，容易被忽視，卻仍具有極重要的烘托作用。在靜態的繪圖之中，「圖」與「底」的關係似乎可以如此確定，然而宇宙自然是一個不斷變動的形式，再以視覺主體的心理亦不斷地變動調整，「圖」與「底」也會隨之產生互換或交融。[27]在變化紛紜的空間中，任何事物都可

---

[26] 見王秀雄《美術心理學》，頁 126。關於「圖－底」的關係，另有格式塔心理學派直稱爲「圖形－背景」關係，可參見庫爾特・考夫卡《格式塔心理學原理》，頁 285-336。

[27] 魯道夫・阿恩海姆在〈對於地圖的感知〉一文中分析圖形與其基底的關係，可進一步詮釋這種現象。他分析海洋與陸地的關係，因爲凹凸的線條而改變了它們或爲「圖」、或爲「底」的質性。見《藝

能因爲主觀認知與客觀條件的不同而改變其背景或焦點的質性。文學作家如果掌握了「圖」與「底」的特色，就可以創作出深刻而生動的作品。

「圖底法」不僅由於「底」烘托「圖」而展現立體的美感，更因爲「圖」與「底」的交融互換而展現生動的動態美。這種立體與動態的美感可能是對比，也可能是調和的，所以運用「圖底法」來組織篇章，很容易造成一種剛柔兼具的風趣。[28]

（二）修辭的心理基礎

修辭有其普遍層次和個別層次的心理基礎。就其普遍層次而言，修辭的心理基礎根源於人類的「審美聯想」；至於其他與章法相關的修辭如「示現」、「譬喻」、「映襯」等技巧，亦可從審美的心理學探討。茲分述其普遍層次與個別層次之心理基礎如下：

1、普遍

「審美心理學」是美學系統中重要的一個分支，其中「審美聯想」又是審美心理學中重要的範疇。「聯想」本來就是人類審美體驗中一種原始的心理活動，它是人類腦海中表象的聯繫，具體來說，一種表象出現在腦海中，就會引起一些

術心理學新論》（臺北：商務印書館，1992 年 12 月臺灣初版），頁 283 -284。

[28] 同註 13，頁。

相關的表象。許多藝術如音樂、繪畫等形式，就是藉由聯想的活動造就了審美的創作與欣賞。就文學的領域來看，文學創作亦離不開聯想，藉由聯想的活動，文學的意象有了更開展的空間，進而表現其審美意識，我們稱之爲「寫作主體心理意象的詩化」[29]。

根據這些概念，我們檢視目前所發現的三十餘種修辭格，發現至少有二十二種修辭技巧都與「聯想」活動有關，「聯想」幾乎可以成爲修辭格的共通心理根源。[30]邱明正詮釋「審美聯想」時更明白指出：

> 審美聯想是藝術創作中和審美表達中的比興、烘托、陪襯、夸張、象徵等手法的心理基礎。……由於聯想才通過特定的事物來比興、烘托、反襯、夸張、象徵所表現的事物和自己的思想、情感。……此外，審美聯想還是審美通感、想像、意識流、移情和審美意志等心理活動的前提。[31]

其所謂「比興、烘托、陪襯、夸張、象徵」者，皆是修辭學上的重要表現手法。「聯想」作爲修辭心理的重要基礎，同

[29] 「意象的詩化」就是指文學意象透過聯想心理的進一步表現而產生的美感效果。見童慶炳《中國古代心理詩學與美學》（臺北：萬卷樓圖書公司，1994 年 8 月初版），頁 133-140。

[30] 參考拙作〈辭章「修辭風格」初探——以古典詩詞爲考察對象〉（《修辭論叢》第七輯，東吳大學印行，2006 年 10 月），頁 474-501。

[31] 見邱明正《審美心理學》（上海：復旦大學出版社，1993 年 4 月第 1 版），頁 193。

時也是各種審美心理的前提。落到文學創作來說，作家藉由聯想來創造各種修辭之美，而讀者也藉由聯想領略到辭章的藝術之美。

2、個別

在審美聯想的共通基礎上，我們可以進一步探討與章法相關的部分修辭格如「示現」、「譬喻」、「映襯」等，說明其個別的心理基礎。

(1)「示現」修辭的心理基礎

「示現」修辭的心理基礎來自於人類的想像力。黃慶萱《修辭學》在說明「示現」修辭明白指出：

> 人類的想像力，真是一種奇妙的機能，甚至比「光」更快速，更曲折，更神奇。它可以不受時間的限制，超越過去、現在及未來；可以不受空間的限制，把遠方的情景播映在眼前。語文中利用人類的想像力，把實際上不聞不見的事物，說得如見如聞的修辭方法，就叫作「示現」。[32]

可見「示現」修辭可以超越時間，具有「寂然凝慮，思接千載」的能力；也可以跳脫空間，更有「悄焉動容，視通

32 見黃慶萱《修辭學》(台北：三民書局，2002年10月增訂三版)，頁305。

萬里」[33]的功能。想像力來自於作者感官知覺的延伸，同樣可以訴諸讀者的感官而引起鮮明的印象。所以，讀者的感官也可能被觸動而延伸，進而激起共鳴的情緒。如果「示現」修辭所呈現的情境與現實的情境形成強烈的對比落差，其印象會更鮮明，情緒會更激烈。想像力作爲「示現」修辭的心理基礎，其美感表現常常可以營造不凡的藝術效果。

(2)「譬喻」修辭的心理基礎

譬喻是一種「借彼喻此」的修辭法。黃慶萱在說明其心理基礎時指出：

> （譬喻）的理論架構，是建立在心理學「類化作用」（Apperception）的基礎上——利用舊經驗引起新經驗，通常是以易知說明難知；以具體說明抽象。使人在恍然大悟中驚佩作者設喻之巧妙，從而產生滿足與信服的快感。[34]

心理學的「類化作用」是指一個人吸收過去經驗的殘餘印象，進而轉化成整體的新經驗，也就是根據過去的舊經驗來認識新經驗的心理過程，又稱作「統覺」。所以，譬喻修辭結構中，「喻依」就是過去、熟悉而具體的經驗，而「喻體」則是陌生的新經驗。以具體來形容抽象，以熟悉來形容陌生，以已知來形容未知，既是譬喻修辭的基本內涵，也可見

---

[33] 見劉勰《文心雕龍・神思》篇。
[34] 同注 32，頁 321。

出其心理基礎。

(3)「映襯」修辭的心理基礎

「映襯」修辭的成立，有其客觀和主觀的心理因素。黃慶萱以為：

> **映襯的客觀因素在於我們人性內在的矛盾和宇宙內在的矛盾。……映襯的主觀因素在於人類的「差異覺閾」(Difference Threshold)。[35]**

人性所常存的矛盾如感性與理性、快樂與痛苦、興奮與沮喪、勇敢與膽怯、進取與墮落、驕傲與謙卑等心理狀態的並容並存，形成人類性格上的矛盾。宇宙間亦常存這種複雜狀態，如自然的陰晴、圓缺，事物的長短、大小，日麗景明與風雨如晦，星河皎潔與月黑風高，都可能並列而衝突，形成宇宙間的矛盾狀態。這些客觀的存在，表現在文學作品上，就是映襯修辭形成的重要根源。

至於「差異覺閾」的心理，是指人類對於較大程度的兩種刺激，能加以辨別的能力。對於人性和宇宙的矛盾現象，當然也能加以辨認，進而反映在辭章之中。映襯可以成為一種普遍的修辭技巧，就是人類將這些矛盾並列在一起，使其映襯成趣的自然現象。

事實上，我們可以將映襯的概念推廣擴大，除了對比性

[35] 同注 32，頁 409。

的矛盾所形成的映襯關係，也應該包括調和性的烘托所形成的映襯，這才能完全涵融「對映襯托」的本質。就「差異覺閾」的心理定義來說，它是指一個人在心理知覺上所能辨認的最小變動刺激（**The smallest change in stimulation that a person can detect**）。所以，即使是調和性的烘托，仍具有可辨認的差異值，兩種事物所形成的關係仍具備襯托的美感效果。

四、章法結構類型中的「類修辭」現象

章法與修辭在辭章學上各是不同思維的領域，而兩者卻有相似的心理基礎。我們針對部分章法結構類型的「類修辭」現象，舉古典詩詞爲例，說明章法與修辭在心理層面上的異同。

（一）「虛實」章法與「示現」修辭

「虛實」章法的本質在於時間、空間的虛想與實見，相較於「示現」修辭所呈現的「懸想示現」（空間）、「追述示現」（過去時、空）、「預想示現」（未來時、空）等類別，可以見出同樣以時空爲概念的心理基礎。在文學作品中這樣的現象極爲常見，如杜甫〈月夜〉：

> 今夜鄜州月，閨中衹獨看。遙憐小兒女，未解憶長安。
> 香霧雲鬟溼，清輝玉臂寒。何時倚虛幌，雙照淚痕乾？

整首詩的情境不描寫杜甫在長安望月思家，卻猜想妻子今夜也正獨看這鄜州的月亮。頸聯「香霧雲鬟濕，清輝玉臂寒」是一種懸想示現，而尾聯「何時倚虛幌，雙照淚痕乾」更將時間跳接到未來，是一種預言式的示現。如果我們運用章法的概念切入，可以畫出全詩結構表如下：

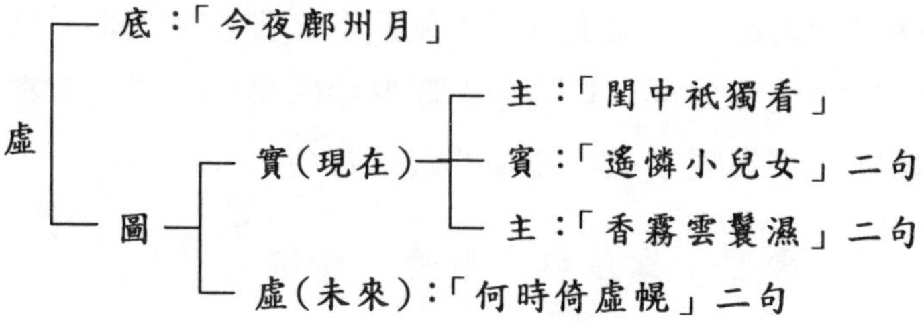

整首詩可以算是「全虛」的結構，在作者「虛空間」的想像之中，又有對於未來時空的預想，形成另一層虛實的對應。

又如蘇軾〈南鄉子〉：

> 晚景落瓊杯，照眼雲山翠作堆。認得岷峨春雪浪，初來，萬頃蒲萄漲淥醅。　　春雨暗陽台，亂灑歌樓濕粉腮。一陣東風來捲地，吹回，落照江天一半開。

詞的上片描寫酒杯中所反照的景物，從而想起故鄉岷峨的春雪與釀酒的情境。想像故鄉景物是屬於空間的懸想示現，在意象表現上雖然都爲靜態描寫，卻因爲類似景物的懸想，營造出生動的感染力。如果我們換以章法思維切入，可以繪出結構表如下：

- 靜
  - 實：「晚景落瓊杯」二句
  - 虛：「認得岷峨」三句
- 動
  - 內：「春雨暗陽台」二句
  - 外：「一陣東風」三句

詞的上片描寫靜景，下片表現動景，在動靜的對應下，已形成強烈的對比，再加上所見「反照」之實景與想像「故鄉」之虛景的虛實對應，無論是主觀形象的美感，或是客觀邏輯的條理，都展現了此詞極高的藝術特色。

（二）「虛實」章法與「譬喻」修辭

「虛實」章法的另一本質是事理上的假設與事實，相較於「譬喻」修辭的基本結構所呈現的「喻體」、「喻依」及「喻詞」等要素，喻體是「實」，喻依是「虛」，在假設與事實的本質上，兩者的心理基礎有雷同之處。文學作品中出現譬喻技巧非常頻繁，如王維〈酌酒與裴迪〉詩云：

> 酌酒與君君自寬，人情翻覆似波瀾。白首相知猶按劍，朱門先達笑彈冠。草色全輕細雨濕，花枝欲動春風寒。世事浮雲何足問，不如高臥且加餐。

這首詩傳達了人情反覆的感慨。首聯「人情翻覆似波瀾」就引波瀾爲喻，說明人情之無常；頷聯「白首相知猶按劍，朱門先達笑彈冠」藉人事爲喻——即使白首相交，遭遇利害衝突仍可能按劍怒目相視，領先成功發達而晉身富貴者，只會自己得意，反而譏笑正待幫忙之故友；頸聯「草色全輕細雨濕，花枝欲動春風寒」更引自然爲喻，藉著春草欲長，須有春雨滋潤，春花欲開，須能冒風寒，來比喻世間沒有任何事是不須付出代價的；尾聯「世事浮雲」之嘆，更強調世事如浮雲般的不可預測，進而表達「高臥且加餐」的豁達心志。這首詩是「即事托喻」、「即景托喻」的最好範例，其所援引之景、事，均爲虛設之想，如果我們從章法之思維切入，可以繪出結構表如下：

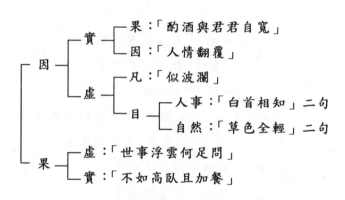

- 因
  - 實
    - 果：「酌酒與君君自寬」
    - 因：「人情翻覆」
  - 虛
    - 凡：「似波瀾」
    - 目
      - 人事：「白首相知」二句
      - 自然：「草色全輕」二句
- 果
  - 虛：「世事浮雲何足問」
  - 實：「不如高臥且加餐」

結構表中「虛」的部分是假設的材料，雖然是具體的景、事，其主要作用仍在凸顯「人情翻覆無常」的抽象事理（實），彼此之間仍存在虛實對應的邏輯關係。譬喻是少數具有結構的修辭技巧之一（喻體、喻詞、喻依），其結構所蘊含的邏輯性實與虛實章法有互通之處。

又如李煜〈虞美人〉所云：

春花秋月何時了，往事知多少？小樓昨夜又東風，故國不堪回首月明中。　雕闌玉砌應猶在，只是朱顏改。問君能有幾多愁？恰似一江春水向東流。

這闋詞是李煜亡國後的思鄉之作。從修辭的層面來看，他以「春花秋月」比喻難以復見的往事；以「一江春水向東流」比喻翻騰而無法自制的愁緒。此外，作者亦運用了懸想示現，想像故國的「雕闌玉砌」仍在而佳人朱顏已變，凸顯「物是而人非」的感慨。若從章法的思維切入，可以繪出結構表如下：

- 景
  - 泛
    - 虛：「春花秋月何時了」
    - 實：「往事知多少？」
  - 具
    - 實：「小樓昨夜」二句
    - 虛
      - 物是：「雕闌欲砌應猶在」
      - 人非：「只是朱顏改」
- 情
  - 實：「問君能有幾多愁？」
  - 虛：「恰似一江春水向東流」

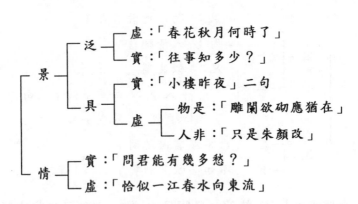

詞中懸想的故國景事，相對於眼前的「小樓東風」，形成虛實對應，其與懸想示現相類似之心理如前所述。至於結構表中的「春花秋月」、「一江春水」皆屬於虛想的材料，其作用在凸顯如夢似幻的「往事」及傾洩翻騰的「愁緒」，這是作者現實情境的感受，與虛想之材料形成了虛實對應的邏輯關係。

（三）「正反」章法與「映襯」修辭

「正反」章法具有明顯的對比質性，相較於「映襯」修辭所強調的「意象與意象之對列」關係，同樣都呈現一種可清楚辨認的差異值，在美感上也都能呈現對比之美。運用正反對列是文學作品常見之技巧，古詩如沈佺期〈古意呈補闕喬知之〉所云：

> 盧家少婦鬱金堂，海內雙棲玳瑁梁。九月寒砧催木葉，十年征戍憶遼陽。白狼河北音書斷，丹鳳城南秋夜長。誰謂寒愁獨不見，更教明月照流黃。

這首詩主要在表現思婦的閨怨愁緒。首聯描述少婦閨房中的華麗裝飾與夫妻恩愛雙棲之景況，卻與頷聯、頸聯所營造的淒涼情境形成映襯之關係。就修辭技巧來說，兩種情境的對襯造成詩境的強烈落差，更能凸顯少婦的閨怨愁緒。若從章法的思維來看，我們可以繪出結構表如下：

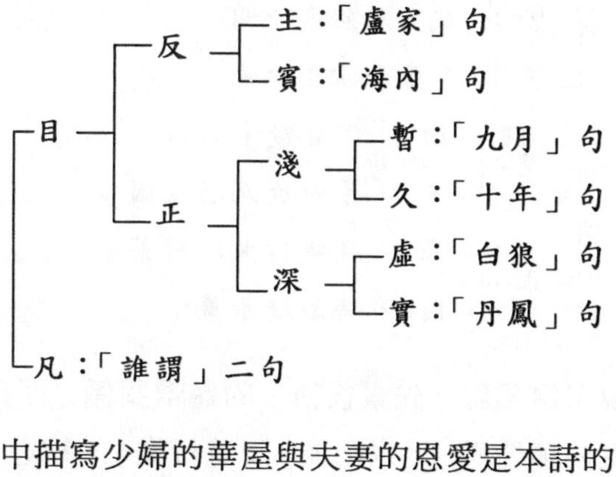

結構表中描寫少婦的華屋與夫妻的恩愛是本詩的反面材料，而敘寫九月寒砧、十年長征、音訊已斷及秋夜漫長的景

況，則屬於正面材料，在正反對比的作用之下，襯托出少婦「寒愁」的心境，其傳達少婦的閨怨情思，是相當動人的。

又如蘇軾〈望江南〉詞云：

> 春未老，風細柳斜斜。試上超然臺上看，半壕春水一城花。煙雨暗千家。　　寒食後，酒醒卻咨嗟。休對故人思故國，且將新火試新茶。詩酒趁年華。

這闋詞在情意的表達上，主要藉由對故國故人的思念，引出及時行樂的體悟。這兩種情思是互相衝突矛盾的，東坡憑著高度自覺的智慧，卻將衝突矛盾融出更高層次的人生抉擇。他運用了映襯修辭凸顯了自我的智慧，使這兩種情思的落差得到另一層次的平衡。若從章法的思維切入，可以繪出結構表如下：

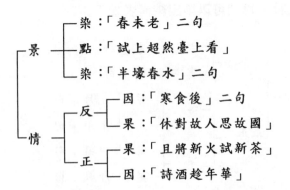

- 景
  - 染：「春未老」二句
  - 點：「試上超然臺上看」
  - 染：「半壕春水」二句
- 情
  - 反
    - 因：「寒食後」二句
    - 果：「休對故人思故國」
  - 正
    - 果：「且將新火試新茶」
    - 因：「詩酒趁年華」

結構表中呈現了這闋詞「先景後情」的邏輯關係，而抒情部分又對列正反兩種情思，足以凸顯「及時行樂」的核心情理。其正反對比的邏輯關係，同樣形成映襯的美感效果。

（四）「賓主」章法與「映襯」修辭

「賓主」章法的主要意涵，在於「借賓形主」的作用所形成的烘托效果。相較於映襯修辭的本質，它是屬於「調和性襯托」的形式。文學作品中不乏此例，古詩如陶淵明〈飲酒〉之七所云：

> 秋菊有佳色，裛露掇其英。汎此忘憂物，遠我遺世情。
> 一觴雖獨進，杯盡壺自傾。日入群動息，歸鳥趨林鳴。
> 嘯傲東軒下，聊復得此生。

這首詩的主要材料是飲酒之事，詩人所言「汎此忘憂物，遠我遺世情。一觴雖獨進，杯盡壺自傾」，道盡飲酒忘憂、遠世獨立的心境。其餘景物如「秋菊裛露」、「歸鳥趨林」皆爲次要材料，其映襯作用具有烘托飲酒之趣的效果。如從章法的思維切入，可以繪出結構表如下：

- 具
  - 賓：「秋菊」二句
  - 主：「汎此」四句
  - 賓
    - 底（靜）：「日入」句
    - 圖（動）：「歸鳥」句
- 泛：「嘯傲」二句

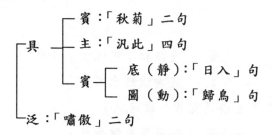

整首詩以「具寫→泛寫」的邏輯構成。具寫部分所描寫的景事又構成賓主關係，其彼此的烘托作用在差異值上仍有清晰辨認的空間，所以仍可視爲一種映襯關係。因爲借賓形主的作用，凸顯了飲酒之趣的鮮明形象，更能強化陶淵明遠世獨居之生命抉擇的價值。

又如李煜〈玉樓春〉詞云：

> 晚妝初了明肌雪，春殿嬪娥魚貫列。鳳簫吹斷水雲間，重按〈霓裳〉歌遍徹。　　臨風誰更飄香屑，醉拍闌干情味切。歸時休放燭花紅，待踏馬蹄清夜月。

這闋詞主要在敘寫宮廷歡宴的熱鬧景象，展現李後主前期詞作的濃豔華美之風。作者運用了感官知覺的摹寫，展現了宮廷歡宴的種種景象，而這些景象仍有其可辨認的差異值。具體來說，彈奏〈霓裳羽衣曲〉應該是歡宴場合中的重頭戲，所以「重按霓裳歌遍徹」容易成爲眾人傾注的焦點，至於其他「嬪娥魚貫」、「鳳簫吹斷」、「臨風飄香」、「醉拍闌干」等景象就成爲烘托主戲的次要材料了。這樣的關係，造成了調和性的映襯美感。若從章法的思維切入研究，可以繪出結構表如下：

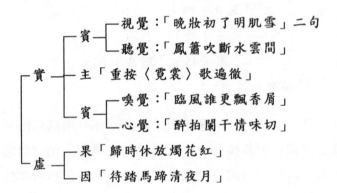

- 實
  - 賓
    - 視覺：「晚妝初了明肌雪」二句
    - 聽覺：「鳳簫吹斷水雲間」
  - 主「重按〈霓裳〉歌遍徹」
  - 賓
    - 嗅覺：「臨風誰更飄香屑」
    - 心覺：「醉拍闌干情味切」
- 虛
  - 果「歸時休放燭花紅」
  - 因「待踏馬蹄清夜月」

表中描繪歡宴場景的部分，呈現了賓主的關係，透過各種感官知覺的摹寫，確實凸顯了〈霓裳曲〉的情韻，使整個歡宴場景更加靈動活躍。賓主章法的映襯效果，由此得到具體的印證。

（五）「圖底」章法與「映襯」修辭

「圖底」章法亦具有烘托之效果，它與賓主法的烘托作用不盡相同。賓主章法的「賓」與「主」是不同而獨立的兩種事物，圖底章法的「圖」與「底」雖是兩種事物，彼此卻有重疊關係，通常「底」的範圍較大，形式較後退；「圖」的範圍較小，形式較爲突出，且常常涵融於「底」的範圍之中。「圖」與「底」的關係仍符合相當程度的差異值，其形成的映襯效果可能呈現對比性，亦可能呈現調和性，端視其內容而定。在古典詩歌中詩人用圖底之概念來描寫景物，至爲常見。如王昌齡〈從軍行〉詩之四云：

> 青海長雲暗雪山，孤城遙望玉門關。黃沙百戰穿金甲，不破樓蘭終不還。

這首詩的主角當然是身經百戰、滿身黃沙的戰士，相對於浩瀚的青海、雪山，以及巍峨的孤城、玉門關，戰士顯得更爲渺小，使得戰士與這浩瀚、巍峨的景色形成強烈的映襯關係。若從章法之思維切入研究，可以繪出結構表如下：

- 景
  - 底
    - 大：「青海」句
    - 小：「孤城」句
  - 圖：「黃沙」句
- 情：「不破」句

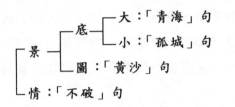

結構表中可以清楚見出戰士與青海、雪山、孤城、玉門關等景物的圖（焦點）、底（背景）關係，因為浩瀚巍峨的場景，相對於渺小孤單的戰士，其映襯效果偏向於對比性，將戰士身於疆場上的茫然與孤獨感表現得更為突出。

又如姜夔〈揚州慢〉所云：

> 淮左名都，竹西佳處，解鞍少駐初程。過春風十里，盡薺麥青青。自胡馬窺江去後，廢池喬木，猶厭言兵。漸黃昏，清角吹寒，都在空城。　杜郎俊賞，算而今、重到須驚。縱豆蔻詞工，青樓夢好，難賦情深。二十四橋仍在，波心蕩、冷月無聲。念橋邊紅藥，年年知為誰生。

這闋詞是姜夔重遊戰地揚州，見到戰亂之後的荒蕪仍在，遂興起無限慨嘆，亦蘊含深刻的反戰思想。詞的上片描寫戰後揚州，運用了視覺與聽覺的摹寫技巧，渲染出兵馬蹂躪後的殘破景象。下片遁入虛想，運用懸想示現，假設杜牧的悠情、詞工的浪漫，仍無法面對此地荒蕪的淒涼。其後更以「二十四橋」、「冷月」、「紅藥」等景物的描寫，烘托杜牧、詞工的愁緒，形成一種調和性的映襯關係。若從章法之思維切入分析，可以繪出結構表如下：

- 實
  - 點：「淮左名都」三句
  - 染
    - 視覺
      - 眾：「過春風十里」二句
      - 寡：「自胡馬」三句
    - 聽覺：「漸黃昏」三句
- 虛
  - 圖
    - 淺：「杜郎俊賞」二句
    - 深：「縱豆蔻詞工」三句
  - 底
    - 高：「二十四橋仍在」二句
    - 低：「念橋邊紅藥」二句

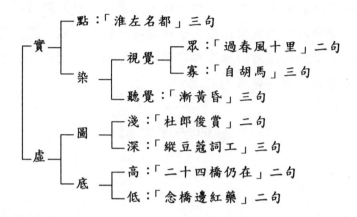

結構表的虛寫部分，「杜郎」、「詞工」爲圖，是景物中的焦點；「二十四橋」、「波心」、「冷月」、「紅藥」爲底，是景物中的背景。背景的質性均爲柔和的景物，對應於杜郎、詞工，產生調和性的烘托效果，但仍具備可辨認的差異值。章法上的圖底結構與映襯修辭的調和性襯托，在這闋詞的美感表現上又見其思維的重疊。

五、結語

從整體辭章鑑賞的角度來說，探討辭章之章法與修辭，都是從作者的表現手法著眼，只是章法著重於內在邏輯的思辨，而修辭則偏重於外在形象的表現。邏輯思辨與形象表現本來就必須相輔相成，互爲表裡，才能見出辭章在表現技巧上的藝術成就。本文透過章法與修辭的定位、章法與修辭的心理探討，落實於古典詩詞的印證，發現兩種思維在心理基礎與美感表現上，均有重疊之處。如果在辭章的鑑賞或教學中，融合兩種思維來進行文學作品的分析，不僅未見其衝突矛盾，反而可以將辭章詮釋得更為圓融貼切，相信在教學與研究可以上獲得更多的成就。

重要參考文獻

（一）專書

仇小屏　《篇章結構類型論》　台北：萬卷樓圖書公司　2000年2月初版

吳應天　《文章結構學》　北京：人民大學出版社　1989年1月第1版

邱明正　《審美心理學》　上海：復旦大學出版社　1993年4月第1版

陳滿銘　《章法學論粹》　台北：萬卷樓圖書公司　2002年7月初版

陳滿銘　《章法學綜論》　台北：萬卷樓圖書公司　2003年6月初版

陳滿銘　《篇章辭章學》　福州：海風出版社　2005年2月第1版

陳滿銘　《辭章學十論》　台北：里仁書局　2006年5月初版

張　涵　《美學大觀》　河南人民出版社　1986年12月第1版

黃慶萱　《修辭學》　台北：三民書局　2002年10月增訂三版

童慶炳　《中國古代心理詩學與美學》　臺北：萬卷樓圖書公司　1994年8月初版

楊　辛、甘　霖　《美學原理》　北京大學出版社　1983年7月第1版

蒲基維　《章法風格析論——以蘇軾詞、姜夔詞為考察對象》　台北：花木蘭文化出版社　2007年4月

蔡宗陽　《修辭學探微》　台北：文史哲出版社　2001年初版

蔡宗陽　《應用修辭學》　台北：萬卷樓圖書公司　2001年初版

鄭子瑜、宗廷虎主編　《中國修辭學通史》　長春：吉林教育出版社　1998年9月第1版

魯道夫・阿恩海姆　《藝術心理學新論》　臺北：商務印書館　1992年12月臺灣初版

（二）期刊論文

仇小屏　〈試談字句與篇章修飾的分野〉　《修辭論叢》第二輯　2000年6月　頁249-284。

易存國　〈中國審美文化中的時間觀念〉　《古今藝文》2002年2月　頁49-55。

蒲基維　〈辭章修辭風格初探——以古典詩詞爲考察對象〉《修辭論叢》第七輯　東吳大學印行　2006 年 10 月　頁 474-501。

章法學研究的五個廣度
——側記第二屆章法學學術研討會

仇小屏
國立成功大學中文系副教授

第二屆章法學學術研討會甫於五月五日圓滿落幕，會中進行了一場專題演講，發表了十二篇論文，會場氣氛熱烈而和諧。在會議當中呈現了一些良好的現象、凸出了一些討論重點，這些都關涉到未來的發展方向。在此特歸納爲以下五點，而由於這五點的共通性在於「往外擴大」，所以統稱爲「五個廣度」。

第一個廣度是參與面的擴大。第一屆章法學會共發表九篇論文，發表者除我之外，有一位是大陸學者——福建閩江學院中文系編輯馮蔚寧教授，有兩位是臺北教育大學和花蓮教育大學的研究所學生——劉妙錦和陳玉琴，其他四位則是受教於陳滿銘老師的臺灣師大博士生和碩士——顏智英、黃淑貞、李靜雯、林淑雲、謝奇峰；本屆發表者不僅人數增加，而且更爲多元，十二位發表者中，除我之外，有兩位大陸學者——西北民族大學的王希杰教授和廣東肇慶學院的孟建安教授，還有來自屏東教育大學、嘉義大學的研究生——鄭中信和林美娜，以及成功大學的兩位研究生——張馨云和蘇睿琪，還有臺灣師大國文系的助理教授蒲基維（兼任）、世新大學的助理教授顏智英（兼任），以及其他三位臺灣師大的博士、博士生和碩士——黃淑貞、李靜雯、朱瑞芬。尤其值得一提的是，參與本屆發表會的聽眾，不僅人數較多，而且來自不同的地方，顯示出章法學已漸廣爲人所接受的事實。本來章法學就是公開的園地，越多人投入開墾，就會開出越美麗繁盛的花朵；因此企盼這樣的發展可以持續下去，使得章法學研究的生命力越來越旺盛。

第二個廣度是研究對象的擴大。王希杰教授在與陳佳君和我共同發表的〈章法學對話〉中，一再強調研究對象擴大的重要，王教授認爲「臺灣章法學，陳教授及其弟子們的研究，深度是很了不起的了。尤其是近幾年裏，滿銘教授的論著，從哲學的高度上來認識章法現象，恐怕是相當時間內，很難有人能夠超越的。我實話實說了，但是只在高度方面注意還不夠。」王教授並指出：陳氏章法學的「貴族意識很強烈」，王教授指的是陳滿銘老師及其學生多以古典詩詞爲考察對象，因此王教授強烈建議：口語有章法，對話有章法，相聲、電影、電視劇、電視連續劇、應用文都有章法，研究它！王教授並預期所將產生的強烈效果：「到一切的言語作品中，去研究各種類型的話語的章法結構，那麼，就是人家需要你，他們求你！他們歡迎你，給你鼓掌，送你鮮花!」這個建議相當寶貴。當天與會學者如臺灣師大國文系系主任王開府教授、臺東大學人文學院院長林文寶教授、臺北教育大學語文語創作系張春榮教授，也都在致詞或講評時提到這點。實則陳滿銘教授在指導學生時也已經注意到這點，目前有以新詩、童詩、現代散文、對聯……爲考察對象的研究成果產出，此次發表的論文中，以新詩、小說爲考察對象者共有三篇：即仇小屏的〈論「時間三相」所形成之邏輯結構——以新詩爲考察對象〉、張馨云的〈《人子》的圓形美學〉與蘇睿琪的〈解構七等生〈我愛黑眼珠〉之篇章意象〉；不過這樣的成果還是非常不夠的，因此向不同的研究對象進軍，是將來的重要發展目標。

第三個廣度是延伸向國語文教學。這一次研討會提出了三篇與此相關的論文，即黃淑貞的〈章法在國中國文教學之運用——以蘇軾「記承天寺夜遊」爲例〉、林美娜的〈論章法的讀寫教學——從王禹偁〈黃岡竹樓記〉切入〉與鄭中信的〈吳應天與陳滿銘章法分析比較——以方苞〈左忠毅公軼事〉爲例〉。當時與會的翰林版國文課本編輯林瑞景老師，在針對黃淑貞的論文提出問題時，特別指出目前編審國文課本時，章法結構一向是爭論的焦點，因此希望章法學的研究成果可以用來分析課本範文。林老師所提的，其實一直是章法學發展時相當關心的一個面向，陳滿銘老師及其團隊一直以來對此作了不少努力。以最近而言，除了繼陳老師《國文教學論叢》（1991）、《作文教學指導》（1994）、《國文教學論叢續編》（1998）、《文章結構分析——以中學國文課文爲例》（1999），仇小屏《深入課文的一把鑰匙——章法教學》（2001）、《章法新視野（高中課文章法分析）》（2001），仇小屏與黃淑貞《國中國文章法教學》（2004）之後，陳滿銘老師出版了《章法結構原理與教學》（2007）外，又於去年（2006）初，爲適應未來國、高中升學競爭之新潮流，結合團隊的力量，與「國文天地雜誌社」合作，開辦了「新（限制）式作文師資進修班」。前後共開辦了三期，提供中、小學教師進修，受到令人鼓舞之回應。並且講稿整理，出版《新式寫作教學導論》（2007），以擴大影響力。又爲了擴大效果，在今年（2007），特與「臺灣師範大學進修推廣部」合辦「新（限制）式作文師資養成班」。再於去年（2006），另爲高立圖書公司編成《大學國文選》，這本書裡，嘗試選擇淺易之「章法」切入課文，畫成「結構分析表」，凸出「篇章結構」，作爲全面賞析課文之基礎，使讀與寫產生互動，以提升教學效果。 而且又爲文揚資訊股份有限公司企劃並編輯一系列的《寫作測驗必讀文選》與《作文教學題庫》，甚至設立「寫作測驗網站」，以擴大影響力。大陸王希杰教授在〈陳滿銘教授和章法學〉（2005）一文中說：「臺灣師範大學國文系陳滿銘教授是四書學家、詩詞學家、章法學家和語文教育家。但是他首先是章法學家。四書學是他的爲人、治學的基礎。詩、詞學研究是他的章法學的材料來源，也是章法學規則的核對綜合運用。語文教學是他的章法研究的出發點，他的章法學理論服務於語文教學。」他指明臺灣的「章法學理論服務於語文教學」，是一點也沒錯的。不過如何讓這些努力成果讓更多人知道，以及如何將章法學與國語文教學結合得更好、更便於應用，則是日後所應致力的重要課題。

第四個廣度是研究範圍應擴展到辭章學。這是由陳滿銘老師提出的，陳老師認爲章法學處理的是「篇章意象的組織」，與其他領域都有關聯，因此這些領域也都應該研究，譬如處理「詞彙意象的形成」的是詞彙學，處理「篇章意象的形成」的是狹義意象學，處理「詞彙意象的組織」的是文法學，處理「意象的表現」的是修辭學，處理「意象的統合」的是主題學，而這些領域都屬於詞章學的內涵，因此研究範圍應擴展到辭章學。本屆所發表的論文中，李靜雯〈論文學中的因果互動邏輯——以詩詞曲中用「莫」、「休」所形成的結構作考察〉、朱瑞芬〈論「詞彙」、「意象」、「風格」之關係——以東坡詞「落花飛絮」爲討論對象〉、蒲基維〈論章法的「類修辭」現象——以古典詩詞爲考察對象〉，分別涉及了詞彙學與修辭學。而西北民族大學王希杰教授等的〈章法學對話（對談人：王希杰、仇小屏、陳佳君)〉、廣東肇慶學院孟建安教授的〈章法學體系建構的系統性原則〉則涉及了語言學、修辭學與整個辭章學。陳滿銘老師在評孟教授的論文時說：「本論文先從整個辭章學面探討章法學體系之地位，再就章法學本身探討內部的邏輯層次，由「宏觀」而「微觀」，合乎邏輯層次。」又說：「從另一角度切入，本論文所論不出『比較章法學』之範疇。其中『宏觀』屬『外部之比較』、『微觀』屬『內部之比較』。不過比較時必須兼顧其『層次邏輯結構』，這是本論文之重點。」可見此文不但關涉整個「辭章學」，也牽扯到「層次邏輯系統」。記得陳老師於前年（**2005**）推出**《篇章辭章學》**、去年出版**《辭章學十論》**後，福建師大文學院鄭頤壽教授曾寫文〈研究篇章藝術的國學——讀陳滿銘的《篇章辭章學》、《辭章學十論》〉評介說：「辭章學是一門新興的學科。對它的理論框架、對象、性質、體系、規律、方法的探討方興未艾，還有許多問題要作進一步深入的研究。對它的研究，不可能畢其功於一役，要靠海峽兩岸一批同行專家經過長期的甚至幾代人的共同努力，才可逐步地繁榮、昌盛起來，成爲國學中的一門顯學。因此兩岸學者必須『和合』攻關，求大同存小異，互相尊重，互相支持，形成學科研究的合力。陳教授在這方面堪成典範：一方面，自己熱心參加辭章學的研究，另一方面還帶領他的高足，組成科研的梯隊；一方面，支持大陸學者在臺灣出版辭章學專著，另一方面，參加大陸出版的辭章學叢書的寫作；一方面，引薦大陸學者到臺灣當客座教授，講授辭章學，另一方面參加大陸舉辦的『國學大講壇』，到大陸講演。……爲了學科的建設，不遺餘力，和合攻關，迎來了辭章學研究花團錦簇的春天。」既然辭章學「要作進一步深入的研究」，此後對於這類課題，應該投予更多的注意才對。

第五個廣度是研究範圍應擴展到意象學。由於自來研究「意象」的學者，大都只注意到「個別意象」，而忽略了「整體意象」；即使有的注意及此，也僅提出「意象群」或「總意象」、「分意象」的說法，而無法梳理出「意象系統」來。如陳慶輝《中國詩學》（1994）即指出：「應該說意象的組合方式是多種多樣的，上述所舉只怕是掛一漏萬；而且複合意象的構成，作爲一種審美創造，是一個複雜的心理過程，用所謂並列、對比、敘述、述議等結構形式加以說明，似乎是粗糙的、膚淺的，其深層的因素和邏輯還有待我們去挖掘和探索。」將「意象」組織成系統，確乎是一種複雜的心理過程，其中動用了精密的層次邏輯之思維能力，原本就是不易掌握、捕捉的，而且在古典詩、詞中，可以幫助確認意象組織的邏輯關係之連接詞常常被省略，因此更加重了探索、挖掘的困難度。而王長俊等的《詩歌意象學》(2000)也認爲：「中國古典詩歌的意象雖然可以直接拼接，意象之間似乎沒有關聯，其實在深層上卻互相勾連著，只是那些起連接作用的紐帶隱蔽著，並不顯露出來，這就是前人所謂的『斷峰雲連』、『辭斷意屬』』。」他所謂的「斷峰雲連」、「辭斷意屬」，指的就是將意象組織成系統的問題。由此看來，意象與意象間之隱蔽「紐帶」或「深層的因素和邏輯」，一直未被有系統地「挖掘」、「探索」而「顯露」出來過，是公認的事實。而這些難題，或多或少地限制了「意象學」之研究，使得學者大都僅停滯於個別「意象」之範圍內打轉，而無法拓展到整體「意象」，甚至歸本至「思維」世界加以辨析。盧明森在黃順基、蘇越、黃展驥等主編《邏輯與知識創新》(2002)第二十章，則從文藝領域加以擴充說：「它（意象）理解爲對於一類事物的相似特徵、典型特徵或共同特徵的抽象與概括，同時也包括通過想像所創造出來的新的形象。人類正是通過頭腦中的意象系統來形象、具體地反映豐富多彩的客觀世界與人類生活的，既適用於文學藝術領域、心理學領域，又適用於科學技術領域。」可見「意象」是一切思維（含形象、邏輯、綜合）的基本單元，因爲從源頭來看，「意象」

乃合「意」與「象」而成，而「意」與「象」，即「心」與「物」，原有著「二而一」、「一而二」的關係。如此，廣義的「意象學」是該可以貫通各個領域的。為朝此遠大目標邁進，於去年（**2006**）先由仇小屏寫了《篇章意象論》，再由陳滿銘教授出版了《意象學廣論》，都藉「層次邏輯」所形成之「章法結構」來探討意象與意象間之隱蔽「紐帶」或「深層的因素和邏輯」，作為小小的敲門磚，希望以此敲開這一廣度之一扇扇大門。

本次學術研討會，和去年一樣，其主辦單位為「辭章章法學籌備會」，協辦單位為「臺灣師大國文系」、「國文天地雜誌社」。由於累積了兩次研討會的經驗，因此目前正準備正式成立「中華章法學會」，希望第三屆章法學學術研討會就由「中華章法學會」主辦，並且在「五個廣度」上，都能繳出更為亮麗的成績單！

編後語

蒲基維

這一天清晨，雨剛下過，晨曦照在青翠的綠葉上，有幾滴水正閃爍著晶瑩剔透的亮光。釋迦牟尼召集弟子講道，他接起一滴水，問大家：「怎樣讓這一滴水不會乾涸？」

一滴水是多麼渺小！它可能被太陽蒸融了，也可能被泥土吸乾了，亦或許就在手中搓揉幾下就蒸發了，要讓這一滴水不會乾涸簡直比登天還難！眾弟子只有面面相覷，苦思不得其解。釋迦牟尼面露微笑，將這一滴水輕輕地彈入池中，並說：「只要這一滴水放進大海中，便永遠都不會乾涸了！」

「章法」是一種合乎宇宙自然規律的概念，自有人類以來即已存在。而「章法學」的成立卻是晚近幾年的事情。草創之初，它以渺小微弱的身軀，試圖在學術的洪流中尋找自我的方向。衝撞、探索、嘗試、改良，然後逐漸成長、茁壯。它就像一滴不會乾涸的水，不斷地向宇宙自然吸納養分，不斷地從各種領域探索驗證，終於有了如濤濤江水的態勢，翻騰在鴻海之中，激盪起美麗而壯闊的潮泛。

自跟隨陳滿銘老師問學，即深深感受到陳老師在「章法學」研究的執著與用心，而「章法學」在陳老師的推展之下，早已成爲一門理論與實務兼具的學科，有幸趕在這一學門即將騰飛之際，成爲章法學研究團隊的一員，讓我可以乘著它的翅膀，遨遊在廣闊的天空，盡看學術殿堂中恆久而彌新的真、善與美。

陳滿銘老師所領導的章法學研究團隊，並非只有閉門造車的學術研究而已，我們試圖透過理論與教學的結合，把章法學鉅細靡遺的觀點落實到大學及中、小學的教育中，以擴大章法學學術的影響力。所以，除了理論研究之外，更有團隊成員所投注的學術演講、教學研習、寫作師資培訓班等實務工作，就是希望能將章法學的研究成果推展至各級學校的教學，而舉辦「辭章章法學學術研討會」更是我們每年著力的重點工作之一。今年，它終於邁向第二屆了！今年的投稿篇數不僅較去年踴躍，研究主題也趨於多元，投稿單位更遍及全國各校，而研討會的參與人數也呈倍數成長，凡此種種榮景，象徵著未來「章法學」的推廣將更寬、更遠。

爲使「第二屆辭章章法學學術研討會」的成果更具影響力，集結《章法論叢》第二輯的出版工作仍有其必要性。擔任此書的排版校對工作，是我身爲章法學研究團隊成員的榮幸。時值「中華民國章法學會」籌備成立之際，身兼兩項重點工作，雖有疲於奔命之感，但見工作逐漸完成，我內心的雀躍與感動早已掩蓋所有的疲累。陳滿銘老師常對我說：「辛苦你了！」仇小屏學姊也時時表達對我的感激之意，可是我卻必須強調，沒有你們的衝刺與領導，章法學如何能開闊而穩定的發展呢！

感謝陳老師、仇學姊的悉心領導，以及所有團隊成員的通力合作，也感謝各方學者的親臨指教，還有萬卷樓圖書公司在出版事務上的鼎力相助，《章法論叢》第二輯才得以順利出版。其編排與校對已竭力要求無誤，卻難免有疏漏之處，祈各方不吝賜教。

2007 年 12 月 31 日寫於南港寓所

國家圖書館出版品預行編目資料

章法論叢 ／辭章章法學會籌備會主編, -- 初版 --
臺北市：萬卷樓, 2008.01-
冊； 公分
ISBN 978－957－739－622－8 (第 2 輯：平裝)
1. 漢語 2.作文 3.文集

802.707 97000413

章法論叢(第二輯)

主 編：辭章章法學會籌備會
發 行 人：陳滿銘
出 版 者：萬卷樓圖書股份有限公司
臺北市羅斯福路二段 41 號 6 樓之 3
電話(02)23216565．23952992
傳真(02)23944113
劃撥帳號 15624015
出版登記證：新聞局局版臺業字第 5655 號
網 址：http://www.wanjuan.com.tw
E－mail ：wanjuan@tpts5.seed.net.tw
承印廠商 ：晟齊實業有限公司
定 價：420 元
出版日期 ：2008 年 3 月初版

ISBN：978－957－739－622－8